Dochter

€4,50

W0213061

Rosamund Lupton bij Boekerij:

Zusje
Later
Dochter

www.boekerij.nl

Rosamund Lupton

Dochter

We missen je.
Je leeft en we gaan je vinden...

BOEKERIJ

Eerste druk april 2015
Tweede druk februari 2016
Derde druk juli 2016

ISBN 978-90-225-7643-4
ISBN 978-94-023-0382-7 (e-boek)
NUR 305

Oorspronkelijke titel: *The Quality of Silence*
Vertaling: Sabine Mutsaers
Omslagontwerp: Johannes Wiebel | punchdesign, München
Omslagbeeld: Shutterstock / Incredible Arctic, Dmitry Elagin, Denis Burdin, prudkov
Zetwerk: CeevanWee, Amsterdam

© 2015 by Rosamund Lupton
All rights reserved.
© 2015 voor de Nederlandse taal: Meulenhoff Boekerij bv, Amsterdam

Niets uit deze uitgave mag openbaar worden gemaakt door middel van druk, fotokopie, internet of op welke andere wijze ook, zonder voorafgaande schriftelijke toestemming van de uitgever.

Voor Tora Orde-Powlett

It is deep January. The sky is hard.
The stalks are firmly rooted in ice.

It is in this solitude, a syllable,
Out of these gawky flitterings,

Intones its single emptiness,
The savagest hollow of winter-sound.

Wallace Stevens

Mijn naam is een vorm, geen geluid. Ik ben een duim en vingers, niet een tong en lippen. Mijn leeftijd is tien opgestoken vingers – ik ben een meisje dat bestaat uit letters

R – u – b – y

En dit is mijn stem.

1

@Words_No_Sounds
650 followers
OPWINDING: is als knettersnoep op je tong; als de doffe plof van een vliegtuig dat landt; ziet eruit als de bontcapuchon van mijn vaders Inupiaq-parka.

Het is ijskoud, alsof de lucht bestaat uit glasscherven. Bij ons in Engeland betekent kou vooral gezellig dikke sneeuwpoppen en 'Joepie! Het sneeuwt!' en gemoedelijke 'koud hè?'-ontmoetingen. Maar deze kou is gemeen. Mijn vader zegt dat er twee belangrijke dingen zijn die je moet weten over Alaska:

Nummer een: het is er echt koud en
Nummer twee: het is er superstil, met duizenden kilometers sneeuw en bijna geen mensen. Daarmee bedoelt hij vast het noorden van Alaska, niet hier bij het vliegveld van Fairbanks, waar de autobanden trillen op de weg, de mensen hun ratelende koffers-op-wieltjes voorttrekken en de vliegtuigen de lucht in schieten. Mijn vader is een grote fan van stilte. Hij zegt: Je bent niet doof, je kunt de stilte horen.

Mijn moeder blijft heel dicht bij me, alsof ze me op die manier in een warme laag van zichzelf kan wikkelen, en ik leun tegen haar aan. Ze denkt dat papa's sneeuwscooter stuk is en hij daardoor zijn taxivliegtuig heeft gemist. Zijn telefoon zal wel leeg zijn, zegt ze, anders had hij ons zeker gebeld.

Mijn vader zou ons van het vliegveld komen halen. Maar in zijn plaats stond er een 'Het-spijt-me-ik-mag-er-nog-niks-over-loslaten'-politieagente. Ze beent nu voor ons uit alsof we op schoolreisje zijn in een museum dat gaat sluiten terwijl de meisjes uit de klas roepen: 'Nog vijf minuten in het winkeltje, juf!' Maar als een vrouw zo loopt, weet je dat ze geen vaart zal minderen.

Ik draag een skibril en een bivakmuts. Papa deed superbazig over wat we allemaal moesten meenemen – 'goede poolkleding, Puggle' – en nu, met de lucht die zo koud is als glasscherven, ben ik daar blij om. Ik huil nooit, in ieder geval niet wanneer anderen het kunnen zien, want als je je op dat hellende vlak begeeft, loop je voordat je het weet in een roze tutu rond. Maar huilen met een skibril op telt niet als huilen in het openbaar, want volgens mij kan niemand het zo zien. Mijn vader zegt dat in Noord-Alaska je tranen kunnen bevriezen.

Yasmin liep met haar dochter aan de hand naar de politiepost van het vliegveld. Opeens bleef ze stilstaan. De jonge agente fronste haar voorhoofd, maar Yasmin slaagde er toch in om voor korte tijd de gebeurtenissen te vertragen. Overal om hen heen lag sneeuw, sneeuw op sneeuw, die alles wat er ooit was geweest bedekte met zijn monotone kleur en textuur, een decor van gips. Aan haar voeten zag ze de tere pootafdrukjes van een vogel in de sneeuw, en ze besefte dat ze omlaag staarde. Ze dwong zichzelf om op te kijken, voor Ruby, en ze schrok van de helderheid om haar heen. Het sneeuwde niet meer en de lucht was oogverblindend, als kristal, verbijsterend lucide; als het knopje voor de helderheid nog één slagje verder doorgedraaid zou worden, zou je iedere atoom van de lucht om je heen kunnen onderscheiden. Het was alsof het decor zweefde, te scherp om echt te kunnen zijn.

De agente heeft zomaar de krant weggelegd die op tafel lag, alsof ik een klein kind ben dat geen kranten mag lezen, dus steek ik al mijn vingers op om aan te geven dat ik tien ben, maar ze begrijpt het niet.

'Er komt dadelijk een hoofdagent om u te verwittigen,' zegt ze tegen mijn moeder.

'Verwittigen. Alsof het hier nog niet wit genoeg is,' gebaart mijn moeder naar mij. Mensen hebben vaak niet door dat mijn moeder heel grappig is, alsof iemand die eruitziet als een filmster niet leuk kan zijn, en dat is heel oneerlijk. Ze gebruikt bijna nooit gebarentaal, ze wil dat ik liplees, dus glimlach ik terug, al lach ik vanbinnen niet mee.

Mijn moeder zegt tegen me dat ze niet lang weg zal blijven; als er iets is, moet ik haar komen halen. Ik gebaar 'oké', twee opgestoken duimen. Het is een gebaar dat horende mensen ook gebruiken. Waarschijnlijk dat mijn moeder daarom deze keer niet zegt: WÓÓRDEN GEBRUIKEN, RUBY.

Als ik zeg 'ik zei' bedoel ik eigenlijk dat ik gebaarde of typte, want typen is voor mij ook een soort gebarentaal. Soms gebruik ik een Amerikaans gebaar, dat is net zoiets als een Amerikaans woord gebruiken voor mensen die met hun mond praten.

Er is hier 3G, maar ik heb al gekeken en er is geen mail van mijn vader. Het was stom van me om daar zelfs maar op te hopen, want

Ten eerste:	zijn laptop is al twee weken stuk en
Ten tweede:	al zou hij de laptop van een vriend geleend hebben, er is in het hoge noorden geen bereik en ook geen wifi, en hij zit natuurlijk vast in het

noorden nu zijn sneeuwscooter het niet meer doet. Hij moet dus eerst een satellietstation zoeken om mij te kunnen mailen, en dat is hartstikke moeilijk als het ijskoud is. 'Puggle', zo heten jonge vogelbekdiertjes. Mijn vader maakt natuurprogramma's en is gek op vogelbekdieren. Maar die beesten, vooral de jonkies, zouden het nog geen twee minuten volhouden in Alaska. Je hebt hier een speciale vacht nodig die je warm houdt, zoals de poolvos, en poten die ervoor zorgen dat je niet wegzakt in de sneeuw, net als die van de Amerikaanse haas. Of je moet gebouwd zijn als een muskusos, met grote hoeven waarmee je het ijs kunt doorboren, zodat je bij voedsel en water kunt komen. En mensen hebben een beschermende sneeuwbril en poolwanten nodig, plus speciale kleding en een noordpoolslaapzak. Mijn vader heeft dat allemaal, dus ook al staat hij nu met pech ergens in het hoge noorden, waar je tranen bevriezen, dan nog redt hij zich wel, net als de poolvos en de muskusos en de Amerikaanse haas.

Daar ben ik van overtuigd.

En hij komt ons halen. Zeker weten.

Tijdens de vlucht vanuit Engeland, die UREN en UREN duurde, probeerde ik me steeds voor te stellen wat mijn vader op een bepaald moment aan het doen was. Dan dacht ik: nu vertrekt hij uit het dorp; nu zit hij op zijn sneeuwscooter; nu staat hij bij onze landingsbaan.

'Ver van de bewoonde wereld, Puggle. Zo'n afgelegen gebied is heel mooi en verlaten, juist omdat maar weinig mensen het kunnen vinden.'

'Papa staat nu op het taxivliegtuig te wachten.'

'Je moet zorgen dat je op tijd bent, net als een brief voor de postbode, anders word je niet opgehaald.'

Ik heb een hele tijd liggen slapen en toen ik wakker werd, dacht ik: nu staat papa bij het vliegveld van Fairbanks op ons te wachten! Toen heb ik die tweet geschreven over OPWINDING, over de capuchon van zijn Inupiaq-parka en de landing van het vliegtuig, ook al waren we toen nog niet geland, maar het leek me zo'n *supercoolio* gevoel, de wielen die de grond raakten en mijn vader die zo dichtbij was.

Toen kwam de steward naar me toe gesneld, en ik wist dat hij kwam zeggen dat ik mijn laptop moest uitzetten. Daar zou mijn moeder wel blij om zijn, want ze heeft een pesthekel aan *diestommelaptop*. Ik vroeg haar om tegen de steward te zeggen dat ik hem in de vliegtuigmodus had gezet. Ik wist niet of ze dat zou doen, ze had vast liever dat ik de laptop zou moeten uitzetten, maar toen de steward de gebarentaal tussen mij en mijn moeder zag en doorkreeg dat ik doof was, reageerde hij zoals de meeste mensen in zo'n geval reageren: sentimenteel en poeslief. Mijn vader denkt dat het komt door de combinatie van knappe moeder en doof meisje (ik) – alsof we met z'n allen in een zondagmiddagfilm zitten. De poeslieve steward controleerde niet eens meer of mijn laptop wel in de vliegtuigstand stond, hij gaf me alleen een gratis Twix. En nu maar hopen dat er geen terroristen zijn die zich vermommen als een doof meisje van tien, anders krijgen ze dus gewoon gratis chocolade.

Ik lijk totaal niet op de meisjes in de zondagmiddagfilms, en mijn moeder is heel anders dan een filmster, veel grappiger en slimmer, maar mijn vader is wel zo'n type als Harrison Ford. Je weet wel, zo iemand die een terrorist kan uitschakelen als het moet, maar wel een verhaaltje voorleest voor het slapengaan. Als ik dat tegen hem zeg, moet hij heel hard lachen.

En hoewel hij nog nooit een terrorist heeft hoeven uitschakelen – duh! – leest hij me wel altijd voor als hij thuis is, ook al ben ik nu tienenhalf, en ik vind het heel fijn om in slaap te vallen terwijl zijn vingers nog steeds woorden vormen voor mijn oogleden.

Toen kwam de landing – BONK-BONK deden de wielen en ik vond het supercoolio geweldig – en ik schakelde de gratis wifi in en plaatste mijn tweet. We gingen onze bagage van de ronddraaiende band halen, met benen die een beetje raar voelden na die lange vlucht, en we haastten ons de aankomsthal door. Maar in plaats van mijn vader stond daar de 'Het-spijt-me-ik-mag-er-nog-niks-over-loslaten'-politieagente op ons te wachten, die ons mee hierheen heeft genomen.

De hoofdagent was er nog niet, dus ging Yasmin even bij Ruby kijken. Eigenlijk zouden Ruby en zij pas over vier weken naar Alaska gegaan zijn, om de kerst door te brengen met Matt, maar na haar telefoontje met hem acht dagen geleden had ze hem onmiddellijk onder vier ogen moeten spreken – voor zover 'onmiddellijk' mogelijk was met een schoolgaand kind plus een hond en een kat waar voor gezorgd moet worden, en ze had eerst ook nog thermokleding moeten kopen. Ze vond het vervelend om Ruby van school te halen, maar sinds de dood van Matts vader was er niemand meer bij wie zij graag ging logeren.

Nu keek ze door het ruitje in de deur naar Ruby, naar het glanzende, ongelijk geknipte haar dat voor haar gezicht viel terwijl ze over de laptop gebogen zat. Ruby had het woensdagavond zelf geknipt, in een Maggie Tulliver-achtige vlaag van onafhankelijkheid. Thuis zou Yasmin Ruby gevraagd hebben haar laptop uit te schakelen en *mee te doen met de echte wereld*, maar nu liet ze haar maar even begaan.

Soms, als Yasmin naar haar dochter keek, leek het alsof de

tijd ergens tegenaan botste en tot stilstand kwam, terwijl de tijd van alle anderen zonder haar verderging. Ze had hele gesprekken gemist. Het was alsof de weeën die tijdens de bevalling waren begonnen als pijn daarna waren voortgezet als iets anders, en ze vroeg zich af of er ooit een einde zou komen aan deze bevalling. Zou het nog steeds zo voelen als Ruby twintig was? Of een vrouw van middelbare leeftijd? Zou haar moeder het nu met háár zo ervaren hebben? Ze vroeg zich af hoe lang je de liefde van je moeder kon blijven missen.

De jonge agente – de vrouw die nooit langzaam liep – kwam naar haar toe gebeend. Ze zei dat inspecteur Reeve op haar wachtte en dat hun koffers veilig opgeslagen waren in een kantoortje, alsof de logistiek van de bagage net zo belangrijk was als de mededeling die inspecteur Reeve voor haar had.

Ze liep met haar mee naar zijn kamer.

Hij stond op om haar te begroeten, met uitgestoken hand. Ze beantwoordde het gebaar niet.

'Wat is er met Matt gebeurd? Waar is hij?'

Het klonk kwaad, alsof ze Matt verweet dat hij niet was komen opdagen. Ze was zo woest op hem geweest dat haar stem nog niet was ingesteld op deze nieuwe situatie, wat die ook inhield.

'Er zijn een paar dingen die ik graag even door u bevestigd zou zien,' zei inspecteur Reeve. 'We hebben hier de gegevens van buitenlandse staatsburgers die werkzaam zijn in Alaska.'

Sinds de artsen hadden vastgesteld dat Ruby volkomen doof was (heel zeldzaam, zeiden ze, alsof de doofheid van haar kind een orchideeënsoort was) zag Yasmin geluid als golven. Als fysicus had ze het eerder moeten beseffen, maar ze had Ruby ervoor nodig gehad om te begrijpen dat geluid iets fysieks was. Soms, als ze niet wilde horen wat iemand zei – de vestibulologen, onbedachtzame vrienden – stelde ze zich voor dat ze over de koppen van hun woorden surfte of er dwars doorheen dook, in plaats van haar trommelvliezen erdoor te laten raken en de golven te laten omzetten in ontcijferbare woorden. Maar ze moest luisteren. Dat wist ze. Het moest.

'Volgens deze gegevens,' vervolgde inspecteur Reeve, 'verbleef uw echtgenoot in Anaktue. Al stond hij oorspronkelijk geregistreerd in Kanati?'

'Ja, daar heeft hij deze zomer acht weken gezeten, in een onderzoeksstation. Hij maakte een natuurfilm. Twee inwoners van Anaktue hebben hem toen uitgenodigd om naar hun dorp te komen en in oktober is hij weer naar Alaska vertrokken.'

Een onnodig gedetailleerd antwoord om tijd te rekken, maar inspecteur Reeve maakte evenmin haast met zijn reactie, alsof ook hij de rest van het gesprek niet wilde voeren.

'Ik vrees dat er een catastrofale brand is geweest in Anaktue,' zei hij toen.

Catastrofaal. Een woord voor immense verwoesting, bedoeld voor vulkanen en aardbevingen en meteorietinslagen op aarde, niet voor het piepkleine Anaktue, eerder een gehucht dan een dorp.

Het stomme was dat ze hierheen was gekomen om ruzie met hem te maken, om hem een ultimatum te stellen en dat erdoor te drukken. Ze was de halve wereld over gereisd om tegen hem te zeggen dat hij naar huis moest komen, nu meteen, en dat ze niet geloofde dat er niets meer zou voorvallen tussen hem en die Inupiaq-vrouw; dat ze niet van plan was aan de andere kant van de wereld af te wachten terwijl dat mens hun gezin kapotmaakte. Maar het had Matt zo lafhartig en zwak gemaakt, het idee dat die andere vrouw en zij samen zijn loyaliteit en zijn toekomst bepaalden, en ze was nog kwader geworden, met als gevolg dat niets in hun koffers keurig opgevouwen was. Alles was er woest in gesmeten, klaar om eruit te puilen zodra de bagage in Alaska werd geopend; een vlaag van donsveertjes en Goretex.

'We vermoeden dat in een van de huizen een gasfles is ontploft die werd gebruikt voor de verwarming of het fornuis,' vervolgde inspecteur Reeve. 'En het vuur is overgeslagen naar de opslag van de brandstof voor de sneeuwscooters en de diesel voor de generatoren, met als gevolg een veel grotere explosie en een verwoestende brand. Niemand in Anaktue heeft het overleefd. Het spijt me.'

Ze voelde een messteek van liefde, zo scherp dat de lucht uit haar longen werd geslagen. Het gevoel kwam haar merkwaardig bekend voor, een gemenere versie van de pijn die ze had ervaren in hun begindagen, lang voordat ze getrouwd waren en een kind kregen, voordat er sprake was van enige concrete zekerheid dat hij de volgende dag nog bij haar zou zijn. En de tijd was niet meer langgerekt en lineair, maar omgebogen en in stukken gebroken, waardoor de jonge man van wie ze zo hartstochtelijk had gehouden terugkeerde en nu net zo levendig aanwezig was als de echtgenoot met wie ze acht dagen geleden ruzie had gemaakt.

Ze herinnerde zich de laaghangende winterzon die schuin door de ramen naar binnen viel, de trage, zachte stem van de professor filosofie en de dikke muren van de collegezaal die hen hadden afgeschermd van de kwetterende vogels buiten. Later zou hij haar vertellen dat het spreeuwen en heggenmussen waren. Hij zat iets verderop, met een paar lege stoelen tussen hen in. Ze had hem twee keer eerder gezien, ze hield van zijn hoekige trekken en zijn afwezige loopje, alsof zijn gedachten zijn tempo dicteerden. De scherpe vlakken van zijn gezicht. Bij het tikken van haar breinaalden had hij haar kant op gegluurd en hun blikken hadden een schok van irrationele herkenning vertoond. Toen had hij zijn ogen afgewend, alsof blijven kijken zou worden opgevat als een verwijt voor het getik. Na afloop van het college was hij met een vragend gezicht naar haar toe gelopen terwijl ze haar breiwerk opborg.

'Is dat een hoes voor een slang?'

'Voor een reling.'

Later had hij verteld dat hij dacht dat ze knettergek was, maar dat hij haar de kans had willen geven zich te verdedigen.

'Je bent niet goed wijs, hè?'

Dat vind jij een kans om me te verdedigen?

'Ik ben astrofysicus,' had ze geantwoord.

'Een breiende astrofysicus die een college filosofie volgt?'

'Ik wil meer te weten komen over metafysica binnen de natuurwetenschap. Oxford biedt een gecombineerde studierichting aan. En jij?'

'Dierkunde.'

'Wat doe je dan bij een college filosofie? Behalve vragen stellen over mijn breiwerk?'

'Filosofie is belangrijk.'

'Voor dieren?'

'Voor de manier waarop we over dieren denken. Over onszelf. Onze omgeving en onze plaats daarin.' Hij hernam zich en keek beschaamd. 'Normaal gesproken ben ik niet zo zwaar op de hand. Niet zo snel.'

'Ik wel. Daar heb ik veel aanleiding voor gehad.'

Ze had haar studie gevolgd aan een heel slechte opleiding. Ze had het volgehouden door anoniem en op de vlakte te blijven; gelukkig deden haar hoge jukbeenderen en kleine borsten het niet goed bij de tienerjongens. Het geheim van haar intelligentie had ze angstvallig bewaard en de toetsen bewust slecht gemaakt, tot aan het eindexamen, toen ze op spectaculaire wijze vier glanzende tienen uit haar hoge hoed tevoorschijn had getoverd terwijl iedereen doffe zesjes of onvoldoendes van haar had verwacht. Jarenlang had ze haar nerdschap moeten verbergen, en nu genoot ze er met volle teugen van.

Ze borg haar langwerpige breiwerk op.

'Om acht uur voor de hoofdingang. Dan zal ik het je laten zien.'

Inspecteur Reeve boog zich naar haar toe en ze besefte dat ze allebei aan een tafel zaten, tegenover elkaar. Ze kon zich niet herinneren dat ze was gaan zitten. Hij reikte haar iets aan.

'Deze heeft een agent van de staatspolitie ter plaatse aangetroffen. Men heeft mij verzocht hem aan u te laten zien. Uit de initialen maken we op dat hij wellicht van Matthew is?'

Ze streek over het door de aanraking warm geworden metaal van zijn trouwring. Binnenin stonden Matts initialen en die van haar, en de eerste helft van de eerste zin van hun huwelijksgelofte. Ze voelde de tweede helft van die zin onder haar eigen trouwring, aan de zachte onderkant van haar vinger.

'Ja, dat klopt,' zei ze.

Yasmin deed haar trouwring af en schoof Matts ring ervoor in de plaats; hij was haar veel te groot. Toen deed ze haar eigen ring weer om, zodat hij die van Matt veilig op z'n plaats hield, want misschien zou hij hem op een dag weer willen dragen. Matt kon onmogelijk dood zijn, niet met dat mes in haar lijf, niet met Ruby in de kamer ernaast. Ze kon – wilde – het niet geloven.

Ze zag inspecteur Reeve naar haar handen kijken.

'Hij doet zijn trouwring af als hij moet werken. Dan bergt hij hem veilig op.'

Die verklaring had Matt haar weken geleden gegeven, nadat ze zijn kale vinger had gezien op een foto die hij Ruby had gemaild. Gelukkig was het Ruby niet opgevallen.

Ze zei niet tegen inspecteur Reeve dat ze Matts verklaring niet had geloofd.

Een paar uur na het college filosofie waren ze in het donker het historische stadsdeel uit gelopen, weg van de studenten en de toeristen, naar een winkelcentrum aan de rand van een wijk met goedkope huurwoningen. Het kale wegdek en het beton waren onpersoonlijk, de schaduwen onheilspellend. Hij zag gebreide hoezen rond verkeersborden, rond relingen, om een fietsenrek gewikkeld. Hij was niet alleen gevallen voor glinsterende ogen, lange benen en een gulle lach, maar ook voor zachte wol rond hard metaal, wol die aluminium kleur gaf, en voor staal gehuld in strepen en patroontjes.

Ze vertelde hem dat ze deel uitmaakte van een groep guerrillatuiniers die in het holst van de nacht stiekem betonnen rotondes omtoverden in bloemenweitjes, maar dat had ze al een tijdje niet meer gedaan.

'Waren de rotondes op?' had hij gevraagd.

'Het is nu niet het goede jaargetijde om bloemen te planten,' had ze geantwoord. 'En je kunt niet tuinieren in de collegezaal.'

'Dus dit is je geheime passie?'

'Hoezen breien voor relingen? Gelukkig niet.'

'Maar...?'

Ze had hem nog niet voldoende vertrouwd om het hem te laten zien.

Inspecteur Reeve overwoog om troostend een hand op de hare te leggen, maar hij voelde zich onhandig zodra hij het gebaar had ingezet. Ze gedroeg zich zo waardig, zonder de toestanden waarop hij had gerekend. Nee, 'toestanden' was niet eerlijk, hij bedoelde de emotie waarmee hij geen raad zou weten: hevig verdriet.

'De brand werd gistermiddag ontdekt vanuit een vliegtuig,' zei hij, in de veronderstelling dat ze details zou willen horen. Dat zou hij in haar plaats ook willen.

'De piloot vloog vlak voor het noodweer over Anaktue. De staatspolitie van North Slope Borough in het hoge noorden heeft een reddingsmissie op touw gezet, hoewel vliegen vrijwel onmogelijk was vanwege de sneeuwstorm. Ze zijn blijven zoeken tot diep in de nacht, maar tragisch genoeg bleken er geen overlevenden te zijn.'

'Gistermiddag?' vroeg ze.

'Ja. Meer bijzonderheden heb ik helaas niet. Het korps van Barrow State is ter plaatse geweest.'

'Hij heeft me gisteren gebeld. Matt. Hij belde me om vijf uur 's middags deze tijd.'

Ze had het al die tijd geweten, maar nu had ze het bewijs. Terwijl de agent een telefoontje pleegde, haalde ze in gedachten flarden terug van het gesprek dat ze hadden gevoerd toen ze samen terugliepen naar hun studiezaal, en ze dacht aan de manier waarop hij zich gedurende dat hele gesprek naar haar toe gebogen had en zij onbewust haar tempo aan hem had aangepast; ze zag de vaal geworden geruite overhemdkraag rond zijn hals weer voor zich, de hals met die pronte adamsappel, alsof hij nog gevormd moest worden, deze man-jongen.

Hij keek hoe het kille licht van de straatlantaarns over haar voorhoofd, wangen en mond streek en zag de vrouw die ze over tien jaar zou zijn. Zo sloeg het toe, had hij haar later verteld. *Bam! Als een goocheltruc. Een wonder. De vrouw met wie ik samen wil zijn.*

Zij had minder vertrouwen gehad in zijn gefantaseerde toekomst. Maar terwijl ze met hem meeliep, dacht ze aan haar oude leven, het leven waarin zij het buitenbeentje was geweest, de enige in haar familie, de enige van haar school en in de wijk die naar de universiteit was gegaan. Het gevoel van afzondering verdween langzaam naar de achtergrond.

2

In het afgelegen, noordelijk gelegen Prudhoe Bay zat commissaris David Grayling alleen in zijn kantoortje. Hij was hondsmoe. Het kille schijnsel van de lamp daalde op hem neer en hij verlangde naar de mildheid van daglicht. Nog twee maanden, dan zouden ze hier weer ochtenden hebben. Het vrat aan je ziel. Hij dacht aan Timothy. Kwam het door Timothy dat hij zich – in de ogen van anderen, wist hij – zo vaderlijk opstelde tegenover de jonge agenten die hij onder zijn hoede had? Zelf had hij zich altijd gezien als de sleehondendrijver van een ploeg enthousiaste jonge husky's, de man die de leidsels in handen had om het geheel de juiste richting in te sturen, met een canvas Dog Bag op zijn slee voor het geval er eentje gewond raakte en vervoerd moest worden naar een veilige plek.

Maar in Anaktue was hij vaderfiguur noch sleehondendrijver geweest. De mannen hadden hem zien braken, keer op keer, omdat elk lijk hem opnieuw met afschuw had vervuld. De sneeuwstorm was over het zwartgeblakerde dorpje geraasd, hun helikopter had maar amper kunnen landen en de ijskoude wind had in hun gezichten gestriemd, bijtend als een uitgehongerd dier. *Blow, winds, and crack your cheeks.* Ze hadden hun verblindende booglampen geïnstalleerd, die fel naar binnen schenen in de verwoeste huizen en de nauwelijks herkenbare resten van mannen, vrouwen en kinderen verlichtten. De duisternis die hun lampen omringde kwam commissaris Grayling voor als oneindig.

Ze hadden in stilte gewerkt, een heel team van mannen, de meeste voor Grayling nog jongens, zonder te praten of grappen te maken; vandaag geen geintjes als afweerschild terwijl ze het bewijsmateriaal opborgen, fotografeerden en documenteerden. *You sulphurous and thought-executing fires.* De woorden van koning Lear slopen zijn gedachten binnen, maar *blasted heath,* 'verwoeste vlakte' was nog mild uitgedrukt voor wat ze in Anaktue hadden aangetroffen, en *thought-executing fire,* 'het vuur dat alle gedachten uitwist', gold alleen voor degenen die omgekomen waren; zij die het verkoolde slagveld moesten uitkammen, zouden juist meer nadenken dan hen lief was.

Jaren terug, een complete loopbaan geleden, had Grayling letterkunde willen studeren aan de universiteit. Zijn vader had echter gewild dat hij iets ging dóén, niet 'dat slappe gedoe met poëzie'. De kritiek was hard aangekomen. Als hij dan toch 'iets ging doen', dacht hij, dan moest het iets worden waar zijn geliefde Alaska wat aan had. Even had hij gehoopt medicijnen te gaan studeren, maar hij had de benodigde scheikunde niet onder de knie gekregen, dus had hij gekozen voor een baan bij de staatspolitie. *State trooper.* Hij was de enige van zijn lichting voor wie de politieschool tweede keus was. Na drie weken kwam hij tot de ontdekking dat hij er de verkeerde hersenen voor had; zijn hoofd was gevuld met de meest uiteenlopende soorten informatie en opvattingen. Dus maakte hij het leeg, weg met alles wat hij niet meer nodig had (de vraag was of hij het ooit nodig had gehad). En zo kwam het dat hij in geen jaren meer had gedacht aan de *blasted heath,* de verwoeste vlakte. Maar Anaktue was een ander verhaal. Anaktue raakte iets diep in zijn binnenste, iets wat niet uit te schakelen was.

Toen de omvang van de ramp duidelijk was geworden, nadat de sneeuwstorm voldoende was gaan liggen, hadden zich anderen bij zijn kleine team gevoegd. Grayling zelf had de zoektocht naar overlevenden geleid. Met behulp van het zoeklicht op de helikopter hadden ze gespeurd in een steeds grotere straal rondom het dorp, maar er was niemand aangetroffen. Grayling had vernomen dat er drieëntwintig mensen aanwezig waren geweest. Hij hield pas op met zoeken toen de agenten in het dorp de resten van vierentwintig personen hadden gevonden. Aan Grayling de taak om uit te zoeken wie het vierentwintigste slachtoffer was.

Uiteindelijk was al het misselijkmakende werk achter de rug geweest en was hij vertrokken, als laatste. Hij had de lampen meegenomen in de helikopter. Achter hem werd Anaktue onzichtbaar, verdwenen in een zwart gat.

Vandaag moest hij nog meer interviews geven aan de pers: journalisten in hun verwarmde, goed verlichte tv-studio's. Zij zouden slapen zonder nachtmerries.

Zijn telefoon ging en hij werd doorverbonden met inspecteur Reeve in Fairbanks. Het ging over Matthew Alfredson, hun vierentwintigste slachtoffer, de man die ze hadden geïdentificeerd aan de hand van zijn visumgegevens in de computer, de maker van natuurfilms wiens trouwring Grayling glinsterend tussen de ravage had aangetroffen. Verder was alles verwoest geweest, alles van metaal akelig verwrongen, maar deze ene ring was bewaard gebleven als een volmaakte eeuwige cirkel. Grayling herinnerde zich van zijn kortstondige scheikundecolleges dat platina intense hitte kon doorstaan, maar toch leek de onbeschadigde ring haast een wonder. De ring was niet in de buurt van een van de lijken gevonden, dus ook al was het metaal een onverbroken cirkel, Grayling nam aan dat het huwelijk zelf minder schokbestendig was. Hij hoopte maar dat hij daar gelijk in had, dat zou het verdriet misschien wat minder hevig maken.

Maar gistermiddag om vijf uur, terwijl zij de resten van Anaktue aan het doorzoeken waren, had de bewuste man zijn vrouw gebeld. Hoe was dat mogelijk? Goeie god, liep hij nog ergens levend rond? Grayling moest de echtgenote spreken.

In Yasmins oren klonk commissaris Grayling als het prototype van een state trooper, met zijn zware stem en zelfverzekerde toon. Ze stelde zich er brede schouders en een verweerd gezicht bij voor.

'Heeft uw man ook gezegd waar hij was?' vroeg commissaris Grayling.

'Nee, maar ik denk dat hij bij een landingsbaan stond te wachten op een taxivliegtuig. Volgens inspecteur Reeve was er gisteren een sneeuwstorm en kon er nauwelijks gevlogen worden, dus dat vliegtuig kwam natuurlijk niet. Misschien is hij daar nu nog steeds.'

'We hebben een grootscheepse zoektocht gehouden, die ook de landingsbaan omvatte.'

'Maar het was donker en het stormde, u kunt hem toch makkelijk over het hoofd gezien hebben?'

Hij hoorde de hoop in haar stem, de manier waarop ze zich vastklampte aan een andere afloop, en hij had enorm met haar te doen.

'De landingsbaan ligt op vlak terrein en is behoorlijk goed zichtbaar. We hadden sterke lampen en het gebied is grondig uitgekamd.'

Hij zei er niet bij dat hij er zelf overheen gevlogen was, zeker vijf keer, voor alle zekerheid.

'Maakt hij gebruik van een sneeuwscooter?' vroeg hij toen. Anaktue lag overal vele kilometers vandaan, met vrijwel onbegaanbaar terrein ertussen, dus een sneeuwscooter was beslist de enige optie. Hij moest het zeker weten.

'Ja.'

Hij had zijn team gevraagd de door de hitte zacht geworden

brokstukken van de sneeuwscooters in elkaar te puzzelen. De stukken zouden inmiddels wel stijf bevroren zijn.

Yasmin herinnerde zich dat Matt Ruby en haar had verteld dat hij een sneeuwscooter had gekocht, van iemand in het dorpje die een nieuwe ging aanschaffen. Ze had het vreemd gevonden dat de Inupiaq op kariboejacht gingen met sneeuwscooters, maar Matt vond daar niets geks aan.

'Weet u hoeveel sneeuwscooters er in het dorp waren?' vroeg commissaris Grayling.

'Drie,' antwoordde ze. Die van Matt, de nieuwe van de vorige eigenaar en eentje van een man uit het dorp die werkte bij de boorputten van Prudhoe Bay. Matt en zij hadden het erover gehad; een veilig, neutraal onderwerp om te bespreken in het bijzijn van Ruby.

Ze wachtte tot Grayling iets zou zeggen, en de stilte vertelde haar dat er in het dorp drie sneeuwscooters – of de resten daarvan – gevonden waren. Matt was dus op dit moment niet levend en wel op zijn sneeuwscooter onderweg naar Fairbanks, waar hij ieder moment kon binnenvallen om Ruby te omhelzen, waarna ze hem kon zeggen dat ze van hem hield. Maar het was natuurlijk ook een absurde gedachte dat hij helemaal naar Fairbanks zou komen per sneeuwscooter. Ze was gewoon ongeduldig, ze kon niet wachten om hem te zien.

'Misschien is hij met de hondenslee,' zei ze.

Een paar weken terug had hij Ruby gemaild over een tocht met een van de Inupiaq-mannen, in een slee die werd getrokken door husky's. Ze had getwijfeld aan zijn enthousiasme; waarom zou iemand in die ijzige kou per slee willen reizen? Maar misschien had hij zich er daadwerkelijk op verheugd.

'Ook de hondenkennels zijn verwoest door het vuur,' zei Grayling.

'Het is goed mogelijk dat hij onderweg was om te filmen

toen de brand uitbrak en dat hij de honden mee had.'

'Midden in de winter op pad om te filmen?' vroeg Grayling. 'In het donker?'

'Hij is bezig aan een film over dieren in de natuur van Alaska in de wínter. Anaktue was voor hem niet meer dan een uitvalsbasis.'

Ze zei er niet bij hoe sceptisch ze was geweest over Matts reden om in Anaktue te verblijven; ze had hem er ook niet op aangesproken. Maar misschien had hij haar toch wel de waarheid verteld.

'Zelfs al was hij aan het filmen,' zei commissaris Grayling, 'dan nog zou hij op tijd zijn teruggekeerd naar Anaktue, of naar die landingsbaan, om jullie te kunnen ophalen in Fairbanks. Of niet soms?'

'Er zal wel iets misgegaan zijn met de slee of met een van de honden.'

'Uw man heeft niet gezegd waar hij was toen hij u belde?'

'Nee.'

'Hebt u enig idee?'

'Nee.'

'Mag ik vragen wat hij tegen u heeft gezegd?'

'We hebben elkaar niet gesproken.'

'Pardon?'

'De verbinding werd verbroken voordat hij iets kon zeggen.'

'Hij heeft helemaal niet gesproken?'

'Nee. Zoals ik al zei...'

'Hoe weet u dan dat hij het was?'

'Het was in Engeland twee uur 's nachts en hij is de enige die me op dat tijdstip zou bellen. De verbinding valt zo vaak weg. Hij heeft een satelliettelefoon en er mag geen enkel obstakel zijn tussen hem en de satelliet. Of misschien was zijn telefoon gewoon leeg. Dat lijkt me het waarschijnlijkst, want hij heeft daarna niet meer gebeld.'

'Kan het iemand anders zijn geweest die u belde? Misschien iemand die het verkeerde nummer had ingetoetst?'

'Nee. Hij was het.'

Ze vertelde Grayling niet hoe verbaasd ze was geweest dat Matt haar belde. Afgezien van dat vreselijke telefoontje van acht dagen geleden had hij haar nauwelijks meer gebeld, al bleef hij Ruby trouw mailen. In een van hun zeldzame telefoongesprekken een maand geleden had ze hem verweten geen moeite meer voor haar te doen, en hij had gezegd dat hij niet kon bellen vanuit Anaktue, dat hij voor de satellietverbinding eerst drie kilometer moest lopen en op een soort ijsschots moest klimmen. En o ja: het was winter en pikdonker wanneer hij die tocht ondernam, en op het moment dat hij haar sprak was het dertig graden onder nul. Ze had hem er niet op gewezen dat hij dezelfde tocht moest maken om Ruby te mailen, en dat deed hij vaak. Ze was veel te blij dat hij Ruby mailde. Gisteren was er een sneeuwstorm geweest, dat zou die tocht nog zwaarder hebben gemaakt.

Ze zou willen dat ze kon geloven in een opleving van hun relatie, zonder dat ze het wist, een opleving die maakte dat hij door de ijzige kou en in het pikdonker drie kilometer had gelopen om haar te kunnen spreken. Maar ze wist dat dat niet het geval was. Ze wist niet waarom hij haar had gebeld, vooral omdat ze over een paar uur met Ruby in het vliegtuig zou stappen en ze elkaar zouden zien.

'Welke maatschappij gebruikt uw man voor zijn satellietverbinding?' vroeg Grayling.

Hij wilde haar verhaal dus natrekken bij de provider. Ze gaf hem de naam van het bedrijf en hoopte maar dat dit de zoektocht niet zou vertragen.

Ze wachtte op een gevoel van opluchting, maar dat bleef uit. Misschien zou ze Matt na al die spanning eerst moeten aanraken om de opluchting te kunnen voelen.

Ze had nog niet aan inspecteur Reeve of aan commissaris Grayling gevraagd of Corazon ook tot de slachtoffers van de brand behoorde. Ze wilde haar naam niet hardop noemen.

@Words_No_Sounds
650 followers
SPANNING: ziet eruit als een schaakbord met heel snel bewegende stukken; voelt zweterig en plakkerig; smaakt naar prikkelend scherp ijs

Meestal gaat het niet zo goed bij de logopedist, maar er was ooit een man, heel jong – ik geloof dat hij nog studeerde om dokter te worden – die me vroeg of ik de woorden die ik dus niet kon horen wel voor me zag. Mijn moeder heeft niet graag dat ik *'No shit, Sherlock!'* zeg, maar mijn vader vindt het wel grappig. En dat vond de jonge soort-van-dokter ook. Ik had het nooit eerder aan iemand verteld, maar ik zie inderdaad woorden en ik kan ze ook aanraken en proeven. Ik weet dat het raar is, maar dat vond de jonge soort-van-dokter niet. Hij vond dat ik erover moest twitteren en ik zei: *'Great plan, Batman!'* (Omdat ik wist dat hij het leuk vond als ik personages uit boeken aanhaalde.) Hij was zelfs mijn eerste volger op Twitter en nu heb ik er honderden, en dat is heel raar. *Weird.* (WEIRD: ziet er psychedelisch uit, smaakt naar van dat bruisende, zuur-maar-toch-zoete citroenpoeder.)

Die tweet van mij over 'opwinding', toen ik dacht dat mijn vader op ons stond te wachten op het vliegveld, weet je nog? Gek is dat, ik vond het woord lijken op een met bont gevoerde capuchon van een Inupiaq-parka, maar toen mijn vader in oktober naar Alaska vertrok, heb ik 'treurig' getweet en dat woord deed me óók denken aan zijn capuchon. Dus volgens mij heeft de manier waarop je een woord ziet, net als de betekenis ervan in een zin, vooral te maken met context en timing. Op school zou ik nooit een woord als 'context' gebruiken, want daar vinden ze het al raar dat ik in het 'Speciale talenten'-programma zit én dat ik bijzondere aandacht nodig heb, allebei superweird, maar niet in de zin van bruisend zuur-maar-toch-zoet citroenpoeder.

Meestal helpt het als ik zo'n gevoelenswoord op Twitter zet.

Maar deze keer niet.

De politieagente was Yasmins contactgegevens aan het natrekken, toen inspecteur Reeve binnenkwam om door te geven dat hij commissaris Grayling voor haar aan de lijn had in zijn kantoortje. Ze ging met hem mee en pakte de telefoon.

'Het spijt me,' zei Grayling. 'Er is een vreselijke fout gemaakt.'

Het klonk vriendelijk. Ze stelde haar beeld bij: het gezicht milder, zijn bouw minder kolossaal.

'Bij de uitgebrande huizen is een satelliettelefoon gevonden door een van de junioren in het zoekteam. Hij heeft het laatstgekozen nummer gebeld in de hoop op die manier iemand op te sporen die de brand had overleefd, misschien een zwaargewond slachtoffer.'

'Ik begrijp het niet.'

'Het was een agent die u heeft gebeld, niet uw man. Hij slaagde erin een paar tellen verbinding te maken. Het spijt me. Het was verwarrend daar op de plaats van de brand en de bewuste agent is jong en onervaren. Hij had dit onmiddellijk aan mij moeten melden. Uiteraard worden er maatregelen genomen, dit had nooit mogen gebeuren.'

'Matt leeft nog,' zei ze tegen commissaris Grayling. 'Of hij me nu heeft gebeld of niet.'

'Mevrouw Alfredson...'

'Ik denk dat hij zijn telefoon heeft laten vallen toen hij vluchtte voor de brand.'

'Maar hij was er niet toen we het gebied doorzochten.'

'Hij is vast hulp gaan halen. Typisch Matt. Eerst zelf proberen te helpen, en als dat niet lukt gaat hij hulp halen. Daarbij heeft hij ongemerkt zijn telefoon laten vallen. Hij moet kilometers lopen om bereik te hebben en...'

'Het spijt me, mevrouw Alfredson, maar...'

'Of hij was op pad om te filmen. Zoals ik al heb gezegd. Hij heeft zijn telefoon laten vallen voordat hij vertrok en...'

Commissaris Grayling onderbrak haar. God, wat vond hij dit vreselijk om te doen.

'Er zijn vierentwintig lichamen geborgen. Op het moment van de brand woonden er drieëntwintig mensen in het dorpje. Deze informatie heb ik gisteren gekregen en vandaag nog eens nagetrokken.'

'Je kunt niet precies weten hoeveel mensen daar waren,' zei ze, en hij hoorde de snelle wanhoop in haar stem, en de afgemeten zekerheid in de zijne.

'Er waren plannen om in Anaktue nieuwe generatoren te installeren, en daarvoor zijn alle huishoudens grondig nagelopen. Bovendien is er gekeken naar de mogelijkheden voor een nieuwe Inupiaq-school. Daaruit zijn heel specifieke cijfers naar voren gekomen over het aantal inwoners op elk moment van het jaar.'

Commissaris Grayling klonk heel redelijk, heel vriendelijk. Ze zag inspecteur Reeve naar haar kijken. Hij had Grayling natuurlijk al gesproken. Er stond een glas water voor haar klaar. Grayling praatte door, de geluidsgolven sloegen meedogenloos tegen haar trommelvliezen en werden omgezet in woorden.

'Van de zevenentwintig dorpelingen waren vier jonge Inupiaq-mannen aan het werk bij de olieputten in Prudhoe Bay, zoals iedere winter. Dan bleven er dus drieëntwintig mensen over. En zoals ik al zei, hebben we vierentwintig lichamen geborgen.'

'Matt is toch niet geïdentificeerd?' vroeg ze.

'U hebt inspecteur Reeve laten weten dat de trouwring van hem was.'

'Maar hij had hem niet om, of wel soms? En u hebt nog geen fatsoenlijk forensisch onderzoek verricht, dat kan niet. Anders had u mij dat wel gemeld.'

Grayling voelde het medeleven met deze vrouw door zich heen stromen; het dreigde het dode gewicht van het verdriet los te rukken dat altijd in hem aanwezig was, toch al zo wankel. Hij zou willen dat er een niet-wrede manier was om het haar te vertellen.

'De brand is heel hevig geweest,' zei hij. Sommige lijken waren nauwelijks herkenbaar als de resten van een mens, laat staan een persoon met een naam en familie. De kans dat de slachtoffers zelfs via tandartsgegevens geïdentificeerd konden worden was erg klein.

'Ik wou dat ik niet degene was die u dit moet vertellen, maar uw man is dood. Het spijt me vreselijk. Ik weet dat inspecteur Reeve u zal opvangen.'

Hij hing op.

Het telefoontje van Matt was eenvoudigweg concreet bewijs geweest van datgene wat Yasmin al had geweten, eerst balancerend op het puntje van een mes en nu diep in haar binnenste: hij leefde nog.

Eerlijk gezegd verbaasde het haar niet dat hij niet degene was geweest die haar had gebeld – ze was juist verbaasd geweest dat hij haar wél had willen bellen. Was het maar zo. Niet omdat het zou duiden op zijn hervonden liefde voor haar, maar omdat de politie haar dan wel zou moeten geloven. Dan had ze nu niet op een politiebureau naast het vliegveld gezeten, zonder ook maar het geringste idee van hoe het nu verder moest.

Mijn moeder komt net weer binnen. Ze laat zich op haar hurken zakken, met haar gezicht vlak bij het mijne, zodat ik beter kan liplezen. Ze zegt dat alles goed is met mijn vader. Het is een misverstand, ze gaat het allemaal oplossen. Ze ziet er te gespannen uit, zoals wanneer je misslaat met swingball en het touw zich strak om de paal slingert. Ik doe alsof ik het niet zie en lach naar haar.

Ze vertelt dat mijn vader zijn telefoon is verloren en dat hij ons daarom niet heeft kunnen bellen of sms'en. Dan komt er een oudere agent binnen, die haar vraagt met hem mee te gaan. Ze zegt dat ze zo terugkomt. Bij het weglopen steekt hij zijn arm uit en laat hem dan weer zakken zonder haar aan te raken. Veel mensen weten niet hoe ze zich moeten gedragen bij mijn moeder, omdat ze zo mooi is. Maar het is overduidelijk dat ze nu behoefte heeft aan een arm om zich heen.

In zijn kantoor probeerde inspecteur Reeve Yasmin Alfredson naar een stoel te dirigeren, maar ze wilde niet zitten.

'Matt is niet dood,' zei ze. 'De state trooper in het noorden, die Grayling, moet hem gaan zoeken.'

Inspecteur Reeve had ergens gelezen dat er vier fasen van rouw waren, waarvan ontkenning de eerste was.

'Het spijt me, hij denkt dat dat zinloos is.'

'Dus geeft hij het maar gewoon op? Hoe moeilijk is het nou helemaal om naar iemand op zoek te gaan?'

Hij was bang dat haar stem zou overgaan in een schreeuw of een snik en hield zijn eigen toon ferm en kalm.

'Als commissaris Grayling zou geloven dat er ook maar de geringste kans was dat uw man nog leefde, zou hij gaan zoeken. Hij heeft zelf de helikopter naar Anaktue gevlogen, ondanks de sneeuwstorm. Hij had niet eens dienst, maar is toch gegaan. En hij is daar als laatste vertrokken. Bijna twaalf uur lang heeft hij gezocht, bij een temperatuur van min dertig.'

De man was voor Fairbanks-begrippen een individualist en runde de boel in het noorden alsof alles om hem draaide, vaak met bijzonder weinig respect voor de regels. Maar hij zou altijd net dat beetje meer doen en nooit een zoekgebied verlaten als er nog enige hoop was. Zo was hij geworden nadat zijn zoon was gesneuveld in Irak, zeiden ze.

Yasmin was stilgevallen. Zonder nog iets te zeggen stond ze op en liep het kantoortje uit.

Mijn armband trilt, en dat betekent dat er een hard geluid is. Het is een soort James Bond-snufje voor doven, zodat ik weet wanneer er op me geschoten wordt. (Dat zei de man in de hulpmiddelenzaak – ik vond het heel grappig.) Het is bedoeld om je te laten weten dat er een auto aankomt als je een keer vergeet om naar links en naar rechts te kijken.

Mijn moeder komt binnen met onze koffers; ik denk dat mijn armband is gaan trillen door het dichtvallen van de deur achter haar. Ze lacht niet naar me. Ze lacht altijd als ze me ziet, zelfs wanneer ik haar vijf minuten daarvoor nog heb gezien, alsof ze telkens weer superblij is om me te zien. Sommige mensen vinden haar afstandelijk. Dat zeggen ze – ik kan liplezen. Gemene woorden zijn makkelijker te lezen dan hartelijke. Ik denk dat ze haar beter zouden zíén als ze niet zo mooi was.

Ze zegt dat alles oké is met papa, maar dat er een vreselijke brand is geweest in Anaktue. En dat die idioten van de politie een stelletje slome slakken zijn, dus we moeten hier weg *om hem zelf te gaan zoeken.*

Ze liepen het politiebureau uit en zeulden hun koffers achter zich aan door de opeengepakte sneeuw. De kou voelde nu scherper. Ruby en zij droegen speciaal gevoerde poolhandschoenen en bivakmutsen.

Waar was hij?

Ze moest nadenken, rustig en rationeel, als de wetenschapper waartoe ze ooit was opgeleid.

Commissaris Grayling had de landingsbaan grondig afgespeurd en het was ongetwijfeld een open vlakte, waar je iemand relatief gemakkelijk zou zien. Waarschijnlijk had commissaris Grayling gelijk en was Matt daar niet.

Waar was hij dan wel? *Denk na. Vergeet de kou en Ruby die steeds naar je kijkt. Concentreer je.*

Als Matt in Anaktue was toen de brand uitbrak, wat zou hij dan hebben gedaan? Proberen te helpen, en als dat niet lukte zou hij hulp gaan halen. Ze stelde zich voor dat hij in de haast zijn telefoon uit zijn zak liet vallen, waarna het toestel geluidloos in de sneeuw belandde. Zonder het te merken ploegde hij drie kilometer door de sneeuwstorm en beklom de ijsschots om verbinding te maken met de satelliet. En toen? Hij tastte in zijn zak naar zijn telefoon en vond hem niet. Misschien was hij zoekend teruggelopen in de richting waaruit hij was gekomen, niet wetende dat hij het toestel al bij het dorpje had laten vallen. Hoe lang was hij blijven zoeken? Misschien was dat het moment waarop hij hulp had willen halen. Hij was natuurlijk wanhopig geweest. Er waren kinderen in het dorp. Corazon. Als hij te snel liep, zou hij gaan zweten en zou zijn zweet bevriezen op zijn huid. Dan zou hij onderkoeld raken. Maar hij kende het gevaar van onderkoeling.

Het had geen zin om zo te piekeren, ze moest zich concentreren. Maar ze zag zijn ogen voor zich op het moment dat het tot hem doordrong dat er geen dorp of stadje was waar hij naartoe kon, geen hulp in een omtrek van zeker honderdvijftig kilometer, maar toch liep hij door, alsof hij er iets aan kon veranderen – tot hij uiteindelijk besefte dat het zinloos was. Ze wilde haar warme handpalm tegen zijn gezicht leggen. *Concentreer je.* Al die tijd dat de politie had gezocht in Anaktue en bij de landingsbaan was het donker geweest, in een sneeuwstorm, en ze hadden hem niet gevonden met hun lichten omdat hij er niet was. Hoe lang zou het duren voordat hij terugkeerde naar Anaktue, dat inmiddels verlaten bleek te zijn en waar de politie was vertrokken?

Ruby gaf een klopje op haar arm. Haar koffer zat vast in de bevroren drab langs de stoeprand. Yasmin hielp haar om de wieltjes los te trekken.

Er was een betere verklaring. Hij was vertrokken met zijn camera, zoals ze tegen commissaris Grayling had gezegd. Er waren dieren genoeg om te filmen, het stikte ervan in Alaska in de winter. Ze had hem moeten geloven. En toen had hij vertraging opgelopen; een gewonde hond of problemen met de slee. Het deed er niet toe. Waar het om ging, was dat hij ver uit de buurt van Anaktue was toen de brand uitbrak. En wat al even belangrijk was: *hij had zijn noodset bij zich.* En de telefoon dan? Die had hij zonder het te merken laten vallen toen hij vertrok met de husky's. Weer dat dempende effect van de sneeuw. Als je iets verloor, protesteerde het niet hoorbaar. Zo'n slee met honden was natuurlijk lastig te besturen, misschien raakten de leidsels verstrikt, je had een hoop om aan te denken en hij was met zijn hoofd niet bij een verloren telefoon geweest. En toen? Hij was teruggekeerd naar het dorpje, na de brand, nadat de politie er had gezocht. Gisteravond misschien, of zelfs pas vanmorgen, en alles bleek tot aan de grond toe afgebrand te zijn. Uitgestorven.

Ze had natuurkunde en astrofysica gestudeerd, geen geneeskunde, dus ze wist niet hoe lang hij er zou kunnen overleven.

Ze was niet van plan Graylings argument van het aantal gevonden lijken te accepteren, dat was geen bewijs, niet geverifieerd. Het klopte niet. Het kón niet kloppen. En dan was er nog de onlogische grond waarop ze de rest van haar steekhoudende hypothese baseerde: dat hij nog in leven moest zijn omdat ze van hem hield; een emotionele waarheid die ze zo sterk voelde, zo absoluut, dat rationele argumenten er geen deuk in mochten slaan.

Ze hielp Ruby met haar koffer terwijl ze naar het luchthavengebouw liepen. Ze zouden samen een vliegtuig naar Noord-Alaska nemen en dan zouden ze hem vinden.

Bij de vertrekhal aangekomen zag ze dat het inmiddels aanmerkelijk donkerder was dan toen ze waren geland. De korte periode van verblindend daglicht was voorbij. Ze wist dat de bewoners hier zorgvuldig afgestemde woorden hadden voor donker en duisternis. Matt en zij hadden het er aan de telefoon over gehad toen hij pas in Alaska zat – een fijn telefoontje, een van de weinige fijne telefoontjes. Dit licht heette nautische schemer, met de zon die tussen de zes en twaalf graden onder de horizon stond. Weldra zou de zon zakken naar twaalf tot achttien graden onder de horizon, en dan heette het astronomische schemer. En daarna werd alles simpelweg zwart.

3

@Words_No_Sounds
650 followers
HERRIE: ziet eruit als rode en gele neonflitsen; voelt als puin dat op de grond valt; smaakt naar de uitgeblazen adem van andere mensen

Het is hier afschuwelijk. Overal mensen met koffers en trolleys. Ik ben het mobiele nummer en het e-mailadres van mijn moeder op kaartjes aan het schrijven en iedereen botst tegen me op. Op de achterkant van het kaartje staat reclame voor een taxibedrijf, maar dat is alleen open in de zomer, zegt mijn moeder. Ze zegt dat we de kaartjes aan iedereen moeten geven die ons misschien zou kunnen helpen.

Ik maakte me eerst een beetje zorgen over de slome slakken bij de politie, maar nu denk ik dat het juist goed is, want het betekent dat mijn moeder papa zelf gaat halen, en dan kan hij zien hoeveel ze van hem houdt. Misschien weet hij dat niet, omdat haar liefde schuilgaat achter een heleboel boosheid.

Yasmin vroeg de vijf mensen die in de rij stonden voor de balie van North Airlines of ze haar wilden voorlaten, en ze moesten haar wanhoop hebben opgemerkt, want ze deden vriendelijk een stapje opzij. De vrouw aan de balie keek nors.

'Weet u hoe ik in Anaktue kan komen?'

'Mevrouw, er staat een rij.'

'Maar...'

'U zult op uw beurt moeten wachten.'

Yasmin liep weg. De vijandigheid van deze vrouw was duidelijk alleen te bestrijden door netjes achteraan aan te sluiten. Ze vroeg Ruby in gebarentaal hoe het ging met de visitekaartjes en Ruby gebaarde terug dat ze klaar was; een geluidloze conversatie dwars door de luidruchtige hal. Yasmin had Ruby deze taak gegeven opdat ze zich nuttig zou voelen, maar ook met het oog op de kleine kans dat iemand die zo'n kaartje aannam iets zou weten over Matt en Anaktue.

Ze zag op een bordje het verzamelpunt voor groepen die naar de poolcirkel reisden om het noorderlicht te zien. Het had een paar tellen haar belangstelling, tot ze besefte dat Anaktue honderden kilometers noordelijker lag. Bovendien waren er hartje winter geen excursies.

Aan: Matthew.Alfredson@mac.com
Onderwerp: We komen eraan!!
Van: Ruby.Alfredson@hotmail.co.uk

Hoi pap. Mama komt je zoeken en ik ga mee. We zijn op het vliegveld en mama is nu tickets aan het regelen. Ze wil je heel graag zien. Ik kan ook niet wachten.
Ik hou megasuperveel van jou,
Puggle

Ik weet dat de laptop van mijn vader stuk is, maar zijn satellietverbinding werkt nog wel, dus hoeft hij alleen maar een laptop van iemand anders te lenen. Als mijn vader ongedeerd is, moeten sommigen van zijn vrienden dat ook zijn en zij hebben natuurlijk een laptop meegenomen. De Inupiaq zijn niet in het verleden blijven steken, zoals sommige mensen denken. Ze jagen op kariboe en bouwen *aputiat*, maar ze hebben ook sneeuwscooters en laptops, het is geen kwestie van of/of. En als ze voor de brand zijn gevlucht, hebben ze vast hun laptop meegenomen. Zou ik ook doen. Na onze hond Bosley en Driepoot, onze kat, zou ik als volgende mijn laptop meenemen. Dus mijn vader kan zijn mail vast wel lezen.

Mijn vader en ik denken dat ik straks op de middelbare school te groot ben om nog Puggle genoemd te worden, want dat is een babynaam. Maar hij is het met me eens dat ik niet Vogelbekdier kan gaan heten, de volwassen versie, dus we moeten nog even kijken hoe we dat gaan doen.

Toen ik mijn vader dat bericht stuurde, zag ik dat er mail was van mensen op school, maar óp school praten de meesten niet met me. Het is namelijk helemáál niet coolio om met 'de dove' te praten. Zo noemen ze me, alsof ik zo heet.

Tanya, de aanvoerster van het hele stel, is het gemeenst. 'O, kijk eens, daar hebben we de dove, voor de laatste roddels.' Ik kan makkelijk liplezen wat ze zegt. Ze draagt tegenwoordig roze lipbalsem en daar kijk ik naar als al die meiden lachen. Dan zeg ik: 'Waarom zou ik met jou willen roddelen? Je hebt de persoonlijkheid van een broodrooster! En trouwens, roddelen is stom.'

Ze blijven lachen, omdat ze geen gebarentaal kennen en ze het grappig vinden dat-zij-rare-dingen-doet-met-haar-handen. Maar Jimmy kent wel gebarentaal en hij moet lachen om mijn 'persoonlijkheid van een broodrooster'.

(GEMEEN: voelt als prikkeldraad; ziet eruit als een konijn dat met een pootje in een strik vastzit; smaakt als fluisterende glitterlipbalsem.)

Als ik mail of Facebook kunnen mensen die de gebarentaal niet beheersen me meteen begrijpen, en ze snappen mijn grapjes. Ze maken op hun beurt grappen tegen mij en die snap ik ook meteen, wat heel belangrijk is voor een grap. (Niet van die types als Tanya, maar van de mensen die me mailen of met me Facebooken.) En ze vertellen me ook persoonlijke dingen. Max, die al vanaf het allereerste begin bij mij in de klas zit, vindt het rot dat we straks naar de middelbare school gaan. Hij ziet ertegen op, net als ik. Maar op school praten we nooit met elkaar. Het lijkt wel of er twee werelden zijn, de getypte (e-mail en Facebook en Twitter en blogs) en de 'echte'. Er zijn dus ook twee ikken. Ik zou liever willen dat de echte wereld de getypte was, want daar kan ik pas echt mezelf zijn.

De laptop heb ik van mijn vader gekregen. Mijn moeder heeft een hekel aan dat ding en noemt het al vanaf het begin diestommelaptop. Ze kijkt er altijd woest naar, alsof de laptop kwaad terug zou kunnen kijken. Alsof zij de boze-blikkenwedstrijd zou kunnen winnen.

Mijn moeder denkt dat het allemaal veel beter zou gaan als ik kon praten met mijn mond. Dat zegt ze bijna iedere keer wanneer we van school naar huis lopen. In plaats van haar tegen te spreken houd ik haar hand vast. Maar soms spreek ik haar tegen met mijn stem – mijn handstem, zodat ik haar hand wel moet loslaten – en dan zeg ik: 'Nee, dat doe ik niet, je snapt er niks van!' Want:

Punt een: ik zal nooit klinken zoals zij;

Punt twee: dan wordt dat weer iets belangrijks. Straks ben ik nog die-dove-met-de-rare-stem en het is al genoeg om gewoon 'die dove' te zijn zonder andere gekke dingen.

Ik zou liever 'de verwende opschepster' zijn of 'de nerd die alles beter weet', dat soort dingen, want dan kun je tenminste nog proberen te veranderen, als je wilt. Of niet. Dat bepaal je zelf.

Doof zijn is iets waar ik niks aan kan veranderen. Mijn moeder snapt dat niet, maar ik weet niet eens of ik het wel zou wíllen veranderen. Ik heb mijn eigen Ruby-wereld, een stille wereld die ik kan bekijken, aanraken en soms proeven, maar niet horen. Mijn vader zegt dat stilte heel mooi is, dus misschien is mijn wereld wel mooier dan die van andere mensen. En misschien zouden de geluiden die ik in mijn eigen stille wereld niet kan horen wel alles verpesten.

Max maakt zich grote zorgen over de nieuwe school, compleet met buikpijn en zo. Ik zie er ook tegen op, maar met mijn buik gaat het prima.

Yasmin was aangekomen bij de vijandige vrouw achter de balie.

'Ik moet naar Anaktue.'

'Ik weet niet waar dat ligt, mevrouw.'

'Zo'n achthonderd kilometer ten noorden van hier.'

'Wij vliegen niet naar dat gebied.'

'De dichtstbijzijnde stad dan? Deadhorse, denk ik.'

Yasmin had onthouden dat Matt daarheen was gevlogen toen hij naar Anaktue ging. Van daaruit had hij een taxivliegtuig genomen.

'Ik zeg u net dat we niet naar dat gebied vliegen, mevrouw.'

'Kunt u me dan vertellen hoe ik er kan komen? Alstublieft?'

'Ik zit hier aan de incheckbalie van Northern Airways, niet op een reisbureau.'

Er kwam een man naar Yasmin toe. Hij was een jaar of veertig en droeg een overall, een petje waar Am-Fuels op stond en een gedenkspeldje van 9/11.

'U moet Arctic Airways hebben,' zei hij. 'Maar hun laatste vlucht van vandaag is tien minuten geleden vertrokken.'

Ze voelde paniek opkomen. Hij moest het aan haar gezien hebben, want hij wierp haar een vriendelijke blik toe.

‘Ik kan misschien wel een vlucht naar Deadhorse voor u regelen,’ zei hij. ‘Van daaruit gaan er taxivliegtuigen naar bijna alle plaatsen in het noorden.’ Hij zweeg even. ‘Anaktue is toch het plaatsje dat in het nieuws was?’

‘Dat zal wel, ja.’

Meer zei ze niet, en hij drong niet aan.

‘Kunt u even wachten tot ik mijn dochter op het vliegtuig heb gezet?’ vroeg hij.

Achter hem stond een jonge vrouw, achttien of negentien, opgewonden om zich heen te kijken, met een steeds terugkerende glimlach op haar gezicht en een rugzak om haar schouders.

Mijn moeder deelt de kaartjes uit die ik heb geschreven en vraagt aan de mensen of ze iets weten over Anaktue. Het levert haar heel rare blikken op. Sommige botteriken gooien het kaartje gewoon voor onze neus in de prullenbak. Ik ben er nu nog wat meer aan het schrijven, met op de achterkant een ander taxibedrijf. Ik ben wel een beetje bang dat de mensen mijn moeder zullen bellen of mailen in de veronderstelling dat zij van de taxi is.

Ik moet nog steeds denken aan de gemene meisjes op school en aan dat geroddel.

Mijn vader heeft me ooit verteld over een film waarin een predikant aan de mensen uitlegt wat er zo afschuwelijk is aan roddelen. Als je een roddel vertelt, is dat net zoiets als het leegschudden van een verenkussen vanuit een hoog raam in de wind. Als je de roddel wilt terugnemen, zul je ieder veertje moeten terugvinden en dat lukt dus nooit. Maar het zou fijn zijn als het met de kaartjes van mijn moeder ook zo gaat, als ze overal terechtkomen en er iemand is die iets weet en die ons wil helpen mijn vader heel gauw te vinden.

Een kwartier later zag Yasmin hoe de man met de Am-Fuelspet zich door de drommen mensen heen een weg naar hen toe baande. Ze vond hem er nerveus uitzien.

'Jack Williams,' zei hij met uitgestoken hand. 'Sorry dat het even duurde, maar ik wilde mijn dochter naar de gate brengen. Ze is nooit eerder van huis geweest. In ieder geval niet langer dan een week.'

Yasmin vond het voor hem pleiten dat hij zich zorgen maakte.

'Veel werklui vliegen met Freedman Barton Fuels naar de olieputten ten zuiden van Prudhoe, via Deadhorse,' vertelde Jack. 'Dat zijn chartervluchten. Ik ken de piloot en ik heb hem gebeld. Als u een lift wilt, vindt hij het prima. Het zal officieel wel niet mogen, maar hij houdt zijn mond. Er zijn nog een paar vrije stoelen.'

'Dank u wel,' zei Yasmin.

Hij glimlachte naar Ruby. 'Ik zou willen dat dochters altijd thuisbleven, in plaats van groot te worden en te gaan reizen.'

Yasmin wist niet hoeveel Ruby ervan had meegekregen, maar Jack sprak duidelijk en hield zijn hand niet voor zijn mond, dus ze zou het grootste deel wel hebben kunnen volgen.

'Kom, dan wijs ik jullie de weg. Zijn dit jullie koffers?'

Ik mag die man niet. Ik vertrouw hem voor geen meter. Die poeslieve glimlachjes van hem. Toen hij onze koffers pakte, schoof zijn mouw omhoog en daardoor kon je zien dat hij een Omega-horloge draagt. Mijn vader heeft er ook zo een; het lijkt er precies op. Dat heeft hij van opa geërfd. Het is veel te kostbaar om elke dag te dragen, zegt hij, dus waarom heeft deze man het zomaar doordeweeks om? Nu ziet hij me ernaar staren.

Yasmin had Ruby naar het horloge zien kijken, of eigenlijk meer woest zien staren. Geen wonder dat Jack het ook opmerkte.

'Vroeger kocht ik vaak cadeaus voor mijn vrouw,' zei hij. 'Het werk op de olievelden is heel vies, daarna wil je graag mooie dingen om je heen. Ik kocht mooie spulletjes voor haar. Kort voordat we twintig jaar getrouwd waren, heeft ze een heleboel van haar eigen sieraden teruggebracht naar de winkel en geruild voor dit horloge. Dat heb ik toen van haar gekregen.'

En zijn vrouw is dood, dacht Yasmin, daarom draagt hij natuurlijk altijd dat horloge. Ze had met hem te doen op een manier die ze zich tot vandaag niet had kunnen voorstellen.

Ze volgden Jack door een gang naar een kleine vertrekhal. Daar zaten een stuk of vijftien, twintig mannen, van wie de meesten een pet en een overall droegen met de opdruk FBF, Freedman Barton Fuels; een paar met Am-Fuels-pet. Yasmin hield Ruby's hand vast. Ze was bang voor de dag dat dit soort mannen Ruby niet langer als een kind zouden beschouwen. Tot haar opluchting zagen de mannen hen niet binnenkomen, omdat ze allemaal hun aandacht richtten op een tengere man in pak die met zijn rug naar hen toe zat. Zijn blonde haar glansde in het kunstlicht. Yasmin kon hun vijandigheid ten opzichte van de blonde man in pak voelen, bijna als iets ruws en schurends op haar huid.

'Vuile bomenknuffelaar,' zei een van hen tegen de man.

'In Noord-Alaska zijn geen bomen, hebben ze jou dat niet verteld?' vroeg een ander.

De blonde man reageerde hooghartig op hun agressie. 'Zijn jullie niet bang, of op z'n minst geïnteresseerd in de materialen waarmee jullie werken? Stoffen die kanker veroorzaken, radioactieve chemicaliën...'

Een man met een getatoeëerd gezicht onderbrak hem. Hij

torende boven de blonde man uit. ‘Zien wij er ziek uit dan?’ Hij draaide zich om naar zijn collega’s. ‘Hij komt hier elke week en is telkens weer het zonnetje in huis.’

Yasmin kon nu het gezicht van de blonde man zien en tot haar verbazing was hij in de vijftig, met grijze wenkbrauwen en een ziekelijk bleke huid.

De man met de tatoeages vervolgde: ‘We kennen je verhaal nu wel, jongen. Weet je waar FBF voor staat? “Fraccen, baby, fraccen.” Sarah Palin, dat was tenminste een vrouw met visie.’

De blonde man in pak handhaafde zijn superieure toon. ‘Jullie zijn overgenomen door American Fuels, dus die grap gaat niet meer op.’

Yasmin zag dat Ruby, die het al liplezend volgde, zich geïntimideerd voelde door de mannen en hun taalgebruik.

‘Hij zei *fraccen, baby, fraccen*,’ zei ze tegen Ruby, waarbij ze ‘fraccen’ met haar vingers spelde. Ze vroeg haar om op te houden met liplezen; zij zou het haar wel vertellen als er iets belangrijks werd gezegd.

Ze zag dat de mannen nu naar haar staarden. Jack kwam dichterbij.

‘Deze mevrouw en haar dochter vliegen met ons mee naar Deadhorse,’ zei hij.

Een van de mannen begon te lachen. ‘Hebben ze daar tegenwoordig ook al een winkelcentrum?’

‘We willen naar Anaktue,’ zei Yasmin. ‘In Deadhorse nemen we een taxivliegtuig.’

‘Heb je het nieuws niet gezien?’ vroeg een gespierde man aan haar. ‘De hele boel is daar afgefikt, alles en iedereen.’ Hij keek om zich heen naar de anderen. ‘Op het nieuws zeiden ze dat die sukkels hun brandstof vlak bij de huizen bewaarden.’

‘De brand kan ook veroorzaakt zijn door het hydraulisch fraccen bij de winning van schalieolie,’ zei de blonde man.

Zijn bleke gezicht leefde op alsof die gedachte hem prikkelde. 'Anaktue ligt maar een kilometer of zestig ten noorden van de olieputten van Am-Fuels in Tukapak.'

'Dat weet ik allemaal niet,' zei de gespierde man. 'Maar ik zou zeggen dat we het dan hebben over zestig kilometer snééuw.'

'Mensen in dat gebied kunnen het water dat uit de kraan komt in brand steken,' zei de blonde man.

'Tuurlijk, joh,' zei de gespierde man. 'Het is geen brandstofexplosie geweest, zoals ze op het nieuws zeiden, maar de boel is in de hens gevlogen door het water dat daar uit de kraan komt.'

'De giftige dampen kunnen gemakkelijk vlam vatten,' zei de blonde man. 'Dat risico loop je altijd.'

'Schei toch uit, man,' zei Jack, en Yasmin wist zeker dat hij op zijn woorden lette vanwege Ruby en haar. 'Wou je nou beweren dat de dampen uit een schalieput in Noord-Alaska, zestig kilometer verderop, bij min dertig en in de gierende wind, over die open vlakte helemaal naar Anaktue zijn getrokken en daar in de fik zijn gevlogen? Spontáán?'

'Het zou kunnen,' zei de blonde man.

'Dat is gelul en dat weet je best.' Jack keek strak naar het gezicht van de man, alsof hij hem zin voor zin probeerde te peilen. 'Jezus, jij zou gewoon wíllen dat het een frac-ongeluk is geweest. Je hóópt dat zoiets gebeurt.'

'Inderdaad, je hebt gelijk,' zei de blonde man. 'Het hydraulisch fraccen van schalieolie is vragen om ongelukken, een ramp. Ik heb liever dat iedereen omkomt in zo'n dorpje in Alaska waar bijna niemand woont, dan in een dichtbevolkt gebied. Dus ja, als er eerst een dorp moet affikken om een einde te maken aan deze waanzin, dan moet dat maar.'

Yasmin vond het walgelijk dat ze met deze man moest praten, maar hij wist dus waar Anaktue lag. ... *maar een kilometer of zestig ten noorden van de olieputten van Am-Fuels in Tukapak.* Anaktue was een piepklein gehucht, dus waar kende hij het van?

Ze liep naar hem toe, met Ruby nog aan de hand. De opdringerige blik waarmee hij haar aankeek, zonder met zijn ogen te knipperen, beviel haar niet.

'Silesian Stennet,' stelde hij zich voor, en hij stak haar zijn rechterhand toe, mollig en vol levervlekken. Ze gaf hem geen hand.

'Ik was financieel directeur van een hydraulisch fracbedrijf,' vervolgde Silesian zonder het oogcontact te verbreken. 'Maar mijn geweten liet dat niet langer toe, ik wist te veel van de risico's. Alleen willen sommige mensen gewoon geen waarschuwingen horen.'

'Hoe komt het dat u weet waar Anaktue ligt?' vroeg Yasmin. 'Kent u daar mensen? Hebt u bericht van hen gehad?'

'Zoals ik al zei: ik heb voor een hydraulisch fracbedrijf gewerkt. Anaktue is gevestigd op honderdduizenden vaten schalieolie. Het ligt maar vijftig kilometer van de Trans-Alaskapijplijn, dus de infrastructuur om de ruwe olie te verschepen is eigenlijk al aanwezig. Alle hydraulische fracbedrijven weten waar Anaktue ligt. Ze hebben waarschijnlijk ook bodemmonsters, seismische gegevens in 3D en alle boorinformatie over Anaktue.'

Jack zag Yasmin met Silesian Stennet praten en vroeg zich af of hij haar moest waarschuwen voor die schoft, of hij haar moest vertellen dat Stennet veroordeeld was wegens sabotage van een schalieoliebron. Het was puur geluk dat er geen gewonden waren gevallen. Omdat hij een kop groter was dan Silesian, kon Jack zien dat de blonde man grijze strepen aan weerskanten van zijn scheiding had. Stennet wilde de bevlogen jonge kerel uithangen, maar eigenlijk was het gewoon een uitslover van middelbare leeftijd die zijn obsessie niet kon loslaten.

Niemand doet zijn mond open, niemand zegt iets en mijn moeder is weer zo gespannen als het elastiek van de swingball. Ze is vergeten dat ze me op de hoogte zou houden als iemand iets belangrijks of interessants zegt.

De man met het blonde haar vraagt in gebarentaal: 'Zal ik je vertellen wat er gebeurt?'

Het is supercoolio als iemand gebarentaal kent terwijl hij zelf niet doof is. Bijvoorbeeld die keer dat president Obama 'bedankt' teruggebaarde naar iemand die in gebarentaal iets tegen hem had gezegd, alsof het niets voorstelde. Mijn moeder heeft het daarnet niet eens gezien, die heeft het te druk met luisteren.

De blonde man spelt met zijn vingers 'mededeling' en dan iets over een dood paard. Ik denk dat hij de plaats Deadhorse bedoelt, waar we naartoe gaan om mijn vader te zoeken.

Het gebaar voor paard in de Amerikaanse gebarentaal is je hand naar je hoofd brengen en dan je zogenaamde oren heen en weer bewegen, zoals dat paard in *War Horse*. In de Britse gebarentaal doe je alsof je in galop de teugels vasthoudt, dat is leuker. Ik denk aan het verhaal rond het gebaar, niet aan de betekenis, want ik ben bang dat het iets akeligs betekent.

Nu steekt de blonde man me zijn telefoon toe. Hij heeft iets getypt. Ik buig me naar hem toe, een klein stukje maar, daar kan mijn moeder geen bezwaar tegen hebben. Ik lees wat hij heeft getypt:

ER IS EEN CRASH GEWEEST OP HET VLIEGVELD VAN DEADHORSE. EEN VRACHTVLIEGTUIG HEEFT ZIJN LADING VERLOREN. GEEN LANDINGEN DAAR TOT DE BOEL IS OPGERUIMD. KAN WEL MORGEN OF OVERMORGEN WORDEN.

Ik word misselijk. Net als in het vliegtuig, toen ik door het gangpad liep en bedacht dat er kilometers lege lucht onder de vloer zaten.

De blonde man vraagt: 'Wat gaan jullie in Anaktue doen?' Hij spelt Anaktue met zijn vingers.

'Mijn vader zoeken,' antwoord ik.

'In Anaktue?' antwoordt hij met een soort glimlach op zijn gezicht, alsof dat grappig is.

'Ja.'

Ik vind het niet prettig om zo dicht bij hem te zijn. Als hij de telefoon vlak voor mijn gezicht houdt om me de tekst te laten lezen, ruiken zijn handen naar oude vis.

Weet je nog dat ik die Jack een engerd vond? Nou, dat is hij niet. Niet echt. Ik vond het gewoon vervelend dat hij er was. Hij wel en mijn vader niet. Ik vond het zelfs irritant dat hij ons wilde helpen en dat is stom van me, want we hebben zijn hulp nodig om mijn vader te vinden. Dus ook al vind ik deze blonde man een engerd, ik vertrouw niet meer op mijn enge-mannenradar.

Ik schuif dichter naar mijn moeder toe. Er staat een man tegen haar te praten, maar ze is nog steeds vergeten dat ze belangrijke dingen aan mij zou doorgeven, dus ga ik maar liplezen. Ik kan niet ieder woord volgen, maar wel veel.

Hij zegt dat de kleine taxivliegtuigen nog wel opstijgen vanaf Deadhorse, omdat ze de grote startbaan niet nodig hebben. We kunnen nog naar mijn vader toe!

Er is nog een man, die met de tatoeages, en hij zegt iets over de reis naar Deadhorse vanaf hier, maar ik kan zijn lippen niet lezen omdat hij mompelt. En nu lacht een andere man weer alsof er iets heel grappigs wordt gezegd.

'En hoe moet ze daar komen dan?' zegt hij. Dan ziet hij mij en zwijgt even. 'Met de bus zeker?'

Nu kijkt hij mijn moeder aan, en hij zegt iets wat ik niet kan lezen. En dan: 'Je kunt er niet naartoe rijden. Het is achthonderd kilometer en de weg is een en al ijs.'

Ik trek mijn moeder aan haar mouw tot ze me aankijkt.

'Wat gaan we nou doen?' vraag ik. 'Hoe moeten we bij papa komen?'

Ze zegt dat ik even moet wachten. De blonde man komt weer dichterbij en houdt me zijn telefoon voor:

WAAROM HEEFT JE MOEDER TWEE TROUWRINGEN OM?

Ik kijk naar mijn moeders hand. Ze draagt altijd haar trouwring, en soms haar verlovingsring of de ring die ze van mijn vader heeft gekregen na mijn geboorte, gemaakt van een groene steen die peridot heet. Dat betekent 'vreugde', en mijn moeder zegt dat de steen dezelfde kleur heeft als mijn ogen, zodat ze naar de ring kan kijken als ik er niet ben en dán ziet ze mijn gezicht heel duidelijk voor zich, maar mijn vader zegt dat het ook betekent dat hij een beetje krap bij kas zat.

Mijn vaders trouwring kan ze niet om hebben, want die draagt hij zélf. Ik snap er niks van. Het is alsof de bodem van dat vliegtuig gemaakt is van nat krantenpapier en ik erdoorheen zak.

Mijn moeder grist de man zijn telefoon uit handen, klapt hem dicht en geeft hem terug. Ze bukt tot haar gezicht vlak voor dat van mij is.

'Papa doet zijn ring af als hij aan het werk is,' zegt ze. 'Daarom heeft een politieman hem gevonden. En nu bewaar ik hem voor papa.' Ze praat met haar mond en gebaart er tegelijkertijd bij. 'Alles is goed met papa.'

De blonde man kijkt naar haar gebarentaal, en het is alsof hij iets van me steelt.

Yasmin trok met haar ene hand haar koffer achter zich aan en hield met de andere Ruby's hand vast, en zo liepen ze van de wachtruimte in de vertrekhal een lange gang door naar de uitgang. Ruby kon haar bijna niet bijhouden; haar koffer kieperde om op de wieltjes.

Ze moest een plan bedenken. Er moest een plan zijn. Dat moest. Als ze geen plan kon verzinnen, zou dat dan het moment zijn waarop iemand ging zeggen dat ze de feiten onder ogen moest zien? En wie zou die iemand zijn? Een politieagent? Iemand uit Engeland? Zolang ze onderweg was om hem te zoeken, leefde Matt nog. En dit was geen rouwreactie, gevoed door het verlangen in haar binnenste; als zij niet langer geloofde dat hij nog leefde, als zij zich zou laten overdonderen door al die mensen en hun feiten, dan zou hij alleen achterblijven in het kille, verlaten poolgebied en het niet overleven.

Mijn moeder zegt dat we een teambespreking moeten houden. Onze teambesprekingen werden altijd geregeld door mijn vader, totdat hij hierheen vertrok. Toen nam mama het over. Thuis zegt ze dan dat Bosley en zij 'team Ruby' zijn en dan mag ik alles eruit gooien, want het is niet goed om dingen op te kroppen en ik mag gerust eens lekker huilen als ik wil (liever dan dat ik het in het openbaar doe, want dat vindt ze gênant). En als ik doe wat ze zegt, zwiept Bosley kwispelend zijn staart tegen me aan en is het net alsof hij een deel van zijn blijdschap aan me doorgeeft. Soms is Driepoot er in plaats van Bosley, dan ligt hij trillend te spinnen op mijn schoot en dat is ook heel fijn, maar meestal is het Bosley.

Mijn moeder zegt dat we naar een hotel gaan, maar ik dacht dat we papa gingen zoeken. Ze zegt dat een goed hotel vast wel een oppasdienst heeft. Even begrijp ik niet wat ze bedoelt, maar dan snap ik het en ik roep: 'Nee!' Ze heeft me nog nooit bij een oppas achtergelaten. Ik wil geen oppas. Ze zegt dat het maar voor even is. En dat ze ervoor zal zorgen dat het een aardige oppas is.

De blonde man staat vlak achter ons en hij heeft ons zien gebaren. Het is alsof hij nu iets heeft gestolen zonder dat ik het heb gemerkt. Ik denk dat hij heeft gehold, want zijn gezicht glimt helemaal en in zijn blonde haar zitten donkere strepen van het zweet.

Hij staat nu pal voor ons, zodat we niet verder de gang door kunnen lopen en hij gaapt mijn moeder aan zonder iets te zeggen, met alleen die blik van: *oh my god*, wat is ze mooi! Ik verander op slag in een enorme sukkel door zo naar haar te staren. Ze komen altijd extra sukkelig over als ze haar zwijgend aanstaren, en dat blíjft maar duren. Mijn moeder merkt er nooit wat van. 'De weg ligt bezaaid met slachtoffers van je moeders charmes,' zegt mijn vader wel eens. 'Zij is zo'n chauffeur die gewoon doorrijdt na een ongeluk.'

'Ja, omdat ze niet weet dat ze slachtoffers maakt,' verdedig ik haar dan, en daar moet mijn vader om lachen.

Nu klinkt het alsof ze elkaar de hele dag plagen, maar dat is niet zo.

De blonde man is aan het woord, ik kan zijn mond zien bewegen.

'Ik help jullie om een goed hotel te vinden,' zegt hij.

'We redden ons wel, dank u,' zegt mijn moeder, maar dat 'dank u' meent ze niet.

Ze pakt mijn hand en we lopen verder, bij hem vandaan.

Maar hij loopt mee. Hij steekt zijn hand uit om haar aan te raken, alsof ze hem al kent, alsof ze zijn vrouw is of zijn vriendin. Ze laat het niet toe, want ze vindt hem niet eens aardig.

'Je bent hier nooit eerder geweest,' zegt hij. 'Je weet niet welke hotels hier een slaatje uit slaan.'

Yasmin probeerde Ruby Bij Silesian vandaan te voeren, maar hij versperde hun de weg.

'Je hebt toch oppas nodig voor je dochter? Ik let wel op

haar, ik beloof je dat ze bij mij veilig is.'

'We redden ons wel, zei ik.'

'Het is geen moeite. Ik woon hier in Fairbanks, één straat verderop. Een professionele oppas zou heel duur worden en ik doe het graag. Gratis.'

Hij pakte haar arm beet.

'Vrijblijvend, ik hoef er niets voor terug.'

Jack kwam aangesneld en Silesian liet haar arm los.

'Alles goed hier?' vroeg Jack en ze knikte. Toen zei hij tegen Silesian: 'Laat de dame en haar dochter met rust, begrepen?'

'Dank je wel,' zei Yasmin tegen Jack, en ze wendde zich tot Ruby. 'Gaat het?'

Ruby knikte, en ze trokken hun koffers weer achter zich aan naar de uitgang van het vliegveld.

Jack belemmerde Silesian fysiek de doorgang, zodat hij niet achter hen aan kon komen. Yasmin was hem er dankbaar voor. Ze wou maar dat ze Ruby thuis had gelaten, in Engeland, maar na de dood van Matts ouders vertrouwde ze haar aan niemand meer toe, en Ruby vond het eng om van huis te zijn. Er waren weinig mensen die met haar konden praten of haar begrepen en soms deden ze onbedoeld wrede dingen, haar nachtlampje uitdoen bijvoorbeeld, zodat ze niet wist of er iets tegen haar werd gezegd wanneer ze wegliepen, het 'welterusten' waar ze zo'n behoefte aan had. Hoe kon ze haar dan hier, in deze stad aan de andere kant van de wereld, ver van huis, achterlaten bij vreemden, met die verontrustende man in de buurt?

We zijn nu bij de grote deuren van het luchthavengebouw. Telkens wanneer er iemand binnenkomt glijden ze open en komt de kou ook binnen, zo fel dat mijn gezicht er pijn van doet. Ik ben bang dat de blonde man achter ons aan zal komen. Mijn moeder merkt het, want ze zegt: 'Het is gewoon een snotklodder, en van snotklodders trekken wij ons niks aan.'

Heel lang geleden heb ik haar het gebaar voor 'snotklodder' geleerd, zelf verzonnen, en het is best wel goor: je steekt een vinger in je neus. Het is de eerste keer dat mijn moeder het doet. Ik weet dat ze me aan het lachen wil maken.

'Ik wil echt niet naar een hotel met een oppas,' zeg ik. Mijn moeder knikt alsof ze het begrijpt. Ik denk dat ze zich ook een beetje zorgen maakt om de snotklodderman. Dat ze bang is dat hij me zal komen zoeken of zo. Een hele tijd zegt ze niks. Vier groepjes mensen met karretjes vol koffers komen binnen door de schuifdeuren, en telkens waait er een vlaag ijskoude lucht met ze mee.

Mijn moeder zegt dat ze twee scenario's heeft bedacht; het woord 'scenario' spelt ze met haar vingers. Ik kan merken dat we nu echt een team zijn. Onze scenario's zijn:

Een: papa is uit het dorp weggegaan om hulp te halen, maar hij kon niemand vinden en toen hij terugkwam was de politie alweer vertrokken;

Twee: hij was weg om te filmen en dat duurde langer dan gepland, en toen hij terugkwam in Anaktue was het daar afschuwelijk: alles was platgebrand en de politie was al weg.

In beide scenario's zit hij nu in Anaktue op ons te wachten, dus het enige wat we hoeven doen, is hem gaan halen.

Ik ben superblij met dat 'we', want nu weet ik zeker dat ze me hier niet zal achterlaten.

Als het scenario twee blijkt te zijn, zegt mijn moeder, dan was mijn vader misschien op pad met de husky's en een slee. Dat hoop ik maar, want in dat geval heeft hij de husky's tegen de eenzaamheid. Hij heeft me erover verteld. Eentje heet Pamiuqilavuq, dat betekent 'kwispelt-met-zijn-staart'. Ik denk dat hij veel op Bosley lijkt en ik hoop dat papa Kwispelt-met-zijn-staart bij zich heeft.

We staan nu op de plek waar je een taxi kunt nemen. Ik dacht dat we helemaal met de taxi naar papa zouden rijden, maar mijn moeder zegt dat dat niet gaat, omdat auto's in de winter niet heel Alaska door kunnen rijden. Ze is aan het bellen, dus ik neem aan dat er hier 3G is, en volgens mij is ze ons plan aan het uitvoeren.

In Noord-Alaska beëindigde commissaris Grayling in zijn kantoor het telefoongesprek met Yasmin Alfredson. Die arme vrouw had hem gebeld op haar mobiel, zo te horen ergens in de buurt van het vliegveld van Fairbanks. Ze had verschillende scenario's genoemd, verhaaltjes die ze voor zichzelf had bedacht waarin haar man nog leefde. Daarna had ze geëist dat de zoektocht naar hem werd voortgezet. Hij herkende dat, hij had het zelf ook gedaan toen hem werd verteld over Timothy; hij had geweigerd het te aanvaarden, want aanvaarding was ondraaglijk. Ontkenning was een drijvende ijsschots, maar je klampte je er evengoed aan vast. Hij had het er bij haar in moeten hameren, haar laten verdrinken in de oceaan door te vertellen dat er vierentwintig lijken aangetroffen waren terwijl er drieëntwintig mensen in het dorp woonden, en dat de telefoon en de trouwring van haar man waren gevonden op de plek van de brand en er na lang en intensief zoeken geen overlevenden waren aangetroffen – omdat er geen overlevenden wáren. Ze was stilgevallen aan de telefoon en had toen opgehangen. Hij hoopte maar dat ze snel een vlucht naar huis zou kunnen krijgen en dat haar familie en vrienden haar zouden opvangen.

Het vinden van Matt kwam op haar aan, wist ze nu. Op haar alleen.

De geur van whisky en ongewassen kleding bracht een lang onderdrukte herinnering met zich mee: de schaduw die over het vochtige gras van het kerkhof viel, dat koud aanvoelde door de dunne zolen van haar schoenen heen. Ze was twaalf en bezocht het graf van haar moeder. Het liefst had ze een schakelaar omgezet om het buiten licht te maken. Haar vader haalde een fles drank uit zijn jaszak en dronk die ter plekke leeg, bij de grafsteen. Tegen de tijd dat ze weer bij de auto kwamen, ging het parkeerterrein al sluiten.

Ze kroop achter het stuur. Haar vader was te dronken om het zelfs maar op te merken.

De rotonde bij Elephant and Castle, drie banen verkeer, te veel, te snel, te luidruchtig; gebutste auto's zoals die van hen die vochten om een plekje en haar niet de ruimte gaven om af te slaan; brullende claxons. Tijdens de vele ritten van en naar het ziekenhuis had ze gekeken hoe haar vader reed, dan hoefde ze even niet te denken aan wat er met haar moeder gebeurde. Overal langs Old Kent Road de hoge huurflats die haar omsloten, graffiti. Ze moest half staan om bij de pedalen te komen. Getreuzel. Toeterende auto's. Een man die op het trottoir stond te plassen. Stoplicht op rood. Ze huilde en trilde van angst, maar ze had hen heelhuids thuisgebracht.

Later had ze geprobeerd het te vergeten en ze schaamde zich om het iemand te vertellen, zelfs Matt.

Maar het lot had in haar handen gelegen en ze had hem thuis gekregen.

Nu sloeg ze een arm om Ruby heen tegen de roofzuchtige kou. Bij het vliegveld van Fairbanks waren de wegen en trottoirs omzoomd met felle lichten; uit de gebouwen kwam een minder hard schijnsel. Morgen zou het ochtend zijn, daglicht. Maar in de resten van Anaktue was helemaal geen licht meer, en zo ver naar het noorden had je de komende twee maanden alleen het poollicht. Matt zou in het donker zitten tot ze bij hem waren.

4

Mijn moeder zegt dat we vast wel een lift kunnen krijgen van een vrachtwagenchauffeur en nu zijn we ergens waar het vol staat met GIGAGROTE-MEGATON-trucks. Ik durf te wedden dat ze 's nachts allemaal veranderen in enorme zelfdenkende robots. Het zijn tankers en ze zijn net zo lang als onze hele straat in Londen. Jimmy zou het hier BRUUT-WREED KICKEN vinden. (Jimmy is een vriend van me. Was. We hadden overal onze eigen woorden voor.)

Volgens mijn moeder gaan bijna alle trucks naar de olieputten bij Prudhoe Bay, en Deadhorse ligt vlak daarvoor, dus ze komen er toch langs.

Bij de eerste twee kantoortjes waar we zijn geweest vroeg mijn moeder aan de receptionist of een van hun chauffeurs ons zou kunnen meenemen naar Deadhorse. NEE! Het is VERBODEN om passagiers mee te nemen! Stel je die woorden rood onderstreept voor, dan passen ze beter bij de gezichtsuitdrukking van de receptionisten. Alsof ze wilden zeggen: 'Wat een ontzettend DOMME vraag.' Daarna sprak mijn moeder een paar chauffeurs aan en zij zeiden hetzelfde, maar in plaats van dat 'onderstrepen met rood'-gezicht te trekken glimlachten ze naar haar en deden ze heel lang over hun antwoord. Ze biedt de chauffeurs het geld dat papa en zij van opa hebben geërfd, maar het werkt niet. Ik vind dat ze de chauffeurs moet vertellen dat ze goed is in natuurwetenschap. Dat zegt ze eigenlijk nooit tegen mensen, maar als ze dat van haar wisten, zouden ze inzien dat ze veel aan haar kunnen hebben als er iets stukgaat aan hun truck. Maar ze geeft de mannen alleen een van mijn kaartjes. Die zijn bijna op.

Nu gaan we naar het garagebedrijf. Een chauffeur van wie de vrachtwagen gerepareerd moet worden, zegt mijn moeder, heeft ons geld waarschijnlijk harder nodig dan anderen en zal ons eerder meenemen, ook al mag het officieel niet.

Bij het garagebedrijf rook het naar diesel, er vonkte een lasapparaat en de betonnen ribbelvloer zat vol smeer en olie. Er klonk popmuziek die, net als de bedrijfskalender op de ontvangstbalie, maakte dat de garage overal had kunnen staan. Alleen de binnensluipende kou herinnerde je eraan dat dit Alaska was.

Terwijl ze hun koffers over het ribbelbeton trok, alle blikken van de aanwezige mannen op haar gericht, bedacht Yasmin dat anderen haar ooit uitdagend zelfstandig hadden gevonden; ze hadden bewondering voor haar omdat ze zo goed voor zichzelf kon zorgen en verder niemand nodig had. Maar ze had geen andere keuze gehad, al sinds de vierde klas van de lagere school.

Er waren een heleboel kinderen die thuis geen vader hadden, maar Yasmin was de enige die geen moeder had; dat was de middelpuntvliedende kracht die haar naar de zijlijn slingerde, waardoor ze anders was, het buitenbeentje. Duizelig van verlangen keek ze toe hoe andere moeders aan de schoolpoort stonden te wachten met lekkere hapjes en een omhelzing in de aanslag, terwijl zij in haar eentje naar huis liep, naar een stille, lege flat – of een kamer vol keiharde muziek, alsof ze deel uitmaakte van een gezin dat louter uit tieners bestond. In werkelijkheid was het veel erger. Russell zat op zijn negentiende in de gevangenis, Dave was voorgoed van school gestuurd en haar vaders hersenen waren aangetast door de drank en het verdriet. Iedere morgen kwam de lucht van het nog niet weggegooide eten van de vorige avond haar tegemoet, de gestolde resten nog op de borden. Dan deed ze de afwas en maakte een ontbijt voor zichzelf. Ze verlangde naar een gedekte tafel, naar huiswerk dat gecontroleerd werd, naar schone kleren en een verhaaltje voor het slapengaan. Meisjes die droomden van een glazen muiltje en een prins die hen wakker kuste hadden ongetwijfeld schoolschoenen in de juiste maat en een moeder die hun een nachtzoen gaf. Ze moesten eens weten.

Totdat Matt in haar leven kwam, al die jaren later, had ze zich gewichtloos gevoeld van eenzaamheid.

Twee chauffeurs in de garage hadden inmiddels nee gezegd; hun wagens waren eigendom van het transportbedrijf en ze hoefden de reparaties niet zelf te betalen. Net als alle andere chauffeurs, met hun bierbuiken en hun karige loon, weigerden ze haar aanbod maar al te graag, maar nog blijer waren ze met haar als vrouwelijke toeschouwer voor hun machogedrag; je zou denken dat ze met een raket een ruimteoorlog gingen uitvechten in plaats van gewoon de weg op te gaan. Nu wees een derde trucker haar verzoek af. Terwijl ze hem aanhoorde – ze besefte dat het zinloos was, maar was niet in staat haar poging te staken voordat het bevestigd was – kwam er een jongeman op een soort skelter onder een vrachtwagen uit gerold.

'U bent al de tweede die om een lift vraagt.'

Aangezien het vliegveld van Deadhorse platlag, kon ze zich voorstellen dat er meer mensen waren die een lift wilden. Al hadden de werklui in de wachtruimte van daarnet het kennelijk prima gevonden om een paar dagen langer in Fairbanks te moeten blijven.

'Probeer het eens bij Adeeb Azizi,' zei de jongeman. 'Daarginds. Die heeft zijn eigen wagen en materiaal.'

Eigenlijk rookte Adeeb niet, maar er waren momenten waarop hij de carcinogenen voor lief nam vanwege de nicotinekick. Eén flinke hobbel in de weg, een gescheurde oliecarter en hij had een rekening van zevenhonderd dollar aan zijn broek hangen. De verzekering betaalde alleen uit wanneer zijn wagen total loss was. Hij had gehoopt deze winter nog maar zes keer naar Deadhorse te hoeven, maar daar zou nu een extra rit bij komen. Wat een cliché, de vader die spaarde voor de studie van zijn kinderen, zodat ze hem ver achter zich konden laten. Hij wílde dat ze hem achter zich zouden laten. Hij wilde zijn zoons achter de horizon zien verdwijnen in een hybride auto waar geen zuchtje rook uit kwam, op weg naar een betere wereld dan de zijne. Hoe zeiden ze dat ook alweer? De eerste generatie kruidenier (of, zoals in zijn geval, vrachtwagenchauffeur – beter loon, maar ook een stuk gevaarlijker), de tweede generatie bankier, de derde generatie dichter? Zijn kleinkinderen konden dichter worden. Wat een heerlijke gedachte. Het probleem was dat zijn zoons bijna de tienerleeftijd hadden bereikt en hijzelf al op zijn vijfenveertigste de hoge bloeddruk van een oude man had, met bijbehorend risico op een beroerte. De klok bleef tikken, overal waar hij kwam. Zevenhonderd dollar.

Hij zag een elegante slanke vrouw zijn kant op komen, met een kind. De vrouw kwam beheerst over, maar was zich beslist bewust van de starende blikken van alle aanwezige monteurs en truckers. Toen ze halverwege was, ging ze op haar hurken zitten, zodat ze met haar gezicht vlak bij dat van het meisje was, en ze zei iets tegen haar. Het meisje gaf antwoord door haar handen te bewegen. Toen kwamen ze dichterbij en hij zag dat de elegante vrouw bang maar strijdbaar was, alsof ze je uitdaagde het te zien. Hij voelde dat haar angst niet de mannen betrof, maar iets omvangrijkers.

'Kan ik u helpen?' vroeg hij haar.

'Ik moet met mijn dochter naar de poolcirkel, we willen het noorderlicht zien. We waren met een tourgroep, maar die zijn we net misgelopen. Ze wachten daar nu op ons in het bezoekerscentrum.'

Was er eigenlijk wel een bezoekerscentrum, vroeg Yasmin zich af. Dat moest toch wel? Er was vast iets voor toeristen. En ook al werden er midden in de winter geen excursies gegeven, dat wist de chauffeur misschien niet. Als ze eenmaal daarnaartoe waren gereden, zou ze hem wel overhalen hen verder mee te nemen.

Adeeb vond dat deze gespannen vrouw slecht kon liegen. Maar hij wilde haar helpen. Zijn oudste zoon zei wel eens dat hij een zwak had voor 'juffrouwen in nood'. 'Jonkvrouwen,' had zijn echtgenote Visha hem verbeterd. 'Volgens mij is het "jonkvrouwen".' En ze had naar hem gelachen.

'Er is geen bezoekerscentrum op de poolcirkel,' zei hij. 'Maar vlak daarvoor is wel een truckerscafé. Bedoelt u dat soms?'

'Dat zal het zijn, ja,' zei ze. 'Mogen we met u meerijden naar de poolcirkel? Het is ruim honderdvijftig kilometer, toch?'

Maar koene ridders vroegen zich meestal niet af of de medicijnen die ze slikten nog wel de juiste waren, en wat het zou kosten om de huisarts daarover te raadplegen.

'Ik voel me al een poosje niet lekker,' zei hij. 'Als er onderweg iets met me gebeurt, dan...'

'Dan stopt er toch wel iemand om u te helpen?' viel ze hem in de rede. Wat was er met haar aan de hand, waarom had ze zo wanhopig een lift nodig? vroeg Adeeb zich af. En ja, er zou wel iemand stoppen om hem te helpen. Hij had nooit deel uitgemaakt van de kameraadschap onderweg, niet op de gebruikelijke manier, maar een trucker in nood zou altijd geholpen worden, zelfs hij, en al helemaal wanneer hij straks een vrouw en een kind bij zich had. In het ergste geval zou iemand anders hen mee terug kunnen nemen naar Fairbanks. Hij bekeek haar nog eens. Waarschijnlijk zouden ze voor haar in de rij staan.

'Jawel,' antwoordde hij.

'Dus u neemt ons mee?' vroeg ze.

Hij zou eigenlijk moeten weigeren. Naast alle andere redenen was er ook nog eens de voorspelling van noodweer. Maar het was niet zeker dat dat zou doorzetten, en mocht het wel zo zijn, dan zou hij allang voorbij de poolcirkel zijn wanneer het hen bereikte. En hij zag haar angst, en de moeite die ze deed om die te verbergen.

'Ik betaal u er vierduizend pond voor,' zei ze.

Hij zou hen ook zonder het geld hebben meegenomen.

'Ik neem jullie mee tot aan het truckerscafé, vlak onder de poolcirkel.'

'Bedankt.' Ze glimlachte naar hem, een vrouwelijke lach die heel even zijn Visha naar deze koude garage vol smeer- en olievlekken haalde.

Mijn moeder en ik zitten in de cabine van meneer Azizi's truck. Jimmy zou het prachtig vinden; hij zou de wagen zeker 'bruut-wreed kicken!' noemen. De truck is glimmend rood, met zilverkleurige uitlaatpijpen en een stompe neus met een zilveren grille, net een haai die zijn tanden ontbloot. We zitten heel hoog, we moesten via een trapje de cabine in klimmen.

De lading achterin is een kant-en-klaar huis voor de oliemannen. Meneer Azizi zegt dat we net een schildpad zijn met ons eigen huis op onze rug, maar hopelijk wel wat sneller. Of een heel vlugge reuzenslak. Hij praat heel duidelijk en zorgt er steeds voor dat ik zijn gezicht kan zien. Dat heeft mijn moeder hem niet eens hoeven uitleggen. Ik denk dat hij een dove vriend heeft of zo. Ons huis is loodzwaar, en dat is gunstig, zegt meneer Azizi, want als je zwaar bent lig je lekker stevig op de weg. Hij drukte zijn ene hand op de andere en deed alsof hij ze bijna niet van elkaar kon trekken. Olieleidingen, dat is geen fijne lading, zegt hij, want die rollen en zwiepen alle kanten op. Ook dat deed hij voor.

Nu geeft hij ons een uitgebreide rondleiding. Het stikt in de cabine van de schakelaars en de metertjes, net als in een vliegtuig. Boven onze stoelen is een bed, daar liggen meneer Azizi's slaapzak en onze koffers. Mijn moeder en ik moeten samen op één stoel zitten, maar die is best groot, dus dat past wel. Maar er is ook maar één veiligheidsgordel, en die moet ik om van mijn moeder. En er is een draagbaar toilet. Dan zullen we onderweg ergens moeten stoppen, want no way dat ik hierbinnen op zo'n ding ga zitten. We hebben een CB-radio; die gebruiken alle chauffeurs, zegt meneer Azizi, want de weg waar we straks overheen rijden is best wel smal en er is geen verlichting, dus je moet andere weggebruikers laten weten waar je rijdt, zodat je niet op elkaar botst.

Yasmin was blij dat ze Adeeb hadden gevonden; hij was attent en zorgzaam en zou vast voorzichtig rijden. Ze bekeek de kaart die hij haar had gegeven. Die was bedoeld voor wandelaars in de zomer en niet voor chauffeurs in de winter, want er was maar één hoofdweg van Fairbanks naar Deadhorse, de Elliott Highway, die uitkwam op de Dalton Highway. Ze zag dat Anaktue op de kaart was aangegeven: het lag zo'n zevenhonderd kilometer van Fairbanks en zo'n vijfenvijftig kilometer ten oosten van de Dalton Highway. Ze had gehoopt dat er een minder grote weg zou zijn die van de Dalton Highway naar Anaktue liep, maar dat was niet het geval, zelfs geen wandelpad. Over de weg zou je er niet kunnen komen. Ze zouden eerst naar Deadhorse moeten gaan en daar een taxivliegtuig moeten nemen naar Matt, zoals ze aanvankelijk had gepland.

Oh my god! We hebben satellietverbinding in de truck! Meneer Azizi sluit mijn laptop erop aan! Ik zeg nóóit 'Oh my god!', ook al is het als afkorting heel makkelijk te spellen met mijn vingers, maar ik hou niet van schreeuwerige woorden. Ik zie er niet uit als ik mijn schreeuwerige-woorden-gezicht trek. Met je stem is hard praten makkelijker, zegt mijn vader, dan klinkt 'OMG' gewoon heel schel, vooral bij tienermeisjes, die het het vaakst zeggen. Toen hij 'schel' zei vroeg ik: 'Alsof je met je nagels over een schoolbord krast?' 'Precies,' antwoordde mijn vader. Ook al kan ik dat geluid dus niet horen, ik snap hoe *getverrr* het is. Maar de satelliet is 'OMG' op een supercoolio-manier, niet als nagels over een schoolbord, want nu kan mijn vader me terugmailen, zelfs op plekken waar we geen 3G-bereik en geen wifi hebben.

Meneer Azizi zegt dat het pikdonker zal zijn als we straks wegrijden uit Fairbanks. Hij wijst me een lampje dat ik mag gebruiken als mijn moeder en ik iets tegen elkaar moeten zeggen, zodat we elkaars handen en mond kunnen zien.

Wist je dat de liervogel, de luidruchtigste vogel op aarde, in het Engels *superb lyrebird* heet? Echt waar! En ik vind dat sommige mensen – heel weinig maar – ook het woord 'superb' in hun naam zouden moeten hebben: *the Superb Mr Azizi*!

Ik wil mijn moeder vragen om hem namens mij te bedanken, maar dan zegt ze natuurlijk weer dat ik het zelf moet doen ('wóórden gebruiken, Ruby!') dus glimlach ik 'dank u wel' naar meneer Azizi en hij snapt het, want hij lacht terug en haalt zijn schouders even op alsof hij wil zeggen: 'Graag gedaan.'

Hij stapt uit de truck voor een laatste controle en dan vertrekken we. Mijn moeder kijkt door de voorruit naar hem. Ze is zo gespannen als een hazewindhond vlak voor de hondenrennen, ken je dat? Alle spieren staan strak, klaar om naar voren te schieten en met een snelheid van honderdzestig kilometer per uur achter een pluchen nepkonijn aan te rennen. Ik denk dat ze bang is dat meneer Azizi zich zal bedenken, maar dat gebeurt heus niet. Hij heeft iets vastberadens, alsof hij altijd doet wat hij zegt. Mijn moeder is ook zo, maar dan minder rustig. Je merkt pas hoe ze is als je haar al heel lang kent.

In het felle licht van de lantaarnpalen op het terrein zag Adeeb een man die om elke truck heen liep, op zoek naar iets of iemand. Het was die Silesian Stennet, ondanks de kou zonder muts, zijn blonde haar glinsterend in het kunstlicht. Silesian had een krat bij zich, waar Adeeb hem op had zien stappen om de truckers hoog in hun cabine lastig te kunnen vallen. Silesian maakte hem onrustig, al wist hij niet precies waarom; hij zou hem juist moeten bewonderen, de man die regelmatig hierheen kwam om bijna letterlijk op zijn zeepkist te gaan staan voor een waarschuwing aan de chauffeurs van de tankwagens, die met god weet wat voor lading van en naar de olievelden reden. De enige dank van de chauffeurs was onveranderlijk een scheldpartij. Net als Adeeb werden ze onrustig van hem, misschien dat ze hem daarom belachelijk maakten.

Adeeb wendde zijn blik af van Silesian Stennet en controleerde de satellietontvanger boven op de cabine. Die was geïnstalleerd door de man van wie hij de truck had gekocht. Hij beweerde dat het een speciale schotel voor schepen was, die over de hele wereld ontvangst had. Hij had Adeeb zijn satelliettelefoon gegeven. Adeeb had het bijbehorende dure abonnement niet gewild, maar Visha had hem gedwongen het over te nemen. In het noorden van Alaska was soms in een omtrek van honderden kilometers geen gsm-bereik en geen wifi. Ze moest weten dat alles goed met hem ging, had ze gezegd. Dat was geen aanstellerij, zei ze. Zoals ze daar had gestaan, met haar handen in haar zij, met die lange vingers – alsof ze hem uitdaagde haar tegen te spreken. Hij had een arm om haar heen geslagen, onhandig omdat ze haar mooie handen nog op haar heupen had.

'Ik voel me kiplekker, niks aan het handje,' had hij gezegd. (Zijn moeder hield van dat soort uitdrukkingen.)

'Dan wil ik elke dag horen dat je je kiplekker voelt,' had Visha gezegd.

Hij belde iedere avond met de satelliettelefoon naar huis, net lang genoeg om Visha gerust te stellen en de kinderen welterusten te zeggen. Dat hielp hem om in het verre noorden de avond te scheiden van de dag, om zich ervan te verzekeren dat het dag-en-nachtritme elders nog wel bestond.

Voordat hij weer de cabine in klauterde, liep hij alles nog één keer na: sneeuwkettingen, reservewielen, krik en gereedschap om slangen, snoeren en filters te repareren. Vandaag was hij Amundsen die drie keer zijn ruimteschip nakeek voordat hij opsteeg boven de Noordpool, in plaats van een vluchteling uit Afghanistan van middelbare leeftijd met een beginnende dwangneurose. Hij had zo'n vermoeden dat het speciale gereedschap en de vuurpijlen, de verbandtrommel en al het andere volkomen ontoereikend zouden zijn in de strijd tegen de enormiteit van wat Alaska hem voor de voeten kon werpen. Maar hij zou Yasmin en Ruby meenemen tot aan de poolcirkel – wat ze daar in werkelijkheid ook te zoeken hadden – en niet verder.

Mijn moeder heeft zich een beetje van me afgewend, alsof we aan het eenentwintigen zijn en mijn vader en ik haar gezicht niet mogen zien, waardoor we het vermoeden krijgen dat ze een aas en een heer heeft. Ik kan haar ogen niet zien; die verraden haar altijd. Met een klopje op haar arm probeer ik haar aandacht te trekken. Haar ogen staan troebel.

'Papa heeft me een keer een verhaal verteld over een Inupiaq-jager op zee-ijs,' zeg ik, omdat ik denk dat dat verhaal haar zou kunnen opvrolijken.

Ze zegt met haar praatstem: 'Kun je het me in woorden vertellen?'

Normaal gesproken zou ik me nu van haar afwenden, zodat ik niet meer kan liplezen. Dan zou ze weer voor me komen staan, waarna we in een soort dans om elkaar heen zouden draaien. Maar dat gaat niet in de truck van meneer Azizi.

'Ik vertél het ook met woorden,' zeg ik met mijn handenstem tegen haar. Ze schudt alleen maar haar hoofd, alsof ik haar verdrietig maak.

Het gekke is dat mijn moeder verder alles begrijpt. Ze is aardig en grappig en heel erg leuk, supercoolio-leuk. Soms op school, als ik me rot voel, hoef ik maar aan haar te denken en dan voel ik haar armen om me heen, alleen al door de gedachte. Maar er zit ook een hard stukje in haar, als een kiezeltje in een sneeuwbal. En het is afschuwelijk dat het enige harde aan haar nu net datgene is wat ik heel erg belangrijk vind.

Het is jammer van mijn verhaal, ik denk echt dat ze het leuk gevonden zou hebben.

Ik speur door de voorruit naar mijn vader, alsof hij daar ineens zal staan! Ik weet dat het stom is, we zijn Fairbanks nog niet uit, we zijn nog niet eens van het terrein af, dus het is nog te vroeg om al naar hem uit te kijken. En trouwens, hij wacht in Anaktue op ons. Maar ik wil hem zo graag zien.

Meneer Azizi probeert vanaf het terrein de weg op te draaien, maar er komen heel veel trucks aangereden en we kunnen er niet langs. Op de meeste trucks staat 'AM-FUELS' of 'FBF'; dat laatste zou volgens de man op het vliegveld staan voor 'Fraccen Baby Fraccen', maar mijn moeder zegt dat dat een grapje was. Sommige vrachtwagens vervoeren een huis, net als die van ons. Mijn moeder stelt vragen aan meneer Azizi, bijvoorbeeld hoe hij voorkomt dat de brandstof bevriest. Ik probeer zijn antwoorden niet eens te liplezen, want volgens mij hebben we dat nog niet gehad op school. Vorige week hebben we melktanden in Coca Cola gelegd om te kijken wat er gebeurde (geleend van de kinderen in de tweede klas, die ze onder hun kussen hadden gelegd voor de tandenfee. Bij ons in de zesde heeft bijna niemand nog melktanden). Dus in plaats van hun gesprek te volgen door te liplezen ga ik verder met speuren naar mijn vader.

Ineens staat de snotklodder naast me, pal naast mijn raam. Hij moet wel ergens op geklommen zijn, want zijn gezicht is vlak bij het mijne. Ik kan zijn kruin zien, met een afschuwelijke grijze streep aan allebei de kanten van zijn scheiding. Net een rat. Ik probeer terug te deinzen, maar ik kom niet ver omdat ik de veiligheidsgordel om heb en omdat mijn moeder naast me zit.

Ze heeft hem niet gezien, want ze had zich weer afgewend, waarschijnlijk om haar troebele ogen voor mij te verbergen.

De snotklodder trekt zijn grote wanten uit, maar het is hartstikke koud, dus waarom doet hij dat? Hij spreidt zijn blote hand en legt twee vingers tegen de handpalm. Dat betekent 'mama' – *mijn* gebaar voor haar.

Meneer Azizi heeft hem ook niet gezien, die kijkt strak voor zich uit, in afwachting van het moment dat hij de weg op kan draaien.

De snotklodder beweegt langzaam zijn vingers over zijn gezicht, het gebaar voor 'mooi'.

Waarschijnlijk worden zijn mollige handen heel koud, want er komen allemaal vlekjes op, als een lelijke blauw-paarse kwal. Hij gebaart: 'Roep je moeder eens.' Daarbij wijst hij met een van zijn akelige worstvingers naar mijn moeder.

Er is nu ruimte en meneer Azizi rijdt het terrein af, de weg op. De snotklodder holt achter ons aan, maar hij kan ons natuurlijk nooit bijhouden.

Ik weet niet of ik mijn moeder over hem moet vertellen. Als ik op haar arm tik, draait ze zich naar me toe. Haar ogen zijn weer troebel, zoals ik al dacht. Ik wil haar niet nog erger van streek maken. En we zien die man toch nooit meer. Hij is nu al kilometers ver achter ons.

> @Words_No_Sounds
> 651 followers
> GRIEZELIG: ziet eruit als handen die veranderen in kwallen; smaakt naar taartjes die tot leven komen; voelt te dichtbij.

5

Het was onmenselijk donker. Yasmins ogen konden niets met die duisternis. Ze reden nu vier uur aan één stuk en ze was opgehouden met speuren naar de gloed van verafgelegen steden of stadjes, want er wáren geen steden of stadjes. De wolken vormden een barricade boven de aarde, waardoor er geen maan of sterren te zien waren; niets om de beladen duisternis te doorbreken, afgezien van de koplampen van de vrachtwagen. Adeeb had haar verteld dat die tot zo'n vierhonderd meter voor hen uit schenen, en ze kwamen Yasmin voor als een zoeklicht dat een immense zwarte oceaan bescheen; als mens ging je verloren te midden van zo'n grote schaal.

Ze herinnerde zich haar panische angst voor het donker als kind. Soms had ze zelfs haar adem ingehouden. Het had te maken met de manier waarop ze naar de zijlijn was geslingerd, met de leegte in het middelpunt van haar leven op de plek die eens haar moeder had ingenomen.

Haar broers en haar vader hadden haar altijd roekeloos gevonden en genoten van de geheven vuisten waarmee ze ruzies beslechtte, van haar blauwe plekken en schaafwonden. 'Die kleine heeft lef.' Het was haar manier geweest om haar plaats te veroveren in dat mannengezin. Maar fysiek niet bang zijn was makkelijk, want wat had ze nog om bang voor te zijn nu haar moeder dood was? Die avond in februari waren ze om acht uur het ziekenhuis uit gelopen. Ze had geprobeerd uit de auto te ontsnappen, maar haar vader had de portieren vergrendeld met het kinderslot; de metalen hendel die in haar vingers sneed, de geur van oude afhaalmaaltijden, verschaalde sigarettenrook, haar negenjarige armpjes in het goedkope fleece te zwak om het portier open te duwen. Ze kon haar moeder niet redden. Ze kon niet voorkomen dat ze haar in een donkere kist stopten en die dichttimmerden.

Het donker stond voor de dood, voor verdriet. Maar ze had haar angst voor iedereen verborgen gehouden en de nachtelijke gruwelen in haar eentje doorstaan.

En toen, tien maanden na de dood van haar moeder, had ze op een avond de jaloezieën in haar slaapkamer opengetrokken en door haar raam naar het donker gekeken; ze was de confrontatie aangegaan met haar angsten, vastbesloten om ze de baas te worden. En toen had ze de sterren gezien, als duizenden nachtlichtjes aan de hemel.

De rest van haar jeugd had ze er troost uit geput, niet alleen als lichtjes in het donker, maar ook omdat ze, wanneer ze naar de sterren keek, zich kon voorstellen dat ze ver weg was, alsof de pijn en het verdriet verankerd waren in hun flat, hun straat en op alle plekken waar ze ooit met haar moeder was geweest, of zelfs de plekken die ze met haar op tv had gezien. Als ze zich maar ver weg kon wanen, kon het verdriet haar daar niet bereiken.

De troost die ze uit de sterren putte was uitgegroeid tot een intellectuele fascinatie, en ze bleken niet minder verbazingwekkend te zijn toen ze ze eenmaal officieel bestudeerde.

Deze weg was angstaanjagend, een eindeloze reep ijs in het donker, maar de rit was lang niet zo hachelijk als ze had gevreesd.

Ze voelde Ruby dichter naar zich toe schuiven en sloeg een arm om haar heen. Haar vastberadenheid om Matt te vinden werd niet alleen ingegeven door haar liefde voor hem, maar ook door haar liefde voor Ruby. Ze zou het niet kunnen verdragen als Ruby het afschuwelijke verlies van een ouder zou moeten doormaken, de gruwelijke hevigheid van dat verdriet.

Ze dacht terug aan het moment waarop ze Matts trouwring had omgedaan op het politiebureau; ze had geweten dat hij nog in leven moest zijn, niet alleen vanwege haar liefde voor hem, maar ook voor Ruby, die in het naastgelegen vertrek had gezeten.

De weg is gemaakt van ijs en wij rijden eroverheen! Ongelogen waar! In onze koplampen zie je alleen het wit van de sneeuw en hier en daar wat aangekoekt vuil. Naast de koplampen is het donker; het is alsof je door een spook-treintunnel rijdt waarvan het einde nooit in zicht komt.

Volgens meneer Azizi worden er in de winter triljoenen liters water over de oude grindweg uitgegoten, dat dan bevriest. Hij zei dat ijs het enige is wat de trucks kan houden, omdat het supersterk is. Ik denk dat hij me een veilig gevoel wilde geven, maar iets in zijn gezicht zegt me dat hij het niet zo positief ziet. Dat van dat ijs vertelde hij me vóór ons vertrek uit Fairbanks, toen ik zijn woorden nog kon liplezen.

Mijn vader heeft nog niet teruggemaild. Maar ja, hij kan zijn mail nu heel moeilijk checken. Zijn satellietzender is veel lastiger in het gebruik dan die van meneer Azizi, want die is draagbaar.

Mijn moeder en ik zijn hier met de kerst, dat is al over vier weken, en ik ga samen met mijn vader een blog schrijven – eenweekinalaskablog.com – over alle dieren en vogels die we hier zien. Ik heb van mijn vader een speciale hoes gekregen voor mijn laptop, zodat die ook in de kou werkt. Ik heb de hoes er net omheen gedaan, want ik vind dat we aan onze blog moeten beginnen zodra we allemaal samen zijn.

Adeeb keek in zijn buitenspiegel. Hij zag nu al zo'n vijfentwintig kilometer lang een stel blauwe koplampen in het donker achter hen, als twee azuren rifbaarzen. HID-lampen waren een zeldzaamheid op de Dalton. De truck met de rifbaarzen leek hem te volgen, sneller wanneer hij versnelde en langzamer wanneer hij vaart minderde. Hij had in het verleden een paar keer een nieuwkomer gehad die hem volgde, een beginneling die vlak achter hem bleef om de fijne kneepjes van het rijden te leren, en om zijn hulp te kunnen inroepen mocht er een ongeluk gebeuren. Maar vandaag had hij geen beginneling bij zich. Het kon ook geen vriend van hem zijn die dichtbij bleef, zodat ze elkaar in de gaten konden houden. Adeeb had de naam erg op zichzelf te zijn, een reputatie die eerder voor hem was bedacht dan dat hij haar had verdiend. Door anderen weggezet als eenling had hij zich ook altijd een eenling gevoeld op zijn ritten naar het noorden.

Over een paar minuten zouden ze bij de eerste steile helling komen, en het vooruitzicht maakte dat hij zijn handen om het stuur klemde, alsof het een houvast was in plaats van een middel om de richting te bepalen. Hij zag enorm tegen de gevaarlijke afdaling op en vreesde het ijs.

Vóór het ongeluk van zijn vriend Saaib had hij gedacht dat ijs, net als glas, heel teer was; het feit dat het transparant was, maakte het in zijn ogen tot iets wat niet erg solide kon zijn. Hij had zich afgevraagd hoe het ijs het gewicht van een truck kon dragen.

Saaib had na zijn komst naar het Verenigd Koninkrijk werk gevonden in de gieterij van een glasfabriek. De gieterij was in een gigantische ruimte, zo had Saaib hem verteld, met een volkomen egale vloer waarop – voorzichtig, met een speciale machine – gesmolten glas werd uitgegoten, dat vervolgens op die strakke vloer stolde tot een spiegelgladde plaat, waarna het werd gesneden. Maar op een ochtend was er iets misgegaan met de zorgvuldig afgestelde speciale machine, en het gesmolten glas was door de ruimte gegutst, te veel, te snel; het vloeibare glas spoot door ramen en deuren naar buiten en zette alles wat op zijn weg kwam in lichterlaaie. Alleen de begane grond, die uit marmer bestond, was bestand tegen de hitte; bijgebouwen en kantoren waren verwoest door de brand. Saaib had ernstige brandwonden opgelopen. Sindsdien beschouwde Adeeb glas en ijs niet alleen als sterk, maar ook als verwoestend, moorddadig zelfs. De transparantie verhulde hun enorme kracht.

Yasmin sloot haar mond om een gil te onderdrukken, zodat Ruby haar angst niet zou kunnen zien. Ze denderden een steile helling af, de duisternis tegemoet. Ze zag hoe Adeeb het differentieel van de achteras ontkoppelde, zodat ieder wiel maximale draaikracht had. Maar het mocht niet baten, ze gingen te snel de diepte in; dit ging toch veel te hard? Nadat ze het laagste punt bereikt hadden, schoten ze door hun vaart door naar de volgende heuvel – omhoog. Ze bereikten de top. Yasmin trilde van de adrenaline.

Ze keek naar Ruby, die naar haar glimlachte en geen spoor van angst vertoonde, alsof dit een avontuur was. Ze verheugde zich erop om naar haar vader toe te gaan en vond de reis alleen maar spannend, zonder te beseffen hoe gevaarlijk die was. Een moeder van wie je twee ons groenten en twee stuks fruit per dag moest eten en die een huiswerkrooster op de koelkast plakte, zo'n moeder zou toch nooit iets doen wat je in gevaar bracht?

'Het spijt me dat ik je heb laten schrikken,' zei Adeeb tegen Yasmin. 'Ik moest genoeg vaart maken om aan deze kant weer omhoog te komen. Te langzaam is net zo gevaarlijk als te snel. Ik had je voor deze weg moeten waarschuwen voordat we uit Fairbanks vertrokken. Soms vergeet ik hoe erg het is – totdat ik hier weer rijd.'

'Ik heb je zelf gevraagd om ons mee te nemen,' zei Yasmin.

'Ga je soms liever terug?' vroeg hij. 'Dan breng ik jullie terug.'

Volgens de thermometer in de cabine was het buiten min eenendertig, nu al kouder dan in Fairbanks. De gemiddelde wintertemperatuur in Anaktue was min vierendertig en kon zelfs dalen tot min vijfenveertig – de gevoelstemperatuur nog buiten beschouwing gelaten. Inderdaad, deze weg was gevaarlijk, dat wist ze nu, en ze zou graag willen dat Ruby ergens veilig zat, maar als ze Matt nu in de steek liet, was er niet langer slechts een risico dat hem iets zou overkomen, dan was het honderd procent zeker dat hij het niet zou overleven – zonder foutenmarge.

'Ik wil niet terug,' zei ze.

Ik denk steeds dat we in een slip raken en klamp me vast aan mijn moeder alsof we in een achtbaan zitten. In het licht van de koplampen is te zien dat er een joekel van een buis langs de weg loopt. De buis ziet eruit als een enorme zwarte ader op een wit lijf en er kolkt dikke, warme olie doorheen.

Ik zit ingeklemd naast mijn moeder. Ze heeft een arm om me heen geslagen en dat voelt fijn. Normaal gesproken doe ik dit niet, want ik moet oefenen voor als ik straks elf ben en bij de grote mensen hoor en naar de middelbare school ga en zo. Ik zou willen dat ze tegen meneer Azizi zei dat we helemaal tot aan Deadhorse willen meerijden, want ik weet zeker dat hij ja zou zeggen en dan hoeft ze niet meer zo zorgelijk te kijken. Ik hoop dat als ik nu ga slapen, we vlak bij mijn vader zullen zijn als ik straks wakker word.

Terwijl Adeeb de vrachtwagen door haarspeldbochten navigeerde en hellingen nam die eerder op skipistes leken dan op een weg, concentreerde Yasmin zich op de assen en de pneumatische koppeling, op het vermogen dat zonder tussenkomst van het differentieel naar de banden ging, zodat elk wiel afzonderlijk zo veel torsie kreeg als de weg toestond. Ze had nooit veel gegeven om de technische kant van fysica, maar hier, in deze truck, was ze blij dat ze begreep hoe Adeeb de wagen onder controle hield, want daardoor begreep ze ook dat Ruby veilig was, in ieder geval voorlopig.

Ruby was in slaap gevallen, moe van de lange vlucht, het trauma van hun aankomst en de spanningen rond het zoeken naar een manier om bij haar vader te komen. Logisch dat ze doodop was. Ruby's hoofd viel een beetje opzij, en ze schrok even wakker maar viel meteen weer in slaap. Yasmin streelde haar haar en probeerde haar hoofd stil te houden. Als het gevaar voor Ruby te groot werd, zou ze Adeeb moeten vragen om te draaien, wist ze, of ze kon proberen een lift terug naar Fairbanks te regelen. Maar voorlopig zouden ze de reis voortzetten.

Terwijl Ruby lag te slapen, tuurde Yasmin ingespannen naar buiten en probeerde wat meer te zien van het uitgestrekte landschap dat het lint van ijs omzoomde.

Adeeb vond de omvang van Alaska angstaanjagend; anderhalf miljoen vierkante kilometer, en het enige teken van menselijk leven voorbij zijn voorruit was de ijsweg zelf, met daarnaast de Trans-Alaska-pijplijn. Het mochten dan technologische hoogstandjes zijn, in Adeebs beleving hadden ze niets menselijks of geciviliseerds.

Aan het begin van hun reis had hij het met Yasmin gehad over de technische kant van het besturen van de truck. Ze had hem verteld dat ze wel wat van techniek wist, opgestoken tijdens haar studie, maar ze had zich er niet in gespecialiseerd; haar vakgebied was astrofysica. In Adeebs ogen was dat ook een definitie van vrijheid: een vrouw die astrofysica studeerde.

Maar ze hadden niet echt met elkaar gepraat – niet over datgene wat haar dwarszat, de reden dat ze tegen hem had gelogen en waarom ze in de winter met een kind naar de poolcirkel reisde. Hij vermoedde dat ze het er niet met hem over wilde hebben, dat het iets was waarnaar hij haar niet moest vragen. Hij hoopte dat hij haar zou kunnen helpen, mocht ze er toch uit zichzelf over beginnen.

Zijn koplampen verlichtten vijf sparren langs de weg, wit van de sneeuw en het ijs. Hoewel de boompjes meer dan een eeuw oud waren, waren ze amper negentig centimeter hoog; het was een meedogenloze omgeving. Nog verder naar het noorden groeiden helemaal geen bomen meer. Na zijn eerste rit naar Deadhorse en de olievelden van Prudhoe Bay had hij gelezen over Noord-Alaska, in de hoop dat meer kennis van de omgeving deze op de een of andere manier milder zou maken, enigszins zou verzachten, maar het tegenovergestelde was gebeurd. Hij wist nu dat er een strook aarde van dertig meter breed was die zich verplaatste in de richting van de ijsweg waarop ze reden: een laag bevroren grond met keien en gekrompen boompjes die elke dag een paar centimeter dichterbij kwamen, steeds sneller, en die alles verwoestten wat op hun pad kwam, alsof het land zelf, net als de kou, niet slechts passief vijandig was, maar actief agressief.

Erger dan de gevaren van de weg, de kou en de geïsoleerde ligging, vond hij de afwezigheid van kleur; alleen het wit van de sneeuw in de koplampen en daarachter het donker. In dit monochromatische landschap snakte hij naar kleuren zoals een mens naar warmte kan snakken. Hij dacht aan Leyla Serahat Roshani en vroeg zich af of ze een eenzame Afghaanse trucker in gedachten had gehad toen ze haar gedicht schreef:

'Ik plant mijn gezicht
in de spiegel

zodat er wellicht een teken
klein en groen
zal verschijnen,
om de eeuwige lente
te verkondigen.'

Maar hij had hier nooit iets groens gezien en de lente, als die al kwam, duurde maar kort.

Zijn liefde voor poëzie had hij, net als zijn kennis van het Engels, te danken aan zijn moeder, die lerares was geweest in Zabul voordat de Taliban haar het lesgeven verhinderden.

Hij had Yasmin de laatste vijftig kilometer door de voorruit zien turen, alsof ze iets zocht, steeds gespannener met iedere kilometer die ze aflegden, en hij zou tegen haar willen zeggen dat hij daarbuiten nog nooit iets had gezien. Misschien had hij zich te sterk op de weg geconcentreerd, maar hij meende dat er verder niets te vinden was; niets anders dan een onvruchtbare, onbewoonbare vlakte van sneeuw en ijs. Zelfs de troepen wolven op rooftocht, waarvoor de truckers geladen wapens bij zich hadden, waren waarschijnlijk meer mythe dan werkelijkheid.

Hij werd gepasseerd door een truck die de andere kant op ging, naar Fairbanks. Het felle schijnsel van de koplampen verlichtte even zijn cabine en daarmee Ruby en Yasmin. Hij had hen nooit moeten meenemen, hij had er niet goed over nagedacht. Uit egoïsme. Inmiddels besefte hij dat hij niet werd gedreven door ridderlijkheid, maar door een zelfzuchtig verlangen naar gezelschap. Zijn hoofdpijn, die nog licht was geweest in Fairbanks, speelde hem nu parten.

Er was niet meer te zien dan een reepje ongerepte natuur in de lichtbundel van de koplampen, maar voor Yasmin was het genoeg om vast te stellen dat het kale, onvruchtbare land zich oneindig uitstrekte. Matt had gezegd dat hij hier weer naartoe wilde om de dieren te filmen. Hij had Ruby verteld over de wilde beesten die hier in de winter zaten. Yasmin had destijds vermoed dat hij – in het gunstigste geval – overdreef, zodat Ruby niet achter de ware reden van zijn afwezigheid zou komen. Yasmin had hem er nooit op aangesproken omdat ze het beschouwde als een soort bescherming voor hen beiden; hij schermde hen af voor de pijnlijke waarheid, niet die van Corazon – ze had toen nog niet van haar bestaan geweten – maar hij wilde niet dat ze zou beseffen dat hij hun leven thuis afstompend vond, een sleur; dat hij háár afstompend vond en daarom weg moest. Omdat hij te fatsoenlijk was om haar formeel te verlaten, te liefdevol om Ruby verdriet te doen, had hij de winterse fauna van Alaska aangegrepen als noodzakelijke fictie. Die was nu, kilometer na grauwe kilometer, opgerekt en geknapt.

Ze dacht terug aan de eindeloze stilte tijdens hun telefoongesprek van acht dagen geleden; hoe lang het had geduurd voordat haar boze woorden hem bereikten, en ten slotte zijn woorden die zich naar de andere kant van de wereld verplaatsten: 'Ik heb haar gekust omdat ik jou miste.'

Dat sloeg nergens op. Maar het was wel duidelijk geworden waarom hij in de winter was teruggekeerd naar Alaska.

Ze hoopte vurig dat ze het mis had; niet omdat het zou betekenen dat Matt haar, op die zoen na, trouw was gebleven. Nu het de grote vraag was of hij überhaupt nog leefde, kon dat haar tot haar verbazing eigenlijk niet meer schelen. Maar als hij haar de waarheid had verteld over de fauna, bestond er een kans dat hij buiten het dorp aan het filmen was geweest toen de boel afbrandde, en dat zou betekenen dat hij zijn survivalspullen bij zich had, zodat hij nu niet onbeschermd rondliep in de dodelijke, donkere kou.

Twee maanden na het brei-uitstapje had ze met hem afgesproken op het station van Cambridge. Toen hij haar op het perron zag staan, op rubberlaarzen en met een grote, merkwaardig gevormde tas in de hand, was hij bang geweest dat de liefde voor haar niet altijd even ongecompliceerd zou zijn, zo had hij later opgebiecht. Hun trein reed niet verder dan King's Lynn, waar ze de laatste streekbus hadden genomen, die hen – als enige passagiers – over een kronkelende zeeweg naar het kustplaatsje Cley had gebracht. Hij was over de natte kiezels achter haar aan gelopen terwijl naast hen de zee brulde en weer stilviel.

'Kijk eens,' zei ze, en ze wees omhoog.

Hij keek naar het uitspansel boven de kust van Norfolk, waar een pot glitter onhandig over uitgestrooid was.

Ze haalde een telescoop en een statief uit de grote tas, stak het statief diep in de kiezels en stelde de telescoop in.

'En nu nog een keer kijken.'

Hij had gedacht dat ze hem de maan van dichtbij zou laten zien, of een planeet; hij verwachtte ringen of satellieten of wat er ook bij planeten hoorde. Hier was hij totaal niet op voorbereid geweest. De duizenden sterren die hij daarnet met het blote oog had gezien waren er nu honderdduizenden, en ze waren er al die tijd geweest, deze sterren tussen de sterren.

Samen waren ze in slaap gevallen op een kleedje op de hobbelige kiezels, met naast hen het ritmische geklots en gezucht van de zee. Bij het ontwaken verlichtte het ochtendgloren de hemel en waren de sterren onzichtbaar geworden. Matt was al wakker. Hij nam haar gezicht tussen zijn handen.

'Wat is er?' had ze gevraagd.

'Ik zie jou,' antwoordde hij en ze voelde zich als het vasteland, gezien door de ogen van een ontdekkingsreiziger die te lang op zee heeft gezeten.

Ik zit dicht tegen mijn moeder aan gedrukt en voel haar hart heel snel kloppen, als het hartje van de spitsmuis die Driepoot laatst had gevangen (hij vangt muizen, ook al heeft hij maar drie poten). Ik weet dat ze aan papa denkt. Ze heeft niet gezien dat ik wakker ben, dus blijf ik even naar haar kijken. Ze staart uit het raam en bijt op haar lip, alsof ze moet huilen maar zich inhoudt.

Ik voel me een gluurder, dus wiebel ik een beetje heen en weer zodat ze weet dat ik wakker ben. Ze trekt me als een accordeon tegen zich aan.

Ik had niet in slaap mogen vallen. Ik dacht dat meneer Azizi wel op haar zou passen, maar hij moet de vrachtwagen besturen en bovendien kent hij mama niet goed genoeg om te weten wanneer ze van streek is. Dan doet ze dingen die ze anders nooit doet, zoals op haar lip bijten om niet te huilen.

Ik denk dat ze bang is dat het scenario één gaat worden en dat papa niets bij zich heeft. Maar ik weet dat het goed komt. Hij heeft van zijn Inupiaq-vrienden geleerd om een aputiak te maken. Dat is een soort iglo. Niet zo'n hele grote met kamers en zo, maar zo een die ze bouwen als ze op jacht gaan, een tijdelijke, tot mijn moeder en ik er zijn. Dus ik weet gewoon dat hij een aputiak heeft gebouwd en nu zit te wachten tot wij hem komen zoeken. Het is heel behaaglijk daarbinnen, heeft hij me verteld.

'Hoe kan dat nou, ze zijn van snééuw,' zei ik.

'Sneeuw isoleert goed, het bevat veel lucht, dat houdt de kou buiten. En onze lichaamswarmte maakt het ook behaaglijk.'

'Behaaglijk?'

'Ja. En soms gebruiken ze een *qulliq*, dat is een lamp en verwarming in één. Het is een stenen bak waarin je walvisspek brandt, dan wordt het hartstikke warm. Zal ik je eens iets interessants vertellen?'

Hij weet dat ik altijd interessante dingen wil horen.

'Tegen het einde van de lente smelt zo'n aputiak gewoon. Er blijft niks achter, geen container vol rotzooi, geen fundament. Zelfs niet een beetje afval ter grootte van een grijze kliko of een prullenbak. Alles verdwijnt weer in de aarde.'

Mijn vader en ik hebben overal onze eigen gebaren voor. Voor 'aputiak' vormen we de letter A en daarna maken we met één hand een soort rond dakje. Hij heeft gebarentaal geleerd toen ik nog een baby was. Het kostte hem hartstikke veel tijd om één gebaar te leren, zei hij, terwijl ik het daarna binnen een paar tellen onder de knie had. In plaats van met mijn mond te brabbelen, zoals andere baby's, brabbelde ik met mijn handen, zegt hij vaak. En dan lacht hij er superbreed bij.

Ik schuif een stukje bij mijn moeder vandaan om mijn handen vrij te hebben en zeg dan tegen haar dat papa vast een aputiak heeft gebouwd. Ik spel het woord met mijn vingers, omdat ik weet dat mijn moeder het gebaar van papa en mij niet kent. Ik doe het haar voor en vertel erbij dat hij ze heeft leren bouwen van zijn vrienden, en dat ze heel behaaglijk zijn. Ik denk dat ze dat fijn vindt om te horen, want ze glimlacht naar me.

'Denk je dat het goed gaat met Bosley?' vraag ik dan. Het gebaar voor 'Bosley' is een vinger die heen en weer zwaait als een kwispelende staart; iedereen bij ons thuis weet dat dat gebaar speciaal voor Bosley is.

'Die heeft het prima naar zijn zin. Mevrouw F. verwent hem,' zegt mijn moeder.

'Heb je zijn mandje meegegeven?'

'Natuurlijk. En al zijn speeltjes.'

Over Driepoot hoef ik me geen zorgen te maken: mevrouw Buxton komt hem elke dag eten geven. Mijn moeder zegt dat Driepoot net een tiener is die niet kan wachten tot hij het huis voor zich alleen heeft. Ik vind het fijn om me voor te stellen dat ze allemaal lekker liggen te slapen – Driepoot op de bank, wat eigenlijk niet mag, Bosley in zijn mandje en mijn vader in zijn aputiak.

De lucht buiten is net een grote zwarte tovenaarsmantel, waar vogels, vissen en insecten onder verstopt zijn. Er zitten hier kariboes, elanden, sneeuwuilen, Amerikaanse hazen en otters, allemaal wakker, terwijl de beren een winterslaap houden in hun hol, maar ze wel bewegen in hun slaap. Onder het ijs op de rivieren schuilen kikkers, op de bodem, want daar is het het warmst.

Ik weet dat het gek is dat ik van kariboes en muskusossen houd. Tanya en de meiden op school zijn vooral dol op pony's, en op de tweede plaats komen jonge poesjes en hondjes. Het is ook oké om van hamsters en cavia's te houden. Kariboes en toendrabijen zouden ze raar vinden, net zoals ze mij raar vinden. Maar toendrabijen zijn juist supercoolio! Je zou denken dat bijen het nog geen minuut volhouden in de kou, maar ze trillen met hun minispiertjes om warmte op te wekken, en die warmte blijft in hun winterse jasje hangen. Bovenaan op mijn lijst van lievelingsdieren staan rivierotters, en hun jonkies zijn nu zo'n vijf maanden oud. Mijn vader heeft ze tikkertje en verstoppertje zien spelen. Ongelogen waar!

Zelfs als ik zou kunnen horen en ik net zo zou praten als zij, zou ik nog niet populair zijn bij Tanya en de andere meiden op school. Ik geef niks om lipbalsem met glitters of om modepoppetjes, en ik heb liever rivierotters dan pony's.

Mijn moeder drukt me weer tegen zich aan. Een beetje te hard, maar dat vind ik niet erg.

Ik kijk door de voorruit naar de kant van de weg in plaats van ver voor me uit; ik probeer te zien wat zich daar ophoudt. Volgens mij houden toendrabijen een winterslaap, maar misschien is er eentje wakker en vliegt hij met ons mee. Ik geloof dat ik een geluid maak, want mijn moeder en meneer Azizi kijken allebei naar me, en meneer Azizi gaat eerst na of er niet iemand vlak achter ons rijdt en zet dan de truck stil, midden op de weg omdat we nergens anders kunnen stoppen.

Een eindje verderop, verder weg in de berm, glinsteren de sneeuw en het ijs omdat er nog niemand op heeft gereden; in onze koplampen lijken het net piepkleine diamantjes.

In de fonkelende diamantsneeuw zie ik de omtrek van twee vleugels, alsof er een engel is neergestort die na het opstaan twee vleugelafdrukken heeft achtergelaten, of misschien is ze gewoon op beide benen geland en heeft ze besloten even in de sneeuw te gaan liggen.

'Wat is er?' vraagt mijn moeder.

Ik vorm twee vleugels met mijn handen, het gebaar voor een engel. Het lijkt het spiegelbeeld van de vleugelafdrukken in de sneeuw. Ik lach erbij, zodat ze weet dat het maar een grapje is, van die engel.

'Ik denk dat dit het werk is van een sneeuwhoen,' zeg ik dan, waarbij ik het woord 'sneeuwhoen' spel met mijn vingers. Mijn vader heeft me foto's van sneeuwhoenders laten zien, vandaar dat ik het weet.

Ze zijn net zo mooi als engelen, of eigenlijk nog mooier. Maar mijn moeder weet niets van sneeuwhoenders.

'Dat zijn heel bijzondere vogels,' zeg ik tegen haar. 'Ze blijven de hele winter in Alaska. De veren worden dan wit, zodat je ze niet kunt zien in de sneeuw.'

'BRUUT-WREED KICKEN!' zou Jimmy zeggen, en dat is het ook. Het is práchtig, die perfecte vleugelafdrukken in de glinsterende diamantsneeuw, met de koplampen van meneer Azizi als spotlicht en verder alles eromheen donker.

Mijn vader heeft me verteld dat sneeuwhoenders in een sneeuwhoop vliegen als ze willen uitrusten, dan zien de roofdieren hun pootafdrukken niet.

@Words_No_Sounds
651 followers
BRUUT-WREED KICKEN MOOI: een zwarte vlek van een jachtluipaard aanraken; een limonadezee met schuimende golven; de afdruk van sneeuwhoenvleugels.

6

Vier maanden na hun eerste sterrenkijkavond op Cley Beach was ze met Matt naar de Insh Marshes in Speyside gegaan. Het was er klam en koud in januari, de regen mistroostig. Ze had naast hem gestaan in een vogelkijkhut waar het naar natte regenjassen rook.

'Heet dit nou spotten?' had ze gevraagd.

'Of vogelen.'

'Dat klinkt ook kinky. Je verstoppen in zo'n hut en dan gluren met een verrekijker.'

Hij moest lachen en wees haar toen op de grauwe ganzen en wilde zwanen die hier in het ondergelopen moeras overwinterden. Ze vond het prachtig, zijn passie en zijn kennis, die deze ellendige natte boel tot iets heel anders maakten. Ze stelde hem vragen, wilde van alles leren en net als hij in de ban raken van de snip, de smient, de tureluur en de wulp. Ze spraken af om in de zomer terug te gaan voor de kievieten.

'Ben jij als baby uit de rode kool gekomen of zo?' vroeg hij. Hij had haar vader en haar broers al ontmoet – op zijn aandringen.

'Nee joh, ik ben door een ooievaar gebracht.'

'Natuurlijk. Trouwen?'

Ze zag een bord langs de weg, verlicht door hun koplampen: UITSLUITEND TOEGANG VOOR VOERTUIGEN VAN SOAGIL ENERGY.

‘Waar gaat deze weg naartoe?’ vroeg ze aan Adeeb.

‘Het is hoogstwaarschijnlijk een toegangsweg naar een olieput,’ zei hij. ‘Ze beginnen nu ook al in het binnenland van Alaska te fraccen. Soms wordt er een weg aangelegd van grind, andere keren maken ze verbinding met een rivier.’

‘En die rivier vriest dan dicht?’ vroeg ze.

‘Ja. Een natuurlijke ijsweg. Al moet die soms wel versterkt worden.’

Ze keek op Adeebs kaart en hield die bij het lampje van de binnenverlichting. De weg van Soagil Energy stond er niet op. Misschien was er ook wel een rivierweg naar Anaktue.

Ze zocht de Alatnak op, de rivier die in het zuiden begon bij het Brooksgebergte en in noordelijke richting doorliep tot aan de Noordelijke IJszee. Vierenhalfhonderd kilometer ten noorden van de plek waar ze nu waren liep de Alatnak door tot vlak bij de Dalton Highway, om zo’n vijftig kilometer verder te stromen, helemaal tot aan Anaktue. Misschien konden ze over de rivier naar Matt toe rijden. Maar dat kon ze niet van Adeeb vragen, nu nog niet. Ze had hem niet verteld wat hun werkelijke bestemming was. Ze wist niet hoe ze hem zou moeten overhalen hen mee te nemen en ze was bang dat hij zou weigeren – vriendelijk en begripvol, maar evengoed weigeren – en dan kon ze Matt onmogelijk bereiken.

‘Trouwen?’ had hij nog een keer gevraagd, voor het geval ze hem de eerste keer niet had gehoord.

‘Dan zou mijn vader me moeten weggeven, aangezien ik nu zijn bezit ben en ik dan jouw bezit zou worden. Of zoiets.’

‘Maar hij heeft je ook maar gewoon van een of andere ooievaar gekregen. Toe nou.’

‘Nog niet,’ had ze gezegd.

Adeeb ving in zijn buitenspiegel een glimp op van de rifbaarskoplampen in de duisternis achter hem. Hij zette de radio aan, zogenaamd voor het nieuws en het weerbericht dat ieder uur werd uitgezonden, maar eigenlijk deed hij het omdat de radiozender klassieke muziek draaide. Als hij daarnaar luisterde, stelde Adeeb zich graag voor dat hij weer een kind in Zabul was, waar hij in de lente over de akkers achter hun huis had uitgekeken naar de rijen amandelbomen met hun roze bloesem, als een bloeiend corps de ballet.

Ruby zat aandachtig naar hem te kijken, en het drong tot hem door dat hij met zijn vingers op het stuur roffelde. 'Ik moest aan bloesem denken,' zei hij tegen haar, langzaam en zorgvuldig. 'En ik zat naar Chopin te luisteren.' Toen richtte hij zijn blik weer op de weg; de voorruit was een lens vol roze bloesem, tot leven gewekt door de muziek.

Meneer Azizi zei net tegen me dat hij naar Chopin zat te luisteren, alsof ik gewoon weet hoe dat is, en bovendien stelt hij me niet voor om de muziek HEEL HARD te zetten – en hij vraagt niet of ik een drumstel heb. Hij is echt 'the Superb Mr Azizi'!

De meeste mensen denken dat ik van HARD en DREUNEND houd, zodat ik de trillingen kan voelen; alsof ik dankbaar moet zijn dat er een keer geluid tot me doordringt, op wat voor manier dan ook. Ik krijg altijd drumstokjes in mijn handen gedrukt, en dan vragen mensen me om erop los te slaan (als ik hen maar niet raak!). Dat Evelyn Glennie een muzikaal genie is wil nog niet zeggen dat ik het ben, omdat ik toevallig ook doof ben. Ze denken dat ik niets liever wil dan leren drummen, op bekkens of op een rinkiedink plinketieplink klokkenspel slaan. (Volgens Jimmy klinkt het zo, als rinkiedink plinketieplink.) Maar ik ben daar hartstikke slecht in. Op ons laatste schoolconcert heb ik 'luchtklokkenspel' gespeeld in het bijzijn van alle ouders. Mijn vader lag in een deuk. Zelfs mijn moeder moest moeite doen om niet te lachen, maar ik weet dat ze altijd heeft gehoopt dat ik een percussie-instrument zou gaan spelen en bij het schoolorkest zou gaan, met de bijbehorende uitstapjes; ze wilde dat ik ergens bij zou horen (de wereld van de horenden, en met mij ertussen, keurig in de maat). 'Ergens op slaan is niet hetzelfde als integreren, mam,' zei ik tegen haar (ik had met liplezen gezien dat ze heel vaak het woord 'integreren' gebruikte tegen mijn vader) en toen voelde ik me weer schuldig omdat ze er treurig van werd.

Kort daarna kwam er bij ons op school een harpist spelen 'om toekomstige harpisten te inspireren', en omdat mijn moeder erbij was, deed ik niet moeilijk toen me werd gevraagd om tijdens de uitvoering even mijn hand op de harp te leggen. Ik vond het wel vervelend, maar ik wilde het mijn moeder naar de zin maken, dus daar stond ik dan. Iedereen zat zich te vervelen. Schuifelende voeten, gefriemel en gedraai in alle rijen, geen toekomstige harpist te bekennen, maar ik vond het heel fijn. Geen bonkende trillingen, het voelde als heel snel klapperende vleugels, zoals van een kolibrie, zo snel dat je niet eens ziet dat ze bewegen. Of zoals wanneer je een muisje oppakt dat door Driepoot is opgejaagd, met zo'n supersnel kloppend hartje: je voelt hoe kwetsbaar het is, maar ook hoe levend. Als ik een muziekinstrument zou mogen kiezen, zou ik harp willen spelen. Ik betwijfel wel of je met een harp mee mag met de uitstapjes van het schoolorkest, want zo'n ding past natuurlijk niet in de bus.

De gezichten van mijn moeder en meneer Azizi staan nu onbeweeglijk. Beiden concentreren zich ergens op en volgens mij is het niet de muziek; ik heb nooit de indruk gekregen dat mijn moeder zo'n liefhebber is van klassiek.

Het belangrijkste onderwerp bij het nieuws was Anaktue. Hoewel de radio hard genoeg stond, boog Yasmin zich er dichter naartoe.

'We hebben vandaag in de studio de gouverneur van Alaska, Mary-Beth Jenston te gast,' zei de radioverslaggeefster. 'En aan de telefoon is commissaris David Grayling, de state trooper die de zoektocht in Anaktue heeft geleid.'

De stem van de presentatrice was neutraal, terwijl het nieuws gebracht zou moeten worden als een drama, vond Yasmin. Het ging hier om mensenlevens, er luisterde een echtgenote mee, er zat een kind in een truck op een gevaarlijke weg omdat haar moeder haar nergens veilig had kunnen achterlaten.

'Commissaris Grayling, we beginnen bij u. Kunt u ons een update geven van de situatie in Anaktue?'

Ze had hetzelfde gedaan toen haar moeder ziek was: haar hersenen maakten overuren en leverden niet-aflatend overal commentaar op. Ze kon het niet uitschakelen, het was een soort schild van woorden tegen de emoties, net zo goed tegen de wrede hoop als tegen haar angsten.

'Ik kan helaas alleen maar bevestigen dat er bij de brand drieëntwintig Inupiaq zijn omgekomen, onder wie drie kinderen,' zei commissaris Grayling. 'Er was ook een Brit aanwezig, die natuurfilms maakte over de fauna aldaar. Alle families zijn inmiddels op de hoogte gebracht.'

Yasmin zag Adeeb naar haar kijken en besefte toen pas dat haar gezicht en haar handpalmen klam waren van het zweet.

Het was Adeeb duidelijk dat Yasmin aangeslagen was en dat ze dat probeerde te verbergen. Hij zette de verwarming lager.

'Is het niet vreemd, commissaris Grayling, dat een brand zo snel om zich heen grijpt?' vroeg de radio-interviewster.

'Een fikse voorraad sneeuwscooterbrandstof plus diesel voor de generatoren heeft vlam gevat en is ontploft,' antwoordde commissaris Grayling. 'In zo'n geval heb je razendsnel een verwoestende brand.'

'Maar hoe is deze brand ontstaan? Brandstof vat toch niet zomaar vlam daar in de sneeuw?'

'Hoogstwaarschijnlijk is het begonnen met een brandje en een explosie in een van de huizen,' antwoordde commissaris Grayling. 'We vermoeden dat een gastank voor de verwarming of voor een fornuis vlam gevat heeft, misschien door een mankement aan de elektra of door onachtzaamheid, waarna het vuur zich heeft verspreid naar de opgeslagen sneeuwscooterbrandstof en de generatordiesel, met als gevolg deze grote explosie.'

'Maar het is toch zeker verdacht dat een heel dorp wordt weggevaagd door een brand bij een temperatuur van min vierendertig graden?'

'Nee, zoiets kan gebeuren, zoals ik al zei,' antwoordde commissaris Grayling. 'Als je in de keuken gebruikmaakt van gasflessen en zo'n fles raakt lek. Als je brandstof dicht bij woningen bewaart. We hebben de inwoners van de grotere en kleinere dorpen in heel Alaska gewaarschuwd om brandstoffen minimaal twintig meter van de huizen op te slaan, en ik raad uw luisteraars dringend aan hetzelfde te doen.'

'Bedankt voor uw bijdrage, commissaris Grayling. Dan kom ik nu bij u, gouverneur Jenston.'

'Goedenavond. Allereerst gaat mijn medeleven uit naar de familie en vrienden van de slachtoffers van deze vreselijke tragedie.'

'Fijn dat u in ons programma kon komen.'

'Ik ben blij dat ik de kans heb gekregen hier aanwezig te zijn.'

'Misschien kunt u me helpen met de feiten rond Anaktue,'

zei de verslaggeefster op neutrale toon. 'Ligt – lág – Anaktue inderdaad op honderdduizenden vaten schalieolie?'

'Ik zie niet in waarom dat relevant zou zijn,' antwoordde de gouverneur.

'Ik heb een geologisch rapport gezien,' vervolgde de radioverslaggeefster. 'De grond onder Anaktue bevat drie lagen brongesteente waaruit grote hoeveelheden olie en gas zijn ontstaan, die uiteindelijk terechtgekomen zijn bij Prudhoe Bay en Kuparuk.'

'Ik ben hier om de inwoners van Alaska mijn medeleven te betuigen, niet om het over geologie te hebben.'

'Is het waar dat een aantal hydraulische fracbedrijven, waaronder Soagil Energy Incorporated, de grond onder en rondom Anaktue wilde fraccen?'

'Dat is op geen enkele manier relevant voor deze verschrikkelijke tragedie.'

'Is het waar dat Soagil Energy een begin wilde maken met de aanleg van twintig olieputten in een straal van ruim twee kilometer rondom het bewuste dorp?'

'Dat heeft niets te maken met...'

'En dat toen de inwoners daartegen in opstand kwamen, Soagil Energy heeft geprobeerd hen te dwingen?' vervolgde de radio-interviewster.

'Niemand heeft geprobeerd de inwoners te dwingen,' antwoordde de gouverneur. 'We stonden voor honderd procent achter hun beslissing. We hebben zeer veel respect voor de Inupiaq-bevolking hier en we doen er alles aan om hun manier van leven te ondersteunen. Wij zijn hier in Alaska niet zoals in de rest van de Verenigde Staten, waar de oorspronkelijke bewoners worden weggestopt in reservaten. We respecteren hun recht om te wonen en te jagen op de plek waar ze altijd hebben gewoond en gejaagd. We doen alles wat we kunnen doen om hen te steunen. We stonden op het punt om nieuwe generatoren te installeren in Anaktue, en de inwoners kregen niet alleen voedselbonnen, maar ook het recht om onbelemmerd te jagen.'

'U zit in de raad van bestuur van een hydraulisch fracbedrijf?'

'Ik heb mijn functie in dat bestuur opgegeven toen ik werd gekozen tot gouverneur. Maar ik ben er trots op betrokken te zijn geweest bij deze bedrijven en steun ze nog altijd. De mijnindustrie, waartoe ook de hydraulische schalieoliebedrijven behoren, bestaat niet uit boemannen, maar uit werkgevers. Deze bedrijven bieden Alaska werkgelegenheid, waaronder banen voor de Inupiaq. Alle inwoners van Alaska, ook de Inupiaq, profiteren van de minerale rijkdom binnen onze staat, via het Alaskan Permanent Fund. We ontvangen allemaal jaarlijks dividend uit de opbrengsten van de bodemexploitatie. De energiebedrijven stellen onze toekomst veilig. Bovendien is het mede aan deze bedrijven te danken dat in de Amerikaanse huishoudens het licht brandt.'

'Dat was nog geen duizend dollar.'

'Pardon?'

'De dividenduitkering van vorig jaar. Negenhonderd dollar. Niet al te veel, in het licht van de miljoenen die de energiemaatschappijen verdienen. U zei daarnet "we", gouverneur. En verder zegt u, ik citeer: "We stonden voor honderd procent achter hun beslissing." Bedoelde u daarmee uzelf en de overheid van Alaska, of uzelf en de rest van de raad van bestuur van Soagil Energy?'

'Zoals ik net al zei, zit ik niet meer in die raad van bestuur. Maar ik heb u ook gezegd dat deze bedrijven goed zijn voor Alaska en voor de rest van Amerika.'

'En hoe moet het nu verder, gouverneur Jenston? Gaat Soagil Energy alsnog de grond van de dorpelingen fraccen?'

'Men heeft mij laten weten dat Soagil Energy niet langer

probeert dit gebied te ontginnen. Uit respect voor de dorpelingen.'

'En de andere fracbedrijven?'

'Ik beschik niet over die informatie, maar ik kan me voorstellen dat andere hydraulische fracbedrijven op dit punt het voorbeeld van Soagil Energy zullen volgen. Moet u horen, als u een boosdoener zoekt, zoekt u die op de verkeerde plaats. De enigen in de energiebranche die zich crimineel hebben gedragen zijn de milieuactivisten. Die lui hebben opzettelijk oliebronnen en condensaattanks gesaboteerd, en er is op de pijpleiding geschoten. Dat ene schot heeft er toevallig wel in geresulteerd dat een kwart miljoen *gallons* ruwe olie uit de leiding is gespoten, waardoor een ecologische ramp dreigde. Ik twijfel er niet aan of de activisten zullen op een dag brand stichten en proberen het hydraulische fraccen daarvan de schuld te geven, ook al heeft die manier van oliewinning in werkelijkheid nog nooit tot brand geleid, niet één keer, zelfs niet wanneer de oliebron pal in iemands achtertuin ligt, wat in Alaska beslist niet voorkomt.'

Mijn moeder en meneer Azizi doen hun mond niet open, dus ze praten niet met elkaar, maar meneer Azizi gluurt steeds van opzij naar mijn moeder. Ze verroert zich niet. Haar hele lijf is geconcentreerd, alsof ze zelfs door een beweging van haar kin niet meer zou kunnen horen waar ze naar luistert, wat dat ook mag zijn. Ik denk dat het iets met mijn vader te maken heeft. Als ik aan haar mouw trek, kijkt ze mijn kant op.

Even zegt ze niks, en ik weet dat ze overweegt of ze het me wel of niet moet vertellen. Ik wil haar eraan herinneren dat we een team zijn, mama en ik, en dat ze me het móét vertellen.

Na het nieuws was het plaatselijke weerbericht uitgezonden, maar Yasmin had het amper gehoord.

'Het weerbericht was op de radio,' zei ze tegen Ruby. 'Er is een sneeuwstorm op komst maar ze weten niet precies wanneer we die kunnen verwachten.'

Ze vond het vreselijk dat ze Ruby's doofheid gebruikte om de waarheid voor haar te verbergen. Matt en zij hadden dat nooit gedaan, nooit hun gezicht afgewend om te voorkomen dat Ruby zou kunnen liplezen. Ze had liever dat ze pijnlijke woorden meekreeg of dat zij tweeën tegen elkaar zwegen dan dat ze misbruik moesten maken van haar doofheid. Maar de voorspelde sneeuwstorm was deels de waarheid.

'We zijn toch wel vóór het slechte weer bij papa?' vroeg Ruby.

'Ja, absoluut.'

'Heb je het meneer Azizi al verteld?' vroeg Ruby.

'Nog niet.'

Ontbijt in de vochtige bed & breakfast in Speyside, met de flinterdunne muren. Russells vriendin had gebeld om door te geven dat hij vijf jaar had gekregen wegens dealen. Yasmin had onmiddellijk haar spullen gepakt. Ze zei tegen Matt dat hij niet mee hoefde; het was misschien makkelijker en ook beter als hij niet meeging.

Maar Matt was toch meegegaan. In de schommelende trein terug naar Londen had ze door het raam naar buiten gekeken, naar de bruine akkers vol diepe plassen die langzaam overgingen in het grijs van de stad, en ze had zijn warmte naast zich gevoeld.

Hij was haar steun en toeverlaat geweest, maar niet in de conventionele zin. Die keer was hij niet meegegaan om Russell te bezoeken, en de vele keren daarna evenmin; hij ging ook niet mee naar het verzorgingstehuis om met haar bij haar vader te gaan zitten. Hij had haar geen goede raad gegeven en haar niet opgebeurd. Maar hij had wel buiten op haar gewacht, vaak met een telescoop in de auto, een fles wijn in de kofferbak en slaapzakken voor op het strand. Telkens opnieuw maakte hij duidelijk dat haar verleden niet betekende dat ze geen gelukkige toekomst kon hebben.

7

Ze staken de Yukon over, die immense rivier die in de winter dichtgevroren was. De brug rustte op betonnen staanders, maar je kon niet zien hoe diep het zwarte gat daaronder was. Adeeb wist dat er pootafdrukken van dinosaurussen te vinden waren langs de oever van de Yukon, bewaard gebleven en gefossiliseerd in de modder. Hij kon zich gemakkelijker voorstellen dat er ergens daar beneden ongezien prehistorische wezens rondwaarden dan dat er levende dieren zouden lopen.

Achter hen waren de rifbaarskoplampen nu verder teruggevallen.

Ik wil niet dat mijn moeder nog een keer iets hoort op de radio of via meneer Azizi's CB wat ik pas later te horen krijg, dus ga ik Voice Magic gebruiken. Zo heet dat, en het is een soort goocheltruc: 'Ta-dáá! Ik kan horen en praten!' Het is een programma op mijn laptop dat de woorden van anderen omzet in getypte tekst op mijn scherm. Dat is het goochelgedeelte. En omdat het scherm verlicht is, is het mijn geheime wapen om zelfs in het donker te kunnen horen. Het is alleen niet altijd handig om met een laptop te moeten zeulen. En als er te veel stemmen zijn, werkt het niet, want dan husselt het programma alles door elkaar. Maar met één persoon gaat het prima, dus ik kan me voorstellen dat ik ooit op een donkere avond samen ben met een jongen die allemaal lieve woordjes tegen me wil fluisteren, en dan laat ik hem wachten terwijl ik mijn laptop tevoorschijn haal uit een loeigrote handtas. Nee, grapje! Ik heb helemaal geen handtas, en ik heb geen vriendje. IK BEN TIEN en ik vind het hartstikke stom als meisjes in de zesde klas een vriendje of een handtas hebben.

Wat er minder magisch aan is, is dat dat ding mijn getypte letters omzet in een machinestem. Ik heb veel liever dat de mensen lézen wat ik te zeggen heb, dus ik gebruik de stem van de laptop alleen in dringende noodgevallen. Toen ik Voice Magic kreeg, moest ik zelf een stem uitkiezen, zoals mijn moeder ook heeft gedaan toen ze haar navigatiesysteem pas had: eerst kies je de taal, dan vragen ze of je Amerikaans of Brits Engels wilt, man of vrouw, jong of oud (die laatste keuze had mijn moeder niet). Ik wist wel dat jongens een zwaardere stem krijgen als ze ouder worden, maar ik dacht altijd dat er bij meisjes niks veranderde. Mijn vader heeft me verteld dat jonge stemmen helder klinken, en een beetje galmend, alsof je met een theelepeltje tegen een fluitketel tikt. De jaren maken je stem zwaarder, maar oude mensen klinken juist broos en breekbaar, alsof hun stem van heel dun porselein is. Bij Voice Magic kun je geen oude stem kiezen; waarschijnlijk denken ze daar dat niemand wil klinken als heel dun serviesgoed. Mij lijkt het juist wel coolio om te klinken als een Ming-vaas.

Toen ik moest kiezen leek het me wel grappig om een Amerikaanse man te nemen. Het is toch niet mijn eigen stem, en het leek me een goede manier om dat duidelijk te maken. Maar toen mijn moeder dat hoorde, vond ze het heel rot en dat was niet mijn bedoeling. Dus heb ik de stem op de laptop veranderd in 'Brits meisje'.

Ik ken Jimmy al vanaf onze babytijd, en hij heeft eigenlijk ongemerkt gebarentaal geleerd. Toen Jimmy en ik nog vrienden waren, hadden we onze eigen lievelingswoorden. *Tortoise* bijvoorbeeld, een heel raar woord voor 'landschildpad'. Dan zeiden we zomaar ineens TORTOISE tegen elkaar, en dan moesten we zo hard lachen dat Jimmy er een scheet van liet – schetengrappig noemden we dat. Op een dag was ons woord *vacuous* – wezenloos. We noemden de hele dag alles 'vacuous': mensen, bananen, wc-papier en puntenslijpers. Jimmy zei dat het woord 'vacuous' te maken had met een stofzuiger, een *vacuum cleaner*, waarvan het binnenste helemaal vol zit met pluis. Mijn moeder had me verteld dat het woord *vacuous* afkomstig is van 'vacuüm': dat betekent dat iets helemaal leeg is, zodat alles naar binnen gezogen wordt, maar ik vond Jimmy's stofzuigerzak vol pluis leuker. Dat was in dezelfde week waarin ik de stem van het Britse meisje uitkoos. Jimmy was de ENIGE aan wie ik het liet horen, op mijn vader en moeder na, en hij zei meteen dat het meisje *vacuous* klonk. Dus telkens wanneer ik Voice Magic gebruik, weet ik dat ik klink als een stofzuigerzak vol pluis.

Maar ik wil meneer Azizi graag bedanken omdat hij ons heeft meegenomen en ik kan mijn moeder niet vragen het voor me te doen, want dan zegt ze natuurlijk: WÓÓRDEN GEBRUIKEN, RUBY, waarmee ze mijn mond bedoelt, en dat is nog erger dan de stem van Voice Magic. Bovendien – hier komt het dringende noodgeval – wil ik hem vragen ons helemaal tot aan Deadhorse mee te nemen.

Toen het nieuws over Anaktue op de radio was, had Adeeb de spanning bij Yasmin gevoeld in de besloten ruimte van de cabine. Het leek hem onwaarschijnlijk dat ze familie of de vriendin van een van de dorpelingen was, maar de Britse natuurfilmer klonk wel logisch. Adeeb had aan het begin van de rit gezien dat ze twee trouwringen droeg, en hij had aangenomen dat haar man dood was. Hij wist niet waar Anaktue lag, maar waarschijnlijk was het bij de poolcirkel. Misschien wilden Ruby en zij een soort pelgrimstocht maken naar de plek waar hij was gestorven.

Hij hoorde een merkwaardige elektronische stem: 'Bedankt dat u ons hebt meegenomen.' Hij keek even van opzij en zag dat Ruby zat te typen.

'Ik ben heel blij dat ik dat heb gedaan.' Hij sprak zorgvuldig en zag zijn woorden op haar scherm verschijnen.

'En bedankt dat u mijn laptop hebt aangesloten op de satellietontvanger.'

Eigenlijk zou hij gebarentaal moeten leren. De hele wereld zou gebarentaal moeten leren. In die taal bestonden er geen buitenlandse accenten die mensen 'anders' maakten, en wanneer je beledigingen of scheldwoorden wilde buitensluiten, kon je gewoon je gezicht afwenden of je ogen dichtdoen. Als iedereen de gebarentaal beheerste, als híj de gebarentaal zou beheersen, dan had dit meisje nu niet een vreemde stem voor zich hoeven laten spreken en had ze haar eigen handen kunnen gebruiken. Al zou hij haar gebaren niet kunnen lezen of beantwoorden onder het rijden.

'Dat betekent dat papa me kan mailen,' zei de elektronische stem, en hij zag Ruby breed naar hem glimlachen.

Dus haar vader leefde nog; dan was zijn gok dat het om de Britse filmmaker ging niet juist geweest. Maar Yasmin en Ruby zaten nu naar elkaar te gebaren; de spanning bij beiden was overduidelijk. Yasmin leek steeds erger van streek te raken.

Er was weer klassieke muziek op de radio. Adeeb trommelde op de maat van de muziek met zijn vingers op het stuur, om aan te geven dat hij niets had gemerkt van hun stilzwijgende ruzie. Na een aantal maten kwam er een einde aan hun gebarengesprek; Ruby keek ongelukkig en Yasmin was nog gespannener dan daarvoor. Ze zag er doodmoe uit.

'Wil je misschien even slapen?' vroeg hij haar. 'Dit stuk weg is niet zo slecht, ik zal je wakker maken als we bij het truckerscafé komen.'

Moeder en dochter wisselden een blik, al gebaarden ze niet meer naar elkaar.

'Bedankt,' zei ze. Hij was er tamelijk zeker van dat ze haar ogen alleen maar sloot om van zijn vragen af te zijn.

'Zal ik je eens iets interessants vertellen over Alaska?' vroeg hij aan Ruby, en zijn woorden verschenen op haar scherm.

'Ja,' hoorde hij de rare stem zeggen.

'De Russen hebben Alaska verkocht aan de Amerikanen.'

'Voor hoeveel?'

'Zo'n twee cent per *acre*.'

'Dat is niet duur.'

'Nee.'

'Geef ze toch niet steeds geschiedenisles als we aan tafel zitten,' zei Visha vaak smekend tegen hem. Maar de jongens wilden het graag – ze waren toch zeker niet oud genoeg om te doen alsof, alleen om hem een plezier te doen?

'Ik vind Dalton Highway maar een suffe naam voor deze weg, vind je ook niet?' vroeg hij. 'Als je bedenkt hoe ze hem óók hadden kunnen noemen.'

'De Spooktreinweg?'

'Spooktrein-Achtbaanweg?'

'Spooktrein-Achtbaan-IJsbaanweg.'

'Precies. Genoeg goeie namen, maar dan vernoemen ze hem naar een zekere James Dalton. Weet je wat hij heeft gedaan?'

'Wat dan?'

'Hij plaatste spionagesatellieten rondom de hele poolcirkel, zodat de Amerikanen het meteen zouden weten als de vijand binnenviel. Waarschijnlijk waren ze bang dat de Russen hun land terug wilden.'

Ze lachte, en daar was hij blij om. Maar hij vroeg zich af of dit de reden was waarom Noord-Alaska hem zo vijandig voorkwam. Het zat 'm niet alleen in de gruwelijke kou, de naargeestige sfeer en de duisternis; hij bevond zich hier in een grensgebied waar de kolonisatie niet plaatsvond met huifkarren, maar met spionagesatellieten. De gouverneur had het over milieuactivisten gehad, terwijl Adeeb wist dat de man die de pijpleiding lek geschoten had een ordinaire dronken crimineel was geweest, meer niet. Maar men was bang voor een terroristische aanval van de gebruikelijke soort, door mensen die waarschijnlijk veel op hem zouden lijken. Hij had gehoord dat er plannen waren om controleposten te plaatsen langs de Dalton Highway, met een speciaal antiterroristenteam, om een van de meest kwetsbaarste stukken infrastructuur van Amerika te bewaken. Wat zouden ze denken als hij, een Afghaanse vluchteling, bij zo'n controlepost aankwam? Het enige wat hij ooit had opgeblazen was een ballon, maar zouden ze dat van hem aannemen? Hij had inmiddels wel geleerd niet de deur uit te gaan met een rugzak of in een dik donzen jack.

'Weet u waarom de pijpleiding zo hoog ligt?' vroeg Ruby hem via haar apparaat. Naast hen rustte de pijpleiding op hoge palen. Hij zag haar glimlach en wist dat ze genoot van haar rol als quizmaster die de antwoorden in haar zak had. Zijn zoons waren precies zo.

'Nee, geen idee. Weet jij het?'

'Zodat de kariboes eronderdoor kunnen,' zei ze. 'Dan kunnen ze bij de grote trek hetzelfde pad blijven gebruiken dat ze al duizenden jaren gebruiken.'

Voor de kariboes geen spionagesatellieten of controleposten, dacht Adeeb.

'Maar mijn vader zegt dat er vogels zijn die de verkeerde kant op migreren en verdwalen. Dat komt door het fraccen. Niemand weet nog hoe het precies zit.'

'Wat triest.'

'Ja.'

Ze staarde door het zijraam; haar enorme groene ogen waren nog net te zien dankzij het schijnsel van het cabinelampje. Ze leek in vervoering te zijn.

'Wat is het hier schitterend, hè?' zei ze.

Als hij haar ogen niet had gezien, zou hij gedacht hebben dat ze een grapje maakte.

'Ik ben er niet zo dol op, eerlijk gezegd,' zei hij. Als het aan hem lag, gaven ze het gebied gratis terug aan de Russen. 'Mij te weinig kleur,' vervolgde hij. 'Weet je nog dat ik daarstraks Chopin luisterde?'

'Ja.'

'Dat helpt me om me in te beelden dat ik ergens anders ben.'

'Ergens waar bloesem is?'

'Ja. En ook op andere plekken.' Hij had zichzelf aangeleerd om mooie beelden op te roepen van zijn nieuwe thuis in Oregon. 'Als de zon schijnt, gaan we naar het park en daar staan eiken. Dat is heel wat anders dan de kleine boompjes hier, het zijn echte reuzen. En 's zomers als de zon ondergaat, verkleuren de bovenste bladeren van groen naar geel, alsof ze in goud veranderen.'

Ik mag van mijn moeder niet tegen meneer Azizi zeggen waar we in werkelijkheid naartoe willen. Ze heeft beloofd dat ze het hem gauw zelf zal vertellen. Daarom vertel ik hem maar over mijn bomen, want hij heeft mij ook over de zijne verteld.

'In de zomer,' zeg ik met Voice Magic, 'is het nog licht buiten als ik naar bed moet. Er staan bomen voor mijn raam. Ik weet niet hoe ze heten, maar ze zijn heel hoog en de takken raken elkaar. Je kunt de onderkant van de stam niet zien en de kruin ook niet, alleen het middenstuk. Alle takken zitten vol met blad. Soms stel ik me voor dat het geen lucht is tussen de blaadjes, maar water, en dat ik ertussendoor zwem, dat ik me tussen die zonnige gedeeltes door laat glijden.'

Ik heb nog nooit iemand verteld over het boomzwemmen, maar ik denk dat wat hij daarnet van die eiken zei zo'n beetje hetzelfde gevoel is. Het is fijn om eraan te denken, aan onze zomerse groene bomen, want het is echt heel gek om de hele tijd in het donker te zitten.

Er verschijnen nieuwe woorden op mijn scherm: 'Wat is jouw lievelingsmuziek?'

Dat heeft nog NOOIT iemand me gevraagd. Alsof het de stomste vraag op aarde zou zijn. Misschien bedoelt hij drums of het klokkenspel.

'Het tweede pianoconcert van Rachmaninov,' antwoord ik. 'En Brahms en The Beatles.'

Voice Magic herkent de namen omdat ik ze eerder heb gebruikt, maar alleen voor mezelf, nooit tegen iemand anders.

Meneer Azizi knikt. Alsof hij helemaal niet verbaasd is.

'Wil je niet gaan slapen?' vraagt hij dan. 'Je ziet er heel moe uit.'

Ik wil heel, heel graag slapen. Het is alsof de slaap vlak achter me loopt en me wil ontvoeren door een heel grote deken over mijn hoofd te gooien en me mee te sleuren.

'Ik pas wel op je moeder,' zegt meneer Azizi, dus ik knik en sluit mijn ogen. Maar ik ben te opgewonden om te slapen, ook al word ik ontvoerd met een zware deken. Daarom denk ik aan de eerste symfonie van Brahms, dat helpt soms.

Juffrouw Branebury, die het harpconcert op school had geregeld, heeft me enthousiast gemaakt voor Brahms. We hebben laatst met z'n tweeën een les gedaan. Ze zei dat ze de eerste beginselen van gebarentaal had geleerd, zodat ik niet steeds een speciale assistent nodig zou hebben – wat ik juist leuk vond omdat het grappig is als er speciaal voor mij alleen twee volwassenen zijn. Ik denk dat juffrouw Branebury heel hard had geoefend op haar gebarentaal. Ze schreef een hoop dingen op, maar ze gebaarde ook veel.

Ze zei dat ze had gemerkt dat ik niet erg dol was op slaginstrumenten, en dat luchtklokkenspel vond ze (dit gedeelte schreef ze op) 'vermakelijk, maar geen geschikte muzikale optie voor de lange termijn'. Toen vertelde ze me dat muziek niet alleen een kwestie van ritme is, mocht ik daar bang voor zijn. En dat was ik inderdaad. Ze zei dat het ook ging om cadans, melodie en harmonie, om hoge en lage tonen. Ze zei dat muziek beelden en verhalen in zich heeft, en dat iedereen zijn eigen plaatje kan oproepen. Ze zou me de beelden vertellen die zij voor zich zag bij de eerste symfonie van Brahms, en dan mocht ik kijken of ik over de mijne wilde vertellen. Omdat het zo'n verheven muziekstuk is, zei ze, zag zij bergen voor zich, en woeste donder en bliksem, prachtig en ontzagwekkend. Of ik het eens wilde proberen?

Ik zei dat ik koos voor een slagschip in de storm; voor mij geen bergen, een slagschip vind ik spannender. Ze slaakte een zucht en zei: 'Dank je wel, Ruby, van nu af aan zie ik dat ook voor me.'

Mijn moeder noemt heel grote dingen of dikke mensen soms 'een slagschip'. Ik ken verder niemand die dat doet.

Nu denk ik dus aan de eerste symfonie van Brahms en zie dat grote slagschip voor me, grijs en indrukwekkend, dat over de hoge golven dendert, met daarboven een donkere lucht, met van die wolken die eruitzien als een leger – een leger dat al zijn krachten inzet aan de rand van de hemel. Ik zie ook een paar zeemeeuwen voor me, die het schip zo'n beetje achtervolgen zoals meeuwen dat doen, om daarna ineens de lucht in te schieten. De zeemeeuwen zijn de hoge tonen, van de blaasinstrumenten met een rietje, want sommige vogels leven in het riet.

Toen we nog vrienden waren, heb ik Jimmy een keer gevraagd wat zijn favoriete muziek was, behalve pop. Hij is heel muzikaal en speelt ook piano en cello. Hij antwoordde: het tweede pianoconcert van Rachmaninov. Dat klinkt alsof je de wind vangt met een zilveren lasso, zei hij. Dat hij dat zomaar vertelde... dan moet hij wel van me gehouden hebben.

8

De sneeuw had zich opgehoopt langs de weg, die nu nog maar uit één baan bestond. Yasmin voelde de duisternis oprukken, ze werden erdoor ingesloten. Twee keer was ze bijna in slaap gevallen, maar ze had zichzelf gedwongen wakker te blijven.

Ze had Adeeb aan Ruby horen vragen van welke muziek ze hield, en ze was ineengekrompen om zijn gevoelloosheid. Maar toen Ruby hem antwoord gaf, via dat vreselijke apparaat, ervoer Yasmin dat als een stomp in haar maag. Ruby lag nu te slapen, dus kon ze haar niet vragen waar ze haar kennis van muziek vandaan had.

Ruby had al twee jaar lang niemand haar eigen stem laten horen, ze weigerde ronduit te praten. Yasmin had van alles geprobeerd en zat haar voortdurend op de nek, wat ze vreselijk vond, en ze was woest geweest omdat Matt de weg van de minste weerstand koos en steeds zei: 'Laat haar toch.' De ene na de andere logopedist had het geprobeerd, allemaal met even weinig resultaat. Een van hen had Ruby aangespoord te gaan twitteren, en bij iedere tweet van haar dochter voelde Yasmin een steek van verdriet omdat ze met vreemden communiceerde. Als Ruby maar met haar mond kon praten, zou ze ongetwijfeld vrienden hebben.

Ze was geroerd geweest toen Ruby met haar handen twee engelenvleugels vormde. Terwijl ze door de donkere nacht reden, had ze moeten denken aan het gebaar voor zonsopkomst: een cirkeltje gevormd met duim en wijsvinger, boven de arm uit, die de horizon voorstelde.

Ze herinnerde zich nog als de dag van gisteren hoe enthousiast Ruby was thuisgekomen na een taalles in haar Speciale Talenten-programma.

'We hebben het over onomatopeeën gehad!' had ze uitgeroepen zodra ze Yasmin bij de schoolpoort zag staan. Yasmin begreep niet waarom het gezicht van haar dochter zo ging stralen van woorden-die-klonken-als-datgene-wat-ze-beschreven.

'Gebarentaal, mam, dat zijn allemaal onomatopeeën. Visuele onomatopeeën!'

Yasmin besefte plotseling hoe wáár dat was.

Maar het grootste deel van de wereldbevolking kende geen gebarentaal. Bijna niemand. Hoe mooi het gebaar voor 'engel' ook mocht zijn, die visuele onomatopee, Ruby moest het leren uitspreken met behulp van haar gehemelte, tong en lippen.

Het punt was niet zozeer dat Yasmin haar per se wilde zien praten; ze wilde dat Ruby gehoord zou worden.

'Gaat het een beetje?' vroeg Adeeb zachtjes aan haar. Hij wist dat ze wakker was.

Hij moest zich natuurlijk op de weg concentreren, maar ze voelde dat hij doelbewust strak voor zich uit keek en haar blik meed.

'Zat je man in Anaktue?'

Zijn toon was vriendelijk, en ze voelde de spanning van haar leugens. 'Ja,' antwoordde ze.

'De natuurfilmer?' vroeg Adeeb.

Ruby's apparaat stond nog aan; Adeebs woorden verschenen op het scherm. Yasmin klapte de laptop dicht.

'Hij is niet dood.'

Adeeb hoorde de felle angst in haar stem.

'Maar niemand zoekt naar hem,' vervolgde ze. 'Alles is platgebrand, dus hij kan nergens terecht, in het gunstigste geval in een tent, maar misschien zelfs dat niet en hij kan wel gewond zijn. Het is hier al twintig graden onder nul, en daar waar hij zit is het nog veel kouder. Ik weet niet hoe lang hij dat kan overleven.'

Adeeb wist niet wat hij moest zeggen of doen. De politie had op de radio gezegd dat de natuurfilmer dood was.

'Volgens de politie...' begon hij.

'Dat is niet waar,' kapte ze hem af. 'Wil je ons meenemen naar Deadhorse? Dan nemen we daar een vliegtuig naar Anaktue.'

Deadhorse lag bijna zeshonderdvijftig kilometer verderop.

'Verder naar het noorden wordt de weg gevaarlijker,' zei hij. 'Na het truckerscafé, waar we nu bijna zijn, is er zo'n honderd kilometer lang helemaal niks, tot aan Coldfoot. Ongeveer vijftien kilometer verderop kom je bij het gehucht Wiseman, maar dat ligt wel vijf kilometer van de Dalton, en de weg erheen is al weken afgesloten. Daarna komt er vierhonderd kilometer helemaal niks, of eigenlijk is het nog erger dan niks. Er is geen ziekenhuis of wat voor medische hulp dan ook. Als we met pech komen te staan of wanneer de sneeuwstorm vroeg komt, kun je geen hulp bellen en kan er niemand bij je komen.'

'We houden van hem.'

Yasmin zag Adeeb even naar Ruby kijken, die lag te slapen.

'Haar vader en zij hebben een heel hechte band. Ik kan het niet goed uitleggen. Zonder hem zou ze nergens zijn.'

Adeeb knikte, en ze vroeg zich af of hij ook de pijn kende die een kind voelt wanneer een van zijn geliefde ouders sterft; de enorme angst, als schokgolven die uitwaaieren, eindeloos, onbegrensd.

'Ik zou willen dat ik haar niet had hoeven meenemen,' zei

ze. 'Dat ik dit sowieso niet hoefde te doen, maar ik kan niet anders.'

Adeeb had immense bewondering voor haar – haar vastberadenheid, de liefde voor haar man, haar moed. En hij zag haar innige genegenheid en beschermingsdrang ten opzichte van haar kind en wist dat ze deze tocht niet licht opvatte. Maar toch.

'Als het jouw vrouw was...' zei ze. 'Wat zou jij doen?'

En het was hem helemaal duidelijk. Want ja, hij zou ook met een wildvreemde meerijden, hoe gevaarlijk de weg ook was, en hij zou zijn zoons meenemen als het moest en niet stoppen voordat hij bij haar was. Niets of niemand zou hem kunnen tegenhouden.

De sneeuwstorm was pas voorspeld voor de dag nadat ze in Deadhorse zouden aankomen. De hoofdpijn die hem had dwarsgezeten was niet erger geworden en werd veroorzaakt door de zorgen die hij altijd had op deze route. Hij was een van de meest ervaren chauffeurs, misschien wel de voorzichtigste van allemaal, want hij was zuinig op zijn eigen wagen en bovendien was hij neurotisch van aard. Als iemand die twee veilig kon wegbrengen, was hij het wel.

'Ik wacht het volgende weerbericht even af,' zei hij. 'Als we zeker voor de sneeuwstorm in Deadhorse kunnen zijn, neem ik jullie mee.'

'Dank je wel.'

Hij glimlachte naar haar. 'Mijn moeder zou je graag hebben leren kennen,' zei hij.

Wat zou ze gedacht hebben van een vrouw die astrofysica gestudeerd had? Die in de winter met haar kind dwars door noordelijk Alaska trok, uit liefde voor haar echtgenoot? Ze zou haar handen in de lucht geworpen hebben; rammelende armbanden, grote ogen, haar hele wezen opgeslokt door de verwondering.

Drie maanden voordat ze uit Afghanistan waren vertrokken om asiel aan te vragen in de VS was ze gestorven. Zijn verzoek om asiel zou hem in de ogen van zijn moeder tot een krankzinnige uit een van haar Dickens-boeken gemaakt hebben. En zo was hij ook min of meer behandeld – door de mensen die bang waren dat hij hen zou opblazen. Dat had zijn moeder niet kunnen bevroeden.

We staan stil en het grote licht in de cabine brandt. Ik open snel Voice Magic. Mijn moeder wijst meneer Azizi iets aan op de kaart en ze hebben het over Anaktue. Ze heeft het hem dus verteld en meneer Azizi heeft ja gezegd! Ik wist het wel! Mijn moeder ziet er nu anders uit.

Ze zegt dat er een rivier is die vanaf zo'n driehonderdvijftig kilometer verderop in een lus hierheen loopt. Ze volgt de rivier met haar vinger. 'Dan gaat hij zo'n vijfenvijftig kilometer verder naar het noorden, helemaal tot aan Anaktue.' Ze raakt heel lichtjes Anaktue aan, alsof het breekbaar is. Meneer Azizi zegt dat iemand een weg moet hebben aangelegd die de rivier verbindt met de Dalton. En de rivierweg waar we langsgereden zijn was in gebruik door een oliemaatschappij, dus die moest wel betrouwbaar zijn. Een rivierweg die door niemand is gecontroleerd, dat zou te gevaarlijk worden. Hij zegt steeds 'we' en 'ons' en dat maakt me heel blij, want ook al kunnen we niet over de rivier rijden en een stuk afsnijden, meneer Azizi helpt ons om bij papa te komen. Hij zegt dat we naar het truckerscafé gaan om extra eten en water in te slaan.

Nu weet ik dat het goed zal komen, en ik doe mijn ogen dicht en ga weer slapen.

Matt hoefde alleen maar 'Wil je...?' te zeggen en ze wist al hoe de zin zou eindigen. 'Nog niet,' zei ze dan, waarop hij tegenwierp dat hij alleen maar had willen vragen: 'Wil je... het bier even doorgeven/niet zo'n herrie maken/even hier komen/niet zo aan het dekbed trekken/me nog een keer kussen,' maar de locaties verraadden hem. Telkens wanneer ze gingen picknicken op het strand, koffiedrinken in een vogelkijkhut of samen naar een zonsopkomst/zonsondergang/storm/blauwe of anderszins getinte hemel keken, wist ze dat hij zou vragen: 'Wil je met me...?' Net als zo'n beetje iedere keer dat ze de liefde bedreven. Hij zat niet in zak en as wanneer ze antwoordde met 'nog niet'; hij was zelfs niet teleurgesteld.

Veerkrachtig geworden door een liefdevol verleden beschouwde hij het niet als een afwijzing. Hij dacht dat ze hem eerst beter wilde leren kennen, en dat vond hij prima. Ze moest alles van hem te weten komen wat er van hem te weten viel, voordat ze zich voor de rest van haar leven aan hem bond; hij had niet door dat het in werkelijkheid andersom was.

Zij wist al dat ze met hem wilde trouwen vanaf het moment dat hij haar gezicht tussen zijn handen had genomen en had gezegd: 'Ik zie jou.'

Ze wilde dat hij precies wist wat er te zien was wanneer hij naar haar keek, maar ze was bang dat dat onmogelijk was.

Adeeb reed het parkeerterrein bij het prefabgebouwtje op. Ruby lag nog te slapen. Het truckerscafé was deze winter opgezet door een jonge vrachtwagenchauffeur, die inzag dat de truckers behoefte hadden aan gezelschap voordat ze aan de lange, eenzame rit naar het noorden begonnen, en aan een plek waar vrienden sterke verhalen konden uitwisselen op de terugweg naar Fairbanks. Adeeb was er op weg naar huis nooit gestopt.

Nu was hij blij even niet meer te hoeven rijden. De laatste acht kilometer was zijn zicht wazig geworden. De vermoeidheid moest groter zijn dan hij zelf in de gaten had. Hij vroeg zich af of hij wel zou moeten uitstappen, maar de kou maakte zijn hoofdpijn erger. 'Tintel in mijn hoofd!' riepen zijn zoons als ze ijsjes aten, en dan grepen ze naar hun achterhoofd. Kou was niet goed als je hoofdpijn had.

Op het parkeerterrein stonden twee trucks van Soagil Energy beladen met pijpleidingen, een FBF-tankwagen en drie vrachtwagens van Am-Fuels met prefabhuizen erop. Adeeb gokte dat de trucks van Am-Fuels zuidwaarts gingen, naar Fairbanks, want de huizen die ze vervoerden zagen eruit alsof ze al een aardige poos in Alaska waren. Toen hij zijn wagen parkeerde, stapten de chauffeurs van Am-Fuels net in die van hen om, zoals Adeeb al had voorspeld, terug naar huis te rijden, naar Fairbanks.

Hij zei dat hij op Ruby zou letten terwijl Yasmin naar het toilet ging en eten haalde.

Yasmin hulde zich in haar poolparka, bivakmuts en wanten voordat ze uitstapte. Toch kwam de kou als een schok; het was alsof ze in een meer sprong in plaats van de buitenlucht in te lopen. Ze róók de kou, en toen besefte ze dat het juist een volledige afwezigheid van geuren was. Ze vroeg zich af of die werd veroorzaakt door het slecht functioneren van de luchtwegen – ze voelde de haartjes in haar neus bevriezen – of dat bij deze lage temperaturen de moleculen niet konden doordringen in de lucht.

Binnen was het warmer, en het rook er naar koffie en zweet. Er zaten truckers aan twee formica tafels; het sneeuwspoor van hun laarzen liep over de vloer. Ze was zich bewust van hun starende blikken toen ze bij een schuchtere jongeman frisdrank en sandwiches kocht. Terwijl hij ze voor haar inpakte, vroeg ze hem naar Anaktue. Misschien was erover gesproken.

'Dat is toch dat plaatsje dat in het nieuws was?' vroeg hij. 'Het platgebrande Inupiaq-dorp? Ze hadden de brandstof vlak bij de huizen opgeslagen.'

Een trucker met een gigantische buik draaide zich naar haar om. 'Ze woonden daar toch boven op een megavoorraad schalieolie?'

Een man aan de andere tafel draaide een slag, zodat de twee tafeltjes met elkaar in gesprek raakten. 'Ik heb gehoord dat ze daar allemaal een MacBook Air-laptop kregen als ze alleen maar bereid waren de papieren van Soagil door te lezen.'

'Dat heb ik ook gehoord,' zei iemand anders. 'En ze hadden een ton kunnen krijgen. Daar kun je goddorie een hele kudde kariboes van kopen.'

'En toch gaven ze geen toestemming om te fraccen?' vroeg Yasmin.

'Klopt,' antwoordde een van de mannen.

De schuchtere jongeman praatte alleen tegen de truckers, niet tegen Yasmin. 'Ik heb een paar maanden geleden een Inupiaq gesproken, een kerel die in Anaktue woonde maar bij de gewone oliebronnen van Soagil in Prudhoe werkte. Hij zou ontslag krijgen als zijn gezin niet tekende.' Hij keek om zich heen, alsof hij er zelf van schrok dat hij zo veel had losgelaten.

'Werken die mannen bij de olievelden van Prudhoe om geld te verdienen?' vroeg Yasmin om het gesprek op gang te houden.

'Ja. Een hoop van die lui jagen nog steeds hun eigen eten bij elkaar en zijn min of meer zelfvoorzienend, maar ze moeten ook sneeuwscooters en brandstof en dergelijke kopen. Dus zo doen ze dat in de winter.'

'De gouverneur zei dat de fracbedrijven niet langer zullen proberen de grond onder Anaktue te ontginnen,' zei Yasmin. 'Uit respect voor de dorpsbewoners.'

De man met de dikke buik boog zich naar voren. 'Túúrlijk. En de toeristen komen naar Alaska voor de zon.'

Er viel een deur dicht, en Yasmin draaide zich om. Daar stond Ruby, in tranen, met een wanhopige blik in haar ogen.

Haar parka hing open. Ze kwam naar Yasmin toe gerend en trok haar in de richting van de deur. Yasmin was zich ervan bewust dat er truckers met hen meeliepen; een van hen deed Ruby's parka dicht en trok haar bivakmuts over haar hoofd tegen de kou. De enige bescherming die ze op de juiste manier droeg waren haar wanten.

In de cabine van de vrachtwagen hing Adeeb half bewusteloos over het stuur.

Twee truckers slaagden erin hem uit de cabine te tillen. Samen droegen ze hem het truckerscafé binnen.

Adeebs wereld was wazig geworden en hij had zijn blik niet meer kunnen scherpstellen. Vervolgens had hij zijn evenwicht verloren en niet meer kunnen slikken. Hij voelde armpjes om zich heen, kinderarmpjes, maar zijn zoontjes waren een paar duizend kilometer bij hem vandaan. Hij probeerde zijn mond te openen, maar hij kon geen woord uitbrengen.

Toen wist hij weer waarom hij zo'n hekel had aan deze ijsweg, waarom hij er oprecht bang voor was. Want zo zou het eindigen: een donkere weg naar het niets. Daarom had hij gesnakt naar kleur.

En toen voelde hij sterkere armen om zich heen, en hij werd vanuit de warmte de kou in getild. Daarna werd het weer warmer. Een vrouw praatte tegen hem. Hij hoopte dat het Visha was. Ze zei dat hij naar het ziekenhuis in Fairbanks gebracht zou worden, dat een van de chauffeurs hem zou meenemen. Maar Fairbanks was de verkeerde kant op. En op dat moment herinnerde hij zich de slanke, elegante vrouw en haar kind, en hij wist wat ze zou doen. Hij moest haar waarschuwen voor de gierende wind en de moordende kou, haar vertellen dat een truck zelfs onder het rijden bedolven kon worden door een lawine, dat je als mens ook in een achttienwieler van veertig ton niets méér was dan een arm, naakt, tweebenig dier, dat het te gevaarlijk was voor haar en haar dochtertje, maar hij kreeg zijn mond niet open en de woorden kwamen niet.

Hij hoorde haar zeggen dat ze een cheque in zijn jaszak stopte en dat ze, mocht er iets gebeuren met de truck, de schade zou vergoeden. Toen voelde hij, of meende te voelen, hoe ze een kus op zijn voorhoofd drukte.

Hij dacht aan zijn zachtaardige, intelligente, dappere moeder; zijn moeder met haar opgewonden rinkelende armbanden, haar genegenheid en haar poëzie, door de Taliban haar klaslokaal uit geslagen. Hij was opgegroeid met een haat voor de Taliban die net zo fel was als zijn liefde voor poëzie; het was voor hem vanzelfsprekend geweest dat hij tolk werd voor het Amerikaanse leger. Maar hij had aan de consequenties moeten denken.

Ze hadden overhaast moeten vertrekken. Opgelucht dat zijn moeder dood was, zodat hij haar niet achter hoefde te laten. Schuldgevoel vanwege die opluchting. Mannen in zijn omgeving, de bezorgdheid zichtbaar op hun ruige gelaat, waren aardig voor hem geweest en hadden hem uiteindelijk onderdak geboden.

Ik werd wakker doordat meneer Azizi tegen me aan gevallen was. Hij zag spierwit en had zijn ogen dicht. Ik typte op Voice Magic dat hij wakker moest worden, maar hij hoorde het niet en ik kon de stem niet harder zetten. Ik probeerde zelf heel hard tegen hem te praten, zoekend naar de klanktrillingen in mijn keel zoals de logopedist altijd van me vroeg. Maar het hielp niet, en ik wist niet of dat kwam doordat ik met mijn mond niet hard genoeg kon praten of dat hij me gewoon niet hoorde. Toen heb ik hem zo'n beetje omhelsd en geprobeerd hem rechtop te zetten, hem beter te maken, maar het lukte niet. Ik trok snel mijn parka en mijn wanten aan, maar ik kreeg de parka niet dicht. Ik deed de deur van de cabine open, die loeizwaar was, en rende naar binnen om mijn moeder te zoeken.

Nu leggen twee mannen meneer Azizi in een vrachtwagen, en iemand anders heeft een deken gehaald en die om hem heen geslagen. Het voelt alsof we een eeuwigheid met ons drieën zijn geweest, mijn moeder, meneer Azizi en ik. Maar nu niet meer, en de mensen van wie je zou verwachten dat ze nogal ruig zijn, omdat ze er zo uitzien, zijn dat juist helemaal niet.

De truck met meneer Azizi erin vertrekt, hij gaat terug naar Fairbanks. Mijn moeder zegt dat het weer goed komt met hem als hij eenmaal in het ziekenhuis is. Ze denkt dat hij een lichte beroerte heeft gehad, maar hij wordt weer beter. Volgens mij heeft ze gelijk, want vlak voordat ze wegreden stak hij een arm op en zwaaide even, en daarstraks met mij in de cabine kon hij dat niet. Het moet dus wel iets beter met hem gaan.

Er brandt nergens licht hier op het parkeerterrein. Het is steenkoud, alsof een ijsbaan zich om ons heen heeft gewikkeld als een megagrote ijsdeken. Mijn moeder heeft gezegd dat ik in het truckerscafé moet wachten, maar ik wil zien of het wel goed afloopt met meneer Azizi. De achterlichten van de truck waarin hij zit zijn rood, en ik volg de rode lichtjes tot ik ze niet meer kan zien en alles weer donker is.

Ik heb niet meer aan mijn vader gedacht.

Alleen aan meneer Azizi, niet aan mijn vader.

Ik had ook aan mijn vader moeten denken.

Méér aan mijn vader, want met meneer Azizi komt het goed, die wordt naar het ziekenhuis gebracht in een lekker warme cabine en de mannen hebben een wollen deken om hem heen geslagen. Maar mijn vader is misschien wel helemaal alleen. En ik weet niet of hij een deken heeft. En we moeten naar hem toe, maar hoe doen we dat zonder meneer Azizi?

Mijn moeder en ik gaan met de andere chauffeurs het truckerscafé in om op te warmen, en ik wacht tot mijn moeder zal vragen of we met iemand kunnen meerijden naar papa. Ik blijf staan, dan kan ik beter liplezen. Ze zegt tegen de mannen dat we op onze tourgroep wachten, dat we samen onderweg waren naar de poolcirkel.

Maar waarom zegt ze dat? Een van de mannen kijkt alsof hij haar niet gelooft en vraagt haar iets, en dan geeft ze antwoord en daarna gelooft hij haar zo te zien wel.

Als de truckers vertrekken, hol ik achter hen aan de kou in, want een van hen moet ons naar mijn vader brengen.

Mijn moeder komt achter me aan en houdt me tegen. Ze geeft me niet de kans om verder te lopen.

Met haar armen om Ruby heen geslagen keek Yasmin toe hoe de truck, met achter het stuur de man met de dikke buik, het parkeerterrein af reed en de weg op draaide in zuidelijke richting. Ook anderen deden hun lichten aan om te vertrekken. Ze hadden haar verteld dat ze allemaal onderweg waren naar huis. Zij moest bij Matt zien te komen, maar misschien kon ze aan een van de terugkerende chauffeurs vragen of hij Ruby wilde meenemen naar Fairbanks. De retorische vraag werd meteen beantwoord in haar hoofd, want hoe zou ze Ruby kunnen toevertrouwen aan de zorg van een vreemde man? Terwijl Ruby niemand om hulp kon vragen. En ze haar moeder niet kon bellen als dat nodig mocht zijn. Terwijl Yasmin haar niet kon vragen of alles goed met haar was. Ze moest Ruby bij zich houden.

Alle trucks rijden nu weg; allemaal setjes rode achterlichten, allemaal in de richting waar wij net vandaan komen. Dus daarom heeft mijn moeder niet gevraagd of ze ons wilden meenemen naar mijn vader. Alleen de truck van meneer Azizi staat er nog. Het lijkt nog kouder nu alle lichten weg zijn. De man in het truckerscafé is binnengebleven, en wij zijn de enigen hierbuiten.

Mijn moeder beklimt het trapje naar de cabine van meneer Azizi's truck en steekt dan een hand uit om mij te helpen. Zijn vrachtwagen is niet op slot of zo, en mijn moeder stapt in en ik doe hetzelfde. We trekken de deur achter ons dicht. Meneer Azizi heeft de sleutel in het contact laten zitten, en mama trekt haar wanten uit en start de motor. De warme lucht blaast in onze gezichten.

Ik trek mijn dikke wanten uit om te kunnen typen. Mijn laptop staat nog op Voice Magic van daarstraks, toen ik probeerde meneer Azizi wakker te maken.

'Hoe komen we nu bij papa?'

Mijn moeder zit op de plek van meneer Azizi. Ze trekt aan een hendel en haar stoel schiet naar voren.

'Ik rij er zelf naartoe,' zegt ze.

Ik denk dat ze een grapje maakt, maar ze zet de koplampen aan.

Thuis rijdt ze in een Toyota Auris. Die is best wel klein en biedt net genoeg ruimte voor de boodschappen, en nu zegt ze dat ze in deze GIGA-MEGATON-truck gaat rijden, met een heel huis achterop.

Ze is helemaal anders dan anders. Normaal gesproken doet mijn moeder een beetje muggenzifterig over van alles en nog wat: mijn schooluniform moet altijd gestreken zijn, ik moet op tijd mijn huiswerk maken en alles supernetjes houden.

Nu zie ik iets in haar gezicht wat ik nooit eerder heb gezien, net of ze mijn gewone moeder niet meer is.

Als ze de versnellingspook beetpakt, begin ik te lachen, want we gaan papa zoeken, nu meteen!

Misschien kunnen we wel helemaal doorrijden tot aan Anaktue, en dan ziet mijn vader haar in de truck rijden en dan vindt hij haar geweldig! The Superb Supermoeder.

'Papa gelooft zijn ogen niet,' zeg ik, waarbij ik met mijn gezicht een uitroepteken vorm, want Voice Magic doet niet aan gezichtsuitdrukkingen.

'Zal meneer Azizi het niet erg vinden dat we zijn truck meenemen?' vraag ik dan.

'Ik denk dat hij het wel begrijpt,' zegt mijn moeder.

Ze controleerde Ruby's veiligheidsgordel en drukte toen het pedaal in. Zelfs met de stoel helemaal naar voren geschoven moest ze haar been strekken om erbij te kunnen. Ze reed het parkeerterrein af en draaide de Dalton op, in noordelijke richting.

Dit was gewoon een weg. Het was een kleine vijfhonderd kilometer naar Deadhorse. En ze kon dit. Ze reed in een aangepaste truck met verwarmde brandstof, speciale filters en luchtremmen met alcoholverdampers. Ze was op de hoogte van de technische aspecten van het besturen ervan. Ze wist dat Adeeb in Fairbanks genoeg diesel had getankt om naar Deadhorse te kunnen rijden. Ze hadden geen telefoon, Adeeb had zijn satelliettelefoon meegenomen, maar ze hadden wel de ontvanger, dus konden ze met Ruby's laptop internet op en ze hadden de CB-radio.

De eigenaar van het truckerscafé was de enige die gezien kon hebben dat ze de truck meenam, en ze was er tamelijk zeker van dat hij niet uit het raam naar het parkeerterrein had gekeken; hij was niet eens naar buiten gekomen toen het drama rond Adeeb zich daar afspeelde. De wagen was eigendom van Adeeb zelf, dus ze zou geen transportbedrijf achter zich aan krijgen. Misschien kon ze zelfs de prefablading op de juiste bestemming in Deadhorse afleveren voordat de eigenaren doorkregen dat ze die onbedoeld had meegenomen toen ze de truck meenam; voor zover je onbedoeld een compleet huis kon meenemen – en ze wist nu dus dat dat kon.

Ze moest realistisch blijven. Het was een kwestie van tijd voordat iemand haar zou opmerken en de politie zou inschakelen. Ze zou gearresteerd worden wegens diefstal van de wagen of de lading, wegens rijden zonder het benodigde rijbewijs en wat voor wet ze nog meer overtreden had, en ze was ervan overtuigd dat het er vele waren. Dat kon ze niet laten gebeuren. Niet voordat ze Matt had gevonden. Daarna mochten ze haar arresteren, haar opsluiten, doen wat ze wilden – als ze hem maar eenmaal had gevonden.

Bijna twee jaar na zijn eerste aanzoek hadden ze zich verloofd. De dag ervoor had ze met hem doorgebracht in zijn flat aan de rivier, die hij met hulp van zijn ouders had kunnen kopen. Zijn ouders waren praktische, verstandige juristen, degelijk en een beetje burgerlijk. Yasmin mocht hen graag, maar ze had plagend aan Matt gevraagd: 'Ben jij ook door de ooievaar gebracht?'

'Het was een druk jaar voor de ooievaars.'

Die zaterdagmorgen hadden ze door de lommerrijke buurt gelopen; geen graffiti op de muren, geen posters met opsporingsberichten, en het enige lawaai was afkomstig van de vliegtuigen op de route naar Heathrow.

Ze hadden bij de broodjeszaak iets te eten gehaald voor de lunch en liepen naar de kiosk voor de kranten toen er een auto door de smalle straat scheurde, het foute type, goedkoop en vol deuken, gevolgd door gillende sirenes. De auto vloog de stoep op, recht op Yasmin af, en Matt duwde haar opzij en stortte zich ervoor. De grootste klap werd opgevangen door een lantaarnpaal, en Matt was ervan afgekomen met een gebroken schouder en gekneusde ribben.

De volgende dag vond ze de ring die hij altijd bij zich had – en die naar pepermunt, sigaretten en vreemd genoeg ook naar balpen rook – in zijn jaszak en deed hem om haar vinger.

Iedereen was ervan uitgegaan dat Matts heldendaad de reden was dat ze zijn ring droeg, zoals Albert door het opvangen van de kogel die was bedoeld voor Victoria een plaats aan haar zijde had veroverd.

In het eerste jaar van hun huwelijk was ze met hem meegegaan tijdens zijn eerste filmopdracht, en hij had haar vergezeld naar observatoria, haar enthousiasme gedeeld en hard zijn best gedaan om meer van haar doctoraat te begrijpen. Hun tijd samen in de flat aan de rivier was een periode van laat opblijven met Matt en vrienden, van vrijen en vroeg opstaan en een nieuwe baan, en toen was ze zwanger geraakt en had ze het gevoel gehad dat haar leven tot het uiterste werd opgerekt. In die begintijd had Yasmin gevoeld hoe hun wederzijdse liefde groeide en zich verdichtte; ze stelde het zich voor als een metalen bal in de kern van de aarde die haar verankerde, zesenhalfduizend kilometer onder het wegdek, de stranden en de heide waar ze samen wandelden.

En ze was niet langer gewichtloos van eenzaamheid geweest.

9

De eerste kilometers was Yasmin voortgedreven door adrenaline en puur lef, in combinatie met een nieuw soort avonturisme, maar naarmate ze verder noordwaarts reed werd de onmetelijkheid van de woeste poolvlakte steeds intimiderender, hun afzondering verontrustender. Ze moest dit enorme gevaarte nog bijna vijfhonderd kilometer over het ijs zien te manoeuvreren.

Toen ze een scherpe bocht nam, schenen er ineens – onverwacht en verblindend in het zwarte gat – koplampen in haar ogen. Een truck kwam recht op hen af op de eenbaansweg. Rechts van haar was een steile afgrond. Ze hoorde Ruby een geluid voortbrengen dat op een schreeuw leek. Er klonk een hard schrapend geluid, metaal op metaal, en de wagen schudde hevig, maar op de een of andere manier passeerde de andere truck hen. Haar hart ging als een razende tekeer. Naast haar had Ruby overgegeven.

De trucker sprak haar aan via de CB-radio, zijn stem gespannen van woede.

'Godver! Wie ben jij? Waarom heb je je positie niet doorgegeven? Je hebt die radio verdomme niet voor niks.'

Yasmin had gehoord hoe Adeeb zijn positie steeds doorgaf via de CB, maar ze had er niet aan gedacht hetzelfde te doen. Ze zette de radio uit.

'Het spijt me, lieverd. We stoppen zodra het kan, dan kun je schone kleren aantrekken.'

Ik dacht dat die megatruck ons zou rammen en ik moest overgeven en nou stinkt het hier. Ik zet het raam op een heel klein kiertje; de ijskoude lucht voelt als een zwerm bijen. Er is een inham aan de kant van de weg, en mijn moeder parkeert de truck en doet de binnenverlichting in de cabine aan, zodat we elkaar goed kunnen zien. Ze pakt mijn tas van het bed van meneer Azizi boven onze zitplaatsen.

'Het spijt me echt,' zegt ze. 'Het was helemaal mijn schuld. Kom, dan trekken we je iets anders aan.'

De kachel blaast warme lucht. Mijn ondergoed houd ik aan, want dat is nog schoon, maar ik trek wel een ander fleecepak aan. Mijn vader noemt het mijn 'teddyberenpak'. Nog een geluk dat mijn moeder eraan heeft gedacht een extra teddyberenpak mee te nemen. Ze denkt altijd aan dat soort dingen.

'Als je dat wc'tje wilt gebruiken, zou ik het nu doen,' zegt ze.

En ook al is het mijn eigen moeder, het is toch een beetje gênant. Zelf trekt ze nog een skibroek en haar parka aan over de lagen die ze al droeg.

'Ik denk dat we beter de politie kunnen vragen om papa te gaan ophalen,' zeg ik, want als die gigatruck ons daarnet zou hebben geramd, dan had mijn vader niemand meer gehad die hem kwam zoeken.

Tot nu toe had ik dat expres niet gezegd, dat de politie hem beter kon gaan zoeken, want ik dacht dat als mijn moeder hem ging halen, hij zou zien hoeveel ze van hem houdt. Want ík weet dat wel, maar hij misschien niet omdat ze laatst boos op hem was.

Maar we kunnen hem straks in ieder geval vertellen dat ze het heeft geprobeerd. Zij kan er ook niks aan doen dat meneer Azizi ziek is geworden en dat we het zoeken verder aan de politie moeten overlaten. Dan weet papa toch dat ze van hem houdt.

Mijn moeder heeft nog nooit in een truck zoals deze gereden. Ik weet dat ze superslim is, maar volgens mij is het heel moeilijk.

'We kunnen het niet aan de politie overlaten,' zegt mijn moeder.

'Maar de politie is sneller. Misschien hebben ze een helikopter of een vliegtuig en...'

'De politie denkt dat papa is omgekomen bij die brand.'

Buiten is het zwart. Inktzwart. Alsof iemand een plastic vuilniszak over mijn gezicht trekt.

'De politie heeft het mis, Ruby.'

Ik wil dat papa zijn armen om me heen slaat en met me praat en me een verhaaltje voorleest en zegt dat ik op een dag heel veel vrienden zal hebben, als ze me maar eenmaal leren kennen. Dat hij zegt: 'Het leven lijkt een beetje op een schip. Soms voelt het alsof je solo zeilt, maar dat is niet zo, want ik ben bij je. En mama ook. Op een dag heb je een voltallige bemanning van vrienden en je eigen gezin. Dan ben je een oceaanstomer, zoals de Queen Mary.'

Maar ik wil alleen maar mijn vader.

'Papa is niet dood,' gebaart mijn moeder, en ik gebaar tegelijkertijd: 'Papa is niet dood!' Het gebaar voor 'dood' is met je vingers wijzen alsof je een pistool vasthebt, dus het lijkt net of we op elkaar schieten.

Ik moet nu huilen. Probeer mijn tranen tegen te houden. Het is niet waar, wat ik net zei over dat tegelijk gebaren, zij was nog iets eerder dan ik.

'We vinden hem toch wel, mam?'

Yasmin zag Ruby's angst om haar vader te verliezen duidelijk afgetekend op haar gezicht.

'Ja,' zei Yasmin tegen haar. 'We vinden papa zeker. En ik zal een stuk voorzichtiger rijden en de CB gebruiken.'

Ze zette haar skibril op, trok de grote poolwanten aan over haar dunne handschoenen en stapte uit, waarna ze snel het portier dichtgooide om Ruby warm te houden.

Hoe had ze zo ontzettend stom kunnen zijn, zo roekeloos? Ze had Ruby onnodig in gevaar gebracht. Van nu af aan zou ze de CB aan laten staan en ook gebruiken, en alles precies zo doen als Adeeb het had gedaan.

Mijn moeder is buiten mijn stinkkleren aan het weggooien en ik stuur een mailtje aan papa.

> Aan: Matthew.Alfredson@mac.com
> Onderwerp: MAIL ONS!
> Van: Ruby.Alfredson@hotmail.co.uk
>
> Lieve papa,
> Mail ons alsjeblieft. Maakt niet uit wat. Als we maar weten dat alles goed is met je. Mama en ik komen je halen met een vrachtwagen.
>
> Ik hou megaveel van jou.
> Puggle

Yasmin had de koplampen aan gelaten; ze verlichtten op een bizarre manier het rudimentaire parkeerterrein in de besneeuwde wildernis. Ze zag een bordje met het opschrift POOLCIRKEL. Waarschijnlijk was dit 's zomers een parkeerplaats voor toeristen, al betwijfelde ze of er zelfs in de zomer erg veel toeristen zouden zijn. Ze had in geen jaren aan het heelal gedacht, maar hier was het onmogelijk om er níét aan te denken, op deze beroemde breedtecirkel rondom de globe; ze betraden het uiterste topje van de planeet.

Ze gooide Ruby's met braaksel besmeurde kleding in een

vuilnisbak; haar schuld, omdat ze haar dochter zo had laten schrikken. Yasmin voelde zich rauw en naakt door Ruby's kwetsbaarheid. Ze wist nog goed hoe hulpeloos Ruby had geleken vlak na haar geboorte; Yasmin was als de dood geweest dat ze niet goed genoeg voor haar zou kunnen zorgen, wat nog eens versterkt werd toen ze te horen kreeg dat haar baby'tje doof was.

Een herinnering trok aan haar voorbij, levendig in het donker. Ze had er tien jaar niet meer aan gedacht, maar nu was het alsof het nog maar een paar minuten geleden was gebeurd. Dat had ze eerder gehad, het gevoel dat de tijd niet lineair verstreek maar in een lus terugkeerde, waarbij huidige emoties een dubbelganger van zichzelf vonden in het verleden.

's Avonds laat in hun slaapkamer, waar ze de twee weken oude Ruby aan het voeden was, haar haartjes zacht als distelpluis, haar lijfje een nog niet uitgerolde komma. Matt lag een meter verderop in hun bed te slapen. Ze had de gordijnen opengedaan om naar buiten te kijken. De sterren waren slechts vaag te zien, door de lichtvervuiling boven de stad; ze kneep haar ogen tot spleetjes om ze te onderscheiden. Opeens voelde ze het verdriet om haar moeder weer zo scherp dat ze ervan huiverde. Ruby schrok ervan en maaide als een zeester met haar armpjes en beentjes.

Ze hield het gewicht van Ruby's lijfje tegen zich aan, keek naar de miniatuurvingertjes die zich om haar duim krulden en weer openvouwden, en ze sloeg haar ochtendjas om hen beiden heen terwijl het hevige verdriet van lang geleden zich terugvocht naar het heden. Ze liet het machteloos gebeuren.

In de winterse duisternis en de vrieskou van de poolcirkel dacht ze terug aan de zachte wol van haar ochtendjas, de druppel melk op Ruby's kin toen haar slapende hoofdje achteroverviel, het ritmische geluid van Matts ademhaling, en haar gevoel dat ze wegdreef, ver weg van alles wat fijn en zeker was; losgeslagen en op drift geraakt, en Matt kon haar niet langer verankeren aan het geluk en de geborgenheid.

Als ik aan mijn moeders parka voel, is het alsof ik een ijsblokje aanraak.

'Gaat het?' vraagt ze en ik knik, maar ik voel me rot omdat papa niet teruggemaild heeft.

'Mijn dappere meid.' Dan trekt ze haar wanten en de handschoenen eronder uit en geeft een kneepje in mijn hand. Het is alsof haar vingers iets heel liefs tegen me zeggen zonder het in woorden om te zetten. Normaal gesproken voel ik me een beetje beter als dat gebeurt. Zelfs als het afschuwelijk is op school, bijvoorbeeld als de anderen doen alsof ze praten, om te kijken of ik merk dat ze niet echt praten, dan voel ik me al beter wanneer mijn moeder op weg naar huis mijn hand vasthoudt. Nou ja, niet echt goed, maar wel gewoon iets beter, omdat we dan naar huis gaan en ik er even niet meer aan hoef te denken.

Ik voel het deukje van haar ringen in mijn handpalm.

Yasmin zette de CB aan en bereidde zich er mentaal op voor om weer de duisternis in te gaan. Ze reed het parkeerterrein van de poolcirkel af en draaide de weg op, in noordelijke richting.

'Mag ik jouw e-mail bekijken, mam?' vroeg Ruby. 'Misschien heeft papa je gemaild.'

'Dat denk ik niet, lieverd.'

'Maar hij heeft vast een laptop van iemand geleend. En al zijn vrienden mogen zijn satellietzender gebruiken, dus op de geleende laptop zit vast de juiste software. En zijn satellietzender heeft hij zeker bij zich. Dat moet.'

'Ik heb mijn mail nog gecheckt voordat we vertrokken.'

Toen ze moesten wachten tot Adeebs truck klaar was voor

vertrek in Fairbanks, had ze haar inbox bekeken, maar daar had uiteraard geen bericht van Matt bij gezeten. Ze had alles naar de prullenbak verplaatst. Eigenlijk besefte ze nu pas hoeveel tijd ze verspilde aan onzin die in de prullenbak thuishoorde.

'Maar dat is uren geleden, mam. Mag ik even kijken?'

'Daar schiet je niks mee op.'

'Alsjeblieft?'

'Vooruit dan.' Want Ruby zou pas geloven dat er geen mail was als ze het met eigen ogen zag.

Ze stonden nu aan de top van een steile helling waarvan Yasmin de diepte niet kon inschatten, omdat het te donker was. Ze begon aan de ijzige afdaling. Het liefst had ze stapvoets gereden en steeds op de rem getrapt, maar ze moest genoeg vaart maken om aan de andere kant weer omhoog te komen, zonder terug te glijden. Ongecontroleerd terugvallen was gevaarlijker dan dit.

Terwijl ze de steile afdaling nam en zichzelf dwong om harder te rijden dan verantwoord aanvoelde, herinnerde ze zich dat ze een keer, toen ze servetten stond te strijken, de ergernis en droefheid op Matts gezicht had gezien, waarna hij snel zijn blik had afgewend. Hij vond dergelijke huishoudelijke klusjes absurd en overbodig, maar hij begreep niet dat het niet ging om strijken, afwassen, aardappelen en groente; het ging om orde en regelmaat – geborgenheid zat 'm in kleine dingen, zoals een gestreken servet.

In het begin had hij haar geplaagd met haar degelijkheid en haar huisvlijt, haar vermomming als de nieuwe goddelijke huisvrouw, maar daarna had hij zich serieus zorgen gemaakt. Hij had aangeboden voor Ruby te gaan zorgen, zodat zij haar baan als onderzoeksassistent weer kon oppakken, maar Yasmin wilde zelf bij Ruby blijven. Naar de sterren keek ze niet meer.

Hij had geopperd dat het kwam doordat Ruby doof was, dat ze dat op de een of andere manier probeerde te compenseren. Maar dat was onzin, en ze werd kwaad omdat hij zoiets zelfs maar kon denken.

Nu hoorde ze hun ruzies verweven in de duisternis, een heleboel kleine onenigheden, van elkaar gescheiden door stiltes.

Wat was ze vaak kwaad geweest om futiele dingetjes. Als ze achteraf naar zichzelf keek, zag ze haar boosheid als een vormeloze overjas die de eenzaamheid bedekte. Dat was niet de oude eenzaamheid die ze had gevoeld na de dood van haar moeder, en zelfs geen volwassen versie daarvan, maar iets anders, iets wat harder aankwam.

Ze reden nog steeds de steile helling af en Yasmin meende dat ze nu ongeveer de juiste snelheid hadden. Misschien gingen ze zelfs iets te hard, dus ze trapte op de rem. Maar de truck minderde geen vaart en het voelde nu alsof ze naar beneden vielen. Ze trapte het pedaal dieper in en nog altijd gingen ze niet langzamer; de veertigtonner maakte vaart, en de moordende natuurwet maakte dat ze steeds sneller gingen. Ze kwam overeind en drukte met haar hele gewicht op het rempedaal, maar de truck reageerde niet en was onbestuurbaar. Ze was zich bewust van het gewicht van het accelererende gevaarte: het zou niet lang meer duren of ze zouden kantelen of te pletter slaan. Ze pakte de CB-radio en brulde: 'De remmen doen het niet!'

Een kalme stem antwoordde langzaam: 'Pompen. Pompend remmen.'

Ze trapte het rempedaal in en liet het toen weer opkomen, en nog een keer, steeds opnieuw. De truck minderde vaart. Yasmin proefde de droge angst in haar mond. Nu ze de wagen weer onder controle had, slaagde ze erin de tegenovergelegen helling op te rijden.

Ruby was nog aan het inloggen op haar moeders e-mailaccount en had amper iets gemerkt van het gevaar dat ze hadden gelopen.

De kalme stem klonk weer over de CB. 'Gaat het weer, dame?'

'Ja. Dank u wel.' Ze klonk zo gespannen als een veer.

'Je moet de remmen drogen, anders werken ze niet.'

'Dank u wel,' zei ze nog een keer. Ze zou hem blijven bedanken, wie het ook mocht zijn.

'Graag gedaan.'

Ze meende de stem te herkennen van een van de chauffeurs die haar hadden afgewezen op het parkeerterrein. Hij had er de tijd voor genomen. Nu begreep ze waarom de truckers en de vervoerscoördinator haar min of meer hadden uitgelachen toen ze zei dat ze met Ruby deze weg op wilde; het was een volkomen terechte en zelfs nog tamelijk gematigde reactie. Ze waren niet wreed of onbehulpzaam geweest, alleen maar realistisch.

'Pas goed op jezelf, afgesproken?'

'Dank u wel. Ja.'

Toen kwam er een andere stem over de CB. 'Met wie zit je te kletsen, Coby?'

'Ze heeft zich nog niet voorgesteld,' zei de trucker die Coby werd genoemd op die afgepaste, vriendelijke toon. 'Maar aan haar accent te horen is ze Brits, en ik denk dat het dezelfde dame is die vanmiddag een lift naar Deadhorse wilde...?'

Yasmin zei niets.

'Heeft iemand je zijn wagen verhuurd?' Coby grinnikte. 'Wie had dat gedacht.'

'Ze heeft toch wel een groot rijbewijs?' vroeg de andere trucker.

'Dat moet wel,' zei Coby.

Yasmin wist niet hoe ze daarop moest reageren, en haar stilzwijgen maakte het antwoord vanzelf duidelijk.

'Jezus,' zei de andere chauffeur. 'Als je niet hebt geleerd een truck te besturen, moet je nu stoppen. Ergens op een veilige plek. Begrepen, dame?' Ze stelde zich een man voor met vuurrood haar en sproeten, geschrokken en boos, maar niet agressief.

'Ik moet naar Deadhorse. Mijn man wordt vermist en ik moet hem vinden.'

'Is dat niet de taak van de state troopers?' vroeg Coby.

Yasmin gaf geen antwoord.

'Deze weg wordt nog je dood,' zei de chauffeur met het vuurrode haar. 'Of die van iemand anders. Je moet stoppen.'

'Nee,' zei Yasmin. 'Niet voordat ik mijn man heb gevonden.'

'Je snapt het niet, dame,' zei de roodharige. 'Het is gevaarlijk als jullie hier rondrijden. Voor jullie, maar ook voor ons. Straks gebeuren er ongelukken. Of je komt met pech te staan en dan worden we allemaal opgehouden. Bovendien is er een sneeuwstorm op komst, dat is ook gevaarlijk.'

'Het spijt me echt. Maar iemand moet mijn man zoeken en op dit moment ben ik de enige kandidaat.'

'Jij bent me er een, dame,' zei Coby met zijn vriendelijke stem. 'Het minste wat we kunnen doen is jullie heelhuids naar Deadhorse loodsen. Wat is je positie?'

Yasmin keek naar de paaltjes langs de weg, waarop in mijlen de afstand vanaf het begin van de Dalton Highway was aangegeven. 'MP 117,' zei ze toen.

'Je moet de regels kennen die hier gelden,' zei Coby. 'Allereerst: grote trucks hebben voorrang. Wat rijd je?'

Ze wilde hem niet vertellen dat het Adeebs wagen was; dat ze geen truck had gehuurd, waar ongetwijfeld allerlei handtekeningen en verzekeringen bij kwamen kijken, maar er gewoon een had meegenomen.

'Achttienwieler, veertig ton,' antwoordde ze. Dat had Adeeb haar verteld.

'Oké, dat is groot, maar misschien rijden er daar nog grotere wagens en die moet je dus voorrang geven. Verder heb jij voorrang omdat je naar het noorden rijdt. Houd je koplampen en achterlichten schoon, je moet zo nu en dan stoppen om de troep eraf te vegen. Vergeet ik nog iets?'

'Nooit stilstaan op een plek waar je niet goed zichtbaar bent,' zei de roodharige trucker. 'Bruggen, bochten, heuvels. Kijk steeds in je buitenspiegel of er iemand achter je rijdt, en zo ja, rem dan niet te abrupt.'

'Als je pech krijgt, ga dan van de weg af en zet gevarendriehoeken neer.'

Er kwam een derde spreker over de CB. 'Heb je een pistool?'

Ze meende de stem te herkennen, maar kon hem niet thuisbrengen. De Amerikaanse accenten waren te nieuw voor haar om de subtiele verschillen te onderscheiden en er de juiste gezichten bij te halen.

'Nee.'

'Oké, als je panne krijgt en er zitten wolven, die ik zelf trouwens nog nooit heb gezien, blijf dan in de cabine.'

'En luister naar het weerbericht,' zei Coby. 'Wij worden door de centrale op de hoogte gehouden en ik zal het doorgeven via de radio, oké? Er is een sneeuwstorm onderweg hierheen, en waarschijnlijk een flinke. Dus luister goed naar de berichten.'

'Dank u wel. Ja.'

Ze legde de CB weg, blij met de vriendelijke stemmen in het donker, die maakten dat ze zich niet langer geïsoleerd voelde en die haar angst verdreven. Gezelschap, in wat voor vorm dan ook, voelde als daglicht.

Ze had de woorden 'mijn man' gebruikt en benadrukt, alsof hun huwelijksliefde de reden was waarom ze zo veel op het spel zette om hem te vinden; alsof ieder jaar dat ze getrouwd waren bijdroeg aan de legitimiteit van deze tocht; alsof de beloften en de huwelijksband het gevaar compenseerden. Dat had ze zichzelf ook geprobeerd wijs te maken, maar ze wist dat het slechts één van hun twaalf jaren was dat haar dreef, de winterzon die schuin door een raam naar binnen viel, een vlucht ganzen in het heidelandschap, haar gezicht omvat door zijn handen.

Ruby tikte op haar been en keek haar stralend aan.

'Er is e-mail!'

De hoop maakte haar klaarwakker. Maar de mail kon niet van Matt zijn, natuurlijk niet. Ze keek in de buitenspiegel; alleen een paar blauwe koplampen ver achter hen. Ze zette de truck stil op een recht stuk weg en liet de koplampen aan voor de zichtbaarheid, waarna ze de laptop van Ruby overnam.

10

Een foto van een groot dier, op brute wijze afgeslacht, vulde het scherm. Het beest miste een oog en er was een poot van de romp gerukt, het bot glansde bloot en wit. Yasmins lichaam reageerde er instinctief op: ze boog zich over Ruby heen om haar te beschermen tegen de gewelddadige belager die daar ergens in het donker op de loer lag. De afzender was Akiak@alaska.account.com.

'Dat is een muskusos.' Ruby spelde het woord met haar vingers.

Wie was die Akiak? Hoe kwam hij aan haar e-mailadres? Waarom stuurde hij haar deze foto? Ze had de kaartjes die Ruby had beschreven uitgedeeld aan iedereen die ze wilde aannemen, zonder er ook maar een moment bij stil te staan dat dat misschien niet verstandig was.

'Nu kunnen we tegen de politie zeggen dat papa nog leeft.'

'Dit komt niet van papa.'

'Wel waar! Ik denk dat papa een vriend heeft die Akiak heet en dat hij zijn computer heeft geleend, zoals ik al verwachtte.'

'Papa zou ons nooit zoiets sturen.'

Ze staarde de duisternis in. Ze had steeds al het gevoel gehad dat ze in de gaten gehouden werd, maar ze had er niet aan toe willen geven. Misschien vocht ze tegen door duisternis omgeven windmolens, maar het liet haar niet los.

Akiak klonk als een Inupiaq-naam. Misschien kende Matt inderdaad een Akiak, maar ze had hem nooit gevraagd naar de mensen hier. Kwaad en gekwetst omdat hij ervoor had gekozen zo veel tijd in Alaska door te brengen – nog eens drie maanden na het afronden van zijn eerste opdracht – had ze desinteresse geveinsd, en zijn leven hier niet bevestigd door er vragen over te stellen. Misschien had ze gehoopt dat haar gebrek aan belangstelling besmettelijk zou zijn, een vorm van emotionele en intellectuele osmose, en dat hij niet terug zou willen.

Het onderwerp van de mail luidde DSC_10023; 68950119 149994621 en werd vermeld onder de foto. Het zei haar niets.

'Heeft papa tegen jou ooit de naam Akiak genoemd?' vroeg ze aan Ruby.

'Volgens mij niet,' antwoordde Ruby. 'Maar als papa de computer van die Akiak heeft geleend, moeten ze wel vrienden zijn.'

Ruby geloofde toch zeker niet dat Matt haar zo'n foto zou sturen?

'Ik denk dat papa dit naar zijn werk wilde mailen,' zei Ruby. 'Maar omdat hij nu Akiaks laptop gebruikt, heeft hij zijn contactadressen niet bij de hand. En jouw e-mailadres kent hij uit zijn hoofd.'

Ruby deed haar uiterste best om plausibel te maken dat de foto van Matt afkomstig was, en Yasmin besefte dat ze niet langer al haar beweringen voor lief nam. Zij had gezegd dat Matt nog leefde, maar dat was niet genoeg, dus riep Ruby haar eigen bewijzen in het leven.

Yasmin bekeek de foto aandachtig, in de hoop iets te vinden waaruit bleek wie die Akiak was en waar hij zich bevond. De zwaar toegetakelde muskusos lag in de sneeuw bij het licht van een zaklamp, meende ze, omhuld door duisternis. Ze klikte met de cursor op de foto om hem te vergroten. Er was geen bloed te zien, maar dat kon verborgen zijn in de dikke vacht van het dier, of de verminking had plaatsgevonden toen het beest al dood was. Misschien had die man, die Akiak, de muskusos gewoon gevonden, maar maakte dat het minder erg? Dat verklaarde nog niet waarom hij het beest had gefotografeerd en de foto naar haar had gemaild.

Ze zocht naar een herkenningspunt, maar er was niets anders te zien dan het gehavende dier in de kleurloze sneeuw. De e-mail was vijf minuten geleden verzonden.

Mijn moeder denkt niet dat de mail van papa komt. Het is een afschuwelijke foto, maar soms gebeuren er nu eenmaal afschuwelijke dingen in de natuur. En mijn vader zegt dat je naar de dieren moet kijken zoals ze zijn, dat je er geen Disneytoestand van moet maken. Dit is niet zomaar een muskusos, en dat is waarschijnlijk de reden dat papa hem wil gebruiken voor zijn werk.

'Wolven doden muskusossen,' zeg ik tegen mijn moeder. 'In de winter kunnen ze heel moeilijk aan voedsel komen, dus eten ze alles wat ze te pakken krijgen. Ze zouden een os nooit zo achterlaten. Dat maakt het zo akelig en raar. Dit beest is niet gedood als prooi. En er is nog iets geks, tenminste, dat denk ik. Zo te zien is het een heel groot volwassen mannetje, want zijn hoorns zijn groot en breed.'

Yasmin zag dat Ruby de afschuw verborg die de foto bij haar opriep; ze wilde op en top het kind van haar vader zijn en ruimdenkend naar wilde dieren kijken, niet als een kleinzerig stadsmeisje.

'Als wolven een muskusos doden, doen ze dat met de hele roedel,' vervolgde Ruby. 'Omdat muskusossen zo groot zijn. De wolven omcirkelen ze en proberen er eentje bij de groep vandaan te drijven. Daar kiezen ze de zwakste voor uit, meestal een jong, of zelfs een baby. Ik denk dat papa daarom deze foto heeft genomen, omdat de wolven een volwassen dier hebben gedood en het gewoon hebben laten liggen.'

Wat kon Yasmin daarop zeggen? Ze kon Ruby maar beter in de waan laten dat het de wolven waren die zich merkwaardig gedroegen, in plaats van sadistische, gewelddadige mensen.

Als deze Akiak zich ergens in de donkere, ongerepte natuur bevond, zou hij een sneeuwscooter of een slee met husky's bij zich hebben; in dit onherbergzame gebied waren er geen andere mogelijkheden.

Ze draaide het raam open. Ze spitste haar oren terwijl de koude lucht haar wang gevoelloos maakte, maar ze hoorde alleen de wind. Hoe dichtbij zou een sneeuwscooter moeten zijn voordat ze hem hoorde of de lichten kon zien? En een slee was natuurlijk stil en lange tijd onzichtbaar.

Waarschijnlijk was Akiak niet zijn echte naam, want de afzender van deze foto zou ongetwijfeld zijn identiteit niet willen prijsgeven. Ze had geen flauw idee waarom iemand haar zou willen bedreigen. Maar misschien was er wel degelijk een reden en was ze te moe om die te zien. Ze snakte naar een helder hoofd. Als ze alles rustig op een rijtje zou kunnen zetten, zou er misschien vanzelf iets belangrijks naar voren komen, maar haar gedachten ontrafelden zich op de punten waar ze zich juist met elkaar zouden moeten verbinden. Ze had al meer dan vierentwintig uur niet geslapen.

Na haar instinctieve fysieke reflex om Ruby te beschermen was het de volgende ingeving, of misschien een diep ingesleten overtuiging, dat ze hiermee naar de politie moest gaan. Maar dan zouden ze te weten komen dat ze in Adeebs truck reed en zou ze gearresteerd worden, of ze kwamen haar zoeken om haar te beschermen, en ook dat laatste zou haar bij Matt vandaan houden.

Achter hen waren de blauwe koplampen even groot gebleven, statisch in het donker. Die chauffeur stond dus ook stil. Misschien waren hij en de man die zich Akiak noemde wel een en dezelfde persoon, maar erg logisch klonk dat niet. Geen mens kon rijdend over een spiegelgladde ijsweg een muskusos afslachten en er een foto van mailen.

Ze had zich al eerder voorgenomen om, als het gevaar te groot werd, Adeeb te vragen om te draaien, of anders zou ze een lift proberen te krijgen van een van de truckers die terugreden naar Fairbanks. Nu was de keuze om om te draaien aan haar. Ze zou het niet doen, nog niet, maar ze voelde het moment van een gedwongen besluit dichterbij komen; ze moest kiezen voor Ruby's veiligheid.

Yasmin durfde er niet aan te denken wat het voor Matt zou betekenen als ze nu rechtsomkeer maakte, maar de consequenties spookten langs de rand van haar bewustzijn als donkere gedaanten in de schaduw.

Ze begon weer te rijden. Het licht van hun koplampen werd vager en wist nog maar nauwelijks de duisternis te doorboren, alsof er een deksel op hen was neergelaten.

Ik weet zeker dat die e-mail van papa afkomstig is. Maar de politie zou vast net zo reageren als mijn moeder, ze zouden iets zeggen als: 'Die mail is gestuurd door een zekere Akiak.' Misschien wil mijn vader ook graag zo snel mogelijk aan ons blog beginnen.

Ik vind het fijn om me voor te stellen hoe hij ons dat mailtje heeft gestuurd, in zijn Inupiaq-parka met bontkraag. Maar het plaatje van mijn vader in zijn parka verandert ineens in mijn vader in een Superman-T-shirt, zijn ogen tot spleetjes geknepen tegen de zon. Het is zo'n warme, lichte herinnering dat ik er het liefst meteen in zou stappen.

We waren aan het wandelen in de bergen bij Mount Cairngorm, en mijn moeder zei dat ik in een vorig leven vast een berggeit ben geweest. 'Wel een kortharige,' zei papa toen, want ik liep in korte broek met verder alleen een T-shirtje. Dat kwam door het hoge tempo; ik had het hartstikke warm gekregen. Bij het ontbijt zei mijn vader dat we moesten oefenen voor ons blog, waaraan we met kerst samen zouden beginnen. Hij gaf me een speciale hoes voor mijn laptop en downloadde de software die nodig was voor zijn satellietzender, alsof ik echt een collega van hem was. Hij legde uit dat we in Alaska een heuvel zouden moeten beklimmen om bereik te hebben met de satelliet, dus ook dat moesten we oefenen.

Toen we de top van de Cairngorm hadden bereikt, deed mijn vader me voor hoe je de laptop moest aansluiten op de satelliet.

'En dan zet je hem aan,' zei hij.

'Ja, duh,' zei ik, en mijn vader antwoordde dat je pedant moet zijn als het om technologische snufjes gaat, waarna mijn moeder vertelde dat het woord 'pedant' afkomstig is uit het Grieks, en dat het betekent: 'de slaaf die de kinderen naar school brengt'. Het was heus geen pretje om pedant te zijn, zei ze, dus ik mocht wel een beetje aardiger zijn voor papa. En toen moesten ze allebei lachen. Op dat moment kon ik zien hoe leuk ze elkaar vonden, heel even maar, als twee beste vrienden die om hetzelfde lachen. Net als Jimmy en ik om het woord 'tortoise'.

'Wisten jullie dat een groep satellieten een constellatie heet?' vroeg mijn moeder, en ik zei: 'Wat goed!' Maar mijn vader is verder niet zo geïnteresseerd in satellieten. Voor hem is het genoeg als spullen 'doen wat er op de verpakking staat'.

Mijn vader heeft voor ons allemaal speciale werkhandschoenen gekocht die geschikt zijn voor de poolcirkel, bedoeld voor mensen die gevaarlijke klussen moeten doen op plekken waar het extreem koud is. Hij zei erbij dat wanten warmer zijn dan handschoenen, want je vingers werken als tien radiatortjes. Maar wanten zijn niet geschikt voor mensen die gebarentaal gebruiken. Hij wilde oefenen met de handschoenen, als een soort generale repetitie. Gebaren lukte wel met die speciale werkhandschoenen, maar om te typen moesten we ze uittrekken.

Hij deed me voor hoe je een foto op je blog kunt plaatsen. Daar was hij superenthousiast over. Maar mijn moeder lachte niet meer. Ze wist het nog niet, van ons blog. Ze had gedacht dat papa me alleen even zijn satellietontvanger zou laten zien. Ze was er niet bij geweest bij het ontbijt. Ik probeerde te liplezen wat ze allemaal zei, en ik zag heel vaak 'echte': '... echte vrienden...' En ook: 'Ik wil geen virtuele wereld voor onze dochter, maar de echte wereld.' Ze zei nog iets over eenzaamheid en afzondering, maar ik keek al niet meer naar haar mond.

Ik was bang dat mijn vader zou zeggen dat het niet doorging, maar hij bleef me van alles voordoen. Als je verbinding maakt, gaat het plaatje van een satelliet knipperen. In Schotland duurde het maar een minuutje; volgens mijn vader hangen er zo veel satellieten boven Europa dat er nog eens stoplichten en snoepkraampjes moeten komen daarboven. Maar in de ruimte boven Alaska zijn er bijna geen, dus op het moment dat hij het satellietje zag knipperen, heeft hij vast heel hard 'Hoera!' geroepen, in Amerikaanse gebarentaal – met je vuisten één keer op je borst slaan en ze dan in de lucht steken: HOERA – ook al was ik er niet bij. Ik weet zeker dat hij gebarentaal gebruikte, want hij vindt dat met die vuisten zo leuk. Toen heeft hij dus het e-mailadres van mijn moeder ingetoetst, waarna zijn satellietzender de foto de ruimte in stuurde, naar ons toe.

In Schotland had ik nog niet door hoe supercoolio een satellietontvanger is, maar het is eigenlijk gewoon een wereldwonder. Want op deze uitgestrekte, donkere, koude vlakte, waar geen huizen en geen kabels of iets dergelijks zijn, heeft dat kastje van mijn vader verbinding gemaakt met de ruimte en ons die e-mail gestuurd. Het is net zoiets als dat weekdier bij het nieuws, dat 507 jaar oud was. Het had nog in dezelfde tijd geleefd als Henry VIII. Een Tudor-weekdier! Sommige dingen zijn zo bijzonder dat je even naar adem moet happen.

We zijn gestopt bij een inham langs de weg omdat mijn moeder de lampen moet schoonmaken. Ze trekt haar poolkleding aan, wat een eeuwigheid duurt met al die laagjes, en terwijl ze daarmee bezig is, mail ik papa nog een keer: 'Zeg alsjeblieft dat jij het bent! ALSJEBLIEFT!!' Ik heb gewoon op 'antwoorden' geklikt, dus het bericht gaat naar de inbox van Akiak. Mijn vader snuffelt nooit in andermans zaken, dus misschien kijkt hij niet eens in de inbox van zijn vriend. Mijn andere mailtjes heeft hij niet gekregen, want daarvoor zou hij op zijn eigen account moeten inloggen en dat is nu te veel gedoe. Hij zou zijn wanten een hele tijd moeten uit laten en moeten typen met alleen dunne handschoentjes aan, en misschien bevriezen zijn vingers dan wel. Dat zou hij dus nooit doen, want zonder zijn vingers kan hij niet meer met mij praten.

Ik weet zeker dat die foto voor papa's werk is, niet voor ons blog. Maar ik upload hem voor de zekerheid toch maar. Ik plaats nog niks, niet voordat mijn vader bij ons is, want het wordt een blog van ons samen.

Mama was helemaal geschokt door die foto. Ik had nooit moeten vertellen hoe raar het is. Maar ik weet nu eenmaal veel coole dingen over muskusossen.

'Muskusossen zien er gevaarlijk uit met die grote hoorns,' zeg ik tegen haar. 'Maar ze zijn volkomen onschuldig, het zijn goedaardige vegetariërs. Ze hebben lang haar dat eruitziet als een baard...'

'Kun je het me alsjeblieft met woorden vertellen, Ruby?'

Dat doe ik toch! Ik gebaar haar mijn woorden.

Yasmin wachtte af en Ruby wendde inderdaad haar gezicht af, zoals altijd. Toch zou Yasmin het haar blijven vragen. Haar vastbeslotenheid om Ruby aan het praten te krijgen, zodat haar dochter op een dag gehoord zou worden, was er niet minder op geworden. Ze weigerde zich te laten intimideren door een e-mail. Ze zou Matt vinden en hij was ongedeerd en Ruby ging met haar eigen stem spreken, en als de afzender van het mailtje hen vanuit het donker in de gaten hield, zou hij moeten toekijken hoe zij die toekomst waarmaakte.

Gehuld in al haar poolkleding trok ze de werkhandschoenen aan die Matt voor hen allemaal had gekocht. Wanten boden niet genoeg grip voor de ijskrabber. Ze klom de cabine uit en sloot snel het portier om Ruby warm te houden.

Toen ze de vrieskou inademde, voelde ze haar longen samentrekken. Geschrokken hapte ze naar adem, waardoor er nog meer koude lucht in haar longen terechtkwam, en het voelde alsof ze verdronk.

Ze trok haar bivakmuts over haar mond. Weer ademde ze in, en deze keer werd de lucht opgewarmd tussen de muts en haar huid voordat die naar haar longen ging.

Langzaam en zorgvuldig ademend begon ze met de krabber de enorme achterlichten schoon te maken. De lucht die ze uitademde bevroor op haar huid, gevangen achter haar bivakmuts.

De kou voelde als een jager; zij was een warme prooi. Achter haar wierpen de lichten van de vrachtwagen een rode gloed over het desolate winterlandschap. Terwijl ze op haar hurken probeerde het ijs en het vuil van de lampen te krabben, speurde ze hoopvol naar de blauwe lichten. Ze waren nergens te bekennen in het donker.

Het idee dat de chauffeur van de blauwe koplampen en de man die de e-mail had gestuurd een en dezelfde waren had ze uit haar hoofd gezet, dat was vrijwel onmogelijk. In plaats daarvan beschouwde ze de man van de blauwe lichten nu als haar beschermer, want zolang hij achter haar reed, zou degene die zich Akiak noemde nooit het risico nemen haar te belagen.

De kou bevroor haar wenkbrauwen en wimpers, maar had haar ook wakker geschud en haar gedachten aangescherpt.

Als die kerel hen wilde aanvallen, waarom zou hij haar dan eerst bang maken met een mailtje?

Het moest hem om de dreiging te doen zijn.

Hij wilde dat ze zou omkeren.

Haar gedachten waren staccato, ze dacht in trefwoorden alsof bij deze ijzige temperatuur de mentale processen, net als de fysieke, uiterst economisch uitgevoerd dienden te worden.

Waarom zou iemand willen verhinderen dat ze naar Matt toe ging? Hij had geen vijanden, geen duistere achtergrond. Matt was natuurfilmer, en het ergste wat hij ooit had gedaan was een vrouw kussen die niet zijn echtgenote was.

Misschien wilde de man van de dreigmail haar niet bij Matt weghouden maar uit Anaktue, al leek de kans dat ze daar iets zou aantreffen wat de politie over het hoofd had gezien haar uiterst klein.

Het enige wat ze nog kon verzinnen was dat Matt iets wist, waarschijnlijk over Anaktue, waardoor deze man niet wilde dat ze hem zou redden, omdat anders het geheim aan het licht zou komen, wat het ook mocht zijn.

De ijskrabber viel op de grond en ze raapte hem op. Ze had de linkerhandschoen niet goed vastgemaakt, waardoor er ijs in de handschoen kwam. Het brandde als bijtend zuur op haar huid.

Wat kon Matt ontdekt hebben?

Al sinds hun aankomst op het vliegveld, toen hij daar niet op hen bleek te wachten, had ze alles wat iedereen zei gretig in zich opgenomen, op zoek naar informatie die doorslaggevend kon zijn. Nu, terwijl ze de rode achterlichten met de krabber ontdeed van aangekoekte sneeuw en ijs, dacht ze terug aan alle gesprekken.

'Alle hydraulische fracbedrijven weten waar Anaktue ligt. Ze hebben bodemmonsters en boorinformatie over Anaktue.'

'Anaktue is gevestigd op honderdduizenden vaten schalieolie.'

'Ik heb een paar maanden geleden een Inupiaq gesproken, een kerel die in Anaktue woonde maar bij de gewone oliebronnen van Soagil in Prudhoe werkte. Hij zou ontslag krijgen als zijn gezin niet tekende.'

'De gouverneur zei dat de fracbedrijven niet langer zullen proberen de grond onder Anaktue te ontginnen, uit respect voor de dorpsbewoners.'

'Túúrlijk. En de toeristen komen naar Alaska voor de zon.'

Hun stemmen, op verschillende plaatsen en verschillende momenten, voegden zich samen tot een gemeenschappelijk thema.

Maar de politie zou het verdorie toch wel ontdekt hebben als de brand aangestoken was, een moordzuchtig geval van landjepik? Wanneer er sprake was van brandstichting, zou dat inmiddels toch bekend moeten zijn?

Maar nu ze in deze kou buiten stond, waar het al een strijd was om stomweg de lampen van de truck schoon te maken, besefte ze hoe moeilijk het moest zijn om hier een misdaad te onderzoeken. Ze stond te krabben bij min drieëndertig en de kou was roofzuchtig en meedogenloos. Nu bood de poolkleding nog bescherming, maar in Anaktue, vele kilometers noordelijker, was het nog kouder.

En dan was er nog de onbeschrijflijke duisternis. De politie had natuurlijk kunstlicht moeten inzetten: lampen op de juiste plek plaatsen en steeds kiezen wat je wel of niet verlichtte, zonder te weten wat je over het hoofd zag in het donker. Wat waren dat voor omstandigheden om de waarheid te achterhalen, wanneer je niets anders vermoedde dan een catastrofale menselijke fout?

Ze dacht aan Akiak. Misschien was het geen schuilnaam, misschien heette hij echt zo. Het zou kunnen dat hij uit was op toestemming voor de oliemaatschappij om te fraccen. Die man in het truckerscafé had verteld dat de bewoners honderdduizend dollar hadden kunnen krijgen.

Door de vrieskou was het vuil keihard vastgevroren aan de achterlichten, en ze moest de krabber omdraaien en er met het handvat op inhakken. Haar knieën deden zeer van het hurken en ze voelde een stekende pijn in haar linkerhand.

Zou ze de politie ervan kunnen overtuigen dat de brand was aangestoken, alleen om de grond in handen te krijgen? Van haar vermoeden dat Matt daarvan op de hoogte was en iemand haar probeerde af te schrikken en te verjagen?

Maar dat was puur giswerk en speculatie; ze had niets om het te staven. Bovendien liep ze het risico dat de politie haar zou belemmeren om naar Matt te gaan, zonder zich te laten overhalen haar zoektocht over te nemen. Nu ze hier in de moordende kou stond was ze nog banger voor wat hem zou kunnen overkomen. Zelfs als hij zijn noodspullen bij zich had, wist ze niet hoe lang hij het zou volhouden.

Ruby kwam ook de cabine uit. Yasmin schrok, maar toen zag ze dat Ruby zich dik had ingepakt, met al haar poolkleding; ze had er zelfs aan gedacht haar bivakmuts tot over haar mond te trekken en haar handschoenen op de juiste manier vast te maken.

Er kwam genoeg licht uit de cabine om elkaars gebaren te kunnen zien.

'Heeft papa iets gezegd over een oliemaatschappij die de grond onder Anaktue wilde fraccen?' vroeg Yasmin.

Ze keek verbaasd op toen Ruby knikte.

'Dat wilden ze niet,' zei Ruby. 'Corazon had iedereen opgetrommeld.' Ze spelde de naam 'Corazon' in het licht van de cabine.

De sneeuwvlokken dwarrelden in het ambergele licht.

'Heeft hij je over Corazon verteld?' vroeg Yasmin.

Ruby knikte. 'Ze is superslim, zegt papa.'

Ik kan bijna niet geloven dat mijn moeder en ik hier staan te praten in de donkere vrieskou. Het is alsof we minimensjes zijn op de bodem van een enorme vriezer, met alleen een brandend geel controlelampje en de deksel dicht. Maar ik weet wel hoe dat komt. Het is omdat je hierbuiten alleen aan heel belangrijke dingen denkt. En volgens mij is dit belangrijk voor mijn moeder, want Corazon en haar tweelingbroer Kaiyuk zijn daarginds papa's beste vrienden. Als je een beste vriend hebt, ben je niet eenzaam.

Terwijl we daar op de bodem van de vriezer staan te praten, wil ik tegen haar zeggen dat ik verdrietig ben omdat ze papa nooit naar zijn vrienden heeft gevraagd: toen hij thuis was, liet ze hem nooit eens vertellen over Anaktue of over Corazon en Kaiyuk, terwijl ik weet dat hij het superfijn gevonden zou hebben als ze ernaar had gevraagd.

Ze gebaart naar me dat ze de koplampen moet uitzetten voordat ze ze kan schoonmaken, want het licht is zo fel dat ze anders na afloop niks meer zou zien. Ze wil dat ik weer in de cabine ga zitten, maar ik pak gewoon de zaklamp die ze in de sneeuw heeft gestoken en schijn haar bij als ze instapt, want er ligt een laag ijs op het trapje.

Ze doet de koplampen uit, zodat we de weg niet meer kunnen zien. Het lijkt wel of de verlichte cabine waar ik nu naast sta het enige plekje is dat nog bestaat op de hele wereld.

Ik blijf daar staan met de zaklamp, zodat ze het trapje weer af kan klimmen. Ze schudt haar hoofd omdat ik niet heb gedaan wat ze zei, maar ik kan zien dat ze ook naar me glimlacht, dwars door haar bivakmuts heen.

Ik loop met haar naar de voorkant van de truck en houd de lamp vast terwijl ze bukt om de enorme koplampen schoon te krabben.

Het is een heel akelig gevoel, die bivakmuts over mijn hoofd, want mijn adem eronder wordt vochtig en bevriest dan. Mijn vader heeft me verteld dat Inupiaq-parka's zo'n grote bontcapuchon hebben om de ijskoude lucht te verwarmen voordat die je neus en mond bereikt, als een warm luchtkussen op je gezicht. Als je uitademt, bevriest je adem niet op je huid. Maar op een sneeuwscooter werkt het niet, zegt hij, omdat de koude lucht dan te snel naar je gezicht toe vliegt. Mijn eigen parka komt gewoon van een buitensportwinkel.

Ik hoop maar dat papa nu bij Corazon en Kaiyuk is. Hij heeft me verteld dat hij eerst bevriend was met Kaiyuk en dat hij daarna Corazon leerde kennen; toen was het alsof hij de vrouwelijke versie van Kaiyuk ontmoette. Soms zou papa willen dat hij ook een tweelingbroer of -zus had, en hij vroeg laatst aan mij of ik er een zou willen. Ik zei nee, want eerlijk gezegd is eentje van mij wel genoeg voor iedereen. Hij moest lachen en zei dat dat absoluut niet waar is, maar dat er nooit twee van mij zouden kunnen zijn.

Corazon en Kaiyuk kennen een oude mevrouw, een achter-oudtante of zoiets, die toen ze nog jong was heeft gestreden tegen een kernproef die de regering wilde uitvoeren op de plek waar de mensen in haar dorp altijd gingen vissen. De man van de regering zei dat het dorp dankbaar moest zijn dat ze een haven kregen, en dat ze zo goed waren in kernbommen dat ze een haven in de vorm van een ijsbeer konden maken. Toen zei die achter-oudtante dat ze ten eerste niet zaten te wachten op een haven, en dat ze ten tweede liever een echte ijsbeer had.

Mijn vader en ik vinden haar supercoolio.

Mijn moeder heeft nog niks gezegd, ze is de koplampen aan

het schoonkrabben. Dan draait ze zich naar me om, zodat ik in het licht van de zaklamp haar gezicht en haar handen kan zien.

'Heeft papa verder nog iets gezegd?' vraagt ze me. 'Over de oliemaatschappij?'

Ze neemt de zaklamp van mij over zodat ze mijn handen kan zien.

'Hij zegt dat olie wordt gemaakt uit planten en dieren die doodgegaan zijn in de eeuwenoude zeeën,' zeg ik. 'Het kost miljoenen jaren, en wij zijn plunderaars en hooligans die stelen van de toekomst.'

Dat vond mijn vader heel erg. Hij zei: 'Ze boren meer dan drie kilometer diep – drie kilometer! – en dan gaan ze zijwaarts en verpulveren het gesteente met gif, zodat we het gas of de olie er met geweld aan kunnen onttrekken. En weet je wat wij dan doen met het gas en de olie die er miljoenen jaren over hebben gedaan om te ontstaan, diep onder de aarde?'

'De droger aanzetten op een zonnige dag?' zei ik, want ik wist dat er zoiets zou komen. Mijn vader had een hekel aan drogers.

'Precies. Of met de auto heel hard rijden op de snelweg. Miljoenen jaren...' Hij zwaaide met zijn handen. 'Foetsie, in veertig seconden.'

Mijn moeder houdt de zaklamp voor me vast, zodat ik weer kan instappen.

Toen Yasmin het trapje naar de cabine beklom, keek ze nog een keer of ze de blauwe koplampen zag. Nog steeds niets. Hij moest teruggegaan zijn.

Ze voegde zich bij Ruby in de cabine, haar kleding stijf van de kou. Ze trokken hun dikke lagen uit; de warme lucht deed pijn op hun huid toen het ijs van hun kleding smolt. Yasmin diepte een handdoek op – een die Ruby altijd meenam naar het zwembad, bedrukt met volledig uit de toon vallende zonnetjes – en depte het ijskoude water ermee op. Haar handen waren nog stijf en onhandig van het krabben, en de huid van haar linkerhand leek verbrand. Ruby moest haar helpen haar jas uit te trekken. Haar bivakmuts zat met een laag ijs vastgeplakt en ze moest hem losrukken, waardoor haar huid helemaal rauw werd.

De kachel blies warme lucht, de binnenverlichting was fel en de cabine voelde als een veilige haven. Maar door de warmte sloeg de vermoeidheid weer toe. Ze zou toch een keer moeten stoppen om te slapen – maar nu nog niet.

Yasmin schakelde de CB in om na te gaan of er andere voertuigen naderden en reed toen in noordelijke richting de weg op. De koplampen schenen nu verder en helderder en vormden een lichttunnel van zo'n vierhonderd meter, vol dwarrelende sneeuwvlokken.

11

De wind was toegenomen en de sneeuwvlagen kolkten over de weg als sluiers van chiffon. Yasmin bewoog haar hoofd heen en weer in een poging de spanning in haar nek weg te nemen. Ze keek nog eens in de buitenspiegel, maar er reed nog altijd niemand achter hen.

Ze was zo trots op Ruby, die zonder één keer te klagen in de vrieskou de zaklamp had vastgehouden. Bijna niemand wist hoe moedig Ruby was, of hoe slim en grappig, omdat ze niet praatte. Maar op een dag zou ze dat wel doen, en dan zou iedereen haar leren kennen.

Matt en zij hadden vaak ruzie over Ruby's gebarentaal en de vraag of ze haar moesten dwingen haar orale stem te gebruiken; onenigheid over de laptop en internet, en het afgelopen jaar over de grote en belangrijke beslissing naar welke school Ruby in september zou gaan. De gewone middelbare school had uitstekende begeleiding voor bijzondere gevallen, maar Matt had daar geen vertrouwen in. 'Dan is ze een buitenbeentje,' zei hij. 'Weet je dat ze elkaar daarmee pesten? "Jij bent een bijzonder geval."' Ja, dat wist Yasmin inderdaad. En ze pestten niet elkáár, ze pestten Ruby. Ze knikte en ontweek zijn blik; ze waren er als ouders niet in geslaagd hun kind te beschermen. Yasmin verwachtte dat het op de middelbare school beter zou gaan dan op de lagere school: ze hadden de directeur gesproken en die had geprobeerd hen gerust te stellen, maar Matt had zich niet laten vermurwen.

'Ze zal zich toch moeten leren redden in de maatschappij,' had Yasmin gezegd. Waarom begreep hij dat niet? 'Als ze nu het zware gedeelte doorstaat, terwijl wij er nog zijn om haar te helpen en...'

Matt was haar in de rede gevallen. 'Het werkt niet.'

'Nu misschien niet, maar...'

'Dat gelul over de maatschappij slaat nergens op. De wereld bestaat uit talloze verschillende plekken, en Ruby vindt zelf wel de plek waar ze wil zijn.'

Toen was Ruby naar beneden gekomen en hadden ze het gesprek gestaakt, maar de ruzie had voortgeduurd, in steeds onderbroken flarden waarin ze geen van beiden het pleit wonnen of concessies deden, want als je ruziede over je kind was er geen compromis mogelijk, dan week je niet af van wat in jouw ogen het juiste was.

In stilte verlangde Yasmin ernaar om lief te zijn voor Ruby, haar niet langer te dwingen met haar mond te praten, haar te laten gebaren en haar onmiddellijk van de gewone school af te halen waar ze zo ongelukkig was. Maar als ze dat deed, zou ze een lafaard zijn. Ze moest moed verzamelen om vooruit te kijken, naar Ruby van achttien, Ruby van vijfentwintig, Ruby op de leeftijd die Yasmin nu zelf had, zonder haar ouders die haar hielpen, iedere dag weer, zoals Yasmin nu deed. Ze moest de juiste keuzes voor haar maken, met het risico dat Ruby daardoor een hekel aan haar kreeg. Ze deed het uit liefde.

Ze keek weer in de buitenspiegel. Er reden weer blauwe koplampen achter hen.

Ze waren nergens te zien geweest toen ze de achterlichten schoonmaakte. Ook niet toen ze de parkeerstrook uit reed. Yasmin was ervan overtuigd geweest dat de chauffeur was teruggekeerd naar Fairbanks. Maar hij had zijn lichten gedoofd en afgewacht, verscholen in het donker, tot hij haar weer kon volgen.

Ze dacht aan de man met het geblondeerde haar op het vliegveld – Silesian Stennet – en zijn zenuwslopende weigering om het oogcontact te verbreken; aan de manier waarop hij achter haar aan was gekomen in de gang en haar bij de arm had gepakt.

Ze dacht niet dat iemand binnen een paar minuten zo'n extreme obsessie kon ontwikkelen, maar ze herinnerde zich het zweet in zijn blonde haar en zijn aanbod om op Ruby te passen. Hij wilde dat ze bij hem in het krijt kwam te staan, ook al had hij beweerd van niet: 'Vrijblijvend, ik vraag niks van je terug.' En er waren wel anderen geweest, ogenschijnlijk verstandige mannen, die hadden beweerd op slag verliefd te zijn toen ze haar zagen, compleet met blikseminslag. Daar was ze van geschrokken, maar pas achteraf, toen ze het hoorde.

Degene die haar had gevraagd of ze een pistool had, was dat Silesian Stennet geweest? Ze kon zich zijn stem van het vliegveld niet goed genoeg voor de geest halen om het met zekerheid te durven zeggen, maar het zou goed kunnen. Ze wist dat ze de stem eerder had gehoord.

Maar ze had Silesian Stennet na het vliegveld niet meer gezien, dus hij kon niet weten dat ze hier op de Dalton Highway reed.

Ze keek weer naar de blauwe lichten, die steeds op dezelfde afstand bleven.

Yasmin pakte het spreekgedeelte van de CB-radio. 'MP 150 in noordelijke richting. De truck achter me, noordwaarts, kunt u me vertellen wie u bent?'

Niets.

De radiostilte werd verbroken door Coby's warme, trage stem. 'Stoere dame, hoor ik jou daar weer over de CB?'

'Ben jij dat, achter me?' vroeg ze aan Coby, en ze hoopte vurig dat hij ja zou zeggen.

'Ik rijd bij MP 170. Ik zie momenteel niemand voor me,' antwoordde hij.

Hij bevond zich dus ruim dertig kilometer noordelijker dan zij.

'Ik heb net de laatste berichten over de sneeuwstorm binnengekregen,' zei Coby. 'Zijn er nog meer mensen met nieuws?'

'We krijgen zwaar weer,' zei iemand. 'Kloteweer.'

'Orkaankracht, zeggen ze,' vervolgde Coby. 'Min vijfenveertig. Ze weten niet precies wanneer het zover is. Over een uur of acht, verwacht men.'

'Ik hoorde dat er lawinegevaar is in de Atigunpas,' zei een andere trucker 'Ze hebben daar geen tijd gehad om de sneeuw van gisteren te ruimen.'

'*Fuckin' hell*,' zei een trucker, en een paar anderen vloekten ook.

'Drie weken geleden is er een truck bedolven onder een lawine,' zei Coby tegen Yasmin om hun grove taalgebruik te verklaren.

'Noordenwind, dan ligt er zo een flink pak op de hellingen,' zei een andere chauffeur.

'Er vertrekt nu geen hond vanuit Fairbanks of Deadhorse,' klonk een andere stem. 'In ieder geval niemand van Northern Haulage, en ik denk dat voor de andere bedrijven hetzelfde geldt. Veel te link, je bent zo je lading kwijt in de storm.'

'Hoor je dat, stoere dame?' vroeg Coby op die lijzige toon van hem.

'Ja.'

'Zullen we elkaar bij de voornaam noemen?'

'Yasmin.'

Ze zag dat Ruby naast haar Voice Magic had ingeschakeld en meeluisterde.

'Waar zit je nu?' vroeg Coby.

'Bij MP 150.'

'Oké. Te ver van Fairbanks om nog om te draaien. Je kunt het beste doorrijden naar Coldfoot, dat is zo'n veertig kilometer. Geen gemakkelijk ritje, maar niet erger dan wat je al hebt gehad. Hou je daar gedeisd en wacht tot het slechte weer voorbij is. Ik ben er eerder, ik zal zorgen dat de koffie klaarstaat.'

'Ze zullen wel in de rij staan,' zei een andere chauffeur. 'Iedereen die niet kan doorrijden naar Deadhorse of Fairbanks gaat daar de storm afwachten.'

Luisterde de chauffeur met de blauwe koplampen achter haar ook mee? Ze was er tamelijk zeker van. Adeeb had gezegd dat alle truckers de CB gebruikten.

'Dan zie ik jullie daar,' zei ze. 'Misschien neem ik wel een motel, als dat er is.'

En ze hing de CB op.

'We kunnen niet stoppen,' zei Ruby. Voice Magic gaf haar woorden dezelfde techno-onpersoonlijke intonatie als altijd, maar Yasmin voelde dat Ruby trilde over haar hele lichaam.

'We gaan ook niet stoppen,' zei Yasmin. Ze hadden acht uur de tijd, misschien iets meer, om in Deadhorse te komen, en terwijl de andere chauffeurs aan het woord waren op de CB had zij hun gemiddelde snelheid plus de af te leggen afstand uitgerekend. Het moest lukken.

'Gaan we nog steeds naar papa?'

'Ja.'

Als ze eenmaal in Deadhorse waren, zou ze een taxivliegtuig regelen om hen naar Matt te brengen. Vijfenveertig graden onder nul. Wind met orkaankracht. Ze moest naar hem toe.

Ze was bang voor het risico dat Ruby liep, natuurlijk was ze bang, maar misschien zag ze wel gevaren die er niet waren. De blauwe koplampen reden nog achter hen, maar dat wilde niet zeggen dat de chauffeur hen volgde. Er waren natuurlijk tientallen truckers op deze route. Misschien was hij gewoon gestopt om rust te nemen en had hij even zijn lichten uitgedaan. Of misschien had hij net als zij zijn koplampen schoongemaakt en ze daarom uitgezet. Er was gelukkig geen mail meer gekomen. Misschien was het wel rare, eenmalige spam geweest. Ze was vast paranoïde door de vermoeidheid, en in dit landschap werd je al snel bang.

Onder het rijden dacht ze terug aan haar eerste ontmoeting met Matt. Geen liefde op het eerste gezicht, geen bliksemin-slag. Later had hij haar verteld dat hij haar al vaker had gezien op de universiteit, maar dat hij onterecht zijn twijfels had gehad bij iemand die zo buitensporig mooi was. Of misschien, zo had hij gezegd, was het wel een vorm van darwinistisch zelfbehoud geweest, iets met te grote concurrentie waardoor hij zijn slagtanden, hoorns of gewei niet op het spel wilde zetten.

En toen had hij met haar gepraat en haar leren kennen; hij was verliefd op haar geworden en was bang geweest, zo had hij haar opgebiecht, voor zijn gevoelens. Maar het was al te laat. Hij had het te pakken. Niets aan te doen. En ze had hun verwantschap gevoeld, zelfs in die angst voor de liefde. Als fysicus kende ze de berekeningen en de gevolgen van een val van grote hoogte, maar haar eigen val had niets rationeels of logisch gehad, en er was geen berekening om te voorspellen waar of hoe het zou eindigen.

Terwijl geobsedeerdheid draaide om het bezitten van de ander, een vorm van narcisme die een ongunstig licht wierp op de geobsedeerde, wist ze nu dat hartstocht een vorm van liefde was, liefde in zijn meest extreme gedaante, die maakte dat je hartje winter een poolvlakte overstak. En dit, hier en nu, was waartoe het kon leiden.

Opeens was er licht in de duisternis. De wolken, voortgejaagd door de gierende wind, waren opengebroken en de maan verlichtte de bergen. In het vage schijnsel kon ze zien hoe hoog ze waren, met een steile afgrond op slechts een kleine meter links van de weg. Was het maar donker gebleven, dan had ze dat woeste, onherbergzame terrein niet hoeven zien, een tafereel uit een griezelverhaal, nergens zacht of gastvrij; het maakte dat ze zich vreselijk nietig voelde.

Ze keek omhoog naar de nachtelijke hemel, een lang vergeten reflex uit haar kindertijd, iets wat ze had gedaan wanneer ze zich bang en klein voelde.

Ze zag drie manen en voelde de werkelijkheid kantelen.

Toen besefte ze dat twee van de manen paraselenae waren. Zeldzaam en prachtig, ze had ze nooit eerder gezien.

Ze wees Ruby op de hemel.

'Er zijn drie manen, mam!' zei Ruby op Voice Magic.

'Die andere twee noemen we bijmanen.'

'Waarom zijn ze er? En waarom hebben we thuis geen bijmanen?'

'Ze zijn er niet echt. Het komt door het maanlicht.'

'Hoezo dan?'

Ze zette de truck even stil. 'Daarboven, heel hoog in de wolken, zijn ijskristallen. Het maanlicht wordt weerkaatst door die kristallen en veroorzaakt de bijmanen. Officieel heten ze paraselenae.'

Ze spelde 'paraselenae' met haar vingers. Op dat moment drong het tot haar door dat het enige echt belangrijke – in haar ogen – wat ze Ruby ooit had geleerd, te maken had met praten; tot haar verrassing besefte ze nu dat de paraselenae ook belangrijk voor haar waren.

'Paraselenae,' spelde Ruby op haar beurt.

Toen trokken de wolken voor de maan en voor de bijmanen, en het werd weer donker. Ze reed verder.

Het verlichte klokje op het dashboard gaf 03.00 uur aan. Het zwarte hart van de nacht, dacht Yasmin, maar deze nacht had geen hart, want er zou geen ochtendgloren zijn om er een einde aan te maken. Het sneeuwde weer; de vlokken waren alleen zichtbaar wanneer ze in het schijnsel van de koplampen vielen, alsof ze plotseling ontstonden in het donker. Haar armen en benen waren zwaar van vermoeidheid. Buiten de cabine was het min dertig.

Ruby tikte op haar arm.

Er was weer e-mail.

Ze wilde niet dat Ruby de foto zou zien, maar ze had al doorgescrold. Yasmin keek in haar spiegel – de blauwe koplampen waren ver achter hen – en zette de truck stil.

Een glimmende zwarte vogel vulde het scherm, zelfs de snavel en de poten waren zwart. De veren hadden een metallic glans en zijn spookachtige ogen puilden uit. Yasmin deinsde achteruit voor dit duivelse plaatje.

Een schoolreisje naar de Tower of London, tot in de grimmige details in haar geheugen opgeslagen. Raven die van bloed doordrenkte biscuitjes naar binnen schrokten, en rukten en plukten aan een konijn. De andere meisjes hadden gegild, Yasmin gruwelde in stilte.

Gedurende vele eeuwen van westerse literatuur had men raven geassocieerd met de dood: aaseters die lijken aanvraten op het slagveld.

Ze bekeek de foto aandachtig, zoekend naar een aanwijzing over degene die hem had genomen en zijn verblijfplaats. De dode vogel werd beschenen door een zaklamp, maar het licht was te flets om te kunnen zien hoe het beest aan zijn einde was gekomen. Ze zag geen bloed in de witte sneeuw eromheen. Geen herkenningspunten. Het onderschrift van de foto luidde: DSC_10021; 69051605 150116989.

Ze zag dat de truck met de blauwe koplampen achter hen ook was gestopt. Ze kon de mannen niet langer afdoen als het product van haar eigen, door vermoeidheid veroorzaakte paranoia.

Nu kon ze toch naar de politie gaan? Iemand wilde verhinderen dat ze naar Matt en naar Anaktue toe ging – Matt moest dus nog wel in leven zijn. Maar wat voor bewijzen had ze? Macabere foto's van dode beesten, afkomstig van een man die Akiak heette – of niet. De politie zou de mailtjes gemakkelijk kunnen afdoen, zoals ze zelf aanvankelijk ook had gedaan, als een misplaatste grap of een vorm van spam. Ze reed op de enige snelweg van noordelijk Alaska; hoe kon ze aantonen dat de koplampen achter haar op onheil duidden zonder neurotisch en verward over te komen? Maar Ruby en zij werden bedreigd, dat voelde ze nu heel sterk.

Als ze niet snel een manier bedacht om de politie ervan te overtuigen dat Matt nog leefde, dat ze hem moesten gaan redden, dan stond ze voor een vreselijke keuze. Ze voelde de angst om hem in de steek te moeten laten terugkeren; die optie spookte als een tastbare aanwezigheid ergens vóór hen op de weg.

'Nu kun je tegen de politie zeggen dat papa nog leeft!' zei Ruby via Voice Magic. 'Hij heeft ons al twee e-mails gestuurd.'

'Ruby...'

'Papa houdt heel veel van raven. Ze zijn supercoolio.'

Had ze dan niet gezien dat de raaf dood was?

'Ik weet een heel bijzonder Inupiaq-verhaal over een raaf.'

Yasmin, bang en doodop, kon de computerstem niet langer verdragen. Ze kon er niet meer tegen dat Ruby niet probeerde haar eigen stem te gebruiken; dat Ruby's toekomst zo eenzaam klonk.

'Alsjeblíéft, lieverd, gebruik je eigen stem. Toe nou, probeer het alsjeblieft.'

Ruby wendde zich van haar af.

Mijn moeder gelooft nog steeds niet dat de e-mails afkomstig zijn van papa. Dus zal de politie het ook wel niet geloven. Maar ik weet ZEKER dat ze van hem komen. Ik ga alvast op ons blog over raven schrijven, dan voelt het een beetje alsof papa bij me is. Ik denk dat hij het fijn zal vinden dat ik vast begin, dan kunnen we het samen plaatsen als hij er is. Dus ik upload de foto en al die getallen, want als papa ze heeft gestuurd, moeten ze wel belangrijk zijn.

Dat we samen een blog zouden beginnen, hebben we besloten vlak voordat we op vakantie gingen naar Schotland, omdat mijn vader na Schotland meteen door zou reizen naar Alaska.

Ik lag te huilen op mijn bed en Bosley probeerde me op te beuren met zijn zwiepstaart, maar dat lukte niet echt en ik maakte hem alleen maar nat. Toen kwam mijn vader binnen.

'School?' vroeg hij en hij kwam naast me zitten.

Ik knikte.

'Dus het laatste jaar is niet zo fijn begonnen?'

'Nee.'

'Vriend of vijand?'

Dat is zo goed aan mijn vader: hij weet dat het erger is wanneer vrienden gemeen tegen je doen dan wanneer het je vijand is.

'Vriend,' zei ik. 'Jimmy.'

'Is hij gemeen tegen je?' Mijn vader keek heel verbaasd, want Jimmy was al vanaf het allereerste begin mijn beste vriend.

'Niet echt,' zei ik. 'Een beetje.'

'Wil je het me vertellen?' vroeg hij. En toen ik alleen maar Bosley bleef aaien en zachtjes aan zijn oren plukte, zoals hij zo fijn vindt, zei mijn vader: 'Gooi het er maar uit.' Dat is een grapje van ons samen, want hij heeft het voor het eerst gezegd toen ik voedselvergiftiging had en ik steeds moest overgeven. Toen vond ik die opmerking nogal goor, maar ook grappig, en nu zegt hij het als hij denkt dat ik iets opkrop en hij wil me aan het lachen maken.

Ik hield op met aaien, ook al lag Bosley nog met zijn kop in mijn schoot, en ik zei tegen mijn vader dat Jimmy ermee werd gepest dat hij mijn vaste vriendje zou zijn. Daarom wilde hij niet meer met me omgaan.

'Wil Jimmy geen vaste vriendin?' vroeg mijn vader.

'Ik denk het niet. We hebben het nooit over zulke dingen.'

'Zou hij zich schamen als anderen denken dat hij een vriendin heeft?'

'Misschien wel.'

'Ik denk dat hij het gewoon rot vindt om gepest te worden. Dat vindt bijna iedereen rot,' zei mijn vader, en ik kon merken dat hij er heel diep over nadacht. 'Vooral als ze je pesten met een vriendinnetje. Wie dat ook is. Het heeft verder niks met jou te maken.'

Ik begon Bosley weer te aaien, want ook al lag het dan niet aan mij, het pesten kwam wel doordat Jimmy en ik vrienden waren, en dat was nu voorbij. En ik hou heel veel van hem, als gewone vriend. Ik mag nu niet meer van hem houden, maar ik doe het toch. En ik weet niet hoe ik hem moet uitleggen dat je iemand gewoon heel erg leuk kunt vinden zonder dat je vriend-en-vriendinnetje bent – want over zulke dingen praten we nooit.

'Ben jij met je tien jaar niet een beetje jong voor dat vriendje-vriendinnetje-gedoe?' vroeg mijn vader toen.

'Tienenhalf, en heel veel meisjes op school hebben al een vriend,' zei ik.

'Sorry. Ik ben er helemaal uit.'

Het fijne aan mijn vader is dat hij wacht tot je zelf weer iets zegt. Bosley kwispelde heel hard met zijn staart, maar toch werd ik er niet blij van.

'Ik heb verder helemaal geen vrienden, pap.'

Ik keek hem niet aan toen ik dat zei, want het is iets voor mislukkelingen.

'Wist je dat jullie met Kerstmis naar Alaska komen?' vroeg hij toen.

Ik knikte. Ik wilde het zelf heel graag, naar papa in Alaska gaan in plaats van dat hij naar huis kwam, maar Kerstmis duurde nog een eeuwigheid.

'We hoeven niet in het hotel te blijven, we kunnen ook op ontdekkingstocht gaan. Dan beginnen we samen een blog over alle dieren die we daar zien.'

Dat was een supercoolio idee, en mijn vader kon aan me zien dat ik er zo over dacht.

'We gaan foto's nemen en op ons blog plaatsen, en dan schrijven we samen de teksten erbij. Je kunt ook een link op Twitter zetten. We worden vast *trending topic*.'

Sinds ik ben begonnen met Twitter weet mijn vader er alles van, dus hij snapt ook wel dat het onzin is om te zeggen dat we trending topic zouden worden, dat lukt alleen popsterren en filmsterren en zo, maar het was wel grappig.

Toen begonnen we aan het ontwerp van ons blog, en mijn vader liet me op zijn iPad allerlei dieren en vogels zien die we konden gebruiken. En op vakantie in Schotland konden we samen oefenen.

Ik weet zeker dat die e-mails van hem komen. Heel zeker.

Als ik mijn ogen dichtdoe, zie ik mijn vader weer voor me in Schotland: zijn Superman-T-shirt en zijn glimlach, en hij had zich niet geschoren, dus zijn gezicht zat onder de stoppels. Maar ik zie niet voor me hoe hij de foto's hierheen heeft gestuurd. Ik denk aan zijn Inupiaq-parka met de bontkraag, maar als ik naar zijn gezicht kijk, komt er geen duidelijk beeld. Het valt ook niet mee, want hij heeft natuurlijk een skibril op. Maar daar ligt het niet aan. Want in die grote capuchon, onder de skibril, verschijnt niet papa's gezicht, maar dat van een heel eng iemand. Die akelige snotklodder, de man met het blonde haar en de grijze scheiding. De man met de kwallenhanden.

Mijn moeder zegt dat akelige gedachten je besluipen als je te moe bent om je ertegen te verzetten. Dat zegt ze altijd als ik de volgende dag naar school moet. En ik geloof dat ze gelijk heeft. Want ook al kan ik zijn gezicht niet goed voor me zien, ik weet zeker dat papa ons de foto's heeft gestuurd.

Achter ons rijden twee blauwe lichtjes, alsof we worden gevolgd in het donker.

Buiten was de temperatuur gedaald naar min vijfendertig en het begon harder te sneeuwen. Yasmin verlangde naar slaap; een paar minuutjes haar ogen sluiten en eraan toegeven. Ze zou een makkelijk slachtoffer zijn als ze werd gemarteld: twee nachten zonder slaap en zonder licht en ze zou alles vertellen. Een felle gloeilamp als martelinstrument kwam haar juist aantrekkelijk voor.

'Stoere dame,' had Coby haar genoemd. Het was lang geleden dat iemand haar stoer had gevonden. Maar ze had de verandering in zichzelf gevoeld – en gehoord in haar stem toen ze met Coby en de andere chauffeurs sprak. Die stem was niet nieuw, deze 'ik'. Dat was het punt, het was allemaal heel vertrouwd. Ze zag in dat dit de Yasmin was die ze vroeger was geweest: vastberaden, koppig, dapper zelfs, en behoorlijk gek.

Het kwam als een schok voor haar, het besef dat ze zich jarenlang saai en kleurloos had gevoeld, zelfs in haar eigen ogen. Iedereen om haar heen had een uitgesproken karakter, een scherp afgebakende persoonlijkheid, maar zij niet. Ze had haar taken en klusjes gehad, en haar liefde voor Ruby, die enorme liefde, maar hoe zou ze zichzelf omschreven hebben? Ergens onderweg was ze het beeld van zichzelf kwijtgeraakt.

Ze zag zich weer staan in de keuken, daar aan de andere kant van de wereld, en het contrast tussen die vrouw in de keuken en degene die ze nu was, was duizelingwekkend. Hier in de uitgestrekte wildernis van Alaska zag ze in hoe claustrofobisch hun huis was – en zijzelf. En ze wist dat haar eenzaamheid niet was veroorzaakt door het lang voorbije, maar nog altijd voelbare verlies van haar moeder of door de afstand tussen Matt en haar, zowel letterlijk als figuurlijk, maar door het gemis van haar oude ik.

Nu pas, in dit monochromatische landschap op het topje van de planeet, begon ze zichzelf zo langzaamaan te begrijpen, alsof ze door de afstand, helemaal aan de andere kant van de wereld, en het verschil met haar oude leven, nu pas het ware verhaal kon zien.

En dat wilde ze Matt vertellen; ze wilde het hem uitleggen.

Ik heb haar gekust omdat ik jou miste.

Ze drukte het gaspedaal dieper in. Ze zou hem vinden.

12

De blauwe koplampen rijden nog achter ons. Mijn moeder kijkt ernaar in de spiegel. Dat doet ze al de hele tijd. Ik ben bang dat de snotklodder achter ons rijdt, en het is allemaal mijn schuld. Hij had mijn moeder opgespoord tussen al die trucks in Fairbanks, maar dat wist ze niet. Ik had het haar moeten vertellen, want daarginds in Fairbanks was meneer Azizi nog bij ons, en een heleboel andere mensen, maar nu zijn we helemaal alleen.

Zijn gezicht was vlak bij het mijne, met alleen het glas ertussen.

Ik zet Voice Magic aan.

'Die blauwe lichten achter ons,' zeg ik, en ik merk dat mijn moeder een beetje verbaasd is dat ik het weet, van de blauwe lichten. 'Weet je wie dat is?' vraag ik haar.

Ik hoop echt dat ze het weet. Of dat het haar niet kan schelen wie er achter ons rijdt.

Ze schudt haar hoofd en ik zie dat ze zich zorgen maakt, ook al probeert ze dat voor me te verbergen. Ik moet het haar vertellen.

'Het zou de snotklodder kunnen zijn,' zeg ik, en ik maak dat smerige gebaar met mijn vinger in mijn neus, zodat ze weet wat ik bedoel.

'Dat was inderdaad een engerd,' zegt ze, 'maar hij rijdt niet achter ons. Het is niks om je zorgen over te maken, gewoon een chauffeur.'

Maar dat zegt ze alleen maar om mij gerust te stellen.

'Toen we met meneer Azizi daar tussen de trucks stonden,' zeg ik, 'toen was die snotklodder er ook.'

'Was hij daar?'

'Ja.'

'Denk je dat hij ons heeft zien vertrekken?'

'Ja. Dat heeft hij gezien. Hij wilde jou spreken, maar ik wilde je niet ongerust maken. En papa ook niet.'

'Dat was ontzettend lief van je,' zegt ze.

Maar dat is juist weer lief van háár. Ze had liever gehad dat ik het haar had verteld.

'Het is maar een snotklodder,' zegt ze, en ze maakt het vieze gebaar om me op te beuren. 'Over snotklodders hoeven we ons geen zorgen te maken. Ga maar lekker slapen.'

Ze wil echt graag dat ik ga slapen, dus doe ik mijn ogen dicht. Ik denk aan Schotland, aan ons allemaal veilig en gelukkig. Ik zie het hobbelige gras voor me, dat veerde als een trampoline, en een heleboel paarse heide, alsof iemand liters verf had geknoeid, en mijn vader en moeder die samen lachten.

Yasmin had zich al eerder afgevraagd of de chauffeur achter hen Silesian Stennet kon zijn, maar het idee dat hij haar zou volgen vanuit een soort akelige geobsedeerdheid was haar steeds onwaarschijnlijker voorgekomen, met iedere kilometer die ze over deze verraderlijke weg reden.

Maar misschien had hij iets met de brand te maken.

Als Matt meer wist van de brand in Anaktue, zou het kunnen dat het Silesian Stennet was, en niet een fraccende oliemaatschappij, die wilde voorkomen dat Yasmin Matt opspoorde – omdat Silesian Stennet iets te verbergen had.

Hij had meteen geweten waar Anaktue lag. Jawel, daar had hij een verklaring voor gegeven, maar dan nog. Volgens hem was de brand veroorzaakt door het fraccen, maar hij had niet beseft hoe absurd dat was, vuur dat oversloeg over vele kilometers sneeuw en ijs, bij deze wind in de vrieskou. Nu ze hier zelf was, kwam het idee haar nog lachwekkender voor.

Maar Silesian Stennet was angstaanjagend, niet lachwekkend.

'Ik heb liever dat iedereen omkomt in zo'n dorpje in Alaska waar bijna niemand woont dan in een dichtbevolkt gebied. Dus inderdaad, als er eerst een dorp moet affikken om een einde te maken aan deze waanzin, dan moet dat maar.'

Hij had erbij gekeken alsof hij het een opbeurende gedachte vond, dat was er zo afstotelijk aan geweest. Misschien had hij de brand aangestoken, met het idee dat idealistische doelen de vreselijkste middelen heiligden. En het was anders gelopen dan hij had gehoopt. Niemand had hem geloofd toen hij zei dat het dorp was platgebrand door het fraccen. Als hij naar de politie of naar de media was gestapt, zouden ze hem net zo hard hebben uitgelachen als de mannen op het vliegveld. Maar misschien had hij dat niet zien aankomen. En de politie, die bij het onderzoek letterlijk in het duister had getast, had misschien de tekenen die op brandstichting duidden gemist en had dus geen idee dat er sprake was van moord, of wat de reden daarvan zou kunnen zijn.

Stennet had voor een oliemaatschappij gewerkt, was er directeur geweest. Hij had daar ongetwijfeld nog contacten; hij had vast wel een lift kunnen regelen, of hij reed zelf in een truck.

Ze dacht terug aan zijn aanbod om op Ruby te passen. *'Ik let wel op haar, ik beloof je dat ze bij mij veilig is.'* Had hij Ruby willen inzetten als ruilmiddel?

Ruby was naast haar in slaap gevallen. Ze voelde haar lichaam ritmisch op en neer gaan.

De uitputting sloeg in golven toe. Ze dacht aan al die Engelse kustplaatsen met hun robuuste victoriaanse zeeweringen, en ze hoopte dat haar afweer net zo robuust zou zijn, want ze mocht niet gaan slapen, nog niet. Ze verlangde naar daglicht, of op z'n minst naar de wetenschap dat er een nieuwe dag zou aanbreken, dat ze niet die eindeloze nacht in hoefde te rijden.

De blauwe koplampen zag ze niet meer. Waarschijnlijk was hij achteropgeraakt, maar ze was ervan overtuigd dat hij hen nog steeds volgde.

Ze reed een steile helling op en haar rechterbeen deed pijn; ze zou de onnatuurlijke houding die ze moest aannemen om bij het gaspedaal te kunnen niet lang meer volhouden. Ruby's hand streek langs de hare toen ze iets gebaarde in haar slaap. Het was pure adrenaline die Yasmin wakker hield.

Op de top van de heuvel zag ze een lichtkrans, alsof de zon in de verte opkwam. Ze wist dat het de zon niet kon zijn, dat het net zoiets was als een luchtspiegeling van water in de woestijn; de zonsopkomst was een hallucinatie, veroorzaakt door haar uitputting en de oerbehoefte aan licht. Ze was nu op het hoogste punt, en onder haar stond een groepje gebouwen met oranje natriumlampen, schijnwerpers en knipperend neon. Coldfoot.

Toen ze Coldfoot binnenreed lag Ruby nog te slapen. Het was een piepklein plaatsje, met eenvoudige laagbouw langs de weg. Ze reed stapvoets. Door de ramen kwam honingkleurig licht naar buiten, dat gefilterd de sneeuw bescheen. De aantrekkingskracht van gezelschap en een veilig onderkomen was tastbaar: elk verlicht gebouw oefende zijn eigen lokroep uit.

Er was een benzinestation, helder verlicht, met speciale pompen voor trucks en daarnaast een groot, rudimentair parkeerterrein. Verder een café in ranchstijl en een motel, gebouwd van dezelfde kant-en-klaar onderdelen als het huis dat ze als lading bij zich had. Ze had jarenlang in een wereldstad gewoond, maar nog nooit had ze de beschaving, de bewoonde wereld, zo acuut gevoeld.

Misschien kon ze Ruby hier achterlaten. Misschien zou ze hier veilig zijn. Maar straks kwam de man van de blauwe koplampen natuurlijk hierheen om haar te zoeken. Ze stelde zich voor hoe hij naar haar op jacht zou gaan en vervolgens Ruby zou aantreffen.

Ze wist zeker dat Coby Ruby voor haar zou willen opvangen, en er waren vast meer fatsoenlijke kerels die haar konden beschermen. Maar dan zou ze eerst aan Coby moeten vragen of de anderen te vertrouwen waren, en zodra ze haar in het vizier kregen, zouden ze haar niet meer laten vertrekken. Daar was ze van overtuigd. En ze kon Ruby niet vragen zelf op zoek te gaan naar Coby terwijl zij de rit voortzette, want hoe moest Ruby hem vinden? Wie wist er in godsnaam iets van gebarentaal, hier in deze woestenij? Het maakte Ruby vreselijk kwetsbaar.

Yasmin reed naar het parkeerterrein. De tweebaansweg was slecht verlicht, met donkere schaduwen tussen de lantaarnpalen. Er stonden al een stuk of vijftien trucks geparkeerd, en vlak voor haar kwam er nog een aangereden. Waarschijnlijk wilden de chauffeurs hier de sneeuwstorm uitzitten.

Ze reed om het parkeerterrein heen, terug naar de Dalton. Op een donkere plek tussen twee lantaarnpalen zette ze de truck stil. Vanaf hier zou ze hem zien aankomen. Als hij hun voorbijgereden was, zouden ze er stiekem vandoor gaan. Hopelijk zou hij hier lang naar haar blijven zoeken, zodat ze een flinke voorsprong kon opbouwen.

Ze deed alle lichten uit, ook de binnenverlichting van de cabine, en liet alleen de verwarming aan. De sneeuwvlokken raakten geluidloos en gestaag het zijraam en bestookten als zachte bataljons de enorme voorruit. In het donker, in de warmte was haar gezicht slap van vermoeidheid. Ze zette het raam op een kiertje, en het smalle reepje ijskoude lucht hield haar wakker.

Acht minuten later kwamen er aan de andere kant van de weg blauwe koplampen naar het parkeerterrein gereden. Ze had een stomme fout gemaakt: koplampen die op hen af kwamen zouden de cabine vol in het licht zetten. Ze bukte en ging over Ruby heen liggen, in een zinloze poging zich te verstoppen.

Vlak voordat het licht hen zou bereiken zette de chauffeur de koplampen uit. Hij wilde natuurlijk de opvallende blauwe kleur niet prijsgeven.

Ze lag nog over Ruby heen, waardoor ze hem niet in zijn cabine kon zien zitten toen hij langsreed, op slechts dertig centimeter afstand. Ze zag alleen dat het een tankwagen was.

Yasmin startte de motor en trok op, en pas toen ze weer bij de weg was, deed ze haar lichten aan. Ze keek in de buitenspiegel: geen blauwe lichten van de tankwagen, alleen de steeds kleiner wordende lichtjes van Coldfoot.

Adeeb had haar verteld dat Coldfoot zijn naam dankte aan de goudzoekers die tot dat punt gekomen waren, maar niet verder noordelijk durfden (ze kregen last van *cold feet* – koudwatervrees) en omkeerden. Dat begreep ze wel. Wegrijden uit Coldfoot voelde alsof je aan het touw rukte dat je veilig verankerde: nog verder en het zou knappen, waardoor je in de diepe oceaan stortte. De stichters van Coldfoot hadden geweten dat een mens redelijkerwijs niet nog verder zou kunnen reizen. Ze voelde de lichtjes aan zich trekken, naar de warmte en de beschutting. Ze reed door en de lichten van Coldfoot achter haar werden vager; er kwam een bocht en ze verdwenen.

Yasmin keek in haar spiegel en zag niets anders dan een zwart gat. Ze wist dat de bestuurder van de tankwagen uit Coldfoot zou vertrekken zodra hij doorkreeg dat zij daar niet was – en dan zou hij achter hen aan komen. Ze luisterde naar de CB, maar er werd niets over haar gezegd; iedereen die daarstraks haar gesprek met Coby had gehoord, zou ervan uitgaan dat ze onderweg was naar Coldfoot of er al was aangekomen en nu de storm afwachtte.

Er kwam een truck de bocht om hun kant op rijden. De koplampen waren vaag door de sneeuw en de duisternis, maar bij het passeren scheen het licht fel de cabine in. Toen was hij weer verdwenen; haastig op weg naar Coldfoot. Ze waren opnieuw alleen.

Het was zes uur in de ochtend. Yasmins lichaam en geest, die waren afgestemd op een vast ritme, voelden zich opgesloten in de donkere nacht, alsof ze in een tijdplooi terechtgekomen was. Vanaf nu zouden er geen lichten meer komen die duidden op menselijke beschaving; geen kunstmatige zonsopkomst meer.

Ze passeerde een mijlpaal; nog 376 kilometer tot aan Deadhorse, langs een route waar onderweg helemaal niets te krijgen was.

Ze reed zo hard als ze durfde, kilometer na kilometer door het donker, en stelde zich de tankwagen ergens achter hen in de duisternis voor, terwijl hij steeds dichterbij kwam. Naast haar begon Ruby te bewegen.

'Is het al ochtend?' vroeg ze.

'Ja.'

'Zijn we bijna bij papa?'

'We hebben nog een eind te gaan.'

Ze reed verder, ondertussen de verlichtte kilometerteller op het dashboard in de gaten houdend, terwijl de kilometers wegtikten. Eerst een, toen tien, toen twintig. Het begon steeds heviger te sneeuwen en de wind nam aan, voorlopers van een naderende storm. Ze voelde haar reflexen afnemen en haar armen en benen zwaar worden door het slaapgebrek. De cijfers van de kilometerteller werden wazig doordat haar oogspieren de kracht verloren om scherp te stellen. Rond de lichtbundels van haar koplampen meende ze de duisternis te zien bewegen, als een wezen met spieren en een hartslag. Plotseling werd alles vloeibaar, alsof ze omringd werden door zwart water.

Een paar meter verderop zag ze een inhaalstrook en ze slaagde erin de truck daarheen te manoeuvreren. Ze had geen stop ingecalculeerd tijdens hun rit naar Matt, maar ze was fysiek niet in staat om verder te rijden. Ze vroeg Ruby om haar over een kwartier wakker te maken.

Ze sloot haar ogen. In het donker, in de stilte, dacht ze terug aan haar eerste bezoek aan Cley met Matt, met het geluid van de beukende en dan weer zwijgende zee naast hen. Ze hadden zich in het donker uitgekleed, en Yasmin had zich gerealiseerd dat ze gek was op zijn geur, op het geluid van zijn stem, zijn uiterlijk en het gemak waarmee hij praatte over dingen die ertoe deden.

Hij had gezegd dat het onvoorstelbaar was dat ze elkaar hadden ontmoet, tijdens een college dat ze immers geen van beiden officieel volgden. Hoe groot was die kans nou? Zij had op haar beurt gezegd dat de aarde zo'n vierenhalf miljard jaar geleden was gebombardeerd door kometen die ijs met zich meebrachten, dat was gesmolten tot water. 'Kun je dat bewijzen dan?' vroeg hij.

'Laat maar eens een satelliet op een komeet botsen en meet dan de hoeveelheid water,' antwoordde ze.

'En?'

'Een waterbom van een miljard liter in de ruimte,' zei ze. 'De kometen stortten neer en er kwamen vulkaanuitbarstingen; de stoom uit die vulkanen werd omgezet in wolken en het regende duizenden jaren. De mensen kibbelen nog over de exacte hoeveelheid water en de vraag waar het precies vandaan gekomen is, maar het is er nu eenmaal, voilà...' Ze wees naar de zee. De kans een planeet met water te treffen waar leven mogelijk was, was één op de vele triljoenen, zei ze, ondenkbaar klein. Dat was het wonder. Dat zij elkaar vier miljard jaar later ontmoet hadden bij een college dat ze officieel niet volgden, dat was heus niet zo bijzonder.

Ze dacht aan zijn warme lijf naast haar, aan de hobbelige stenen onder hun dekentje, en het was alsof ze wegzakte in de vaste kern van de aarde – in Matt.

13

Ruby lag naast haar te slapen. Yasmin deed de binnenverlichting in de cabine aan en zag haar eigen gezicht als een schilderij in clair-obscur in de voorruit, tegen de achtergrond van het zwart daarbuiten.

Toen ze de koplampen aanzette, verschenen er geen lichtbundels. Het zwart was massief. Haar vroegere angst om levend begraven te worden in een doodskist onder de aarde bekroop haar. Oppervlakkig ademend zette ze een schakelaar om, waarna de ruitenwissers als sneeuwploegen de voorruit schoonveegden.

In de lichtbundel van de koplampen zag ze de dikke sneeuwvlokken die door harde windstoten als een razende over de weg voor hen werden geblazen. Ze keek op het klokje in de cabine. Ze had twee uur geslapen. Snel gluurde ze in de buitenspiegel, maar de blauwe koplampen waren nergens te bekennen. Op een meetpaal kon ze zien dat er dertig centimeter sneeuw was gevallen in de tijd dat ze lag te slapen. Volgens de thermometer was het buiten min veertig.

Ze zette de CB-radio aan. Diverse chauffeurs spraken met elkaar vanuit Fairbanks en Deadhorse en het truckerscafé in Coldfoot. Geen van de anderen was nog op de weg.

Er was weer e-mail binnengekomen op Ruby's laptop. Hij had een foto gestuurd terwijl ze sliep.

Het enige wat erop te zien was, was sneeuw, en Yasmin voelde zich opgelucht. Het schijnsel van de zaklamp was zwakker dan op de vorige foto's, en het wit van de sneeuw ging al snel over in het donker eromheen. Met tegenzin klikte ze om in te zoomen, en toen zag ze de zwarte vlekken. Er lagen dieren in de sneeuw, deels begraven, nauwelijks te zien door hun witte vacht. Het enige wat ze verried waren de zwarte randen rond hun dode ogen, als lijntjes kohl, en de zwarte puntjes van hun neus. Ze kon in totaal vijf dieren onderscheiden op de foto, maar het zouden er meer kunnen zijn. Ze probeerde te ontdekken hoe ze waren gedood, maar ze zag geen bloed of verwondingen. Misschien was het licht van de zaklamp te zwak.

Wilde hij haar waarschuwen dat dit ook met hen zou gebeuren, dat ze spoorloos begraven konden worden in de sneeuw?

Het onderschrift van de foto luidde DSC_10025; 68945304 149992659.

Ze stelde de laptop in op maximale helderheid. In de rechterbenedenhoek van de foto kon ze nog net vaag een husky zien, met een deel van zijn sledetuig, een gesp misschien, dat glansde in het licht van de zaklamp. De man reisde dus per hondenslee, stil en onzichtbaar in het donker. Hoe dichtbij was hij?

Ruby was wakker geworden van het licht. Yasmin wilde snel de laptop dichtklappen, maar Ruby had de foto al gezien.

'Poolwolven,' zei ze.

Ik denk dat papa die foto heeft gestuurd om te laten zien wat de stropers hebben aangericht. Want wolven worden alleen gedood door mensen.

Maar ze hebben hun mooie witte vacht nog, en die zou een stroper meegenomen hebben.

Dan zijn ze waarschijnlijk in een sneeuwstorm terechtgekomen. Misschien zijn ze bedolven onder een sneeuwbank of zelfs een lawine.

'We moeten de politie laten weten dat papa nog leeft,' zeg ik, want nu we al DRIE mailtjes van hem gekregen hebben, zal mijn moeder toch moeten inzien dat ze van hem afkomstig zijn.

Maar ze zegt niets, en dan weet ik dat ze me nog steeds niet gelooft. Dan gelooft de politie het dus ook niet, en ik weet niet hoe ik ze allemaal moet overtuigen. In onze koplampen verschijnen nu hele lappen sneeuw, als spoken die steeds van gedaante veranderen.

Yasmin reed verder. De sneeuw kwam in dikke vlokken razendsnel op de voorruit af; ze had de ruitenwissers in de hoogste stand gezet.

Toen doofden de koplampen abrupt en reden ze in volledige duisternis. Ze minderde meteen vaart, waarbij ze haar uiterste best moest doen om niet in een slip te raken, vurig hopend dat ze de wagen op de weg kon houden. Er viel een dikke plak sneeuw van de voorruit. Die had zich op het dak verzameld terwijl ze lag te slapen en was onder het rijden over de voorruit geschoven, als een blinddoek.

Ze hoorde Coby's stem over de CB, minder rustig dan anders. 'Heeft iemand dat gestoorde mens gezien?'

Ze was dus niet langer stoer, maar gestoord; terecht, vond ze.

'Hier ben ik,' zei ze.

'Jezus, Yasmin! Ik was hartstikke bezorgd om je.'

'Ik was in slaap gevallen.'

'Zit je in je cabine? Ik ben net alle trucks nagelopen.'

Ze wilde hem de waarheid vertellen, maar misschien was de chauffeur van de tankwagen nog naar hen op zoek in Coldfoot en hij zou dit kunnen horen.

'Yasmin?'

Van de andere kant: hij zou er inmiddels wel achter zijn dat ze niet in Coldfoot waren, en dan kwam hij nu achter hen aan. Terwijl ze zat te dubben wat ze moest zeggen, had Coby waarschijnlijk geraden hoe het zat.

'Ben je doorgereden?' vroeg hij.

Ze zweeg.

'Jezus. Over drie uur slaat de sneeuwstorm hier toe.'

Drie uur. Ze zou Matt onmogelijk kunnen bereiken; in drie uur kon ze nog niet de helft van de route naar Deadhorse afleggen.

'Zo snel al? Weet je het zeker?' vroeg ze.

'Het slechte weer nadert razendsnel. Je moet omdraaien.'

'Mijn man is daarginds. Dat overleeft hij niet.'

'Ik vind het heel erg voor je, dame,' zei een andere chauffeur, 'maar Deadhorse haal je nooit en onderweg kun je nergens veilig stoppen. Als je de bergen door bent, kom je op de noordelijke ijsvlakte. Daar zijn geen bomen die de wind opvangen. De storm giert er over je heen alsof je in de hel beland bent. Meer dan tweeduizend hectare met helemaal niets. Weet je hoe groot dat is? Dat is de hele staat Utah. Nog groter zelfs.'

'Doorrijden is echt geen optie,' zei een andere stem. 'Je waait gewoon omver en wordt bedolven onder de sneeuw, met wagen en al. Je kunt je wagen niet uit, niet om je remmen bij te stellen of je koplampen schoon te maken, niks. Als je motor het begeeft, bevries je in je cabine.'

Daar was Coby's stem weer, langzaam en vriendelijk. 'Je hebt gewoon niet genoeg tijd om in Deadhorse te komen, Yasmin. Zelfs niet met een turbo hartje juli, snap je? Je moet in Coldfoot de storm uitzitten. Je man zal wat langer op je moeten wachten.'

In dat noodweer, zonder bescherming? Terwijl zelfs ervaren chauffeurs, met hun lekker warme cabines en hun joekels van trucks, een schuilplaats opzochten? Ze kon de wind horen door de gesloten ramen heen.

'Je moet nu omdraaien, hoor je me?' zei Coby. 'Maar eerst moet je sneeuwkettingen omdoen. Het komt nu met bakken naar beneden, en zonder ga je glibberen.'

Glibberen. Iets wat een klein meisje zou zeggen over een geboende houten vloer waar ze op sokken overheen liep. Ze kon Coby wel zoenen voor deze heerlijk onschuldige woordkeus.

'Je hebt je kettingen nodig, zelfs al wil je je dood tegemoet rijden en de tocht voortzetten. Weet je hoe je ze om moet doen?'

Ze had hem wel door: hij wilde haar eerst de sneeuwkettingen laten omdoen, dan zou hij haar daarna overhalen om om te keren. Hij pakte dit stapje voor stapje aan, geduldig en vriendelijk.

'Nee.'

'Oké. Ze hangen in de wielkast aan de onderkant van je truck. Je legt ze voor de wielen, dan rijd je er langzaam overheen en haakt ze vast.'

'Oké.'

'En dan ga je op zoek naar een plek waar je kunt keren.'

'Dank je wel.'

Ze hing de CB-zender op en keek in haar buitenspiegel. Niemand achter haar. Ze zette de truck stil. Ruby had Voice Magic ingeschakeld en meegeluisterd.

'We gaan nog steeds naar papa,' zei Ruby. 'Je had eerst tegen die mensen gezegd dat we in Coldfoot zouden blijven, maar we zijn doorgereden. Dus we gaan naar papa toe.'

Een mededeling, geen vraag, want het was ondenkbaar dat ze hem alleen zouden laten in een poolstorm. Yasmins grote angst om Matt in de steek te laten, de angst die door haar hoofd had gespookt en later op de weg vóór hen had gespookt, doemde nu op in het donker.

Voorlopig moest ze zich concentreren op de sneeuwkettingen, want wat ze ook zouden doen, die hadden ze in ieder geval nodig.

Terwijl ze haar poolkleding aantrok, zag ze zichzelf in gedachten al die jaren geleden in de lommerrijke buurt over het trottoir in de zon lopen, van de broodjeszaak naar de kiosk; de gebutste auto die de stoep op vloog en Matt die haar opzij duwde. Boven het geluid van de snijdende wind uit hoorde ze de galmende klap van de auto die de lantaarnpaal ramde, en de redeloos luide claxon waar de bestuurder slap overheen hing, pas zestien jaar oud.

Die nacht, toen ze met Matt had gepraat, had ze geweten waarom ze met hem kon trouwen. Niet omdat hij zich voor de auto had geworpen, maar omdat ze het over de jongen hadden gehad. Wat had hem ertoe gedreven? Uit wat voor gezin kwam hij, wat voor opleiding had hij gevolgd? Hoe uitzichtloos moest zijn situatie zijn? En omdat Matt zijn verstand gebruikte en had geprobeerd de gebeurtenissen te bevatten.

En terwijl hun buren uit de lommerrijke wijk hevig verontwaardigd mailtjes uitwisselden over de jonge crimineel die zijn verdiende loon had gekregen voor het joyriden – 'en goddank zijn er geen onschuldige gewonden gevallen' – had Matt het vreselijk gevonden voor dat joch. Toen hij de volgende dag de moeder had aangetroffen bij de bewuste lantaarnpaal met een bos anjers en een rolletje plakband, was hij naar de kiosk gelopen om stevige tape te kopen, om vervolgens samen met haar de bloemen aan de paal te bevestigen.

'Jij bent mijn kus van de prins,' had ze tegen hem gezegd. 'En mijn nachtzoen, mijn passende schoenen en mijn glazen muiltje. Met jou bestaat er geen vacuüm meer – niet in de natuur en niet in mijzelf, en ik hou van jou.'

De sneeuw is als dikke vitrage, van de hemel tot aan de grond, een heleboel vitrage. Mijn moeder trekt al haar dikke kleren aan, want we moeten sneeuwkettingen om de banden leggen.

'Ik kan je helpen,' zeg ik.

Ze schudt haar hoofd.

'Ik kan de zaklamp weer vasthouden,' zeg ik. 'En als ik het te koud krijg, ga ik weer naar binnen.'

'Dat is fijn,' zei ze. 'Maar ik wil echt niet dat je naar buiten gaat, oké?'

'Oké.'

'Beloof je dat?'

'Oké.'

Mijn moeder blijft me afwachtend aankijken.

'Oké, ik beloof het.'

Ze zou Ruby niet nog eens naar buiten laten gaan; kinderen raakten eerder onderkoeld dan volwassenen. Ze trok de speciale werkhandschoenen aan over haar binnenhandschoenen, ging naar buiten en duwde het portier zo snel mogelijk achter zich dicht.

De hevige kou was een schok. Ze had gedacht dat wit de kleur van de kou was, sneeuwwit of misschien blauw, zoals bij de koude kraan, maar in deze omgeving zonder daglicht was de kou zwart, door de volledige afwezigheid van licht en kleur.

Ze hoorde een snerpende schreeuw, maar toen drong het tot haar door dat het het geluid was van de wind die de vers gevallen sneeuw over de keiharde onderlaag blies; spookachtige witte schimmen staken de weg en de onherbergzame vlakte over.

Bij het licht van Adeebs zaklamp vond ze de sneeuwkettingen. Ze probeerde ze los te maken, maar het was onmogelijk om ze van de haken trekken en tegelijk de zaklamp vast te houden. Dus stak ze de lamp in de sneeuw, zodat de lichtbundel de onderkant van de truck bescheen. De sneeuwkettingen leken door de kou vastgeklonken te zijn aan de haken. Ze kreeg er geen greep op. Na drie pogingen slaagde ze erin wat speling te krijgen, en met al haar kracht wrikte ze ze los.

Ze moest de zaklamp verplaatsen om de wielen te beschijnen, en ze legde de sneeuwkettingen ervoor.

De sneeuw rondom de banden kleurde lichtblauw. In het donker achter haar verschenen de koplampen.

Hij had natuurlijk doorgekregen dat ze niet in Coldfoot waren en was achter hen aan gekomen. Haar gesprek met Coby over de CB had het nog eens bevestigd. Ze kon niet zien hoe dichtbij hij was.

Ze voelde dat de man in de tankwagen achter haar samenwerkte met degene die de akelige foto's had gestuurd; het net sloot zich.

De wind jankte als een krolse kat, steeds luider; de doodsangst op het gezicht van de jongen in het donker. Hij leefde al niet meer toen ze bij hem kwamen.

Haar skibril was beslagen in de extreme kou. Ze tastte naar het trapje van de cabine en slaagde erin naar binnen te klauteren, maar ze kon de deurgreep niet vinden om het portier te sluiten.

Ik doe mijn handschoenen aan en buig me over mijn moeder heen om de deur dicht te trekken. Door de skibril kan ik haar ogen niet zien, wat betekent dat zij ook niks ziet. Ik help haar om de bril af te zetten en veeg hem voor haar schoon. Ze gaat weer achter het stuur zitten en begint heel langzaam te rijden, een heel klein stukje maar. Dan zet ze haar bivakmuts en de bril weer op en gaat terug naar buiten. Ik houd haar door het raam in de gaten, voor het geval ze toch mijn hulp nodig heeft.

Gehurkt naast de truck keek Yasmin aandachtig naar de koplampen van de tankwagen. Ze werden niet groter, dus ook hij was gestopt. Het leek wel of hij het juiste moment afwachtte. Het geloei van de wind in het donker veranderde rondom de truck in een zwaar gekreun. Ze had de zaklamp in de sneeuw laten staan, op de wielen gericht, maar hij was ondergesneeuwd. Met haar handen groef ze rondom in de sneeuw om hem te zoeken, maar de handschoenen waren te dik. Ze trok ze uit, en met alleen haar dunne binnenhandschoenen tastte ze naar de zaklamp. Na twee minuten had ze hem gevonden, en ze trok snel de werkhandschoenen weer aan en knipte de lamp aan. In de lichtbundel zag ze dat ze de sneeuwkettingen op een paar centimeter had gemist. Ze zou helemaal opnieuw moeten beginnen. En het moest snel gebeuren, maar dit was iets wat niet snel kon.

Ze voelde hoe de tijd haar ontglipte in de hevige sneeuw.

Ze zou nooit op tijd bij Matt zijn, vóór de storm.

Het zware gekreun van de wind, in combinatie met de tankwagen achter hen, kneep haar angst samen tot een keiharde bal.

Ze keek omhoog naar de cabine, naar het amberkleurige licht dat Ruby's gezichtje achter het raam bescheen.

Toen ze het zwarte gat in keek, zag ze in gedachten de afgeslachte muskusos, de raaf en de begraven wolven, en ze hoorde hoe de sneeuwstorm kracht verzamelde.

Een afschuwelijk helder moment; de keuze die ze moest maken lag haarscherp voor haar. Ze moest omkeren. Er was geen andere optie meer. Matt zou nu ook willen dat ze terugging; ze voelde het zonder dat ze de gedachte hoefde te formuleren. Ruby's leven ging voor alles.

Ze mocht pas weer aan Matt denken als Ruby in goede handen was.

Als ze nu aan hem dacht, zou het haar niet lukken de sneeuwkettingen om de banden te leggen, in te stappen en weg te rijden; ze zou niet meer kunnen ademen, niet meer met haar ogen kunnen knipperen of slikken.

Het daaropvolgende donkere, ijskoude uur probeerde ze

twee keer tevergeefs de kettingen aan te brengen, om weer opnieuw te beginnen. De lichten van de tankwagen bleven even groot; hij stond dus geparkeerd, afwachtend.

Toen ze in de sneeuw naar de zaklamp zocht, had ze het metaal van hun trouwringen, die van haar en die van Matt, voelen verkillen in de ijzige poolkou, en de zachte huid van haar vinger was eraan blijven plakken als lippen aan een bevroren ijzeren reling. Het was de waarheid geweest, Matts uitleg over het afdoen van zijn trouwring wanneer hij aan het werk was.

Ze dacht eraan terug hoe ze op het politiebureau zijn ring had vastgehouden, het metaal warm van haar aanraking.

14

De temperatuur was het afgelopen kwartier flink gedaald. Yasmin had eindelijk de kettingen om de banden gekregen. Ze klom het trapje op naar de cabine. Door de sneeuw heen zag ze dat Ruby hevig trilde, en haar gezicht was lijkbleek. Yasmin ging snel naar binnen.

Op de laptop was een nieuwe e-mail verschenen.

Het was een foto van een dode poolvos, met licht afgeronde oren en grote ogen in een zachte witte vacht. Yasmin wilde het beestje zien als een pluchen knuffeldier, onmogelijk zacht en aantrekkelijk, en niet als een schepsel dat ooit had geleefd, maar de kinderlijke kwetsbaarheid en zachte schoonheid van het vosje deden haar zo sterk aan Ruby denken dat ze naar adem hapte. De zaklamp van de man bescheen alleen de snuit van de jonge vos. Die was besmeurd met bloed.

Het onderschrift luidde DSC_10027; 68733615 149695998.

Hij had de foto vier minuten geleden gestuurd.

Ruby zag er vreselijk aangeslagen uit, maar Yasmin had geen tijd om haar te troosten. Ze moest haar in veiligheid brengen. Haastig begon ze te rijden, zoekend naar een plek waar ze kon keren.

Ik zat te huilen met Bosley op schoot toen mijn vader binnenkwam, en we hadden het over school en over Jimmy en toen zei hij dat we samen een blog konden beginnen. Hij liet me foto's zien op zijn iPad, van mooie dieren en vogels. Er was ook een foto bij van een jong poolvosje. Mijn vader zei dat als hij naar het mooie snuitje van een jong poolvosje keek, hij altijd aan mij moest denken. Net zoals mijn moeder met de peridotring.

Het vosje op de foto is dood.

Mijn vader zou deze foto nooit naar mijn moeder sturen.

De e-mails komen niet van hem.

Toen ik nog geloofde dat papa ons mailde, dacht ik dat hij in veiligheid was omdat hij een laptop en de satellietzender bij zich had, en hij kon dus nog steeds dingen typen en versturen, want hij mailde ons.

Het sneeuwt nu zo hard dat de vlokken me doen denken aan een leger soldaatmieren. Eén mierensneeuwvlokje kan geen kwaad, maar met miljoenen tegelijk doden ze alles om zich heen, zelfs mensen. Misschien heeft papa wel helemaal niks bij zich. Geen laptop, geen deken, zelfs geen mes. Hoe moet dat nou als de sneeuw hem aanvalt en hij nergens naartoe kan?

Ik moet huilen als ik het gebaar voor 'papa' maak, maar ik doe mijn best om de tranen tegen te houden. En het heeft toch geen zin, want mijn moeder kan me niet zien gebaren omdat ze moet rijden, dus zet ik Voice Magic aan.

'Papa heeft een mes nodig om een aputiak te maken,' zeg ik. 'Misschien heeft hij er geen bij zich.'

'Ik denk dat hij zijn survivalspullen wel heeft meegenomen,' zegt mijn moeder. 'En al het gereedschap dat hij nodig heeft.'

Ik lees haar woorden steeds opnieuw op Voice Magic. Was ik nog maar zo klein als toen ik naar de crèche ging, dan kon ik haar geloven en dan zou ik denken dat papa veilig was.

Maar ik zit in de zesde klas. In september ga ik naar de middelbare school.

Ik kijk door mijn raam naar de soldaatmierensneeuw alsof ik de vlokken kan verjagen als ik er maar lang genoeg naar kijk, maar het lijkt eerder erger te worden. Mijn moeder heeft weer iets gezegd, want er verschijnt een tekst op Voice Magic: 'We moeten terug naar Coldfoot en daar wachten tot de storm voorbij is.'

Dat kan ze niet menen.

'We gaan weer op pad zodra het voorbij is, echt waar, en dan rijden we in één ruk door naar papa.'

'Nee! We kunnen hem niet alleen laten!'

Ik probeer te schreeuwen, maar daar doet Voice Magic niet aan.

'Straks gaat hij nog dood, mam! Alsjeblieft!'

Het is mijn stem niet, het is die stomme stofzuigerzakstem vol met pluis.

'Dan ben ik helemaal alleen!'

Ik typ iets voor haar, zodat ze het in mijn eigen stem kan lezen en schuif de laptop naar haar toe. Ze rijdt een grote parkeerstrook op, en ik weet dat ze hier gaat keren om papa in de steek te laten.

Als we stilstaan, draait de motor nog want ik voel het gebrom onder me.

'Papa redt zich wel,' zegt ze. 'Hij heeft vast een schuilplaats gemaakt.'

Ik word misselijk als ik mijn hoofd schud.

'Het is scenario twee, Ruby. Papa was onderweg en heeft zijn survivalspullen bij zich.'

Maar ze gelooft niet echt in scenario twee. Dat wíl ze alleen maar graag geloven. Dat was al zo op het vliegveld, de allereerste keer dat ze het zei. Ik dacht het toen niet in woorden, maar ik voelde het wel. Alleen vond ik het niet erg, want ik geloofde al die tijd dat mijn vader belangrijke spullen bij zich had, zoals zijn satellietzender en de laptop van een vriend, en een mes.

'Ik deed maar alsóf ik geloofde dat papa hierheen ging om

de dieren te filmen,' zegt mijn moeder dan, en ik ben zo verbaasd dat mijn binnenste een raar sprongetje maakt. 'Ik deed alsof tegen de politie, tegen jou en zelfs tegen mezelf. Maar nu heb ik foto's gezien van een muskusos en poolwolven en een raaf, en de vleugelafdrukken van een sneeuwhoen en god weet wat voor dieren hier nog meer zitten.'

'Rivierotters,' zeg ik. 'En sneeuwuilen en Amerikaanse hazen. En nog veel, veel meer.'

'Precies,' zegt mijn moeder. 'En papa ging hierheen om ze te filmen. Ik denk dat hij op pad was met zijn camera toen het dorp in brand vloog. Dus heeft hij zijn survivalspullen bij zich, met alles wat hij nodig heeft.'

Ze glimlacht naar me en ik weet dat ze het echt gelooft.

'Hij heeft me verteld dat een aputiak precies de goede vorm heeft voor in een storm,' zeg ik. 'Een koepel, daar waait de wind mooi overheen.'

'Dat is waar, daar had ik nog niet aan gedacht. Zie je wel, en bij zijn noodspullen zit van alles om een aputiak te bouwen, waar hij nu lekker knus in zit.'

Toen Matts trouwring samen met de hare aan haar vinger was vastgevroren had ze het geweten, en de liefde voor hem had haar overspoeld met herinneringen; zijn fatsoen, zijn eerlijkheid. Hij had niet gelogen over zijn trouwring. En ook niet over zijn reden om terug te gaan, de dieren.

De dreigende e-mails en de chauffeur van de tankwagen die hen volgde maakten haar bang, maar ze schraagden ook de overtuiging dat Matt nog leefde, want er was iemand die niet wilde dat ze hem zou vinden.

Ze zou Ruby naar Coldfoot brengen en Coby vragen op haar te passen, en dan zou ze hem in haar eentje gaan zoeken. Als de mannen haar wilden tegenhouden, zou ze vechten om weg te komen.

Ze zette de truck in de versnelling en keek in de buitenspiegel of ze kon keren. Ze werd verblind door felle koplampen. De tankwagen reed vlak achter hen, met groot licht, en stond op het punt hen te rammen. Ze kon niet anders dan vaart maken. Dus reden ze verder in noordelijke richting.

Ze moest een flinke voorsprong zien te krijgen voordat ze kon keren; verderop zou heus wel een stuk weg komen dat er breed genoeg voor was.

Maar ook al zou het haar lukken om de truck te keren, dan nog zou ze de tankwagen moeten passeren als ze de andere kant op reed. Hij was gevaarlijk en gewelddadig, wist ze nu. Hij zou haar zo van de weg rijden, en ze zaten in de bergen, met aan weerskanten een steile afgrond.

Ze pakte Ruby's hand en gaf er snel een kneepje in voordat ze de CB-zender greep.

'Coby, ben je daar?'

'Yasmin, wat fijn om je stem te horen. Ben je inmiddels op weg naar Coldfoot?'

'Ik kon niet keren. Een tankwagen probeerde ons te rammen toen ik het wilde proberen.'

'Jezus.'

'Hij volgt ons al kilometers lang. Kun jij de politie bereiken?'

'Jazeker. Ogenblikje, oké? De politie komt dadelijk binnen op dit kanaal.'

Ze keek in haar spiegel. De tankwagen had zijn lichten gedimd en was gestopt. Hij luisterde vast mee en wilde natuurlijk niet dat de politie hem zo dicht achter haar zou aantreffen.

Dat betekende dat zij ook kon stoppen, en heel even werd ze overspoeld door de opluchting om niet te hoeven rijden.

'Sorry, mam,' zei Ruby. 'Het was niet mijn bedoeling.'

Yasmin wist dat Ruby doodsbang was geweest voor de tankwagen, en ze verwonderde zich erover dat ze de kracht nog had om zo lief voor haar te zijn. En ze wist ook dat Ruby het meende.

Ze herinnerde zich dat ze tegen Adeeb had gezegd dat Ruby nergens zou zijn zonder haar vader, en op het moment dat ze het zei, was ze er zelf van geschrokken. Het was wáár, en het leek wel of dat besef van iemand anders had moeten komen, alsof het niet al die tijd in haarzelf had gezeten. Inderdaad, Ruby was nergens zonder haar vader. Ze zou kapot zijn van verdriet. Verscheurd. Al die vreselijke dingen. Maar ze was niet alleen.

Er klonk een mannenstem over de CB. 'Mevrouw Alfredson? U spreekt met inspecteur Reeve.'

De politieman uit Fairbanks. Waarschijnlijk was hij ingeschakeld zodra Coby haar naam had genoemd.

'Rijdt u over de Dalton?' vroeg hij. Ze hoorde zijn afkeer.

'Ja.'

'Waar is uw kind, mevrouw Alfredson?'

'Hier bij mij.'

De chauffeur van de tankwagen luisterde natuurlijk mee. Als het Silesian Stennet was, wist hij al dat Ruby bij haar was, maar een ander kon dat niet weten. Kon ze hiermee voorkomen dat hij geweld zou gebruiken? Of misschien zou hij juist misbruik maken van hun kwetsbaarheid.

Het bleef stil op de CB. Ze stelde zich de mensen voor die meeluisterden, hun afschuw jegens haar – die voelde ze zelf ook. Wat voor moeder bracht haar kind nu op deze manier in gevaar?

'Ik hoorde dat iemand heeft geprobeerd u te rammen?' zei inspecteur Reeve.

'Hij wilde niet dat ik zou keren. Hij volgt ons al meer dan honderdvijftig kilometer, misschien wel helemaal vanaf Fairbanks.'

'Rijdt u in de wagen van Azizi?' vroeg een andere stem, die ze meende te herkennen.

'Ja. Hij...'

De man onderbrak haar. 'Ik rijd ter hoogte van MP 181, in zuidelijke richting. Ik ben Azizi's truck zo'n twintig mijl terug gepasseerd. Er rijdt niemand achter die vrouw aan.'

Ze wist zeker dat dit de man was die had gevraagd of ze een pistool had.

'Het duurde twintig minuten voordat ik de volgende wagen zag die naar het noorden reed,' vervolgde de man. 'En dat was een truck, geen tankwagen. Zoals ik al zeg: er rijdt niemand achter haar.'

'Je liegt,' zei ze. 'Jij bent het, hè? Jij rijdt in de tankwagen met de blauwe koplampen. Naar het noorden, niet naar het zuiden. Pal achter me.'

'Kom nou niet met waanideeën aanzetten, mevrouw.'

Inspecteur Reeve nam het woord weer. 'Weet u wat we doen, mevrouw Alfredson? U probeert op een veilige plek te stoppen en dan sturen wij een reddingshelikopter die u beiden komt halen. Goed?'

Hij sprak op zeer rustige toon tegen haar, overdreven redelijk, zoals een agent zou proberen iemand van een gevaarlijke richel af te praten, stelde ze zich voor.

'Ja.'

Ze wilde hem vertellen over de e-mails en de mogelijke brandstichting en over Silesian Stennet, maar op dat moment was ze niet geloofwaardig: een rouwende, doorgedraaide vrouw die een truck had gestolen en haar kind in gevaar bracht, en die zich inbeeldde dat ze werd gevolgd door een tankwagen.

Maar als die helikopter straks over de Dalton vloog, zouden ze zien dat er wel degelijk een tankwagen achter haar reed. Dan zouden ze weten dat hij had gelogen en moesten ze wel naar haar luisteren. Dan kon ze de politie ervan overtuigen dat Matt nog leefde, dat hij hoogstwaarschijnlijk iets wist over

Anaktue wat maakte dat iemand haar bij hem vandaan wilde houden.

Achter hen werden de blauwe koplampen groter; de wagen kwam dichterbij. De weg vóór hem had twee rijbanen en was de komende paar honderd meter recht; niet breed genoeg om een enorme tankwagen te keren, maar hij zou hen wel kunnen inhalen. Als hij dat deed, kon hij beweren dat hij nooit achter haar had gereden.

Ze reed de weg weer op en bleef voor hem rijden in de hevige sneeuw.

Ze moest hem voor zien te blijven tot de politie er was. De grote ruitenwissers schraapten dikke plakken samengeklonterde vlokken van de voorruit, en toch had ze maar net genoeg zicht.

Ze kwamen bij een steil, smal stuk weg dat met een bocht om de bergwand heen voerde. Hier had de tankwagen niet de ruimte om hen in te halen, dus minderde ze vaart en zette de truck stil. De chauffeur van de tankwagen zou nu achter haar moeten stoppen. Zo zou ze wachten tot de politie er was. Voor hen zag ze twee kleine sparren, opzij gebogen in de wind.

'Het is allemaal mijn schuld,' zei Ruby. 'Omdat ik in slaap gevallen ben.'

'Het is helemaal niet jouw schuld.'

'Maar als ik je wakker gemaakt had, hadden we kunnen ontsnappen aan de man die achter ons rijdt en dan zouden we nu dichter bij papa zijn.'

'Dat had niets uitgemaakt.'

Ruby schudde haar hoofd.

'Echt niet. Het had niks uitgemaakt.'

Yasmin had zich vóór deze afschuwelijke tocht nooit gerealiseerd hoe lief Ruby voor haar was, en nu nam ze de schuld op zich terwijl het allemaal – alles – volledig aan Yasmin te wijten was.

Inspecteur Reeve zei over de CB: 'Ik heb onze reddingsploeg gesproken. Het spijt me, de helikopter kan in deze weersomstandigheden onmogelijk vliegen.'

Yasmin begon onmiddellijk weer te rijden, in het besef dat de chauffeur van de tankwagen, die waarschijnlijk meeluisterde, nu achter hen aan zou komen.

'Zelfs al zouden ze jullie kunnen bereiken, en dat is twijfelachtig,' vervolgde inspecteur Reeve, 'dan kunnen we niet het risico nemen om u en uw dochter bij deze wind in een helikopter te zetten. Er zijn windstoten van wel tachtig kilometer per uur en het wordt alleen maar erger. Orkaankracht, volgens de weersverwachting. Het is veiliger om de storm uit te zitten in de cabine.'

'Er is laatst een helikopter gaan zoeken naar overlevenden in Anaktue,' zei Yasmin. 'Ondanks de storm...'

'Toen waren er niet zulke harde windstoten. Vliegen was riskant, maar het stond niet gelijk aan zelfmoord. Vandaag is het anders, en de storm wordt nog veel erger.'

'Er rijdt een tankwagen met blauwe koplampen pal achter ons. Hij probeert ons van de weg te duwen. Alstublieft, u moet me geloven.'

'We hebben het nagetrokken. Geen van de transportbedrijven heeft daar iemand op de weg zitten. Al hun chauffeurs wachten de storm af in Deadhorse, Fairbanks of Coldfoot. Geen mens gaat rijden met dit weer. We komen jullie halen zodra dat mogelijk is.'

De blauwe koplampen veranderden niet van omvang in het donker, dus hij hield dezelfde snelheid aan als zij. Misschien kon ze proberen hem te snel af te zijn. Maar de weg was steil en verraderlijk en het ging steeds harder waaien en sneeuwen.

We rijden heel langzaam, want door de sneeuw kun je bijna niks zien en de man achter ons rijdt ook heel, heel langzaam.

Alsof hij in slow motion op ons jaagt – maar hij jaagt evengoed.

Er staat een bord met de tekst: MEEST NOORDELIJKE SPAR – NIET KAPPEN. Daarnaast een dood boompje, spierwit van de sneeuw en het ijs, alsof het uit botjes bestaat. De meest noordelijke *levende* boom stond waarschijnlijk ergens kilometers terug.

Yasmin zag in haar spiegel de blauwe lichten van de tankwagen opeens opzij zwenken, waarna ze weer naar het midden van de weg gingen. Hij moest in een slip geraakt zijn. Misschien was hij niet gestopt om sneeuwkettingen om te doen. Misschien zou hij dat kloteravijn in glijden en dan was ze van hem af. Of, minder gunstig: hij zou moeten stoppen om zijn sneeuwkettingen om te doen en dat net zo klunzig doen als zij, waardoor het hem een uur kostte en ze een flinke voorsprong konden opbouwen.

In de dichte sneeuw zag ze nu MP 242. Ze wist van Adeebs wegenkaart dat ze bijna bij de Atigunpas waren, de hoogste bergpas van Alaska. Aan de andere kant, achter de noordelijke helling, lag de immense toendra die zich uitstrekte tot aan de Noordelijke IJszee.

De dichte duisternis en de sneeuw werden alleen nog onderbroken door haar koplampen, en achter hen door de blauwe lichten van de tankwagen. Maar ze werd daar in het donker ook achtervolgd door haar eigen schuldgevoel, omdat ze Ruby in groot gevaar bracht, en achter dat schuldgevoel zat nog een stil verwijt: *Dan ben ik helemaal alleen.*

15

De wind blies de sneeuw horizontaal tegen de voorruit; hun truck beukte zich erdoorheen. Yasmin kon de berm niet zien en moest zich verlaten op de reflectoren tegen de vangrail, die haar met hun korte oranje flitsen de weg wezen. Ze voelde de enorme truck overhellen in de toenemende wind.

Ze had de CB-radio uitgezet na het gesprek met inspecteur Reeve en zette hem niet meer aan; ze wilde de stem van de man in de tankwagen niet meer horen, al snakte ze naar die van Coby, een man die ze nooit had ontmoet en hoogstwaarschijnlijk ook nooit zou ontmoeten.

Het zicht was zo slecht dat ze niet kon schatten hoe dicht de tankwagen achter hen reed. Ze had de koplampen al een half uur niet meer gezien.

De man in de tankwagen houdt zich schuil in de sneeuw en het donker achter ons, maar we weten niet waar.

Mijn moeder zet de truck stil. Ze vraagt me om dat knaloranje hesje van meneer Azizi uit het vakje in de deur naast me te pakken. Het is zo'n ding dat ik van haar altijd aan moet op de fiets. Meneer Azizi droeg het toen hij de truck in orde maakte in Fairbanks.

Ze rijdt naar de kant van de weg, bij de afgrond, en doet het raam open. De truck zwaait uit, alsof de wind zijn vingers door het open raam heeft gestoken, en de sneeuw blaast naar binnen, een hele lading die bij mijn moeder op schoot belandt, razendsnel; als ze het raam te lang open zou laten, zou ze eronder bedolven worden en veranderen in een sneeuwpop.

Dan gooit ze het knaloranje hesje uit het raam, en de wind neemt het van haar over en zwiept het weg, en ze vraagt me om kleren uit de koffer van meneer Azizi te pakken, die ze daarna ook naar buiten gooit. Maar niet zijn parka, waarschijnlijk omdat speciale poolparka's hartstikke duur zijn. Dan doet ze snel het raam dicht. We speuren de hele tijd naar de blauwe lichten, maar we zien ze nog steeds niet.

Mijn moeder rijdt achteruit bij de afgrond vandaan en dan weer naar voren, recht op dat diepe gat af. Daarna doet ze het nog een keer en ik word een beetje misselijk. Ze zegt dat ze heel diepe bandensporen moet maken, die niet meteen dichtsneeuwen.

Yasmin was het type moeder dat sprookjes aanpaste en de psychotische stiefmoeder wegliet; een moeder van wie Ruby alleen films voor alle leeftijden mocht kijken – en nu legde ze haar dochter uit dat de man in de tankwagen bij het zien van de kleding en hun bandensporen zou denken dat ze in het ravijn gestort waren. En het allerergste was nog wel dat dit de enige troost was die ze haar kon bieden.

'Maar dan ziet hij toch aan onze sporen dat we hier weggereden zijn?' zei Ruby.

'Nee, want die sporen zijn ondiep en worden meteen opgevuld met sneeuw.'

'Maar straks blaast de wind dat oranje hesje en de kleren de berg af.'

'Dat zou juist goed zijn.'

Want dan zou die kerel denken dat ze dood waren en dat was gunstig. Hoe dit verder ook afliep, ze wist nu al dat deze reis voor haar definitief het einde van Ruby's kinderjaren zou markeren.

De weg is heel steil. Soms zie je aan één kant de bergen opduiken, als steigerende paarden pal naast je, alsof ze je zullen vertrappen met hun hoeven. Aan de andere kant is alleen maar zwart, en dat is nog griezeliger, want we kunnen zo van de berg af vallen.

Meneer Azizi heeft me verteld dat de Atigunpas op 1.444 meter hoogte ligt. Toen wist hij nog niet dat we eroverheen zouden rijden. Of dat er een sneeuwstorm zou komen, en een man die ons achtervolgde. Ik denk niet dat hij het me verteld zou hebben als hij dat had geweten. Langs de weg staan vangrails, die er volgens mijn moeder voor moeten zorgen dat je niet over de rand schiet, maar ik zag er net een van dichtbij en die vond ik er niet al te stevig uitzien. Volgens mij kan zo'n ding nooit een truck zoals die van ons tegenhouden, met een heel huis erop.

Soms zien we in het licht van de koplampen een bordje met daarop een pijltje naar rechts of naar links, zodat mijn moeder weet dat ze moet sturen, anders zouden we zo de lucht in rijden en vierhonderd meter naar beneden vallen. Ik weet niet hoe lang die val zou duren.

De sneeuw was zo hevig dat ze af en toe het gevoel kreeg dat ze erdoor gesmoord zouden worden. Yasmin ving slechts zo nu en dan een glimp op van de bordjes aan de kant van de weg, en soms dacht ze paniekerig dat het pijltje rechts van haar eigenlijk links hoorde te zitten, dat ze de weg af zou rijden; de vangrail zou het begeven en ze zouden over de rand storten. Ze wist niet meer wat onder of boven was, links of rechts, of het nacht was of dag. Haar fysieke desoriëntatie in het donker en de sneeuw kregen steeds meer vat op haar, en er waren momenten waarop het haar ontglipte voor wie of wat ze nu eigenlijk op de vlucht was. Misschien waren de blauwe lichten die hen ongezien volgden in het donker wel een fantoom: was het haar angst voor wat er met Matt kon gebeuren die haar opjoeg. Maar ze werd al achtervolgd door schuldgevoel en het feit dat ze zo'n slechte moeder was voor Ruby. Ze kon nu niet omdraaien en die laatste twee onder ogen komen, niet voordat ze Ruby veilig de berg over had geloodst.

Ik snap niet hoe mijn moeder weet waar ze moet rijden. Zelf zou ik echt niet weten waar de weg is. Er zijn wel oranje flitsjes wanneer de koplampen op zo'n staafje schijnen, maar die zijn piepklein. Ik denk dat het zo ook voelt voor piloten als ze 's nachts vliegen, weet je wel? Dan komen ze uit die inktzwarte hemel en hebben ze alleen maar lichtjes om zich op te richten. Maar als de piloten dichter bij de grond komen, worden de lichtjes groter en lopen ze gewoon in een rechte lijn, terwijl deze piepklein blijven en helemaal om de berg heen slingeren.

Mijn armband trilt en de truck trilt ook. Ik voel het in mijn botten, alsof mijn moeder en ik een harp zijn. Dat vind ik een fijne gedachte, maar ik weet dat dit een rotgeluid moet zijn, want mijn moeder ziet er heel bang uit.

Eerst dacht Yasmin dat het een explosie was, maar het geluid hield te lang aan, alsof de massieve aarde en de rotsen en het ijs van de bergen waren veranderd in donderslagen. Ze hoorde de lawine achter hen brullen maar wist niet hoe ver hij bij hen vandaan was, of ze zouden worden opgenomen in de baan die hij bestreek. Ze reed er zo hard als ze durfde vandaan. En toen werd het geluid zwakker en hield het op. Het enige wat ze nog hoorde was de gierende wind, alsof er ieder moment een nieuwe lavastroom aan sneeuw kon komen.

Mijn moeder zegt dat er een lawine is geweest. Ik heb goed nieuws en minder goed nieuws, zegt ze. Het minder goede nieuws is dat de lawine de weg achter ons waarschijnlijk helemaal geblokkeerd heeft, zodat we niet terug kunnen naar Coldfoot en er niemand vanuit Coldfoot bij ons kan komen. Dat lijkt me helemaal niet verkeerd, want ik wil alleen maar dichter bij de plek komen waar papa is.

'En het goede nieuws?' vraag ik.

'Ik geloof dat de tankwagen nog aan de andere kant van de lawine is.'

'Of de lawine is op hem terechtgekomen!'

We moeten allebei een beetje lachen, want ook al ligt de weg hoog, met veel bochten, en kun je niet veel zien, het engste was toch de man in de tankwagen en misschien is hij er nu helemaal niet meer.

We zeggen niet veel tegen elkaar, want mijn moeder heeft ieder flintertje concentratie nodig om te rijden. We hebben het dus nog niet gehad over de man die de e-mails heeft gestuurd, niet meer sinds ik weet dat papa het niet geweest kan zijn. Ik denk dat het de man van de tankwagen was, of een vriend van hem.

Mijn moeder heeft haar gordel afgedaan, zodat ze verder naar voren kan gaan zitten. Haar gezicht is heel dicht bij de voorruit. Ze klemt haar vingers om het stuur alsof ze ons op die manier op de weg kan houden.

De wind had nu orkaankracht en de sneeuw zwiepte tegen het raam alsof Yasmin de truck door het hart van de storm moest rammen. Ze was bang dat de tankwagen ook voor de lawine de bergpas was overgestoken, dat hij vlak achter hen reed.

Ze had overwogen met Ruby's laptop per e-mail om hulp te vragen of een oproep te doen over de CB, maar ze had de politie al gesproken en die kon toch pas komen als de storm was gaan liggen.

Ze zou dolgraag Coby of de andere chauffeurs spreken over de CB, maar ze was bang dat de man van de tankwagen het zou horen, als hij het had gehaald. Ze had nog altijd de hoop, vaag maar volhardend, dat haar afleidingsmanoeuvre had gewerkt en dat hij dacht dat ze de afgrond in waren gestort.

Ze voelde de cabine naar voren duiken en besefte dat ze de top hadden bereikt en nu aan de afdaling begonnen. Mocht er nog een lawine komen, dan zou ze er niet aan kunnen ontsnappen door extra vaart te maken, want als ze zou gaan glijden, zou ze over de rand kieperen.

Twee keer raakte ze in een slip, en een paar meter lang was ze de controle kwijt en moest ze pompend remmen om vaart te minderen. Ze kon de pijltjes op de vangrail maar net zien, en soms meende ze dat haar ogen zich de oranje flitsen inbeeldden, dat ze haar als een sirene het zwarte gat in probeerden te lokken, naar de rotsen honderden meter onder hen.

Ze hoorde Ruby's snelle, oppervlakkige ademhaling en wist hoe bang ze was, maar ze kon haar nu niet geruststellen, ze moest zich op het rijden concentreren.

Eindelijk hadden ze de voet van de berg bereikt.

In hun koplampen zag ze een soort vloedgolf van sneeuw over de poolvlakte razen. Achter hen waren de bergen, die Alaska in tweeën deelden met een duizend kilometer brede barrière waar je onmogelijk over- of omheen kon terugkeren. Vóór hen, 275 kilometer verderop, lagen Deadhorse en de Noordelijke IJszee.

Ze dacht terug aan de opmerking van de chauffeur: *'Meer dan tweeduizend hectare met helemaal niets... geen bomen die de wind opvangen. Daar giert de storm overheen alsof je in de hel beland bent...'*

De wind is MEGA-sterk. Het sneeuwt nu nog harder, alsof er een plafond van sneeuw was dat boven onze hoofden is ingestort.

We gaan heen en weer en ik dacht dat de wind ons door elkaar schudde, maar volgens mijn moeder komt het niet door de wind. Er zit ijs op de banden, waardoor de wielen niet goed ronddraaien. Ze moet het eraf steken. Ze zegt er niet bij: 'Anders krijgt die man ons misschien te pakken,' maar ik weet dat ze dat bedoelt. We weten niet zeker of hij is blijven steken achter de lawine. En het zou kunnen dat mijn moeders plannetje met de kleren van meneer Azizi ook niet heeft gewerkt.

Ken je dat openluchttheater dat ze vroeger in Rome hadden? Waar ze leeuwen op de slaven loslieten? Het is alsof wij nu in een supergroot, pikdonker openluchttheater rijden, alleen is het geen loslopende leeuw die het op ons gemunt heeft, maar een mens, iemand die een muskusos en een raaf en wolven en een jong poolvosje doodgemaakt heeft, dieren die hem niks misdaan hadden.

Yasmin trok haastig haar poolkleding aan, gefrustreerd door de tijd die het kostte; de basislaag en de middelste en de buitenlaag – en haar onhandige vingers probeerden wanhopig sneller te zijn met de rits en het klittenband. Al die tijd zou de tankwagen dichterbij kunnen komen. Maar de buitentemperatuur was min tweeënveertig en de gevoelstemperatuur lag nog een stuk lager, dus ze had al die bescherming nodig om niet onderkoeld te raken of te bevriezen. Dan zou er niemand meer zijn om Ruby te beschermen. Haar door het ijs geschroeide hand deed pijn bij het aankleden, maar daar was ze blij om, want ze was er tamelijk zeker van dat pijn betekende dat de hand niet door bevriezing was aangetast. Ze stak een hamer uit Adeebs gereedschapskist in de zak van haar parka, en in haar rechterhand hield ze zijn zaklamp. Het liefst had ze dikke wanten aangetrokken, maar daarmee kon ze de hamer niet goed vasthouden, dus trok ze binnenhandschoenen en de speciale werkhandschoenen aan.

Ze liet de verwarming aan en stapte uit. Ze had Ruby een

extra laag kleding laten aantrekken, als bescherming tegen de ijskoude windvlaag die binnenkwam zodra ze het portier opendeed.

Toen ze op de eerste trede van het trapje stond, werd ze met haar gezicht tegen de zijkant van de truck geslagen, waarna ze op de grond belandde. Languit in de sneeuw, buiten adem van de pijn, draaide ze zich om naar haar belager – de bestuurder van de tankwagen, ongetwijfeld – maar er was niemand. Het was de wind, met zijn orkaankracht, die haar tegen de grond had geslagen. Het geluid leek op niets wat ze ooit in de natuur had gehoord: een straalvliegtuig dat brullend over de toendra scheerde. Haar rechterhand was nog stevig om de zaklamp geklemd; haar instinct tot zelfbehoud had opdracht gegeven de lamp vast te houden in plaats van haar in veiligheid te brengen. Ze was dankbaar voor de vele lagen kleding die haar val hadden gebroken.

De sneeuw was zo dicht dat het een massief geheel leek. Op handen en knieën, en daarna plat op haar buik, voortgetrokken door haar armen, kroop ze naar het onderstel van de truck.

Haar ogen brandden alsof ze hete as weg knipperde, en ook de huid eronder gloeide hevig. In haar val was haar skibril losgeraakt. Knipperen lukte bijna niet, alsof haar wimpers aan elkaar geplakt zaten.

Ze voelde hoe de kou haar omringde; een roofdier dat bestond uit duisternis.

Ze kroop over de hamer heen, die hard in haar knieën drukte. Ze pakte hem op en schoof toen onder de wagen, waar ze beschermd werd tegen de arctische orkaan. Haar ogen waren nu dichtgevroren, de wimpers aaneengeplakt. Ze kreeg ze niet meer open. Met de mouw van haar parka wreef ze hard over haar gezicht, telkens weer, maar het hielp niet. Het enige warme wat ze had was haar eigen adem. Ze trok de bivakmuts over haar ogen, zodat ze zich in hetzelfde microklimaat bevonden als haar mond, waarna de adem die ze uitblies langzaam haar oogleden verwarmde, tot ze ontdooid waren en ze weer kon zien. Toen zette ze de skibril weer op, maar er had zich ijs afgezet langs de rand en de bril sloot niet meer naar behoren om haar gezicht.

Ze bescheen de wielen van de truck met de zaklamp; zoals ze al had gevreesd, zaten ze vol met ijs. Ze ramde ertegen met de hamer, maar het ijs was zo hard als metaal en liet zich niet losbikken. Ze bleef het proberen. Het werd steeds moeilijker om de hamer vast te houden. Yasmin dacht aan de busreis naar Cley, langs de kust, die ze samen met Matt al die jaren geleden had ondernomen. De eerste halte was Holme-next-the-Sea, daarna Thornham, Titchwell, Brancaster, Brancaster Staithe. Bij iedere klap tegen het ijs dacht ze aan de volgende kustplaats op de route. Burnham Deepdale, Burnham Market, Burnham Overy, Holkham, Wells, Cley.

Bij de twintigste klap op het ijs wist ze niet meer wat het volgende kustplaatsje was, ze wist zelfs geen namen meer, en het lukte haar niet langer om de hamer vast te houden. Geheugenverlies en gebrek aan grip waren de eerste tekenen van onderkoeling. Ze moest terug de cabine in.

Ze scheen met de zaklamp de duisternis in, weg van de truck. Hemel, aarde en sneeuw waren allemaal samengesmolten tot één vreemd, oneindig geheel. Ze bedacht dat rouw er zo uitzag; dit waren haar gedachten geweest na de dood van haar moeder, deze eindeloze zwarte vlakte.

En Matt moest daar ergens zijn.

Ze brulde zijn naam in het donker, zo hard als ze kon. Maar ook al nam haar mond de juiste vorm aan voor het gewenste geluid en persten haar longen zijn naam tot een schreeuw, het geluid werd overstemd door de wind, waardoor het leek alsof ze het niet had voortgebracht. Alsof ze om zichzelf een leegte had gecreëerd en ze niet langer zeker kon zijn van haar eigen aanwezigheid hier.

Ze beklom het trapje naar de cabine terwijl de wind haar er weer vanaf probeerde te rukken. Haar voeten waren gevoelloos.

Ze had de koplampen aan gelaten, en vanaf de bovenste trede zag ze zo'n tien meter verderop een groepje rotsen die iets hoger waren dan de truck, waar de weg aan de ene kant doorheen liep. Het zou als beschutting kunnen dienen, een plek waar ze de storm konden uitzitten.

Ze keek achterom of de tankwagen ergens te zien was, maar als die er al was, zou hij verscholen zijn in het donker en de dichte sneeuw, en ze zou hem niet kunnen horen boven het gegier van de wind uit. Maar de chauffeur kon hen evenmin zien of horen. En in deze weersomstandigheden konden ze onmogelijk verder rijden, geen van beiden. Hij zou moeten wachten tot de storm voorbij was, net als zij.

Mijn moeder komt de cabine weer in. Ze heeft rode vlekken in haar gezicht en naast haar skibril bloedt ze, alsof de kou haar heeft gebeten. Ik trek haar ijskoude handschoenen voor haar uit terwijl de verwarming op volle kracht loeit.

Ze begint te rijden, met alleen haar rechterhand op het stuur; ik denk dat haar linkerhand te veel pijn doet. Het sneeuwt zo ontzettend hard. Het lijkt wel of we ín de sneeuw zitten.

Onze truck schudt nog steeds heen en weer: ik tril mijn stoel uit en de gordel snijdt in mijn buik.

Dan houdt mijn moeder halt en de sneeuw is hier íétsje minder.

'Dit is een goede plek om de storm uit te zitten,' zegt mijn moeder.

De wind kan hier niet komen. Hij wiegt ons alleen een

beetje heen en weer, alsof hij ons niet echt te pakken kan krijgen.

Mijn moeder glimlacht naar me. 'Zelfs als die man met zijn tankwagen de berg over is gekomen, kan hij ons hier nooit vinden.'

Ik ben al de hele tijd bang voor de storm, voor de man met de tankwagen en de grote, donkere leegte met daarin de afzender van de mailtjes; te bang om me ook nog zorgen te maken om papa.

Ik maak het 'papa'-gebaar.

Mijn moeder slaat haar armen om me heen. Ze heeft haar parka nog aan en de mouwen zitten onder het ijs. Dan trekt ze hem uit, zodat ik er niet zo bibberig van word.

'Hij zit in zijn aputiak,' zegt ze. 'Het komt goed. De Inupiaq doorstaan vast al eeuwenlang dit soort sneeuwstormen.'

Ik kan merken dat ze het echt gelooft. Een aputiak is stukken beter dan een tent, want een tent zou zomaar wegwaaien.

Yasmin wist nu dat Matt haar de waarheid had verteld over zijn trouwring en over de reden van zijn reis hierheen in de winterperiode; om de dieren te filmen. En hij had Ruby verteld dat hij een aputiak kon bouwen. Dat alles geloofde ze nu. Als ze Matt vertrouwde, betekende dat dat er een kans was dat hij in veiligheid was.

Ze was doodsbang voor wat hem zou kunnen overkomen. De angst voelde als een levend wezen in haar binnenste, maar ze kon zichzelf niet toestaan om aan Matt te denken, niet nu, nog niet. Haar eerste prioriteit, en het enige praktische dat ze kon doen, was Ruby heelhuids door de storm loodsen.

16

Mijn moeder haalt onze koffers leeg en we trekken al onze kleren aan. Eerst de strakste dingen en dan de wijdere eroverheen. De armen zijn het lastigst, en mijn moeder helpt me om de ene mouw over de andere te sjorren, ook al kan ze haar linkerhand niet goed gebruiken omdat die is 'verbrand' door het ijs. Ze helpt me om de parka van meneer Azizi als laatste aan te trekken, over al het andere heen. Hij ruikt naar citroenzeep. Zo rook meneer Azizi ook, maar dat wist ik pas toen ik citroenzeep rook en aan hem moest denken. Ik wil dat mijn moeder zijn parka aantrekt, maar dat doet ze niet.

Onze koplampen zijn uit, dus we zien niets van wat er buiten is. Soms voelt het alsof we rijden, maar dat komt door de wind. Ik denk dat mijn moeder van alles hoort, want ze verstijft steeds, alsof ze een standbeeld nadoet.

Ze zegt dat als de politie ons straks met een helikopter komt halen, ze de agenten ervan zal overtuigen dat papa nog leeft, en dan gaat ze ze DWINGEN om hem te zoeken in Anaktue. Ze zegt dat ze die klotehelikopter zal kapen als het nodig is. Ik heb haar nog nooit 'klote' zien zeggen, maar papa zegt het best vaak, over van alles en nog wat, bijvoorbeeld als hij in de file staat. Ik vind het mooi om te zien hoe haar lippen het woord vormen; ze ziet er heel vastberaden uit.

Ze wikkelt de slaapzak van meneer Azizi om me heen, en ook die ruikt naar citroen. Dan zegt ze dat ik moet gaan slapen, want de tijd gaat sneller als je slaapt. Toen ik klein was zei ze altijd dat slapen net zoiets is als ruimtereizen: je gaat maar korte tijd weg, maar als je terugkomt op aarde heeft het hier veel langer geduurd. Dus doe ik mijn ogen dicht.

Yasmin was blij dat Ruby het geweld van de wind niet kon horen; de polar vortex hoog boven hen in de stratosfeer daalde als een orkaan op de aarde neer, schudde de truck heen en weer en joeg horizontale sneeuwlawines over de toendra.

Volgens de thermometer in de truck was het buiten min eenenveertig, met een nog veel lagere gevoelstemperatuur door de harde wind. In de cabine zelf was het tien graden. Ze hadden alle kleding die ze bij zich hadden over elkaar heen aangetrokken, maar Yasmin wist niet hoe lang ze het zouden volhouden als de motor het begaf.

Ze zette de CB aan in de hoop te horen dat de politie orkaan en sneeuw trotseerde en hen toch kwam halen, ook al wist ze nog terwijl ze het dacht dat dat gekkenwerk zou zijn. Maar de enige stemmen over de CB waren die van truckers die vastzaten in Deadhorse, Coldfoot en Fairbanks en klaagden over vertragingen en inkomstenderving. Toch was het geruststellend om hun stemmen te horen, dus liet ze de CB aan staan.

Naast haar was Ruby in slaap gevallen. Yasmin dacht terug aan haar bleke gezicht en haar trillende lijfje bij het zien van de mail met het dode poolvosje, toen ze had beseft dat de berichten niet van haar vader afkomstig waren. Ruby had op dat moment gedacht dat hij geen survivalspullen en geen schuilplaats had.

Yasmin had gezocht naar een plek om te keren.

Nee! We mogen hem niet in de steek laten!

Voor hen had ze een geschikte inham gezien.

Straks gaat hij nog dood, mam! Alsjeblieft!

Ruby had de laptop naar haar toe geschoven op het moment dat ze de truck wilde keren.

Dan ben ik helemaal alleen!

En toen bleek de tankwagen pal achter haar te zitten, met die verblindende koplampen, en had ze verder moeten rijden over de steile weg met die verraderlijke wind, en ze had geen gelegenheid meer gehad om te denken aan wat Ruby had gezegd, of om te lezen wat ze had getypt op haar computer. Maar het besef dat ze een slechte moeder was had haar achtervolgd in de duisternis.

Ze opende het laatst aangemaakte document op Ruby's laptop.

Dit zijn mijn woorden, mama. Zo praat ik.

En zo

SCHREEUW ik!

Dit is mijn stem.

Dit ben ik.

Matt had dat begrepen. En dat besef maakte dat Yasmin nog meer van hem hield.

Ze streelde de fleece van Ruby's bivakmuts, alsof ze daarmee de vermoeide, angstige frons van haar dochters gezicht kon vegen.

Toen opende ze Ruby's blog.

eenweekinalaskablog.com
Hoi, dit is een blog over ons verblijf in Alaska, door natuurfilmer/cameraman Matt Alfredson en Ruby Alfredson.
(is dat goed zo, pap? Jij weet vast iets veel beters om te schrijven en ik vind het HELEMAAL NIET ERG *als je dingen verandert. Ik plaats nog niks voordat jij hier bent. Ik zet de foto van de muskusos als eerste klaar. Dit stukje wissen we straks voordat we het plaatsen!)*

Ruby had de foto van de toegetakelde muskusos geüpload en had er zorgvuldig alle getallen bij gezet.

(Is deze voor je werk, pap? Ik hoop het maar, want anders worden de lezers van ons blog er vast niet goed van. Ik denk dat je deze foto hebt genomen omdat het zo'n grote muskusos is, en wolven doden meestal geen hele grote dieren. Was hij ziek of gewond? Maar we gaan ook nog een levende muskusos zien, toch? Daarom schrijf ik nu vast over muskusossen. Dan zetten we er een andere foto bij en kun jij alles aanvullen wat ik vergeten ben.)

Yasmin dacht terug aan Ruby's gezicht toen ze naar de groteske foto keek: ze had haar best gedaan om die te beschouwen als iets wat nu eenmaal bij de natuur hoorde, iets wat haar vader gestuurd kon hebben. Op dat moment had ze beseft dat Ruby niet langer al haar beweringen voor zoete koek slikte, dat ze voor zichzelf moest bewijzen dat haar vader nog leefde. Yasmin voelde nu een enorme woede en pijn omdat Ruby

– maar al te gewillig – voor de gek gehouden was; iemand had haar doen geloven dat de foto's afkomstig waren van haar vader, en ze had zorgvuldig op haar blog geregistreerd wat die kerel haar had gestuurd.

Muskusossen zijn heel groot en zien er gevaarlijk uit, maar het zijn goedaardige vegetariërs. Ze hebben grote hoeven, waarmee ze ijs kunnen stuktrappen om bij het water te komen en over sneeuw kunnen lopen zonder erin weg te zakken. De Inupiaq noemen de muskusos *umingmak*, dat betekent 'die met de baard'.

Yasmin herinnerde zich dat Ruby haar over de muskusos had verteld, maar ze had haar onderbroken door te zeggen dat ze het met woorden moest zeggen, puur gericht op haar eigen wens om Ruby te leren praten met haar mond. En Ruby moest haar gebrek aan belangstelling hebben gevoeld – had ze zelfs maar geprobéérd dat te verhullen? Nu las ze wat Ruby haar verteld zou hebben als ze haar aan het woord had gelaten.

Muskusossen zijn heel dappere beesten. Er wordt op gejaagd door roedels wolven, die altijd (bijna altijd) de kleinste dieren doden. Dus wanneer ze een roedel wolven zien, gaan alle grote muskusossen in een kring om de baby's en de kleintjes heen staan. Ze draaien hun billen naar binnen en steken hun hoorns naar buiten, om er dreigend uit te zien. Ongeveer honderd jaar geleden joegen mensen ook op muskusossen, die dan een kring vormden om de jonkies en doodstil bleven staan. Dan schoten de jagers er gewoon op los. Als er dan een os gewond was, gingen de andere ossen er in een kring omheen staan, om de gewonde os te beschermen. De jagers dachten dat het domme beesten waren, maar hun gedrag was juist heel dapper.

Yasmin was geroerd door Ruby's beschrijving van de muskusos en door haar kennis. Ze klikte de volgende pagina van het blog aan.

Ruby had de foto van de dode raaf geüpload en nauwgezet de bijbehorende cijfers genoteerd.

(Je hebt me veel verteld over raven, dus ik schrijf op wat ik weet en dan kun jij straks aanvullen wat ik ben vergeten.)
Raven zijn de grootste van alle zangvogels en ze zingen veel verschillende wijsjes. Ze zingen als ze bang zijn, of soms gewoon om met elkaar te praten. Ze maken ook kras- en klopgeluiden, maar zingen doen ze het liefst.

Raven kiezen een mannetje of vrouwtje en blijven dan hun hele leven bij elkaar. Ze zijn heel trouw. Soms worden ze samen wel dertig jaar.

Als ze vliegen, maken ze graag koprollen en schroeven in de lucht. Soms vliegen ze met een stok in hun snavel, of veertjes, en die geven ze ook aan elkaar door, alsof ze een soort vangbal spelen in de lucht.

Yasmin hoorde Matt in gedachten aan Ruby vertellen over raven, en Ruby's plezier daarom; ze voelde de warme band tussen die twee.

Jonge raafjes blijven na de geboorte een jaar bij hun vader en moeder. Soms is er nog een derde raaf, als een soort peetoom of -tante, die de ouders helpt om voedsel voor de jongen te verzamelen en ze van alles te leren. Raven zijn supercoolio goed in imiteren en ze maken grapjes: ze kunnen andere dieren en zelfs mensen nadoen.

Raven blijven de hele winter in Alaska. Als er besneeuwde berghellingen zijn, vinden ze het leuk om zich naar beneden te laten glijden, alsof ze aan het sleeën zijn. Dat doen ze om de beurt, een voor een. En ze spelen niet alleen met elkaar, maar ook met andere dieren, zelfs met wolven en beren. Mooi, hè?

Ja, dacht Yasmin, heel mooi. Ze keek nog eens naar de foto, en in plaats van de duivelse vogel uit de westerse literatuur en de lelijke, in gevangenschap levende raven bij de Tower of London, zo enorm symbolisch, zag ze vogels die zongen en sleeden en een partner voor het leven kozen. Geen wonder dat Ruby zo van raven hield; geen wonder dat Matt er dol op was. Ze wist inmiddels al dat hier genoeg dieren waren om te filmen, maar nu had ze een inkijkje gekregen in Matts reden om dat te willen.

Ruby had haar een Inupiaq-verhaal over een raaf willen vertellen, maar zij had Ruby opgedragen haar spreekstem te gebruiken. En omdat Ruby niet met haar mond wilde praten, had Yasmin gedacht dat er helemaal geen verhaal was.

Ze klikte door naar de volgende pagina van het blog. De foto van de dode wolven, vrijwel helemaal begraven in de sneeuw, vulde het scherm. Weer zag ze een glimp van een sledetuig in de rechterbenedenhoek, de husky net zichtbaar.

Over de wolven had Ruby haar niets verteld. Niet één klein feitje. Ze had het niet eens geprobeerd.

Hoe vaak legde ze Ruby eigenlijk het zwijgen op, zelfs zonder het te beseffen?

(Waarom heb je deze foto genomen, pap? Omdat die arme wolven bedolven waren onder de sneeuw? Ik dacht dat de dieren in Alaska er juist heel goed in waren om niet vast te komen zitten in de sneeuw. Volgens mij zijn deze foto's niet bedoeld voor ons blog, maar voor je werk. Je vertelt me er vast wel over als we elkaar zien.

Maar ik wil toch heel graag aan ons blog werken, want als ik dat doe, is het net of jij bij me bent.

En we krijgen toch wel wolven te zien? Levende, met hun dikke witte vacht? Dan schrijf ik daar nu vast over, over de wolven die wij straks samen zien.)

Yasmin hoorde haar naam vallen over de CB.

'Oké Yasmin, ik vertrouw erop dat je meeluistert.'

Ze zette de CB-radio harder. Het was Coby.

'Als je me allang hebt gehoord, een keer of tien: sorry dat ik in herhaling val. En iedereen die het WAAGT om me in de rede te vallen omdat het begint te vervelen, die krijgt met mij aan de stok in Coldfoot.'

Het was alsof de gierende storm een rustige stem had gekregen.

'Goed. Je hebt dus een kind bij je,' vervolgde Coby, en hoewel hij dat ongetwijfeld zwaar afkeurde, klonk zijn stem toch hartelijk. 'We moeten goed voor haar zorgen, oké? Houd haar warm, zodat jullie allebei heelhuids door deze storm heen komen. Ik heb het aan de mannen hier in Coldfoot gevraagd, en we hebben een lijst gemaakt met trucjes en dingen die je nu het beste kunt doen.'

Ze bedacht dat ze dat ook zou willen doen als dit allemaal achter de rug was: een lijst opstellen met handige trucjes om midden op een ijskoude toendra een poolstorm te doorstaan. En als Coby tegen haar praatte, geloofde ze zowaar dat er een tijd zou komen dat dit allemaal achter de rug zou zijn.

'Om te beginnen moeten jullie alle kleren aantrekken die je bij je hebt. Als je drie mutsen hebt, zet je ze alle drie op, begrepen? Slaapzakken, handdoeken, alles wat je hebt, sla je om je heen.'

Ze had het gevoel dat ze een plakplaatje verdiend had voor goed gedrag; het liefst wilde ze nu pochen dat ze het precies zo had gedaan.

'Je hebt de verwarming waarschijnlijk lekker op de hoogste stand staan, hè? Maar we moeten eerst zeker weten dat er geen koolmonoxide binnenkomt via de uitlaat.'

Yasmin wist dat mensen in gestrande auto's soms koolmonoxidevergiftiging opliepen, doordat de sneeuw hun uitlaat verstopt had. Maar de uitlaat van een truck zat heel hoog, dus dat gevaar liepen ze in haar ogen niet.

'Kun je zien wat er uit je uitlaat komt?' vroeg Coby. 'Ziet het er raar uit, van die dikke, kolkende rook? Dat is een teken dat je schade hebt opgelopen.'

Het ging dus om eventuele schade, niet om een verstopte uitlaat. Maar ze kon nu onmogelijk zien wat eruit kwam, in het donker in de sneeuw. En al zou ze iets zien, door de hevige wind zou de rook onmiddellijk wegwaaien.

'Op dit moment zal de wind wel flink tekeergaan, maar toen het nog niet zo hard waaide, heb je toen geluiden gehoord onder de carrosserie? Hard gerommel? Gaten in de uitlaat kunnen een rommelend geluid veroorzaken.'

Yasmin had geen vreemde geluiden gehoord, maar er waren zo veel andere dingen waarop ze zich had moeten concentreren, dus dat was niet zo gek. Ze had wel ijs op de banden zien zitten, keihard en verwoestend; dat ijs had ook schade kunnen aanrichten aan de uitlaat. En als er gaten zaten in het deel dat onder de cabine door liep, dan zou er inderdaad koolmonoxide kunnen binnenkomen.

Ze had de verwarming ook aan gelaten toen ze na Coldfoot in slaap gevallen was, maar daarna had de truck nog heel wat te verduren gehad.

Yasmin legde de slaapzak over Ruby heen en zette toen de motor af; de verwarming en het licht gingen onmiddellijk uit.

Coby's stem was nog steeds te horen in het donker.

'Laten we van het ergste uitgaan en aannemen dat je schade hebt opgelopen. Zet de ramen op een kiertje als de motor draait, aan allebei de kanten, dan blijft de lucht circuleren en kan het gif zich niet ophopen. Brady hierzo zegt dat je ieder uur de motor tien minuten mag laten draaien, maar ik neem aan dat vijf minuten per halfuur ook geen kwaad kan.'

Ze keek op het klokje van Ruby's laptop, die verlichting had en helemaal was opgeladen. Over een halfuur zou ze de motor weer aanzetten.

'Adeeb moet een gereedschapskist in de cabine hebben staan,' vervolgde Coby kalm en langzaam. 'Waarschijnlijk in de middenconsole, als zijn cabine net zo is ingedeeld als de mijne. Daar zal ook wel een mes in zitten. Dat heb je nodig om de zittingen van je stoelen open te snijden en de vulling eruit te halen. Stop die onder je kleren en wikkel het spul ook om je hoofd.'

Yasmin zocht in vakken en kastjes en vond een stanleymes, verhuistape, schroevendraaiers en een ijspriem. Ze pakte het stanleymes.

'Heb je de berichten van de politie nog gehoord?' vroeg Coby. 'Ze hebben je op het hart gedrukt om niet uit te stappen. Niet voordat de storm is gaan liggen. Onder geen beding. Wacht even, de mannen hier geven door wat ik nog vergeten ben.'

Ze stelde zich de chauffeurs voor, met z'n allen aan een tafel in het truckerscafé in Coldfoot, met warme koffie voor hun neus, stampvoetend om warm te blijven, want zelfs binnen was het in haar beleving koud. Ze wisten niet of ze nog leefde, laat staan of ze dit zou horen, en het raakte haar dat ze haar desondanks probeerden te helpen.

'Luister goed, Yasmin. Dit is heel belangrijk. Je moet wakker blijven, want de verwarming moet steeds uit. Als je het koud krijgt, beweeg dan zo veel mogelijk je armen en benen, dat is goed voor de bloedsomloop. Ik weet dat de cabine niet groot is, maar blijf zo veel mogelijk in beweging.'

Ze sneed de zitting open met het stanleymes. Er zat een soort wattenvulling in. Als ze de snee lang genoeg maakte, zou ze er een hele reep uit kunnen trekken en die als een extra laag om Ruby heen kunnen wikkelen.

'Gabe hier zegt dat je iets kleurrijks aan de radioantenne moet binden zodra je weer veilig naar buiten kunt. Maar volgens mij ziet een helikopter jullie toch wel, want er is verder niemand op de weg, dus daar zou ik me niet al te druk om maken.' Hij zweeg even, en Yasmin was bang dat hij was verdwenen.

'Ik weet dat je niet kunt reageren over de CB,' zei Coby. 'Jij denkt dat je wordt gevolgd door een gek. Ik weet niet of dat echt zo is, maar laten we daar even van uitgaan – jij gelooft erin, dus ik denk met je mee – en dan kun je dus beter niet antwoorden en jezelf verraden. Ik praat gewoon door en stort mijn gezellige praatjes over je uit tot de storm is uitgeraasd, goed?'

Ze zou willen dat ze hem kon bedanken.

Buiten was het min tweeënveertig. Binnen nog steeds tien graden boven nul. Ze wist niet hoe snel de temperatuur in de cabine zou dalen. Bij nul graden zou ze Ruby wakker maken, zeggen dat ze moest bewegen om de bloedsomloop op gang te houden.

In de donkere cabine, met haar dochter dicht tegen zich aan gedrukt, las ze verder in Ruby's blog.

Ik weet dat veel mensen bang zijn voor wolven, omdat ze denken aan de wolf in *Roodkapje*: gemene beesten die iedereen doodbijten. Of omdat wolven een griezelig geluid maken. Maar ze zijn heel anders, vooral poolwolven. Dat zijn heel mooie beesten, met een dikke witte vacht die speciaal bedoeld is om de kou buiten te houden. En poolwolven zijn niet zo groot. Ik denk dat de mensen het vooral akelig vinden dat wolven in een roedel leven en dat ze andere dieren insluiten, bijvoorbeeld een hele groep muskusossen, en dan pikken ze er een kleintje uit en doden dat. Maar wolven zijn veel kleiner dan muskusossen, dus ze moeten het wel op die manier aanpakken. En als ze niet eten, gaan ze dood. Ze hebben niet zo veel energie om te jagen, want in Alaska ben je fulltime bezig om warm te blijven, dus kiezen ze voor het dier dat de minste inspanning vraagt.

En trouwens, wij eten toch ook lamsvlees? Niemand wil schapenvlees. Al denk ik niet dat het de wolven veel uitmaakt hoe de muskusos smaakt.

Yasmin zag Matt in gedachten glimlachen om die opmerking, genietend van Ruby's babbelverhaal op haar blog. En ze snapte de wolven wel, het was verstandig om het beetje energie dat je had aan te wenden om je eigen hachje te redden.

Zij had gedacht dat Ruby eenzaam was wanneer ze achter de laptop zat, dat ze de echte wereld inruilde voor cyberspace, een plek vol vreemden. Ze had zich niet gerealiseerd dat de virtuele wereld ook intiem kon zijn.

Toen dacht ze terug aan Schotland, aan haar woede omdat Ruby een blog zou gaan bijhouden. Ze had niet begrepen dat het ging om Matt en Ruby, dat het een plek was waar ze dicht bij elkaar konden zijn. Een van de vele plekken. Zij had óók plekken kunnen zoeken – moeten zoeken – waar ze met Ruby samen kon zijn.

Het blog had nog een pagina. Ze had gedacht dat Ruby na het zien van het dode poolvosje, dat lieve snuitje besmeurd met bloed, eindelijk had beseft dat de foto's niet afkomstig waren van haar vader en dat ze was gestopt met bloggen.

De temperatuur in de cabine daalde snel. Ze trok haar rechterhandschoen uit en voelde aan Ruby's gezicht, zoals ze talloze keren had gedaan wanneer ze ziek was. Haar voorhoofd voelde warm aan, dus Yasmin liet haar nog even slapen. Toen las ze de laatste pagina van het blog.

(Ik heb vandaag iets supercoolio's gezien, pap! Ik wil dat het hier gaat over alle bijzondere dingen in Alaska, ik hoop dat je dat goed vindt. Ik heb er geen foto van, maar misschien kunnen we er een maken als jij straks bij ons bent.)

Ik heb drie manen gezien!

Ongelogen waar!

De gewone maan en nog twee andere, aan elke kant één. Bijmanen noemen ze dat. Mama heeft me er alles over verteld. De officiële naam is paraselenae. Ze ontstaan door het maanlicht dat weerkaatst wordt door ijskristallen. De drie manen zagen eruit alsof ze de hemel eerlijk hadden verdeeld.

Het was nu min twee graden in de cabine, buiten min drieënveertig. De verwarming mocht pas over een kwartier weer aan.

Ze opende een nieuw document op Ruby's laptop en typte

Onze adem is zichtbaar als rook. De citroengeur van meneer Azizi is verdwenen, doodgeslagen door de kou.

De wind schudt onze truck heen en weer als een slagschip bij storm.

Mijn moeder speelt voor sergeant-majoor: ze zegt dat we alles moeten aantrekken. ALLES, Ruby. Dus halen we zelfs washandjes tevoorschijn en stoppen die onder onze muts, en als het straks weer warm wordt, ruikt mijn haar waarschijnlijk naar tandpasta. Ik mocht alleen buiten de vakantie naar Alaska als ik huiswerk meenam, en nu scheur ik de bladzijden uit mijn boeken om ze te gebruiken als extra laag. Dat is het beste smoesje ooit: Ik móést mijn huiswerk wel verscheuren, anders zou ik onderkoeld raken!

Ik heb de wegenkaart van meneer Azizi in mijn fleecetrui gestopt, heel voorzichtig uitgevouwen omdat Anaktue erop staat. Papa is daar, dus er mag geen scheur in de kaart komen.

Mijn moeder kijkt op de thermometer. Het is hierbinnen min zes en buiten min vierenvijftig. We hebben het lampje in de cabine aan gelaten, en mijn Voice Magic ook. Mijn moeder en ik dragen de speciale werkhandschoenen van mijn vader, zodat we gebarentaal kunnen blijven gebruiken. Ik was al bang dat we niet meer met elkaar zouden kunnen praten.

Mijn moeder denkt dat we in het oog van de storm zitten. Ik speur door de voorruit naar het boze oog, zoals Sauron in *Lord of the Rings*, maar ik zie alleen de weerspiegeling van onze eigen gezichten, al zijn we onherkenbaar door de skibrillen en de bivakmutsen en al die andere mutsen eroverheen.

Nu trappelen we met onze voeten en zwaaien met onze armen, en mijn moeder zegt dat we ALERT moeten blijven. We hebben allebei de taak, zegt ze, om de ander wakker te houden, en daarom gaan we elkaar interessante dingen vertellen. Ik mag eerst, maar ik weet niet wat ik tegen mijn moeder moet zeggen. Ik denk dat ze dat wel aan me kan zien.

'Wil je me het verhaal van de Inupiaq-jager op zee-ijs vertellen?' vraagt ze.

Dat wilde ik haar hartstikke lang geleden al vertellen, toen meneer Azizi er nog bij was, want het is een heel fijn verhaal en ik dacht dat het haar wel zou opbeuren. Maar toen vond ze het niet interessant.

'Zeker weten?' vraag ik.

'Heel zeker,' antwoordt ze, en ik kan zien dat er onder haar bivakmuts een brede mamagrijns verschijnt.

'Een jager zat helemaal alleen bij een wak in het zee-ijs,' zeg ik. 'Het ijs leek wel gewoon land te zijn, zo dik was het.'

Ze knikt dat ik moet doorgaan, alsof het haar echt interesseert.

'Hij moest daar doodstil blijven zitten. Uren en uren achter elkaar. Het ging steeds harder waaien, net als nu, denk ik. Daardoor scheurde het ijs los van het land en dreef het af, verder de zee op. In het begin had de jager niet eens door dat het ijs waarop hij zat was afgescheurd. Hij wist niet dat hij door een superdiepe zee werd gescheiden van de kust. En die arme jager dreef alsmaar verder weg op dat ijs. Volgens papa zijn er wel eens jagers verdronken of doodgevroren. Maar hun familie hield altijd hoop.'

De familie hield hoop. Ik dacht aan de woorden van mijn vader. Hoop is iets warms, iets wat je heel dicht bij je wilt houden.

'Ruby? De familie hield hoop, zei je.'

Ze is bang dat ik niet ALERT ben, maar ik zat gewoon even aan hoop te denken.

'Ja. Want die man was een *isiqsuruk*' – ik spel het woord met mijn vingers – 'en dat betekent "sterke, volhardende jager". Hij was helemaal naar Siberië gedreven op zijn ijsschots. En de volgende winter kwam hij terug naar zijn familie, weer over die bevroren zee.'

Mijn moeder lacht naar me, maar ik kan door de skibril heen zien dat ze tranen in haar ogen heeft en ik denk dat de tranen pijn doen, want haar ogen worden nog roder.

'Wat een mooi verhaal, Ruby.'

Dat vind ik ook, maar ik wou dat papa het haar had verteld, want hij kan het veel mooier vertellen dan ik.

We stampen met onze grote sneeuwschoenen, die krap zitten omdat we zo veel sokken aanhebben, en we doen alsof we heen en weer marcheren voor Buckingham Palace, waar de toeristen foto's van ons nemen. In gedachten zie ik Buckingham Palace met sneeuw ervoor: de soldaten met hun hoge berenmutsen houden op met marcheren en beginnen een sneeuwballengevecht. Ik hol op de plaats, zwaai met mijn armen en doe alsof ik gooi. Dat kan ik supergoed, zegt mijn moeder. Voor haar is het moeilijker dan voor mij, want zij moet bukken bij het zogenaamde marcheren en bij het sneeuwballengevecht.

Volgens de thermometer van meneer Azizi is het hierbinnen nu min acht en buiten min zesenvijftig.

Nu spring ik op en neer en mijn moeder doet mee, al moet zij weer gebukt springen, en we zwaaien met onze armen alsof iemand die we kennen aan kop gaat in een wedstrijd en we hem aanmoedigen. Dan besluiten we dat het Bosley is, bij de hondenrennen, ook al zou Bosley meteen kwispelend naar het publiek rennen en geaaid willen worden. Onze armen botsen steeds tegen elkaar, we kunnen er niet echt lekker mee zwaaien.

Mijn moeder zegt dat ik nu zo'n verkeersregelaar ben die op het vliegveld met een vlaggetje zwaait en vliegtuigen aanwijst waar ze moeten parkeren; omdat ik een jumbojet met een bijziende piloot moet loodsen, moet ik extra brede armbewegingen maken.

'Je zei tegen meneer Azizi dat je van muziek houdt,' zegt

mijn moeder dan, en ze spelt 'Brahms' met haar vingers.

Ik wist niet dat ze had meegeluisterd toen ik met meneer Azizi zat te praten.

'In zijn symfonie zit een slagschip bij storm,' zeg ik en daar moet ze om lachen. Ik geloof dat mijn moeder ook het gevoel heeft dat we ín de muziek zitten.

'Wat voor muziek vind je nog meer mooi?' vraagt ze.

Maar het is haar beurt om mij iets interessants te vertellen.

'Toe nou, Ruby, ik wil het heel graag weten.'

'Ik hou ook van pop,' zeg ik. 'Vooral The Beatles, omdat er zo veel beelden in hun nummers zitten.'

'"Yellow Submarine"?' vraagt mijn moeder. 'Dat vind ik een goed nummer.'

'Ja, en "Octopus's Garden". Het allermooist vind ik "Lucy in the Sky with Diamonds". En dat nummer van Rihanna over diamanten en sterren.'

Het gebaren is vermoeiend, alsof mijn handen een zware wedstrijd moeten lopen. Onze gezichten zijn niet meer te zien in de voorruit. Er zit nu ijs aan de binnenkant, in krullende kronkelpatronen, op sommige plekken dikker dan op andere.

'Ruby? We hadden het over muziek.'

'Soms vind ik het ook leuk om te dansen,' zeg ik. 'Als de muziek hard genoeg staat.'

Ik gebruik het Amerikaanse gebaar voor dansen: ik maak een dansvloer van mijn linkerhand en laat twee vingers van mijn rechterhand erop dansen.

Als ik naar mijn moeder kijk, zie ik aan haar ogen achter de skibril dat ze er blij om is. Had ik haar dit maar eerder verteld.

'Ik kan de muziek zo'n beetje voelen op de vloer, als er geen tapijt ligt, en daarna in de rest van mijn lijf. Verder kan ik andere mensen nadoen die dansen, en het is heel fijn als ze de tekst voor me gebaren.'

Jimmy zei dat ik bruut-wreed kicken goed *groovy* kon dansen. ('Groovy' was toen ons woord van de week, het deed ons denken aan hippies in paarse broeken met wijde pijpen.)

'Waar dans je dan?' vraagt mijn moeder. Ze wilde heel graag dat ik op school bij de balletgroep ging, maar ik hou niet van ballet.

'Bij Jimmy thuis,' antwoord ik. 'Dan roept zijn moeder dat de muziek zachter moet, maar dat doen we niet.'

Jimmy's moeder zei dat we nog eens doof zouden worden van die harde muziek, een opmerking waarvan Jimmy en ik helemaal in een deuk lagen.

'Wat lief van Jimmy,' zegt mijn moeder. 'Ik heb een heel goed idee. We kunnen hier ook dansen!'

De lucht bijt als je ademt, alsof je soldaatmieren binnenkrijgt, met hun scherpe kaken. Ik denk dat als we nu zonder handschoenen de deurgreep zouden vastpakken, onze huid eraan vast zou plakken.

'Dan zing ik,' zegt mijn moeder. 'Rihanna!'

Ik trek een gezicht naar haar, al kan ze dat niet zien omdat ik mijn bivakmuts opheb. Maar ze heeft het door en ze lacht naar me.

'Goed dan, ik zing John Lennon in plaats van Rihanna,' zegt ze, en haar ogen lachen nog steeds achter de skibril.

Ze trekt de bivakmuts naar boven, zodat ik kan liplezen hoe ze 'Lucy in the Sky with Diamonds' zingt, en ze gebaart er ook nog bij. Mijn vader zegt dat zingen heel mooi klinkt, het geluid op zich, zelfs als je de tekst niet kunt volgen. Dat vind ik nou ook van gebarentaal: het is al mooi van zichzelf.

Mijn moeder gebaart en zingt over *tangerine trees and marmalade skies*. Het is fijn om aan mandarijnen en sinaasappeljam te denken, dan vergeet je even hoe koud en griezelig het hier is.

Mijn moeders woorden zijn witte wolkjes en ik vind het grappig dat woorden er zo uitzien, alsof je kunt zien dat ze door je adem gevormd worden. Ik vraag me af of ieder woord zijn eigen speciale vorm heeft. De logopedisten hebben me wel verteld over het geluid van je ademhaling, maar nu kan ik het met eigen ogen zien. Als we ergens zouden wonen waar het zo koud is als hier, zou ik misschien wel de woorden kunnen aflezen aan hun wolkjesvorm in de lucht.

Nu zingt mijn moeder Rihanna's diamanten-en-sterrenlied. We moeten allebei giechelen als ze '*a shooting star*' gebaart. Een vallende ster. Ik heb het nog nooit aan iemand verteld, maar begin dit jaar heeft mijn moeder me verteld over seks, omdat ik volgend jaar naar de middelbare school ga en dan moet je grotemensendingen weten. Ze zei dat het gebaar voor 'ster' heel veel lijkt op dat voor 'vagina', en dat je dus goed moet uitkijken als je 'ster' wilt zeggen. Toen moesten we allebei heel lang giechelen, en ze zei dat ster er eigenlijk wel een mooie naam voor is. Dus als we de '*star*' in Rihanna's nummer gebaren, moeten we allebei lachen. Maar lachen doet pijn, want de soldaatmieren bijten heel je binnenste stuk.

Volgens mijn moeder bestaan vallende sterren helemaal niet. Het zijn gewoon brokjes stof en steen die de dampkring van de aarde bereiken en dan verbranden. Dat zou nog een beter lied opleveren, want het is heel spannend en je hoeft niet bang te zijn dat je per ongeluk vagina zegt in plaats van ster.

We dansen niet echt, we bewegen gewoon zo veel we kunnen en doen alsof we dansen. Dan houdt ze op met gebaren en dansen, en ik zie haar lachrimpels niet meer onder haar skibril.

'Je trekt niet meer zo veel met Jimmy op, hè?' zegt ze.

Bij ons op school zongen ze een liedje:

Jimmy en Ruby,
zitten in een boom,
te Z-O-E-N-E-N

Het rijmde niet eens.

We hebben helemaal geen boom op het schoolplein. En al hadden we die wel, dan zou ik daar met Jimmy in klimmen, of een hut bouwen.

Het is een stom flutlied.

'Ruby...?'

Yasmin wachtte tot Ruby iets terug zou gebaren, maar dat gebeurde niet. Ze wist van Matt dat Jimmy en Ruby niet meer zo hecht waren en dat vond ze heel erg voor Ruby, maar ze had ook gehoopt dat het haar zou stimuleren nieuwe vrienden te maken.

Ruby zat doodstil naast haar. Yasmin voelde de verschrikkelijke eenzaamheid aan haar roerloze lijf.

'Oké, lieve Ruby, we gaan weer dansen!'

Ze had haar niet naar Jimmy moeten vragen. Ruby moest in beweging blijven. Konden ze maar wandelen, rennen, fatsoenlijk op en neer springen, maar ze zouden in deze ijskoude cabine opgesloten zitten tot de storm afnam. Haar bivakmuts was nog omhooggetrokken, zodat Ruby haar mond goed kon zien, net als haar gebarende handen, alles om Ruby te helpen alert en wakker te blijven.

De thermometer gaf nu min twaalf aan in de cabine en min achtenvijftig buiten. Ze zou nog twaalf minuten moeten wachten voordat ze de motor weer startte, maar ze wist niet of Ruby het zo lang zou volhouden.

Ademen wordt heel erg moeilijk, mijn longen lopen vol met mieren en er is geen plaats meer voor lucht. Er komt in het donker een monster op ons af dat helemaal bestaat uit kou, zo hard als een stoeprand, en het gaat dwars door de voorruit, de deuren en de ramen. Het enige wat ertegen helpt is warmte, maar we hebben geen warmte. Ik probeer te dansen om het monster weg te jagen en houd mijn moeders hand vast, maar ik kan niet dansen. Mijn benen willen niet. Het monster komt dichterbij en ontbloot zijn tanden naar me, rijen en rijen met tanden zo scherp als scharen. Het gaat me verscheuren, en ik gebaar 'Help!' naar mijn moeder. Ze start de motor. Meteen.

De kachel staat nu drie minuten aan, mijn moeder heeft de binnenverlichting aangedaan en mijn laptop wordt opgeladen. Het raam moet open, maar niet verder dan een kiertje. Het ijs op de voorruit is nog dik en krullerig en je kunt je eigen adem zien, maar de lucht bijt niet meer zo erg als je inademt en het monster is een eindje weg geglibberd, al houdt het ons nog in de gaten, ergens in het donker. Mijn moeder opent mijn blog – ik zou willen dat ze het weer wegklikte.

'Hoe lang hebben we nog?' vraag ik.

'Twee minuten.'

Ik doe mijn best om niet bang te zijn voor straks, als de verwarming weer uit moet.

'Het is een heel goed blog, Ruby. Ik heb het gelezen toen jij lag te slapen.'

Boos schud ik mijn hoofd; het was stom van me om te denken dat die mailtjes van papa kwamen.

'Ik heb ook iets voor jou geschreven. Geen blog, gewoon iets interessants.'

Ik kijk naar de laptop en zie dat ze • heeft getypt. De punt neemt een hele pagina in beslag.

'Wat is dat?'

'Dat vertel ik je dadelijk. Ik bewaar het voor als het mijn beurt is om jou iets interessants te vertellen.'

Nog één minuut, en het monster sluipt om ons heen. Het krast met zijn klauwen over de voorruit en wacht tot het die kan versplinteren. Ik denk dat mijn moeder het ook weet, want ze pakt mijn hand en knijpt er zachtjes in. En dan gebruikt ze haar hand weer om te gebaren, en ze zegt: 'Deze storm gaat voorbij. Het komt goed.' Ik probeer net zo dapper te zijn als zij.

'Ik moet de motor nu uitzetten. Het spijt me.'

Met draaiende motor was de cabine opgewarmd tot min twee; niet eens boven het vriespunt, en nu zou de temperatuur weer flink dalen. Yasmin was bang dat het deze keer nog kouder zou worden.

'Oké, jij gaat weer een vliegtuig parkeren, dan vertel ik intussen iets interessants.'

'Over de punt?' Ruby gebaarde traag.

'Ja.'

Ruby ging staan. Yasmin kon zien dat ze moeite had om haar evenwicht te bewaren. Ze was niet voldoende opgewarmd. Yasmin zou dadelijk de motor weer moeten starten, maar ze wilde er zo lang mogelijk mee wachten.

'Als je die pagina van je laptop zou printen,' zegt mijn moeder, 'dan zou het witte papier het heelal zijn, en de punt is zo groot als de aarde.'

Ik kijk naar de • en stel me voor dat mijn moeder en ik samen met mijn vader in een • wonen. Zou dat passen?

'Het is niet erg nauwkeurig,' zegt mijn moeder. 'Eigenlijk zou de punt in een heel boek met blanco bladzijden moeten staan. En niet één boek, maar honderdduizenden boeken in duizenden bibliotheken.'

Ik kijk naar die • Wat zijn we toch ontzettend ieniemienie klein. Alsof we er helemaal niet toe doen.

Mijn moeder glimlacht. 'En weet je wat nou zo mooi is?' vraagt ze. Ik schud mijn hoofd. 'Dat die punt er is! Dat die prachtige planeet bestaat, de planeet die wij Aarde noemen, met water en een dampkring waar leven mogelijk is. En wij wonen daar. Die kans is toch superklein, Ruby?'

Ik probeer terug te glimlachen, maar het is vermoeiend om mijn lippen te bewegen.

'Blijf met je armen zwaaien,' zegt mijn moeder, maar dat lukt me niet. Mijn jumbo-airbus botst dadelijk tegen het vliegtuig dat ernaast staat.

'Vertel eens over je bezoek aan de dovenschool,' zegt ze dan.

Ze weet dat dat een onderwerp is waar ik wel wakker van zal worden. Maar ik heb liever dat ze me vertelt over onze planeet, die kleine punt. Trouwens, het is haar beurt om mij interessante dingen te vertellen.

'Ik wil het echt graag horen,' zegt ze.

Yasmin herinnerde zich dat Ruby en Matt thuisgekomen waren na hun bezoek aan de dovenschool. Ruby had gezegd: 'Het was gewoon een school, mam,' en het was voor Yasmin een opluchting geweest dat Ruby niet had gesmeekt te mogen overstappen.

Maar 'gewoon een school, mam' was heel wat. Haar huidige school was een eenzame, vermoeiende en vaak wrede plek. Nooit 'gewoon een school'.

Ruby gebaarde nog, maar haar bewegingen werden traag en Yasmin kon haar niet meer volgen.

Ik wil mijn moeder vertellen dat ik op die school niet 'de dove' was, maar gewoon Ruby. Maar als ik de woorden wil gebaren, werken mijn vingers niet meer mee. Ik wil haar vertellen dat je op de dovenschool goed kunt zijn in gekke bekken trekken of heel slecht in rekenen, maar dat je er ook geweldige spelletjes kunt verzinnen voor in de pauze en giga-leugens kunt ophangen, die zo grappig zijn dat niemand het erg vindt, en iedereen snapt je grapjes meteen en ze begrijpen je en leren je echt kénnen. Misschien niet meteen, maar uiteindelijk wel. En het mooie is dat als mensen een verkeerd beeld van je krijgen, je dat kunt rechtzetten. De meisjes daar zullen ook wel meer van pony's en van jonge poesjes houden dan van rivierotters, maar ik kan ze tenminste uitleggen wat er supercoolio is aan rivierotters.

Mijn gedachten lijken net zo'n nepkonijntje dat rondraast over de renbaan, en mijn vingers zijn de hazewindhonden die de gedachten proberen in te halen en om te zetten in woorden, maar ze zijn te langzaam en ik kan niet naar mijn moeder gebaren.

Ik voel het konijntje steeds langzamer worden, en dan gaat het liggen. De slaap overvalt me en ik weet dat ik wakker moet blijven – ALERT BLIJVEN, RUBY – maar als ik slaap is het lekker warm. Mijn hoofd voelt zwaar, als zo'n knikpoppetje voor in de auto, alsof ik alleen nog maar uit hoofd besta en mijn lijf van rubber is.

Mijn moeder tikt me aan en gebaart: 'RUBY, JE MOET WAKKER BLIJVEN!'

Het monster is nu pal achter me. Mijn benen zijn te zwaar, ik kan ze niet bewegen. Ik kan niet vluchten. Het monster klemt zijn kaken helemaal rondom mijn gezicht en mijn armen en benen, en zijn vlijmscherpe tanden bijten me overal waar ze bijten kunnen.

Ruby verloor het bewustzijn. Yasmin draaide onhandig de sleutel om en startte opnieuw de motor.

Koolmonoxidevergiftiging was een risico, maar als Yasmin niet kon zorgen dat Ruby weer warm werd, zou haar dochter sterven aan onderkoeling. De temperatuur in de cabine was gedaald tot min vijftien. Buiten was het min achtenveertig. Ruby was bewusteloos.

De verwarming stond nu tien minuten aan. Het was elf graden onder nul in de cabine. Yasmin deed Ruby's bivakmuts af en zag haar bleke gezicht. Ze bracht haar mond naar Ruby's gezicht en blies warme lucht uit haar eigen lichaam op Ruby's koude huid. Kon ze maar roepen, haar wakker maken met behulp van geluidsgolven die tegen haar trommelvliezen sloegen, vlak bij haar bewusteloze hersenen. Maar Yasmin kon alleen gebruikmaken van aanraking. En ze kreeg haar niet wakker.

Hoe had ze Ruby dit kunnen aandoen? Ze kon niet meer precies terughalen welke stappen en beslissingen ertoe hadden geleid dat Ruby nu bewusteloos naast haar lag. Haar redenen en rechtvaardigingen waren haar ontglipt. Maar ze had de energie niet voor zelfhaat, nog niet – ze moest nu voorkomen dat Ruby doodging.

Ze wist wat ze moest doen, maar het was haar niet helemaal duidelijk hoe ze dat wist en ze was er niet zeker van dat ze het goed onthouden had. Geheel tegen haar intuïtie in kleedde ze zich uit, haar vingers stijf en pijnlijk. De warme lucht uit de kachel ontdeed haar lichaam van de gevoelloze buitenlaag, en de kou vilde haar levend. Ze kleedde ook Ruby uit, waarbij ze probeerde haar in de slaapzak te laten en haar bivakmuts en de andere mutsen niet af te doen. Toen wurmde ze zich bij haar in de slaapzak. Ruby leek nu kleiner en tengerder, alsof de kou haar lichaamsgewicht had weggenomen.

Ruby bibberde hevig toen Yasmin haar in de armen nam. Ze voelde haar eigen lijf kouder worden en hoopte dat háár warmte overging naar dat van Ruby.

Ze had de kou beschouwd als een roofdier dat was voortgekomen uit het donker, alsof het leefde. Maar nu ervoer ze het als iets wat op een enorm wrede manier volkomen onpersoonlijk was, een bevroren duisternis die je opslokte. Ze voelde de kilte al haar holtes vullen en zich als ijzig beenmerg in haar botten nestelen – en toen ontglipte het bewustzijn haar en verdween ze in het ijskoude zwarte gat.

17

Ruby bibberde niet meer. Yasmin voelde een rauwe angst. Toen hoorde ze Ruby's ademhaling, rustig en gelijkmatig, en ze voelde haar warme huid. De thermometer gaf aan dat de temperatuur in de cabine was gestegen tot twaalf graden boven het vriespunt, buiten was het min zesentwintig.

Yasmin had bijna twee uur geslapen, met draaiende motor en de verwarming aan. Het was puur geluk dat er geen lek in de uitlaat onder de cabine zat en er geen koolmonoxide was binnengekomen. Maar ze hadden wel een portie geluk verdiend. Het ijs aan de binnenkant van de voorruit was gedooid tot een paar plasjes.

Mijn moeder maakt me wakker en lacht naar me, en ik voel me blij, maar ik weet niet waarom.

De storm is voorbij! Het is NIET MEER KOUD! Het ijsmonster ligt gesmolten op het dashboard, en ik schenk bruisende champagne in voor mijn moeder en hang slingers op en ik voel dat ik lééf, helemaal tintelend, alsof al mijn cellen me toejuichen en vuurwerk door de ramen naar buiten gooien, in de sneeuw.

De cabine wordt niet meer heen en weer geslingerd, zelfs niet een beetje. En ik ruik weer van alles; mijn haar ruikt naar tandpasta! Mijn moeder gebaart naar me dat de politie nu gauw zal komen. Ik vraag: 'Zeg je dan dat ze papa moeten gaan halen met hun klotehelikopter?' Ze antwoordt: 'Nou en of!' En zegt erbij dat ik niet mag vloeken en dat ik me moet aankleden. Het zou heel gek moeten voelen om niets aan te hebben, maar dat is niet zo.

Ze zegt dat ik haar dappere meid ben.

Toen ze hier in de storm waren aangekomen, had Yasmin niet meer dan een paar meter zicht gehad. Nu onthulden de koplampen een besneeuwde vlakte die even ver reikte als de lichtbundels, en daarachter in het donker tot aan de Noordelijke IJszee. Ze wist nu dat er vogels en andere dieren waren die konden leven in de kou en de duisternis, en dat besef verzachtte de barre grilligheid van het landschap en gaf het iets kloppend warms.

'Hoe moet het nou als het heel moeilijk wordt om de politiehelikopter te kapen en naar papa toe te gaan?' vroeg Ruby.

'Ik denk niet dat kapen nodig zal zijn. We hebben vast wel het respect van de politie verdiend door de bergpas over te steken, een lawine achter ons te laten en een arctische storm te doorstaan, midden op de toendra. Nu zullen ze wel naar ons luisteren.'

Ruby moest lachen. 'Ja.'

De politie zou nu ook haar verhaal over de tankwagen geloven, want geen mens stak in zo'n storm de Atigun-pas over vanwege een spookbeeld.

'En als ze nou eens denken dat we in dat ravijn zijn gevallen?' zei Ruby. 'Omdat we de kleren van meneer Azizi uit het raam hebben gegooid en we die diepe bandensporen hebben gemaakt?'

'De sporen en de kleren waren al onder de sneeuw verdwenen nog voordat de storm voorbij was. De politie vindt ons nu vast heel gauw.'

Een poosje zeggen we niks en zitten we daar alleen maar tevreden en lekker warm te zijn, en dan gebaart mijn moeder:

'Waarom praat je niet graag met je mond?'

Even ben ik bang dat het bestraffend bedoeld is, dat ik het weer eens verkeerd doe. Maar zo bedoelt ze het niet, dat kan ik zien. Ze wil het gewoon echt graag weten.

'Als ik gebarentaal gebruik of typ, dan zie ik dezelfde woorden als degene met wie ik praat,' leg ik uit. 'Zoals nu. Ik zie mijn handen en jij ziet ze ook, en we zien de woorden samen. Maar als ik met mijn mond praat, hoort alleen de horende mijn woorden, en ik niet.'

Ik houd op met praten, omdat ik er zo slecht in ben, maar ik wil haar nog zeggen: Ik vind het eng om met mijn mondstem te praten.

Mama omhelst me niet, gelukkig niet, want dat zou ik niet willen. Ze kijkt me heel ernstig aan, alsof ze er meer van wil weten.

'Het is alsof ik niet meer besta,' zeg ik dan. 'Als ik met mijn mondstem praat, verdwijn ik.'

Mijn moeder knikt. Ik kan zien dat ze het snapt.

Yasmin dacht terug aan haar schreeuw om Matt in de storm. Haar mond en tong hadden zijn naam gevormd en haar longen hadden de lucht zo hard als ze konden naar buiten geblazen, en toch was zijn geschreeuwde naam weggevaagd door de orkaanwind, en ze had niet geweten of ze eigenlijk wel geluid voortbracht. Ze had zich gedesoriënteerd en kwetsbaar gevoeld, alsof ze een leegte om zich heen had gecreëerd.

Hoeveel lucht Ruby ook uit haar longen perste, hoe volmaakt de bewegingen en de coördinatie van haar tong, lippen en gehemelte ook waren, ze zou nooit haar eigen stem horen; de wereld om haar heen bleef altijd stil. Al sinds ze een kind van drie jaar was geweest wilde Ruby dat er in ieder vertrek een spiegel hing. Nu pas begreep Yasmin Ruby's behoefte om haar fysieke aanwezigheid bevestigd te zien.

Ze trokken hun poolkleding aan voordat ze uitstapten. Het was niet meer zo moordend koud als tijdens de storm, maar nog altijd vijfentwintig graden onder nul en donker.

We zijn uitgestapt en we zijn superstijf, als poppen die te lang in een te kleine doos hebben gezeten. Mijn vader doet nu vast hetzelfde als wij, want een aputiak is ook niet zo groot, dus hij zal ook wel rekken en strekken en heel grote passen nemen. Ik speur om me heen naar dieren, maar ik kan niet veel zien in het donker. Ik wil ook niet te goed kijken, want ik ben bang dat ik dan de man zal zien die al die beesten heeft vermoord, ook al heeft hij ons al een hele tijd niet meer gemaild. Mijn moeder denkt dat hij het opgegeven heeft. Trouwens, de politie zal nu wel gauw komen.

Mijn moeder tikt me zachtjes op de schouder. Haar handen in het licht van de cabine zeggen dat ik omhoog moet kijken.

Het is SUPERCOOLIO-BRUUT-WREED-KICKEN MOOI!!! Er staan ontelbare sterren boven ons, en overal waar je kijkt glinsteren en flonkeren het dak en de wanden van de hemel. Het is anders dan wanneer je thuis naar de sterren kijkt, want hier is het echt pikdonker. Alleen maar donker, overal waar je kijkt. Zwart, zwart, zwart. Maar die gigagrote hemel is gevuld met diamantjes en laserscherpe stippen en duizenden vlekjes gevangen zonlicht. Als glitter op fluweel, als licht dat door glas heen schijnt; het is magisch en het is echt!

Mijn moeder kijkt omhoog, met haar hoofd in haar nek, en ik kan zien wat ze denkt: SUPERCOOLIO-BRUUT-WREED-KICKEN MOOI!!!

Yasmin had nog nooit zo'n prachtige, heldere, volmaakte nachthemel gezien als deze; geen spoor van lichtvervuiling door de mens, de lucht net schoongewassen. Tijdens de storm had ze zich vastgeklampt aan haar overtuiging dat Matt in veiligheid was. De aanblik van deze bijzondere sterrenhemel sterkte haar in die overtuiging. Hij had het overleefd en de politie zou hem vinden en straks zouden ze allemaal weer samen zijn.

Ze zocht naar Polaris. Al sinds haar dertiende speurde ze de hemel af, eerst met een verrekijker, daarna met een telescoop en later tijdens bezoekjes aan het observatorium. Ze had altijd, om zich te kunnen oriënteren op de stand van de sterren, als eerste gezocht naar Polaris, de constante Poolster die het noorden markeerde. Daarbij voelde ze een band met de zeelieden en ontdekkingsreizigers van eeuwen geleden, die voor hun navigatie gebruik hadden gemaakt van deze ster.

Polaris bleek pal boven hun hoofd te staan. Ze bevonden zich op het topje van de planeet.

We speuren in de lucht naar een politiehelikopter, en intussen wijst mijn moeder me de Grote Beer en de Kleine Beer en legt ze me uit hoe je Polaris kunt vinden, de ster die het noorden aangeeft.

'Is dat dezelfde als de Poolster?' vraag ik.

'Ja. We staan op het topje van de aarde, Ruby. De wereld draait om ons heen.'

Ik moet lachen, maar ze zegt: 'Nee, echt! Stel je voor dat er vanuit het heelal een onzichtbare draad door de aarde heen wordt getrokken, vanaf het punt waar onze voeten nu staan helemaal naar beneden, naar de Zuidpool. De aarde draait om die draad, dus eigenlijk draait de aarde ook om ons heen.'

Wat mooi!

Ze staart nog steeds naar de hemel, maar haar gezicht staat nu ernstig.

'Ik heb even je laptop nodig, goed?'

Ze stapt in en ik ga mee naar binnen, want ik wil haar iets vertellen wat ze misschien nog niet weet. Papa heeft me verteld dat trekvogels de Poolster gebruiken om zich te oriënteren. Babyvogeltjes bestuderen de nachtelijke sterrenhemel om te leren waar de Poolster staat. Ongelogen waar! Zo vinden ze in het donker de weg naar huis. Ik vind dat mijn vader en moeder het maar eens samen over de Poolster moeten hebben.

Ze heeft mijn laptop opengeklapt en kijkt nu naar de foto van die arme verscheurde muskusos, en dan scrolt ze naar de cijfers die eronder staan: 68950119 149994621.

'Ik dacht dat deze getallen te maken hadden met het DSC-nummer van de satellietzender, maar dat is niet zo,' zegt ze. 'Of dat het bestandsnummers waren die de camera aan de foto had toegekend, maar deze langere getallen zijn anders.'

Ze ziet dat ik er niks van begrijp, want ze gaat heel langzaam gebaren.

'We delen de aarde op in partjes, als een gepelde mandarijn,' legt ze uit. 'En de lijnen tussen die partjes heten lengtecirkels. Ze komen bij elkaar op de Noordpool, heel dicht bij de plek waar wij nu staan, en op de Zuidpool, daar waar ons onzichtbare touwtje van daarnet weer uit de aarde komt.'

Ze opent de foto van die arme wolven. Ik kan goed merken dat ze haast heeft, maar ze neemt de tijd om met haar handen tegen me te praten.

'En je hebt ook onzichtbare cirkels die de andere kant op gaan, als hoelahoepen om de aarde heen. Dat zijn de breedtecirkels. Een van de allerbelangrijkste hoelahoepen is de poolcirkel. Die ligt op zesenzestig komma vijf, zes en nog wat cijfertjes, twee, vijf, als ik het me goed herinner. Op de Zuidpool ligt precies zo'n cirkel, maar dan dus zuidelijk.'

Ze wijst naar de getallen onder de wolvenfoto: 68945304 149992659.

'Met een decimaalpunt in de eerste getallenreeks krijg je de breedtegraad – iets ten noorden van de poolcirkel.'

Ik snap het niet, maar dat maakt niet veel uit, want het is alsof ze in zichzelf praat – in gebarentaal. Papa doet dat ook wel eens, maar mama heb ik het nog nooit zien doen.

Ze schrijft op: 68.945304.

'Dan doen we hetzelfde met de tweede getallenreeks, met een minnetje ervoor, want ik weet bijna zeker dat het een lengtegraad is ten westen van de nulmeridiaan.'

Ze noteert '-149.992659' en ik heb geen flauw idee wat ze bedoelt. Dan opent ze het mailprogramma en schrijft alle getallen op de achterkant van meneer Azizi's wegenkaart. Ik heb intussen de taak om naar de politiehelikopter te speuren, zegt ze.

Ooit had Yasmin de lengte- en breedtegraden, behalve als een inventief praktisch middel, beschouwd als een manier van de mens om de planeet te claimen. Deze onzichtbare markeringen over de hele wereldbol bevielen haar stukken beter dan de arbitraire, bloederige grenzen tussen de verschillende landen. De omsluitende aard van deze kaderlijnen, hun onpartijdige mathematische logica en wetenschappelijke precisie gaven de wereld voor haar een zekere geborgenheid. En ze had het altijd mooi gevonden dat deze historische manier om de planeet in te delen nog dagelijks werd gebruikt in het moderne alledaagse leven, waar mensen in de auto gebruikmaakten van gps zonder zich te realiseren dat ze veilig van A naar B werden geloodst aan de hand van de coördinaten van lengte- en breedtegraden, verkregen door het peilen van satellietsignalen in de ruimte.

Dat ze de getallenreeksen niet had herkend, kwam misschien juist wel doordat ze de lengte- en breedtegraden lang had geassocieerd met veiligheid en regelmaat. De positie van de cijfers onder die groteske foto's had gewerkt als camouflage, waardoor ze onopgemerkt langs haar anders zo wetenschappelijk ingestelde brein hadden weten te glippen. Of misschien kwam het eenvoudigweg doordat de vreselijke beelden al haar aandacht hadden opgeëist; ze was zo bang en moe geweest dat ze niet de rust of de helderheid had gehad om ze te herkennen.

Ze probeerde haar onrust tot bedaren te brengen terwijl ze Google Earth opende op Ruby's computer. De getallenreeksen konden de locatie van deze persoon tot op een meter nauwkeurig aangeven. Dadelijk zou hij een fysieke aanwezigheid hebben, op een specifieke plek daar ergens in het donker.

In de zoekbalk toetste ze de cijfers in die onder de foto van de ruw geslachte muskusos stonden, met toevoeging van decimaaltekens en een minnetje: 68.950119, -149.994621.

Op het scherm verscheen een wereldbol, die begon te draaien en het noordelijk deel van de planeet toonde – Rusland, Canada en Alaska – om vervolgens in te zoomen op Alaska, daaroverheen te schuiven en ten slotte stil te houden.

Dat moest de plek zijn waar hij de muskusos had gedood en gefotografeerd.

Ze plaatste een punaise-icoontje om de locatie van de muskusos te markeren en zoomde nog verder in.

Anaktue verscheen op de kaart.

Met behulp van de digitale liniaal mat ze de afstand tussen de geslachte muskusos en Anaktue. Dertien kilometer.

Waarom had hij haar een locatie gestuurd? Dat moest onopzettelijk gebeurd zijn.

Waarschijnlijk had zijn satellietzender ingebouwde gps en werd de locatie automatisch weergegeven bij de foto, zonder dat hij het in de gaten had.

Ze voerde in de zoekbalk de cijfers in die bij de foto van de raaf stonden: 69.051605, -150.116989.

De raaf lag precies bij Anaktue. Had Matt die man gezien?

Ze was er niet zeker van dat de tijd die was verstreken tussen de e-mails strookte met de afgelegde afstand, maar waarschijnlijk ging het versturen van mail op dit soort afgelegen plekken niet zonder haperen.

Nu typte ze de cijfers in die onder de foto van de wolven stonden: 68.945304, -149.992659.

Opnieuw plaatste ze een punaise en mat ze de afstand. De locatie van de wolven was maar een paar honderd meter verwijderd van die van de muskusos.

Ze voerde de cijfers in van de laatste e-mail die ze had ontvangen, die met de foto van het poolvosje: 68.733615, -149.695998.

Een kleine dertig kilometer bij de wolven vandaan, verder weg van Anaktue.

Ze opende haar e-mailaccount. Er was een nieuw bericht binnengekomen, een uur geleden, toen ze lagen te slapen.

Dit is de ergste foto. Een familie rivierotters. Vader, moeder en drie kleintjes. Rivierotters zijn heel schuchter, maar als er niemand kijkt doen ze spelletjes, ook de volwassen dieren: verstoppertje en tikkertje en zo. Ze kunnen heel goed zwemmen, sierlijk, en ze bouwen een supercoolio hol, met een piepkleine opening om erin en eruit te gaan, zodat ze veilig zijn. Alleen waren ze dus niet veilig.

Mijn moeder vraagt me om de coördinaten in te toetsen op Google Earth. Ik denk dat ze mijn aandacht wil afleiden van die arme otters, maar zelfs als ik niet naar de foto kijk zie ik ze haarscherp voor me.

Yasmin stapte uit de cabine. Vanaf de bovenste trede van het trapje speurde ze de hemel af naar een helikopter, maar de enige lichtjes die ze zag waren afkomstig van de sterren. Ze spitste haar oren, maar hoorde niets, zelfs geen wind; een immense stilte en roerloosheid.

Toen meende ze iemand te horen ademen. Voetstappen.

Die geluiden bestonden natuurlijk alleen in haar verbeelding, ze maakte zichzelf bang.

Ruby bonsde op het raam van de cabine.

Er was weer een e-mail binnengekomen.

Een foto van de sterren vulde het verlichte scherm, de duisternis vol heldere spikkels. Het was dezelfde sterrenhemel die zich nu boven hun hoofden bevond. Yasmin voelde zich onmiddellijk schokkend kwetsbaar, alsof ze naakt voor die kerel stond. Hoe wist hij dat hij haar dit moest sturen? Het was alsof hij de schuilplaatsen in haar hoofd kende.

Ruby had intussen de coördinaten van de ottermail ingevoerd op Google Earth. Hij had zich vijftien kilometer verplaatst na de mail met de vosjes, weer verder weg van Anaktue.

Nu voerde ze de coördinaten van de sterrenfoto in: 69.602132, -147.680371.

De foto van de sterren was ruim tien kilometer van de otters genomen. Weer verder van Anaktue.

Hij was op de vlucht.

Ze beschouwde de sterrenfoto als een laatste uiting van intimidatie, maar in plaats van haar te bedreigen had hij zijn locatie aan haar verraden. Ze kon de politie precies vertellen waar hij zat

Ze pakte de CB.

Geen verbinding.

Ze bleef het proberen, telkens opnieuw, maar het lukte niet om verbinding te krijgen. Een enorme angst bekroop haar.

'Weet je wat we doen?' zei ze tegen Ruby. 'Jij probeert via de e-mail contact te krijgen met de politie. Zeg maar dat ze zo snel mogelijk moeten komen. Dat we geen CB-radio meer hebben. Wil je dat voor me proberen?'

Ruby knikte.

'Goed zo. Dan ga ik het ijs van de banden bikken. Ik wil

niet dat de truck van meneer Azizi hier straks achterblijft. Hij moet dadelijk rijklaar zijn, dan kan iemand van de politie hem terug rijden.'

Ze hoopte dat Ruby niet doorhad dat ze loog; ze wilde maken dat ze daar wegkwamen, zo snel mogelijk. Ze trok de werkhandschoenen aan, pakte de ijspriem uit Adeebs gereedschapskist en ging naar buiten.

Op het trapje luisterde ze nogmaals, maar ze hoorde geen ademhaling, geen voetstappen. Niets. De orkaanwind had de sneeuw over de weg en over de toendra geblazen; de truck was niet ingesneeuwd, zoals ze had gevreesd.

Met Adeebs zaklamp in de hand kroop ze onder de wagen, zette daar de lamp strategisch neer en pakte de ijspriem. Er schoot een scherpe pijn door haar bijna bevroren linkerhand, waar ze op moest steunen terwijl ze op het ijs inhakte.

Ik mag van mijn vader en moeder niet in mijn eentje googelen, en op school krijgen we altijd een website aangewezen als we voor huiswerk internet nodig hebben, dus ik heb dit nog nooit gedaan. Als ik in de zoekbalk 'politie Alaska' intoets, komt er van alles in beeld, maar ik weet niet welke link ik moet aanklikken. Ik dacht even een site gevonden te hebben waar we wat mee konden, maar het is iets over werk en nieuwe banen. Dan typ ik 'politie in Fairbanks' in omdat dat de enige stad is die ik hier ken, behalve Deadhorse, en ik weet niet eens of er in Deadhorse wel politie is. Een website! Met telefoonnummers, maar we hebben geen telefoon. Ik zoek me suf naar een e-mailadres, maar dat staat er niet bij en ik weet niet wat ik moet doen.

Mijn armband begint te trillen, en op precies hetzelfde moment valt de internetverbinding weg.

Mijn moeder komt naar me toe gehold, vliegt het trapje op en stapt in. Als ze me ziet lijkt haar hele gezicht te lachen, ook al kijkt ze nog steeds bezorgd. Ze zegt dat ik mijn gordel om moet doen, maar voordat ik dat kan doen begint ze al te rijden. Mijn armband trilt alleen als er een heel hard geluid is.

Haar ademhaling gaat supersnel, dat kan ik zelfs door al die lagen kleren heen zien. Ik denk dat ze het ijs van de banden af heeft gekregen, want de truck hobbelt en schudt niet meer.

Ik zet Voice Magic aan omdat ik weet dat ze niet kan gebaren onder het rijden. Voor Voice Magic heb je geen internet nodig.

'Heb je het doorgegeven aan de politie?' vraagt ze.

'Sorry.'

Ze kijkt alleen maar strak voor zich uit en rijdt verder. Ik denk dat ze na een tijdje doorheeft hoe rot ik me voel, want haar gezicht wordt heel mild en ze zegt: 'Geeft niks. Echt niet. De politie is vast al onderweg.'

Yasmin had net de grootste brokken ijs van de banden gebikt toen de stilte in die ijzige kou werd versplinterd door een geweerschot, gevolgd door een krakend geluid op het moment dat de truck werd geraakt. De satellietzender stortte naar beneden. Toen ze naar Ruby toe rende, zag ze het licht van een zaklamp die over de weg bij haar vandaan bewoog; heel even werd het gereflecteerd door het metaal van de tankwagen. Hij had niet al die tijd aan de andere kant van de lawine gezeten, hij had gewacht tot de storm voorbij was. En toen had hij hen in het donker beslopen, de antenne van de CB afgebroken en de satellietontvanger aan diggelen geschoten.

Waarschijnlijk was hij nog ergere dingen van plan, maar had hij zich er eerst van willen verzekeren dat ze geen hulp konden inroepen via de CB of de satelliet.

Ze reed nu hard; ze moest twee keer uitwijken voor sneeuw die zich had opgehoopt op de weg.

'Wat was dat voor lawaai?' vroeg Ruby.

Yasmin wist niet wat ze moest antwoorden.

'Mam?'

'Iemand heeft de satellietschotel stukgemaakt,' zei Yasmin. 'Ik denk dat hij of zij niet wil dat we nog iemand spreken. Maar de politie zal zo wel komen.'

De politie zou hen makkelijk kunnen vinden. Er waren hier geen bomen en zelfs geen struiken, en daar kwam nog bij dat ze een joekel van een huis vervoerden achter op de truck. Hoe moeilijk kon het zijn?

Ze hadden geen CB. Geen satellietverbinding. Het dichtstbijzijnde huis stond honderdzeventig kilometer verderop.

Ik had iemand van school moeten mailen; Jimmy, want zijn e-mailadres ken ik uit mijn hoofd. Daar heb ik wel aan gedacht, maar ik dacht dat het nacht was in Engeland, dat hij mijn mail pas de volgende morgen zou krijgen, en dat duurde te lang. Maar ik weet helemaal niet of het in Engeland nacht is. Ik weet niet eens of het híér nacht is. Voor mijn gevoel is het nu overal nacht, alsof de nacht de dagen heeft opgeslokt.

Ik kijk naar buiten in de hoop dat ik weer vleugelafdrukken van het sneeuwhoen zal zien, maar er is niets anders dan sneeuw en donker.

Opeens weet ik wat ik had moeten doen, en ik voel me superstom.

'Ik had moeten twitteren,' zeg ik tegen mijn moeder.

'Dat zou niet geholpen hebben. Echt niet.'

Ze vindt het waarschijnlijk een dom idee. Maar dat is het niet. En nu is het te laat.

Voordat papa naar Alaska vertrok, wilde hij kijken of er niet stiekem trollen tussen mijn Twitter-volgers zaten, zoals in *De drie geiten*, met mij als het geitenbokje.

Hij zei: 'Je volgers retweeten je als gekken. Het lijkt wel of je wordt gevolgd door meer dan zeshonderd jonge drielelklokvogeltjes.'

Dat zei hij omdat alleen jonge vogels kwetteren, het geluid waar Twitter naar genoemd is, en drielelklokvogels maken ontzettend veel lawaai, dus het gekwetter van hun jongen is helemáál een herrie.

'Hoewel er mensen zijn,' zei mijn vader, 'die beweren dat de liervogel, de *superb lyrebird*, nog luidruchtiger is.'

Ik moest lachen omdat ik het supercoolio vond, een naam met 'superb' erin.

Toen zei hij: 'Zal ik jou dan voortaan "the Superb Ruby" noemen?'

Nee, ik zou me doodschamen.

En toen vroeg mijn vader: 'Heb je dat gezien? Je hebt overal volgers. In Amerika, Australië, Japan, Canada en heel Europa, waar eigenlijk niet?'

Dus het was altijd wel ergens overdag, en er zou heus wel iemand wakker geweest zijn die mijn 'help!'-tweet zou hebben gezien; een volwassene die wist wat te doen.

Nu is het te laat.

Mijn moeder geeft een kneepje in mijn hand. 'Het geeft niet,' zegt ze. 'Echt niet.'

Ik vind dat het wél geeft.

'Hij is omgedraaid,' zegt mijn moeder. 'Ik zie geen lichten meer achter ons. Al een hele tijd niet meer.'

Ik draai me om en zie dat ze gelijk heeft. Alleen maar zwart achter ons. Ik blijf nog heel lang kijken, maar er is daar niemand.

'Hij weet dat er een politiehelikopter naar ons op zoek is, en hij wil niet dat ze hem ook vinden,' zegt mijn moeder. 'Hij is ervandoor gegaan. Net als de man die ons die mailtjes heeft gestuurd.'

Ik maak het hoeragebaar, waar mijn moeder om moet lachen.

We rijden alsmaar door, urenlang. Ik blijf omkijken, maar er is niemand.

Ruby tikte op haar arm. Langs de weg stak een paal uit de sneeuw, het hout aan de bovenkant versplinterd op de plek waar de wegwijzer eraf was gerukt. Naast het kapotte bord was een afslag.

Als Ruby niet uit haar raam aan de passagierskant had gekeken en haar niet had gewaarschuwd, zou Yasmin het nooit hebben gezien. Ze herinnerde zich dat ze op Adeebs kaart had gekeken in de hoop een rivierweg te vinden waarover ze naar Anaktue zouden kunnen rijden. Ze had gezien dat de plaatselijke rivier, de Alatnak, in een lus vlak langs de snelweg uitkwam. Dat punt hadden ze nu bereikt. Volgens Adeeb was de rivierweg alleen te berijden als er een verbindingsweg naartoe was aangelegd. Dit moest die verbindingsweg zijn. Ze vermoedde dat Soagil Energy al was begonnen met de aanleg van de infrastructuur.

Anaktue lag vijfenvijftig kilometer verderop. Als de weg betrouwbaar was, zou ze binnen twee uur bij Matt kunnen zijn. De politiehelikopter zou hen toch wel zien, ze zouden niet ver van de Dalton zijn en hun truck was enorm. Zo kon ze de politie naar Matt toe leiden.

Ze reed de rudimentaire verbindingsweg op.

18

De verbindingsweg eindigde in een T-splitsing bij de dichtgevroren rivier. Ten noorden daarvan lag Anaktue. Niets op het ijs leek er aan deze kant op te duiden dat er ooit een voertuig overheen was gereden. De rivierweg maakte een scherpe bocht van een meter of dertig, en Yasmin kon niet zien wat daarachter lag. In de andere richting was de weg gemarkeerd met reflectoren; hier was het ijs duidelijk wel gebruikt als weg. Yasmin vermoedde dat de man die de dieren had gedood en haar de e-mails had gestuurd deze weg had gebruikt bij zijn vlucht uit Anaktue.

Het zou veel te gevaarlijk zijn om over dat ongemarkeerde, niet-geteste rivierijs naar Matt te rijden. Ze moest omdraaien. Ze zette de manoeuvre in, maar de truck was te groot en te log, en de draaicirkel te ruim om hem te kunnen keren.

Het zou een driepuntsdraai moeten worden. Eerst recht over de weg met de reflectoren, dan achteruit naar de dichtgevroren rivier die naar Anaktue voerde, en vervolgens de verbindingsweg weer op.

De weg met de reflectoren vormde geen probleem. Daarna zette ze de truck in z'n achteruit. Zodra de achterwielen de bevroren rivier raakten, begon de wagen hevig te schudden, en ze was bang dat het ijs dun en instabiel zou zijn. Ze reed weer naar voren, tot de truck in zijn geheel op de rivierweg met de reflectoren stond. Achteruit de verbindingsweg op lukte niet, dat was een te scherpe draai. Ze zouden hier moeten wachten.

Ze draaide haar raam open, zette de motor uit en luisterde of ze een helikopter hoorde. Maar het enige geluid was het kraken van het ijs. Ze waren te zwaar voor deze weg, ook al stonden ze binnen de markering. Er hadden hier kennelijk nog geen trucks gereden die zo groot waren als deze. Yasmin wist niet hoe ze de lading zou moeten ontkoppelen om de truck lichter te maken, en ze durfde het niet eens te proberen, na haar ervaring met de sneeuwkettingen. Zelfs wanneer ze wist wat ze deed – en dat wist ze in dit geval niet – had ze er weinig vertrouwen in dat ze het snel voor elkaar zou krijgen bij deze ijzige temperaturen. Ze moest de truck heel langzaam naar het volgende gedeelte van het ijs manoeuvreren.

De politiehelikopter zou hen nog steeds makkelijk kunnen zien, want ze waren niet ver van de Dalton en de rivierweg lag daar onbeschut.

Stel je een heel grote rivier voor. Een rivier met een dik pak ijs erop, in het donker. Daar rijden wij op! Mijn moeder zegt dat het ijs zo dik is dat we er niet doorheen zullen zakken en dat er al andere mensen hebben gereden, want er hangen reflectoren. Dat zijn van die dingen die het licht weerkaatsen. Ik vind het een gek idee dat er onder ons kikkers zitten, helemaal op de bodem van de rivier, want dat is de warmste plek. En een heleboel soorten vis, maar ik heb niet zo veel verstand van vissen.

'Zullen we elkaar nog meer interessante feitjes vertellen?' zegt mijn moeder. Misschien is zij ook een beetje bang.

'Goed.'

'Wil jij beginnen?'

'Oké. Je vroeg toch naar de dovenschool?'

Mijn moeder knikt. Nu mijn vingers het doen, kan ik het haar vertellen.

'Een van de meisjes daar vertelde me dat de dovengemeenschap je soms een gebarentaalnaam geeft.'

'De dovengemeenschap' klinkt een beetje streng, maar dat meisje, Anna, was heel leuk en ze zei dat het wel cool was. 'Supercoolio?' vroeg ik, en ze antwoordde meteen: 'Ja, supercoolio!'

'Wat voor naam dan?' vraagt mijn moeder.

'Anna lacht vaak, dus haar gebarentaalnaam is Giechel. En Anna's vader moest een keer in de pub lachen om de grap van een vriend – volgens Anna lacht iedereen bij haar thuis nogal veel – en daarbij liep er een slok bier langs zijn kin, en nu noemen ze hem Kwijlerd.'

'Kwijlerd? Echt waar?'

'Ja. Maar veel mensen hebben een naam die helemaal niet grappig is.'

'Hoe zouden ze jou kunnen noemen?'

'Dat kies je niet zelf uit, dat doen anderen voor je.'

Mijn moeder kijkt een beetje treurig, vind ik.

'Ik blijf gewoon Ruby, hoor,' zeg ik tegen haar. 'Maar ik zou dan ook een andere naam krijgen. Ik blijf mezelf, maar met iets extra's erbij.'

Mijn moeder zegt een poosje niks en ik ben bang dat ze het verschrikkelijk vindt, omdat papa en zij de naam Ruby voor me hebben uitgekozen.

'Wat goed, zeg,' zegt ze dan.

Dat vind ik ook, zolang ze mij maar niet Kwijlerd gaan noemen.

'Wat voor interessant feitje wil jij horen?' vraagt ze.

'Iets over het heelal.'

'Oké. Wist je dat het in het heelal doodstil is? Zelfs als de sterren exploderen, maken ze geen enkel geluid.'

'Dus in het heelal hoort iedereen hetzelfde als ik.'

'Ja. Ik vind het een fijn idee dat het daar zo stil is. Miljarden lichtjaren van stilte.'

Ik vind het ook een fijn idee.

Yasmin dacht aan de stilte in het heelal. Tijdens de cursus filosofie waar ze zich doorheen had geworsteld waren vragen aan de orde gekomen als: 'Stel dat een boom omvalt en niemand ziet het, is het dan wel echt gebeurd?' maar dan in de iets – zij het nauwelijks – volwassener taal van de bundeltheorie en het subjectief idealisme. Nadat ze te horen hadden gekregen dat Ruby doof was, was het voor Yasmin veranderd in: 'Stel dat een boom omvalt en alleen Ruby is erbij, heeft de boom dan geluid gemaakt?' Zij meende dat wanneer de geluidsgolven niet tegen een trommelvlies getrild hadden en niet waren omgezet in zenuwimpulsen voor de hersenen, ze slechts bestonden als vibratie in de lucht boven het bos, een lichte trilling boven mosgrond, een boom die in beroering werd gebracht, een blaadje dat nauwelijks voelbaar langs haar dochters gezicht streek.

'Nu ben jij weer aan de beurt,' zei ze tegen Ruby.

'Goed. Wist je dat de Inupiaq gebaren gebruiken als deel van hun dagelijkse taal? Dat is voor hen heel gewoon.'

'Nee, dat wist ik niet. Wat goed.'

'Papa heeft het hele dorp over mij verteld, en er is een oude mevrouw die mij Inupiaq-gebaren gaat leren.'

Ze had Ruby nog niet verteld dat iedereen in het dorp was omgekomen bij de brand; ze zou niet weten hoe ze dat nieuws moest brengen.

'Als het ijskoud is en het waait, zegt papa, dan heb je een sjaal over je gezicht en dan is het lastig om vragen te beantwoorden met je mondstem. Je wenkbrauwen optrekken betekent dan "ja" en heel snel je ogen tot spleetjes knijpen betekent "Ik weet het niet". Maar ze hebben ook gebaren voor ingewikkelde dingen.'

Yasmin zou het haar nu snel moeten vertellen.

'En ze hebben heel goede woorden. Zo is er bijvoorbeeld een speciaal woord voor "gast die eten verwacht". Dat vond papa heel nuttig. En... Stop! We moeten stoppen!'

Mijn moeder heeft de truck stilgezet en ik spring vanuit de cabine op het ijs. Het is de otterfamilie.

De kleintjes en hun ouders liggen ineengedoken bij elkaar op het ijs. Het is anders dan op de foto. Ik kan hun natte vacht zien, hun open oogjes en hun snorharen. Als ik een van de otters aanraak, als ik hem een beetje aai, dan zie ik dat er een pootje ontbreekt.

Opeens verschijnen er allemaal kleuren op het ijs, roze en groen en blauw. Ik kijk naar boven en zie dansende lappen licht aan de hemel. Bah. Het is net zo'n zoetsappige Disneyfilm. Maar als dit een zoetsappige film was, zou de otterfamilie niet dood zijn. Er ligt een husky bij. Ook dood. Hij moet wel van die man geweest zijn, want husky's leven niet in het wild. En dat licht blijft maar dansen alsof er niks aan de hand is, alsof we op het bal aan het einde van *Doornroosje* zijn, wanneer de feeën haar baljurk blauw/roze/blauw/roze maken, en ik zou het liefst heel hard STOP roepen, zodat het weer gewoon donker werd.

De tranen stroomden over Ruby's onbeschermde gezicht. Het was de eerste keer sinds deze hele toestand was begonnen dat Yasmin Ruby echt zag huilen.

'Hoe kan iemand zoiets doen?' riep Ruby met haar handen. 'Waarom?'

Yasmin sloeg een arm om haar heen, want haar eigen handen hadden hier geen antwoord op. Ze zag Ruby's tranen bevriezen op haar wangen. Boven hen was de hemel heldergroen met roze, de lucht gevuld met golvend, kolkend licht. Ze hoorde het ijs harder kraken dan daarvoor.

Haastig duwde ze Ruby terug naar de cabine, en ze zag vlak naast hun truck een diepe kloof in het ijs. Het scheelde nog geen halve meter of ze waren erin gevallen. Aan de andere kant van de truck zat een gaatje in het ijs, een volmaakt cirkeltje met uitwaaierende scheurtjes eromheen. Het zag eruit alsof het was veroorzaakt door een kogel of een boor. Ze vroeg zich af of degene die het bord met de wegbewijzering van de paal had gebroken dezelfde was als de persoon die had geprobeerd het ijs te verzwakken en de route te blokkeren. Ze had precies tussen twee scheuren in gereden.

Ze stapten weer in de cabine.

De foto van de otters was op slechts tien kilometer van zijn laatste locatie genomen.

Yasmin begon te rijden, stapvoets, net genoeg om het gewicht van de truck te verplaatsen over het ijs.

Als ze langzaam genoeg reed, zou de politie bij hen zijn voordat ze te dicht in de buurt van die kerel kwamen.

Om hen heen vlamde het noorderlicht. Het was verbluffend.

'Het is wel heel mooi, hè?'

Maar Ruby gaf geen antwoord.

Als je iets afschuwelijk vindt omdat het zo mooi is, dan is het toch niet meer mooi?

'Alaska is beroemd om de aurora borealis,' zegt mijn moeder. 'De mensen komen vanuit de hele wereld hierheen om het te zien.'

Ik wil niet dat ze me vertelt over de aurora borealis, het noorderlicht, want waarschijnlijk is het een truc. Straks zegt ze weer dat het er niet echt is, dat het wordt veroorzaakt door iets anders, net als de paraselenae.

'Hoog boven de aarde,' zegt mijn moeder, 'wordt een soort oorlog gevoerd.'

Ruby keek haar van opzij aan. Yasmin begreep dat Ruby behoefte had aan een kosmische tegenhanger van de dode dieren op het ijs; het was voor haar nu een kwestie van goed en kwaad, de kleinschalige, kinderlijke wereld was voorgoed verleden tijd.

'De zon slingert zonnewind onze kant op. Die wind komt met een snelheid van miljoenen kilometers per uur op ons af. Soms worden we bestookt met een coronale massa-uitstoot. Dat is ongeveer tien miljard ton plasma, zeg maar honderdduizend slagschepen vol, met een omvang van tot wel vijftig miljoen kilometer. En door die uitstoot, als een soort superstorm, komt de zonnewind met supersonische snelheid op ons af.'

Ruby knikte. Yasmin zag dat ze naar het noorderlicht keek.

'Er ligt een magnetisch schild om de hele aarde heen. Een onzichtbare bubbel die we magnetosfeer noemen. De zonnewind komt met dat schild in aanraking. En dat is wat wij nu zien. Dat licht, dat is het schild dat onze planeet beschermt.'

Terwijl Ruby naar de hemel keek, dacht Yasmin aan het metaal in de kern van de aarde, dat een magnetisch veld veroorzaakte terwijl de aarde draaide, en dat vele duizenden kilometers de ruimte in strekte en hen beschermde.

De duisternis om hen heen kwam voor het eerst tot leven met al die kleuren.

De gemailde foto's van de vogels en andere dieren hadden er, ondanks de dreiging die ervan uitging, voor gezorgd dat Yasmin Matt vertrouwde, Ruby's blog had haar inzicht gegeven in de reden waarom hij terug had gewild naar Alaska, maar vanaf het moment dat ze de ongeëvenaarde schoonheid van de nachtelijke hemel hier had gezien, het moment dat ze Polaris zag en wist dat ze zich op de as van de aarde bevond, dat ze de aurora borealis een kosmische strijd zag voeren in de hemel boven haar, sindsdien deelde ze Matts passie voor deze streek. Zelf zou ze er ook midden in de winter voor naar het andere eind van de wereld reizen, en haar vertrouwen in hem werd nog dieper.

Toen verdween het noorderlicht en zaten ze weer in het donker.

Ze zag twee blauwe maantjes in haar spiegel en meende dat het een optische illusie was, want dit kon niet waar zijn. Hij kon niet achter hen rijden.

De blauwe koplampen waren duidelijk te zien.

Waarom zou hij het risico nemen om straks zo dicht in hun buurt aangetroffen te worden? Hij moest toch hebben meegeluisterd via de CB, hij moest de politie hebben horen zeggen dat Ruby en zij na de storm zouden worden opgehaald. Die kerel had verdorie zelf over de CB met de politie gepraat. Ze dacht aan zijn leugens, de stem van een vreemde die haar bekend was voorgekomen, de man die had beweerd dat hij in zuidelijke richting reed in plaats van naar het noorden; dat hij haar twintig mijl terug was gepasseerd en dat er niemand achter haar had gereden. Hij had zelfs nauwkeurig een verzonnen locatie opgegeven: MP 181. Op dat moment was het niet tot Yasmin doorgedrongen, maar nu voelde het helemaal verkeerd. Ze was bang dat er iets heel angstaanjagends naar boven zou komen als ze hier te diep over nadacht, maar ze moest wel, ze kon niet anders.

Hij had dus zijn zogenaamde locatie genoemd: mijlpaal 181. Dat had haar op het moment zelf niet bijzonder belangrijk geleken, het was niet meer dan een verzonnen detail binnen een omvangrijkere leugen geweest. Even later had hij gezegd dat hij haar twintig mijl terug was gepasseerd. Een rekensommetje – dat de politie toch zeker ook gemaakt zou hebben – bracht haar positie, twintig mijl ten noorden van hem, dus bij mijlpaal 201.

Ze nam niet meer dan tien tellen de tijd om op Adeebs wegenkaart te kijken. MP 201 was minstens veertig mijl zuidelijker dan de plek waar ze op dat moment hadden gereden. Niet zo'n dertig kilometer dus, maar bijna vijfenzestig. Hij had niet alleen gelogen over zijn eigen locatie, maar ook over die van hen.

Maar ze had de politie verdorie toch verteld waar ze zich bevonden? Ze hadden toch om een locatie gevraagd? Nee, want die meenden ze al te weten, met dank aan de behulpzame chauffeur van de tankwagen. En ze had te veel aan haar hoofd gehad en was te bang geweest om helder te kunnen denken.

Yasmin dacht terug aan de toenemende wind en sneeuw, de voorlopers van de storm, op het moment dat hij had gelogen tegen de politie; een uur later was het losgebarsten. De politie zou ervan uitgaan dat ze hooguit tien kilometer had afgelegd in die weersomstandigheden. Ze zouden nooit bedenken dat ze de Atigunpas waren overgestoken.

De politie zou Ruby en haar aan het zoeken zijn ten zuiden van het Brooksgebergte. Niemand zocht hen hier, op de noordelijke toendra.

De man met de tankwagen rijdt weer achter ons. Maar de politie zal nu wel snel komen, en dan vinden ze hem en gaat hij de gevangenis in, maar eerst zorgt mijn moeder ervoor dat de politie ons naar papa brengt.

Het lijkt donkerder dan eerst, omdat de aurora borealis net aan de hemel stond en nu niet meer, alsof het noorderlicht een schaduw van zichzelf heeft achtergelaten, als een nieuwe laag in de duisternis.

De rivierweg wordt steeds smaller, ik bedenk dat dit wel een beetje op volwassen worden lijkt. Je kunt niet omkeren en teruggaan, ook niet als je heel bang bent en je het graag zou willen. Je gaat nooit meer terug naar de crèche.

Buiten wordt het kouder. Volgens de thermometer van meneer Azizi is het bijna min dertig.

Yasmin moest de chauffeur van de tankwagen bij Ruby vandaan zien te houden. Maar hoe harder ze van hem wegreed, hoe dichter ze bij de afzender van de e-mails zouden komen.

Ruby en zij hadden hun veiligheidsgordel niet omgedaan. Stel dat de truck door het ijs zou zakken; ze wist niet hoeveel tijd ze dan zouden hebben om weg te komen. Wat ze wel wist, wat Adeeb haar had verteld: als je in het water terechtkwam, stierf je door onderkoeling nog voordat je kon verdrinken.

Nu de dreiging niet alleen van achteren, maar ook van voren en onderen kwam, keek ze omhoog, naar de sterren, maar die boden niet langer troost of moed. Integendeel, ze voelde haar eigen lafheid. Het kwam door haar gebrek aan moed dat Ruby groot gevaar liep.

Vanaf het moment dat die politieman in Fairbanks had gezegd dat Matt dood was, had ze nergens meer bij durven stilstaan en was ze alsmaar doorgedenderd. Ze had zich van niemand iets aangetrokken en Ruby's veiligheid op het spel gezet, was steeds dóórgegaan, doorgegaan om hem te vinden, omdat ze te bang was om te blijven stilstaan en naar de feiten te kijken. Het was niet alleen dat Matt haar nodig had om gered te worden, zij had hém hard nodig, en ze had niet de moed om zelfs maar aan een leven zonder hem te denken.

Tijdens de storm had ze geloofd dat Matt ergens veilig in een aputiak zat. Maar waar waren de bewijzen? Het enige wat ze had, wat ze ooit had gehad, was het vertrouwen – en de aard van vertrouwen op zich droeg al in zich dat er geen bewijs was om het te staven. Het was een combinatie van liefde en hoop, verder niets.

Na het ontvangen van de gruwelijke foto's had ze ervoor gekozen om te geloven dat ze waren binnengekomen omdat Matt nog leefde, omdat de afzender niet wilde dat ze hem zou vinden. Maar nu vroeg ze zich af wat de logica achter die gedachte eigenlijk was.

Ik moet van mijn moeder al mijn dikke kleren aantrekken. Zelf trekt ze onder het rijden haar buitenkleding aan, en ik help haar daarbij. Ik zet ook mijn bivakmuts en mijn skibril op, maar mijn moeder wacht daarmee omdat ze anders de weg niet goed kan zien.

De truck stopte abrupt. Yasmin drukte het gaspedaal diep in, maar er gebeurde niets. Het was alsof ze naar achteren getrokken werden. Ze keek uit haar raam. Buiten klonk een soort gekreun en de cabine helde naar achteren. Hun lading was door het ijs gezakt en begon te zinken.

Ik neem de zaklamp mee naar buiten zoals mijn moeder me heeft gevraagd, maar ik heb ook nog mijn laptop. Die stop ik onder mijn parka voordat ik op het ijs spring. Mijn moeder gooit de zak met ons eten naar beneden en komt dan ook de cabine uit, met de vuurpijl voor noodgevallen en meneer Azizi's slaapzak.

Het huis achter op de vrachtwagen kiepert schuin naar beneden en maakt een groot gat in het ijs. Onze zak met eten glijdt in het gat, en nu verdwijnt ook het huis erin, stukje bij beetje, in slow motion, lijkt het wel. Mijn armband trilt, dus de truck zal wel een hoop lawaai maken bij het zinken. De koplampen schijnen nu de lucht in, als zoeklichten. En dan verdwijnen die ook onder water.

Mijn moeder en ik rennen hard weg, want het ijs begint aan alle kanten te kraken. We springen over de scheuren heen. Ineens wordt alles blauw.

Als ik achter ons kijk, zie ik dat de sneeuw blauw lijkt door de koplampen van de tankwagen. Ik denk dat de rivier hier heel diep is, want je kunt het huis en de cabine nu al niet meer zien.

Het blauwe schijnsel wordt zwakker, de koplampen van de

tankwagen kleiner. Hij rijdt waarschijnlijk achteruit. Ik denk dat de man bang is dat het ijs nog verder zal scheuren zodat hij er ook doorheen zal zakken. Dat zou een gigagroot gat worden, waar hij zelf ook door zou worden opgeslokt.

Mijn moeder houdt mijn hand vast terwijl we wegrennen, weg van de tankwagen, over het ijs. Ik heb steken in mijn zij, en ik denk dat ze dat aan me ziet, want we gaan zo nu en dan langzamer lopen, nog steeds hand in hand, en daarna weer hollen en dan weer langzamer.

Toen ze uit de zinkende cabine gesprongen waren, had Yasmin een schot gehoord, maar Ruby wist niet dat de chauffeur van de tankwagen op hen had geschoten. Haastig voerde ze haar weg over het krakende, scheurende ijs. Toen ze dacht dat ze een paar honderd meter hadden afgelegd, hield ze halt. Ze zouden nu wel buiten het bereik van de kogels zijn en het ijs om hen heen was stabiel.

Ze knielde neer op het ijs en probeerde Adeebs noodvuurpijl uit de verpakking te halen, bijgeschenen door Ruby, zodat ze kon zien wat ze deed. Ze kreeg de dunne verpakking niet losgepeuterd en trok haar dikke overhandschoenen uit. Paniekerig bedacht ze dat ze geen lucifers had, maar toen zag ze dat ze de vuurpijl kon afstrijken langs het deksel van de verpakking. Pas na zes pogingen vatte hij vlam. De pijl schoot de lucht in, vuurrood, en liet een spoor van licht na. Snel trok ze haar dikke handschoenen weer aan.

Samen met Ruby keek ze naar de rode vuurpijl, die aan de nachtelijke hemel bleef staan alsof hij zich bij de sterren had gevoegd. Misschien had de politie het zoekgebied vergroot en zouden ze hem zien, of misschien waren er inmiddels andere vliegtuigen in de lucht en zou een ervan de vuurpijl opmerken. Toen doofde het licht en zagen ze alleen nog de sterren.

Ze schatte dat de afzender van de e-mails nog geen kilometer van hen verwijderd was; hij moest de vuurpijl ook gezien hebben. Maar ze had geen keuze gehad, ze moest proberen hulp te krijgen. Zonder beschutting, met niets om hen warm te houden, zou Ruby het niet lang volhouden. Ze hadden Ruby's laptop, maar zonder satellietzender konden ze daar niets mee beginnen.

Gehurkt op het ijs trok Ruby haar handschoenen uit en klapte haar laptop open. Met alleen haar zijden binnenhandschoenen aan typte ze:

Zal ik je het verhaal over de raaf vertellen? De raaf waarin de Inupiaq geloven?

Dat wil ik heel graag horen. Probeer het maar te typen met de speciale werkhandschoenen van papa.

Ik kan niet typen met handschoenen aan. Deze zijn goed genoeg voor even, mam. Als ik koude vingers krijg, trek ik die andere wel aan.
Bij het begin der tijden heeft Raaf de wereld geschapen door met zijn vleugels te slaan. Dan komt er nog een lang verhaal over een musje, maar dat sla ik over. Dat is niet het leukste gedeelte.

Oké.

Raaf hield van alle mensen en dieren die hij had geschapen en hij wilde er meer over weten. Op een dag was Raaf aan het peddelen in zijn kajak en toen zag hij een walvis. De walvis gaapte, en Raaf voer zijn bek in.
Toen de walvis zijn bek weer dichtdeed, werd het heel donker. Raaf peddelde verder tot aan de witte

ribben van de walvis, die heel hoog om hem heen oprezen. Net ivoren zuilen, zei papa. En daar, tussen die ribben, stond een heel mooi meisje te dansen.

Ik moet nu mijn handschoenen aantrekken.

Ruby trok de werkhandschoenen aan en ze gingen samen rondlopen, in grote cirkels, zwaaiend met hun armen. Yasmin knipte Adeebs zaklamp aan om te kunnen zien waar ze liepen, maar ze deed hem snel weer uit. Ze moesten zuinig zijn met de batterijen. Ze had eraan moeten denken iets mee te nemen om vuur te maken. Licht en warmte. Ze legde een hand op Ruby's schouder om haar af te remmen. Het was belangrijk om de bloedsomloop op gang te houden, maar ze mochten niet gaan zweten. Zweet zou verdampen, warmte aan hun lichaam onttrekken en het onderkoelingsproces versnellen. Daar was ze ook bang voor geweest toen Ruby en zij wegrenden voor de chauffeur van de tanker, daarom was ze zo nu en dan overgegaan op wandeltempo.

Yasmin keek voortdurend naar de hemel, in de hoop daar de bewegende lichtjes van een vliegtuig of helikopter te zien, iemand die hun vuurpijl had opgemerkt, maar er was niets.

Ruby ging weer op haar hurken op het ijs zitten en typte met haar dunne handschoentjes iets op de laptop.

Waarom is de politie er nog niet?

Dat duurt vast niet lang meer. Iemand moet de vuurpijl gezien hebben. Wat een mooi verhaal, kun je me de rest in gebarentaal vertellen?

Maar dan moeten we de zaklamp gebruiken, anders kun je mijn handen niet zien. Dan gaat de batterij op.

```
Raaf zag dat er touwtjes aan de handen en voeten van
het dansende meisje zaten. Die waren verbonden met
het hart van de walvis.
Raaf werd verliefd op het meisje; hij nam zijn
snavel af en toonde haar zijn mensengezicht.
Raaf wilde het mooie, coolio meisje weghalen uit de
walvis en met haar trouwen, maar het meisje zei dat
ze niet weg kon, want ze was het hart en de ziel van
de walvis.
Ik heb nu te koude vingers.
```

Ruby hield op met typen en trok de werkhandschoenen aan over de dunne zijden handschoentjes. Ze klapte de laptop dicht, zodat er geen licht meer was.

Yasmin hoorde Ruby's stem in de duisternis.

'Het mooie meisje danste in het binnenste van de walvis. Raaf zag dat de walvis snel ging zwemmen als ze snel danste en langzaam als ze langzaam danste.'

Ruby's orale stem was zacht maar helder en klonk Yasmin prachtig in de oren. Ze hoorde Ruby's moed terwijl ze sprak.

'Raaf vergat dat het meisje niet weg kon uit de walvis, en hij tilde haar op en vloog met haar naar buiten.'

Ik doe dit helemaal niet graag, al die vormen maken met mijn mond en rare beweginkjes met mijn tong, tanden en lippen in de hoop dat het geluid er uitkomt als woorden. Maar het is de enige manier om te praten in het donker. Mijn moeder houdt mijn hand heel stevig vast. Dat is één voordeel van praten met je mond: je kunt het doen terwijl je elkaars hand vasthoudt. Maar ik kan niets horen van wat ze terugzegt, misschien houdt ze daarom mijn hand vast.

Ik heb geoefend met Voice Magic en Dragon Dictate. Dan zeg ik iets en kijk wat er getypt wordt, en ik probeer het steeds opnieuw. Ik gebruik ook een spiegel, zoals ik van de logopedist heb geleerd, met mijn hand tegen mijn keel om de trillingen te voelen en soms een hand voor mijn mond, zodat ik de luchtstootjes voel. Er zijn dagen dat mijn gesproken woorden wartaal blijven, maar soms gaat het beter. Dat oefenen deed ik lekker in mijn eentje, ik kon het doen wanneer ik wilde en er was niemand die mijn fouten hoorde. Ook niemand die hoorde dat ik het goed deed. Ik wil dat mijn mondstem iets is waar ik zelf voor kies. Nu maar hopen dat mijn moeder het verhaal kan volgen.

'Toen Raaf met het mooie meisje de lucht in vloog, knapten alle touwtjes,' zeg ik met mijn mondstem. 'En op zee werd de walvis steeds trager en trager.'

Yasmin dacht dat ze jarenlang op dit moment had gewacht, maar Ruby gebruikte haar stem al vanaf het moment dat ze gebarentaal had geleerd. Yasmin had alleen nooit geluisterd 'De walvis ging dood en het meisje in Raafs armen werd kleiner en kleiner, tot ze helemaal verdwenen was,' zei Ruby. 'En toen wist Raaf dat alles wat leeft een hart en een ziel heeft.'

Toen Ruby zweeg, klonk de stilte Yasmin zo luid in de oren dat ze ervan schrok.

Ze spitste haar oren, maar de sneeuw had alle geluiden geabsorbeerd. Toen keek ze de duisternis in; het donker had al het licht en alle kleuren opgeslokt. Ze konden niet verder, want vóór hen was de man die hun de e-mails had gestuurd. Ze konden evenmin omdraaien en ervandoor gaan, want dan liepen ze het risico om binnen het bereik van de kogels van de chauffeur van de tankwagen te komen. Ruby en zij zaten gevangen tussen deze angstaanjagende grenzen, en verderop lagen het onbegaanbare Brooksgebergte en de Noordelijke IJszee: de begrenzing binnen de begrenzing.

Zolang ze onderweg was geweest om hem te zoeken, had ze

kunnen geloven dat Matt nog leefde, had ze de feiten kunnen voorblijven. Maar nu werd ze ermee geconfronteerd, alsof ze haar hadden achtervolgd vanaf het kantoortje van inspecteur Reeve in Fairbanks en haar nu hier, op deze ijskoude vlakte, omsingelden.

Jawel, Matt had haar de waarheid verteld over zijn trouwring en over de winterse dieren in Alaska, en daarmee ook over Corazon, maar dat wilde niet zeggen dat hij nog leefde.

Dat ze van hem hield, wilde niet zeggen dat hij nog in leven was.

Ze kon niet dichter naar hem toe reizen en ze kon evenmin vluchten voor haar angst.

Ze voelde de stagnatie, overschaduwd door de kille immobiliteit van de boomloze toendra; een geforceerde verstilling binnen een veel grotere roerloosheid.

Boven haar waren de sterren onbereikbaar, lichtjaren van haar verwijderd.

In het donker, in de stilte, moest ze eindelijk de waarheid onder ogen zien.

Hij was dood.

Hij was maandagmiddag omgekomen, terwijl Ruby en zij nog in Londen waren.

Ze schreeuwde haar verdriet uit en verscheurde de stilte. Het kon haast niet anders of Ruby moest het voelen op haar huid, dat monsterlijke geluid.

Toen hoorde ze haar naam als antwoord in de duisternis.

Ze wist dat het niet waar kon zijn.

Matt riep haar naam nog een keer.

19

Mijn moeder begint te hollen. Ze heeft mijn hand nog vast en ik moet keihard rennen om haar bij te houden, maar overal ligt ijs en het is glad en ze houdt me min of meer op de been. In haar andere hand heeft ze de zaklamp van meneer Azizi; het licht wiebelt onder het rennen.

Er schijnt een lichtbundel onze kant op. Ik ben bang dat het de man is die de dieren heeft doodgemaakt. Het licht wordt snel groter; ik denk dat die man ook rent, hij komt dichterbij.

Iemand schijnt met een zaklamp in mijn gezicht, en ik kan niks zien. Hij trekt me naar zich toe en slaat zijn armen om me heen, en ik voel een kussen van warme lucht in zijn bontcapuchon en dan zie ik zijn gezicht. Ik vlieg hem om de hals, alsof ik in hem zou kunnen verdwijnen.

Papa houdt me stevig vast en hij kijkt naar mama.

'Hoe kom jij hier nou terecht?' zegt hij tegen haar. 'Hoe is het mogelijk dat jij hier bent?'

Yasmin moest hem aanraken om te geloven dat hij nog leefde. Hij kwam naar haar toe, hand in hand met Ruby, en ze trok haar bivakmuts af; ze wilde zijn huid op de hare voelen. Ze drukte zijn gezicht tegen zich aan en kuste hem en voelde zijn warmte, proefde zijn adem en zijn mond, ze rook zijn lichaam en ze wilde dat de smaken en geuren heel sterk waren, zodat ze met al haar zintuigen kon geloven dat ze hem had gevonden.

Ze bedacht dat deze vlakte van duisternis en ijs haar Hades was geweest, een en al gevaar, en dat het een soort pact was: als zij haar enorme angst overwon en alles wat ze had op het spel zette, dan zou ze hem kunnen terughalen uit de dood. Ze sloeg haar armen om hem heen toen hij haar kuste en klampte zich aan hem vast alsof hij haar afgenomen zou kunnen worden.

Matt keek naar haar gezicht en zag wat het van haar had gevergd om hem te bereiken: haar huid was rauw en bloedde, de uitputting had schaduwen onder haar ogen gelegd. Wat was ze schitterend en onvoorstelbaar dapper. Hij trok een handschoen uit, en terwijl hij met zijn vinger langs haar wang streek, stond hij zichzelf toe te geloven dat ze echt hier bij hem was, dat hij haar weer in zijn armen kon nemen.

Hij voelde Ruby dichterbij komen. Hij moest hen naar een warme plek brengen.

Mijn vader en moeder kijken naar elkaar alsof de ander een goocheltruc is, maar dan fijner; alsof ze elkaars gezicht een prachtig, bruut-wreed kicken wonder vinden.

De blijdschap voelt als een heel grote ballon in mijn binnenste. Als ik nu naar buiten zou gaan, zou alles uitbarsten in felle kleuren. Het zou onmogelijk donker en koud kunnen blijven – echt niet. Maar ik wil niet naar buiten, ik wil hier blijven bij papa en mama.

Papa's aputiak is de fijnste plek die je je maar kunt voorstellen. Hij, mama en ik zijn daar nu met z'n drieën en we hebben een qulliq die de ruimte verlicht en verwarmt. De ingang is een best wel lange tunnel met een kariboevel als klapdeur, en er zit een gaatje in het dak waar de rook van de qulliq door kan ontsnappen.

Mijn moeder wil dat ik in mijn slaapzak kruip, die ze heeft meegenomen uit de cabine van meneer Azizi. Ik heb het nu al warm, maar ze zegt: 'Voor alle zekerheid.' Er is plaats genoeg om languit te liggen. Papa zegt dat hij de aputiak ook voor de husky's heeft gebouwd, zodat hij ze in de gaten kan houden, maar ik denk dat ze nu buiten zijn om af te koelen. Husky's kunnen het zelfs in de vrieskou te warm krijgen. Papa vertelt dat hij sinds gisteren niets meer op voorraad heeft en dat de qulliq nog maar een paar uur zal branden; ik denk dat mama dat bedoelde met 'voor alle zekerheid'. Buiten brandt een vuur, vlak bij onze aputiak, maar dat gaat volgens mijn vader ook binnen een uurtje uit. Hij kijkt er heel zorgelijk bij, maar ik maak me helemaal niet druk. Niet meer.

Mijn vader heeft een baard, een bevroren baard, en het ijs dat erin hangt begint te smelten door de qulliq. Hij had onze vuurpijl gezien, vertelde hij net, en hij holde in de richting van waar die was afgestoken. Hij had nooit gedacht ons daar te vinden, en toen hoorde hij mijn moeder.

Hij snapt niet hoe we hier terechtgekomen zijn, en omdat mama zo bibbert en steeds moet huilen vertel ik hem dat we zijn meegelift met een truck en dat meneer Azizi ziek is geworden, zodat mama zelf maar is gaan rijden. 'Door het noorden van Alaska?' vraagt hij, alsof hij zijn oren niet kan geloven. En als ik ja zeg, dan zie ik hoe trots hij op haar is. The Superb Supermoeder!

'Waren jullie hier toen het zo stormde?' vraagt hij en ik knik. 'Wat zullen jullie bang geweest zijn.'

'Ik had het koud.'

'Dat geloof ik meteen.'

'Mama en ik hebben gedanst om warm te blijven.'

Ik vertel hem ook over de man met de tankwagen, maar ik zeg erbij dat we niet bang voor hem hoeven zijn, want hij achtervolgt ons niet meer sinds onze wagen door het ijs is gezakt.

Terwijl ik met mijn vader praat, pakt hij mijn moeders hand. Ik denk dat hij zeker wil weten dat het goed met haar gaat en dat ze echt hier is.

'Jij hebt ons die mailtjes gestuurd, hè?' zeg ik tegen mijn vader.

'Ja. Maar ik had nooit durven dromen...' Zijn vingers vallen stil, alsof hij niet weet wat hij moet zeggen. 'Ik dacht dat jullie veilig in Fairbanks zaten, of weer in Londen. Ik had geen flauw benul...'

Zijn vingers kunnen weer de juiste woorden niet vinden, en hij ziet er heel moe en gepijnigd uit. Dat valt me nu pas op. Zijn lippen zijn helemaal gebarsten en ze bloeden.

'Zijn ze allemaal dood?' vraagt mijn moeder aan hem.

'Ja.'

Hij bedoelt het hele dorp, al zijn vrienden, de oude mevrouw die mij de Inupiaq-gebarentaal zou leren. Allemaal. Maar papa is niet dood.

'Corazon?' vraagt mijn moeder. Ze kijkt er heel treurig bij.

Hij knikt, en dan praten ze met hun ogen met elkaar. Ik denk dat dat een taal is die niemand anders ooit zal kunnen begrijpen.

Zijn handbewegingen zijn traag, alsof de woorden pijn doen.

'En Kaiyuk, haar tweelingbroer, ook. Iedereen. Ik had bij hen moeten zijn.'

Hij wil nog iets zeggen, maar dan stopt hij ineens en mijn armband trilt. Er schijnt een licht naar binnen, over de sneeuwwanden van onze aputiak valt een ijzige gouden gloed. Mijn vader en moeder zetten hun skibril op en snellen naar buiten. Ik wurm me uit de slaapzak en ga achter hen aan.

Buiten waai ik bijna weg, alsof een wervelwind de lucht onder me vandaan zuigt, en het licht is zo fel dat het net lijkt of ik tegen de zon in kijk. Er is zo veel lawaai dat mijn tanden ervan klapperen.

Dan wordt het felle licht uitgeschakeld en houdt het trillen op. Ik knipper een paar keer met mijn ogen, nog steeds verblind, en daar is het donker weer. Mijn moeder heeft een zaklamp, en ik zie een helikopter in de sneeuw staan. Hij ziet eruit als een reusachtige zwarte libel waarvan de vleugels steeds langzamer gaan, tot ze stilhangen. Op de zijkant staan letters: 'Alaska State Troopers'. Er stapt een man uit; hij heeft een zwart rubberen masker voor zijn gezicht en een skibril, en hij lijkt zelf ook wel een insect. Op zijn mouw staat 'State Trooper Alaska'. De man draait zich om en gooit de deur van de helikopter achter zich dicht; ik denk met een harde klap, want mijn armband begint weer te trillen. Dan komt hij naar ons toe gelopen.

Commissaris Grayling zag het groepje in de sneeuw staan, de ouders en het kleine meisje, een gezin, te midden van die woeste vlakte, waar het dertig graden vroor. De opluchting was zo groot dat hij er bijna door werd gevloerd.

'O, goddank. Goddank. Is alles goed met jullie? En met de kleine meid?'

'Ja,' zei Yasmin Alfredson.

Hij bukte in de sneeuw tot hij op gelijke hoogte was met het meisje. Ze deinsde achteruit. Hij trok het beschermende masker voor zijn gezicht vandaan. 'Sorry, eng masker.'

Maar ze wilde nog steeds niets van hem weten, en hij voelde zijn eigen laakbaarheid. Het was zijn schuld dat zij en haar moeder de barre poolvlakte op gegaan waren. Hij had hen niet beschermd. Geen wonder dat het meisje niets met hem te maken wilde hebben, hij had bewondering voor haar pit.

Hij pakte Matthew Alfredsons arm beet, eerder een omhelzing dan een handdruk.

'Hoe zeg je sorry tegen iemand omdat je dacht dat hij dood was?'

Commissaris Grayling was ouder dan Yasmin zich had voorgesteld, zijn gezicht fijner en getekender. Hij ging met hen mee de aputiak in, op handen en knieën de tunnel door naar binnen.

'Hebt u de tankwagen gezien?' vroeg ze.

'Ja. De chauffeur zit momenteel in de heli. Keren op de weg blijkt niet zijn sterkste punt te zijn.'

'Weet u wie het is?'

'Hij wil niets loslaten, maar we krijgen de waarheid wel boven tafel.'

Hij zweeg even, en Yasmin zag het schuldgevoel op zijn gezicht.

'Ik ben meteen gaan zoeken toen ik hoorde dat jullie op de Dalton reden,' zei hij. 'Maar toen kwam de storm en kon ik de heli niet gebruiken. Zodra de wind voldoende was afgenomen om te vliegen, ben ik verder gaan zoeken. Ik heb iedere kilometer van de Dalton ten zuiden van de Atigun-pas afgespeurd, maar er was niets te zien. Dus ben ik naar het noorden gegaan.'

Ze nam aan dat hij de chauffeur van de tankwagen had geloofd toen die hun zogenaamde locatie doorgaf; zijn zoektocht op de toendra moest een laatste wanhoopspoging zijn geweest, eerder ingegeven door hoop dan door realistische verwachtingen.

'De storm was gaan liggen, het zicht was stukken beter,' vervolgde hij. 'Toen ik jullie vuurpijl zag, ben ik daarop afgegaan, en ik stuitte op de tankwagen. Daarna ben ik jullie gaan zoeken. Een van de rotoren van de helikopter is beschadigd door de storm en het ijs. Ik heb het gered tot hier, maar het is niet verantwoord om er nu nog mee te gaan vliegen. Ik heb mijn collega's opgeroepen om ons te komen halen.'

'Hoe lang gaat dat duren?' vroeg Matt.

'Een uur, misschien iets langer. Het is een hele tocht, zelfs per helikopter.'

Commissaris Grayling zag Yasmin Alfredson gebaren naar haar dochtertje en besefte toen pas dat ze doof was. De enorme kwetsbaarheid van het meisje was een schok voor hem.

'Je bent boos op me, hè?' zei hij tegen het kind. 'Ik ben ook boos op mezelf.'

Yasmin vertaalde zijn woorden in gebaren, maar haar dochter werd er niet milder door.

'Ik had je moeder moeten geloven,' zei hij. 'Het is mijn schuld dat jullie die enge tocht moesten ondernemen. Ik had zelf je vader moeten gaan zoeken.'

Yasmin vertaalde weer, en deze keer knikte het meisje. Ze keerde zich niet langer nadrukkelijk van hem af. Toen zei ze iets tegen haar moeder.

'Weet u hoe het met Adeeb Azizi gaat?' vroeg Yasmin.

Hij knikte, glimlachend, en gebaarde 'oké'. Het enige woord dat hij kende in gebarentaal.

'Ik heb wel degelijk naar u gezocht,' zei hij tegen Matt. 'Ik ben over het hele gebied rond Anaktue gevlogen, god weet hoe vaak, om alles uit te sluiten.'

'Wanneer was dat?' vroeg Matt.

'Maandagmiddag, tot ver in de avond.'

'Toen zat ik al een kilometer of vijftig verderop,' zei Matt.

Mijn vader praat met zijn mondstem tegen de politieman en met zijn gebarenstem tegen mij. Dat doet hij altijd als hij samen met mij is en er is iemand bij die geen gebarentaal kent. Het is heel moeilijk, want in gebarentaal is de grammatica anders en je moet ook je gezicht gebruiken. En papa ziet er heel moe uit.

'Ik ben twee keer vertrokken uit Anaktue,' vertelt hij. 'De eerste keer was woensdag. Dat is... Is het een week geleden?'

Commissaris Grayling knikt, maar ik weet niet welke dag het vandaag is. Het voelt alsof onze rit één lange nacht heeft geduurd, omdat de nacht hier de dagen opslokt.

Yasmin had zo veel vragen voor Matt, maar ze wist dat ze moest luisteren naar zijn verhaal over de afgelopen dagen, met alle details en facetten, net zoals hij naar haar verhaal moest luisteren, want het waren dagen geweest die hen hadden afgebroken en opnieuw opgebouwd; ze waren nu andere mensen dan voor dit alles.

'U bent afgelopen woensdag uit Anaktue vertrokken?' vroeg commissaris Grayling.

20

Matt was die ochtend vroeg opgestaan na een slapeloze nacht op een kampeerbedje, met een flinke tocht in het verschiet. Corazon lag in haar eigen kamer te slapen, maar haar tweelingbroer Kaiyuk was al bezig met de verzorging van zijn husky's. Matt hoorde het geblaf in de stilte van de vroege ochtend, en Kaiyuks stem terwijl hij ze eten gaf. Kaiyuk en hij hadden tot diep in de nacht zitten praten, en Matt vermoedde dat hij helemaal niet meer naar bed was gegaan.

Nadat hij zijn *atikluk* had aangetrokken over zijn *atigi*-parka ging hij naar buiten, waar hij zoals iedere morgen gedesoriënteerd raakte door de maan en de sterren die nog aan de hemel stonden, alsof ze de boodschap niet begrepen hadden. De ijskoude lucht verdreef zijn slaap.

Hij liep langs het groepje houten huizen en blokhutten naar de kennels, onder het gezoem van het generatorhuisje. Vanaf hier kon je zien dat twee van de houten blokhutten scheefgezakt waren. Het fundament was gebouwd op de permafrost, die de afgelopen jaren aan het ontdooien was.

Kaiyuk had de honden al voor hem aangespannen, elk aan een eigen lijn. Het was pas de tweede keer dat Matt met een span husky's op pad ging, deze keer langer dan de vorige. Kaiyuk gaf hem nog wat last-minute advies: als sledehondendrijver was Matt de leider van de roedel, dat mochten de honden nooit vergeten. Daarna had hij hem een uit steen gehouwen lamp in de vorm van een halvemaan gegeven, zijn eigen qulliq. 'Als je dan toch de Inupiaq wilt uithangen...' had hij grinnikend tegen Matt gezegd. De twee mannen hadden elkaar omhelsd, en Matt had gevoeld hoe solide hun vriendschap was. Hij had verder niemand wakker gemaakt om afscheid van te nemen, dat leek hem voor deze korte reis niet nodig.

Hij keek naar Yasmin en Ruby, dicht bij hem in de aputiak, en toen naar commissaris Grayling. Hij wist niet precies hoe lang hij had gezwegen, maar voor zijn gevoel was het niet erg lang: herinneringen, net als dromen, worden opgerekt terwijl je ze ervaart, maar objectief gemeten nemen ze amper tijd in beslag.

'Ik ben vroeg vertrokken, om een uur of zes,' zei hij. 'Bijna iedereen lag nog te slapen. We hadden de vorige avond een "welkom thuis"-feestje gehad voor Akiak.'

'Akiak Iqua?' vroeg Grayling.

'Ja.'

'Volgens onze gegevens was hij aan het werk bij de olieputten in Prudhoe,' zei commissaris Grayling.

'Hij heeft niet aan zijn bazen daar doorgegeven dat hij wegging.'

Akiak had willen vertrekken voordat Soagil Energy de kans kreeg hem te ontslaan; dat plezier gunde hij die schoften niet.

'Akiak wist dat mijn laptop stuk was en heeft me op dat feestje de zijne gegeven. Die had hij van Soagil Energy gekregen in de tijd dat ze hem nog probeerden om te kopen, maar nu ze begonnen te dreigen, wilde hij niks meer met hen of hun cadeaus te maken hebben.'

Matt had de MacBook Air meegenomen, maar omdat er geen speciale beschermhoes bij zat, was hij bang geweest dat de computer niet zou werken in de vrieskou. Hij had er maar het beste van gehoopt en het ding in zijn oude hoes gepropt, die iets te klein was, en het vervolgens in een plunjezak gestopt voor zijn reis.

'Reisde u niet per sneeuwscooter?' vroeg commissaris Grayling, en Yasmin vermoedde dat hij nu aan ál zijn informatie begon te twijfelen.

'Nee, ik had een slee met husky's.'

Kaiyuk gebruikte zijn husky's voor wedstrijden, en net als alle anderen in het dorp vond hij het dwaas van Matt dat hij niet gewoon met een sneeuwscooter op expeditie ging, maar toch had hij hem zijn span aangeboden. Matt had als excuus aangevoerd dat hij bang was de sneeuwuilen te verjagen die hij hoopte te zien, en iedereen was zo vriendelijk geweest om hem er niet op te wijzen dat een sneeuwuil waarschijnlijk net zo hard zou schrikken van acht husky's als van een sneeuwscooter.

Bij zijn vertrek uit het dorp had Matt Kaiyuk nog gezien met Akiak, vrolijk en ogenschijnlijk nog dronken van zijn feest. Het geluid van spelende kinderen in de sneeuw overstemde het gebrom van de oude generator.

Vier uur lang had Matt zich volledig geconcentreerd op de slee: hij moest de honden aansturen en zorgen dat hij zelf in balans bleef. Hij had de indruk gekregen dat de leider van de roedel, een intelligent wijfje dat Puqik heette, hem slechts een plezier deed door hem als aanvoerder te gedogen.

Matt was destijds in Anaktue aangekomen met kleding die hij via internet had aangeschaft bij een gespecialiseerde buitensportzaak, maar nu droeg hij een atikluk met een atigi, gevoerd met kariboebont, en *mukluks* in plaats van snowboots. Ook in dat opzicht hing hij de Inupiaq uit, maar daar had niemand hem mee geplaagd.

De sterren en de maan stonden nog aan de hemel, net als gisteravond toen hij naar bed ging, en soms had hij het gevoel dat hij hierbuiten leefde in een eindeloos moment; dat de tijd in het hoge noorden tot in het oneindige werd opgerekt. Hij dacht aan de Gynaephora groenlandica, de doorschijnende donsvlinder die tot wel veertien winters doorbracht als rups, om uiteindelijk maar een paar dagen in volle glorie als vlinder te leven; voor de donsvlinder moest ieder uur in die zomerdagen jaren lijken te duren.

De lamp die Matt op zijn hoofd had bevestigd bescheen alleen het wit van de sneeuw voor hem en de vacht van de hondenruggen; de enige geluiden waren die van de voortglijdende slee en het gehijg van de honden die hem ingespannen voorttrokken. Als hij hier duizend jaar eerder had gereden zou hij hetzelfde landschap hebben gezien, dezelfde kleding hebben gedragen en dezelfde route hebben genomen, en die gedachte plaatste alles in perspectief, vooral hemzelf. En dat was nodig, want hij wist dat hij zichzelf te lang een hoofdrol had toebedeeld in zijn leven; dat was niet alleen zwak en egocentrisch, het was ook niet in overeenstemming met de rest van de wereld. Op de arctische toendra was het onmogelijk om je gewichtig te voelen, maar heel makkelijk om een band te ervaren met iets wat niet werd begrensd door tijd en afstand.

Hij verviel in een natuurlijk ritme met de honden en de slee, eerder op gevoel dan bewust, en hier kon hij ongehinderd aan Corazon denken. Hij zag in dat de hechte band die hij met haar had, gestoeld was op de intimiteit en liefde die hij tevens voelde voor haar tweelingbroer Kaiyuk; er was geen sprake van romantische gevoelens, het was een innige vriendschap die hem aan beiden bond. Misschien had hij behoefte gehad aan een deel van de liefde die de tweeling voor elkaar voelde, maar die was voorbehouden aan de ander, een voorrecht. Corazon had zijn zoen beantwoord uit vriendschap, meende hij, alsof ze zijn behoefte had gevoeld en had geprobeerd daar tijdelijk aan te voldoen. Ze had niet méér van hem verlangd, en hij hoopte dat hij het niet zo ver zou hebben laten komen als dat wel het geval was geweest. Een zoen was al voldoende bedrog.

En dat was natuurlijk de reden waarom hij daar in zijn eentje reed, de ware aanleiding van zijn tocht: voor zichzelf bekennen dat hij wel degelijk zijn vrouw had bedrogen.

Terwijl hij uitkeek over de oneindige toendra, in de snijdende kou die hem verdoofde en rust gaf, bedacht hij dat het hier makkelijker was om je eigen belangrijke kwesties kalm onder ogen te zien. De hemel boven hem was immens, bezaaid met sterren.

Het was vier dagen geleden dat hij met Corazon had gezoend; twee dagen sinds hij Yasmin had gesproken. Maar het was niet dat telefoontje dat hem zo levendig bijbleef in de winterse stilte om hem heen, maar een andere herinnering: het geluid van de golven, van de kiezels waarover hij had gelopen, zijn gympen drijfnat van het zeewater in de getijdenpoelen. Die nacht aan de kust had hij door haar telescoop gekeken en had ze hem melkwegstelsels laten zien. Maar eerlijk gezegd had hij meer naar haar gekeken dan naar de sterren: een mooi meisje dat geen misbruik maakte van haar uiterlijk, dat er eerder door geïrriteerd leek te zijn en de aandacht opeiste vanwege haar intellect; een guerrillabreister die naar de sterren tuurde, begaafd, hartstochtelijk, grappig en kwetsbaar. Verbluffend onbestaanbaar.

En zijn liefde voor haar was gebleven: hier op de toendra van Alaska hield hij nog net zo veel van haar als die nacht, op het strand van Cley, toen hij in haar armen had gelegen. Maar hij dacht dat hij was blijven houden van het meisje dat er niet meer was, zoals de uitgedoofde sterren waarover ze hem ooit had verteld. We zien het licht nog, niet omdat we in de toekomst van die ster leven, maar omdat we kijken naar zijn verleden.

'Ik heb haar gekust omdat ik jou miste.'

Hij voelde zijn eigen lafheid in het aangrijpen van de intimiteit met Corazon, en hij wist dat niemand de leegte in hem kon opvullen die Yasmin had achtergelaten.

Maar hij was het aan Yasmin verplicht, aan de vrouw die ze nu was, en aan Ruby, om het beste te maken van hun leven samen en zich er niet steeds aan te onttrekken. Hoe boeiend en bijzonder hij Alaska ook vond, hij moest naar hen terug. Deze tocht zou drie dagen duren, daarna zou hij in Anaktue zijn spullen pakken en naar huis gaan.

Oorspronkelijk was hij van plan geweest om hier nog acht weken de dieren te filmen die niet naar het zuiden trokken, die de kou trotseerden. Hij had zijn camera, de satellietzender en Akiaks laptop meegenomen, zodat hij foto's naar zijn productiemaatschappij kon mailen, maar hij liet alles in zijn plunjezak zitten. Het had nu geen zin.

Hij voerde de husky's, zette zijn tent op en stak de qulliqlamp aan, waarvoor hij katoengras als lont gebruikte, zoals Kaiyuk hem had voorgedaan. De warmte verraste hem, en uit angst dat de tent in brand zou vliegen doofde hij de qulliq weer.

Hij keek uit over de vlakte die er zo ruig en immens uitzag, maar hij wist dat de toendra onder de sneeuw uit minuscule plantjes bestond, een kwetsbaar ecosysteem dat gemakkelijk onherstelbaar kon worden aangetast. Op de Russische poolvlakte waren nog bandensporen te zien van de voertuigen uit de Tweede Wereldoorlog.

Vanaf hier bekeken was Londen een krioelende bende, met drukke, opzichtige straten en huizen, boordevol met van alles dat aandacht opeiste; tegen zo'n achtergrond kon niemand zich onderscheiden. In Alaska waren de mensen scherper omlijnd. Maar de laatste tijd was het dorpje zelf luidruchtiger geworden, omdat de inwoners het er niet over eens waren hoe ze onder het aanbod van Soagil Energy uit moesten komen, de maatschappij die hun grond wilde fraccen. Corazon coördineerde de oppositie en verenigde de bewoners. Ze maakte wel eens gebruik van zijn satellietzender als ze internet nodig had; wanneer hij terugging naar Engeland, zou hij dat ding voor haar achterlaten.

Zonder zijn lens die hem van het landschap scheidde zag hij alles scherper, en hij kon de magnetische aantrekkingskracht sterker voelen. Ongerept, niet aangetast door de mens, had de omgeving haar eigen identiteit, een hart, een kern, en hij begreep de overtuiging van de Inupiaq dat alles een ziel heeft.

Op een ochtend, heel vroeg, had het besneeuwde landschap twee ogen, die hem strak en helder aankeken. Pas toen de sneeuw ineens bewoog, zag hij dat hij keek naar de veren van een sneeuwhoen, die op zo'n dertig centimeter bij hem vandaan op een nest zat.

In de zomer had hij hier sneeuwhoenderen met geelbruine veren gezien, bruine hazen, rood-grijze vossen en wolven met strepen en vlekken; nu waren alle veren en vachten wit, alsof de dieren uit sneeuw bestonden. Op zijn laatste avond zag hij een sneeuwuil vliegen. De witte vleugels hadden een spanwijdte van anderhalve meter, en het was alsof de vogel uit de achtergrond was geknipt.

De puurheid en immense afzondering van het landschap, het evenwicht van de details binnen een groter geheel, maakten het voor hem tot een levend gedicht in plaats van slechts een locatie.

Op zijn laatste avond was de hemel wolkeloos, en de volle maan bescheen de besneeuwde vlakte met een opaalachtig blauw licht. Hij herinnerde zich dat Yasmin hem had verteld dat het maanlicht dat de aarde bereikt voornamelijk bestaat uit gereflecteerd zonlicht, met een klein beetje licht van de sterren en de aarde erbij. Ze had hem verteld dat het niet echt blauw was, dat kwam door de purkinjeverschuiving, een foutje van het menselijk oog waardoor het licht alleen maar blauw léék. En hij had bedacht dat alles wat we weten wordt gefilterd door onze tekortkomingen, waardoor de dingen soms mooier leken dan ze waren.

Nu keek hij naar Yasmin in het licht van de qulliq en zag hij het meisje terug van wie hij vroeger zo veel had gehouden, maar ook de uitgeputte, bijzondere vrouw die ze nu was, zo moedig in haar liefde voor hem. Hij nam haar gezicht in zijn handen.

Commissaris Grayling keek toe hoe Matt in gebarentaal met Yasmin communiceerde. Hun overduidelijke, innige liefde voor elkaar had hem verbaasd. Toen hij Matts trouwring aantrof tussen de verkoolde resten in Anaktue, had hij gedacht dat het huwelijk dat de ring symboliseerde voorbij was. Hij vond hun hechte band ontroerend en pijnlijk. Grayling en zijn vrouw waren een jaar na de dood van hun zoon in stilte uit elkaar gegaan, uit pure wanhoop. Hij zag dat het dochtertje zich had afgewend van haar vaders handen om haar ouders wat privacy te gunnen, maar hij moest de rest van Matts verhaal weten.

'En toen?' vroeg hij aan Matt.

Matt draaide zich naar hem toe. 'Vrijdagmorgen was er een ijsstorm. Die wilde ik uitzitten voordat ik zou teruggaan naar Anaktue.'

De regen had alles bedekt met een laag ijs: het tuig en de lijnen van de honden, en zijn tent. Matt had het ijs eraf gebikt en was op pad gegaan; hij verheugde zich op het weerzien met zijn vrienden, op de verhalen en de plagerijtjes bij het eten die avond. Hij zou hun laten weten dat hij terugging naar Engeland, en hij was er tamelijk zeker van dat sommigen van hen toch al nooit hadden begrepen wat hij in de wintermaanden bij hen te zoeken had. Hij keek ernaar uit om Kaiyuk te vertellen over de husky's, om een beetje op te scheppen over hoe goed de rit hem was afgegaan.

Voor zijn vertrek waren Corazon en hij heel snel weer teruggevallen in hun ontspannen, hechte vriendschap, zonder echt gênante momenten. Ze had hem een sneeuwmes gegeven voor zijn dwaze sledetocht, geen antiek mes maar een modern exemplaar; net zo modern als zijzelf, had ze gezegd. Hij zou haar moeten opbiechten dat hij het niet had gebruikt. En dat hij een tent en een speciale poolslaapzak had meegenomen. Hij was geen Inupiaq-jager, getraind om te overleven op de poolvlakte. Ze zou hem uitlachen, stelde hij zich voor.

'Rond het middaguur kwam ik terug in Anaktue,' zei Matt.

Bij het naderen van het dorpje had een van de husky's geprobeerd zich los te rukken, en het had Matt moeite gekost om het dier verder te laten lopen.

'Er brandde geen licht en er was geen enkel geluid. Ik dacht dat het midden in de nacht was, dat mijn horloge niet meer liep.'

Er stonden sterren aan de hemel en het was donker, maar dat was hier dag en nacht hetzelfde. Hier had de tijd, net als de besneeuwde, boomloze toendra, geen onderscheidende kenmerken waarop je je kon oriënteren.

Maar het kon niet vroeg in de middag zijn, want dan zou er licht branden, er zouden stemmen klinken, deuren zouden opengaan en keukengeluiden van binnen zouden de koude lucht bereiken.

Hij luisterde ingespannen. Niets. Het was hier nooit stil. Zelfs midden in de nacht hoorde je het mechanische gezoem en gebrom van de dieselgenerator. Als die uitviel, werd dat al snel opgemerkt en kwam er iemand om hem opnieuw op te starten. Eind november daalde de temperatuur zo snel dat het nooit onopgemerkt bleef.

Anaktue glom in het licht van zijn zaklamp. De ijsstorm had ook hier toegeslagen en het dorp bedekt met een aaneengesloten laag ijs, alsof alle huizen en blokhutten van glas waren. Ook over de sneeuw op de grond lag zo'n laag. Maar er moest toch iemand over het ijs gelopen zijn, iemand die een deur of een raam had geopend en de laag had doorbroken? Het was alsof het dorp was betoverd of vervloekt.

Hij brak het ijszegel van een voordeur en ging de eerste blokhut binnen, waar zijn vriend Hiti met zijn gezin woonde. Ondanks de snijdende kou binnen rook het er naar diarree en vaag naar knoflook. Hij scheen met zijn zaklamp door de ruimte.

Hiti lag op de keukenvloer en hield een deken om zijn zoon van twaalf geslagen. Hiti had blauwe vlekken op zijn handen, alsof ze in inkt gedoopt waren. Het gezicht van het jongetje ging schuil onder de deken. Een meter verderop lag Hiti's vrouw, met in haar armen hun jongere kind, ook in een deken gewikkeld, zijn gezicht afgedekt. Matt dacht dat de kinderen als eerste gestorven waren, dat de ouders hen hadden afgedekt voordat ze zelf doodgingen.

Toen werd de stilte verbroken. Matt keek geschrokken om. Er zat een grote vogel in de blokhut, die waarschijnlijk met hem mee naar binnen was gegaan. Door de woeste bewegingen van het beest leek het een zwart waas; toen vloog de vogel langs Matt heen terug naar buiten.

Hij rende naar het volgende huis, en het volgende. Dezelfde stank. Niemand in leven. Alleen Kaiyuk en Akiak kon hij niet vinden. Ze waren beiden fit en jong, en hij hoopte dat ze erin geslaagd waren te ontsnappen aan wat hier ook gebeurd mocht zijn. Hij trof hen een meter of vijftig van het dorp aan.

Waarschijnlijk hadden ze geprobeerd hulp te gaan halen.

Corazon lag in het huisje van haar bejaarde buurman; hij vermoedde dat ze erheen was gegaan om zich over hem te ontfermen. Net als de anderen had ze blauwe handen en ook hier was de vloer besmeurd met diarree.

De adrenaline die door zijn lijf gierde maakte dat hij het op een lopen zette, zijn lichaam gespannen, zijn hoofd gevuld met wanhopige paniekgedachten. Toen had de lichtbundel van zijn zaklamp een zwarte vogel beschenen die dood in de witte sneeuw lag. Een raaf. Matt was abrupt stilgevallen. De drang om hen te helpen was er geweest vóór hun dood. Hij kon niets meer voor hen doen, nooit meer. Het gevoel dat de tijd zich hier oprekte tot een eindeloos moment was op gruwelijke wijze van toepassing op de dood, op wroeging.

Hij keerde terug naar de blokhut van Hiti en legde zorgvuldig de deken terug over het gezicht van diens zoon. Matt zag de gekoesterde kariboevacht van het jochie aan de wand hangen. Het was zijn *anjungaun*: de eerste buit van een jonge jager.

Hiti's zoon had de kariboe in september samen met zijn vader geschoten, en hij had Matt in vertrouwen verteld dat hij had moeten huilen toen hij het dier doodde, dat hij zich een monster had gevoeld. Maar daarna had hij samen met zijn vader de luchtpijp van het dier opengesneden om de ziel te bevrijden. Samen hadden ze het uitgebeend en zijn moeder had het vlees ingevroren, dat ze gestoofd deze hele lange winter zouden eten, tot aan de lente. Het vet werd gebruikt om hun qulliq te branden, de huid werd beddengoed of kleding. Maar omdat dit zijn anjungaun was, hadden ze deze huid aan de wand gehangen; in de zomer zou Hiti's zoon een keer 's nachts mogen gaan jagen en dan zou hij de vacht meenemen voor in zijn aputiak. Op een dag zou hij beslist een isiqsuruk zijn, had zijn vader gezegd: een sterke, volhardende jager. En omdat hij de ziel van het beest had bevrijd en geen enkel deel van het vlees had verspild, zei de jongen, was hij trots op zijn eerste vangst.

Matt haalde het kariboevel van de muur en drukte het huilend tegen zich aan.

21

In de stille aputiak dacht Matt terug aan het lawaai van de honden, Kaiyuks honden, die huilden tegen de zwarte hemel, waar de sterren schuilgingen achter de wolken. De honden hadden luid geweeklaagd.

Yasmin hield zijn hand stevig in de hare, alsof ze samen met hem in al die huizen was geweest. Deze details bracht hij niet in gebarentaal over op Ruby, hij wilde niet dat ze de beelden in haar hoofd zou hebben, wilde niet dat ze zou weten dat hij zijn vrienden in de steek had gelaten.

'Ze konden geen hulp inroepen,' zei hij. 'Ik had de satellietzender meegenomen. En ik heb hem niet eens gebruikt.'

'Jij kunt er niks aan doen,' zei Yasmin. 'Matt, luister alsjeblieft naar me. Het is niet jouw schuld. Je kon het niet weten.'

Commissaris Grayling trok wit weg bij het aanhoren van de gruwelen die Matt hem vertelde. 'Denkt u dat het een pijnlijke dood is geweest?' vroeg hij, en Matt was verrast door deze menselijke vraag.

'Ja. Maar dat wist ik toen nog niet.'

'Dus dat was afgelopen vrijdag, dat u hen zo aantrof?'

'Ja.'

'De politie dacht dat iedereen was omgekomen bij een brand,' legde Yasmin uit.

'Hoezo?'

'Er is een vreselijke brand geweest,' zei commissaris Grayling. 'Het hele dorp ligt in de as. Uit niets is gebleken dat de inwoners al dood waren.'

'Is het dorp in brand gestoken?' vroeg Matt vol afschuw.

'Het zou een ongeluk geweest kunnen zijn,' zei Grayling, alsof hij dat graag wilde geloven. 'Misschien is er een kachel blijven branden na hun dood, of een fornuis, en is de brand daarmee begonnen.'

Yasmin herinnerde zich dat commissaris Grayling leiding had gegeven aan de zoektocht in Anaktue; het moest een gruwelijke aanblik zijn geweest. Ze begreep waarom hij niet wilde dat de brand was aangestoken: in dat geval zou het voelen alsof de slachtoffers twee keer waren vermoord.

'Ik ging ervan uit dat ze gevonden zouden worden door de politie,' zei Matt. 'Misschien niet binnen een paar dagen, maar ik was ervan overtuigd dat het zou gebeuren.'

De inwoners van het dorpje hadden vrienden en familie buiten Anaktue. Het lag afgelegen, maar was niet afgesloten van de buitenwereld. Er kwam bezoek per taxivliegtuig en de inwoners maakten ook gebruik van deze vervoersmogelijkheid. Matt had aangenomen dat iemand de doden zou vinden en de politie zou inschakelen.

Yasmin zei tegen commissaris Grayling: 'Als u hen vóór de brand had gevonden, had u geweten dat Matt nog leefde. Dan zou u gezien hebben dat er geen westerling onder de doden was.'

Grayling knikte. Hij bleef even zwijgen, alsof hij zichzelf tot de orde moest roepen.

'Hoe het met de brand zit, zoeken we nog wel uit,' zei hij tegen Matt. 'Maar ik wil graag weten wat er nu echt is gebeurd in Anaktue, vóór de brand. En ik denk dat u me daarbij kunt helpen.'

Papa heeft zijn speciale sneeuwschoenen uitgetrokken. Zijn voeten bloeden en een paar tenen zijn zwart, alsof iemand er schoensmeer op heeft geknoeid.

Ik zeg tegen mijn vader dat ik ook wil weten wat er is gebeurd, maar dat ik het wel zal liplezen. Ik wil niet dat hij ook nog gebarentaal moet gebruiken, want hij ziet er zo moe uit. En als het verhaal te erg wordt, zeg ik, dan kijk ik wel de andere kant op. Ik leg mijn slaapzak over die arme voeten van hem om ze warm te krijgen, en als ik dat doe lacht hij naar me, als de oude papa van vroeger.

'Voor een van de huizen zag ik weer die dode raaf liggen,' vertelt hij met zijn mond en ook in gebarentaal, ook al heb ik gezegd dat dat niet hoeft.

Had hij al over de raaf verteld? Of misschien is de herinnering zo levendig dat hij denkt dat hij het al heeft gezegd.

Het was gaan sneeuwen, vertelt hij, de witte vlokken vielen op de zwarte vogel. 'Ik heb er een foto van gemaakt.'

Die foto was toen dus niet bedoeld als bewijs of om het spoor aan te geven; hij had de foto genomen omdat de dode raaf voor hem een soort grafschrift was geweest voor de dode Inupiaq. Het drukte iets uit wat hij zelf nooit onder woorden zou kunnen brengen.

'En toen ben ik voor de tweede keer vertrokken uit het dorp.'

Hij was van plan geweest om naar de landingsbaan te gaan; er zou de komende dagen toch een keer een toestel moeten overvliegen. Zijn tent en proviand voor zichzelf en de husky's lagen in de slee, nog van zijn eerste tocht. Kaiyuk had gezegd dat hij alles dubbel moest meenemen, voor het geval hij in een storm terecht zou komen. Hij kon zo lang op een vliegtuig wachten als nodig was.

De honden hadden niet willen vertrekken. Hij had al zijn gezag en kracht moeten aanwenden om ze van hun plaats te krijgen. Alleen de leider van de roedel, Puqik, leek te begrijpen dat ze daar weg moesten, en uiteindelijk had de rest haar gevolgd.

Toen hij wegreed uit Anaktue begon het harder te sneeuwen. Achter hem verdween het dorp in de sneeuw en in de duisternis, en het voelde alsof hij iedereen in de steek liet. De honden trokken de slee door de steeds dichtere sneeuw, tot hij niet langer kon onderscheiden wat voor, onder of boven hem was: een eendimensionale witheid waarin hij net zo goed door de lucht als over land had kunnen reizen.

Dertien kilometer van Anaktue nam de sneeuw af en vertoonden de verschillende vlakken van een driedimensionale wereld zich weer. De lamp die hij op zijn hoofd droeg bescheen een aantal zwarte gedaantes in de sneeuw.

Toen hij dichterbij kwam, rook hij het: dezelfde lucht als in de blokhutten in het dorp, verrotting, zelfs in de ijzige kou. Er lag een kudde dode muskusossen, de kleinste exemplaren al bijna begraven onder de recente white-out. Een groter mannetje was aangevreten – na zijn dood, want er was geen bloed zichtbaar in de sneeuw.

Er glinsterde iets in het licht van zijn zaklamp. Even verderop was een wak in de sneeuw, en hij zag de weerspiegeling van stromend water. De rivier was hier dichtgevroren en daarna bedekt met sneeuw. Het wak moest zijn gemaakt door muskusossen, die met hun hoeven het dunste gedeelte van het ijs stuktrapten om bij het water te komen.

Matt keek in het gat. De rivier onder het ijs stroomde snel. Vlak onder hem hing een schorpioenvis van bijna een halve meter lang slap tegen een scherf ijs aan, zijn kieuwen deels ontbonden.

Matt had de bewijzen die pal voor zijn neus lagen niet willen geloven; had niet willen weten dat dit kwetsbare, pure gebied, de witte poëzie waarin hij gisteren nog had geleefd, zwaar vergiftigd was.

Net zoals hij niet wilde erkennen dat de stank van de dode muskusossen hem onmiddellijk deed denken aan de dorpsbewoners. Dat detail was te grotesk, te vernederend; er was geen enkele relatie met de schoonheid van de mensen of de dieren.

Een paar honderd meter verderop trof hij een roedel dode wolven aan, de meeste begraven onder de opgewaaide sneeuw. Waarschijnlijk hadden ze de muskusossen aangevreten, of misschien hadden zij ook uit de rivier gedronken.

De inwoners van het dorpje haalden altijd voor twee dagen water uit de rivier, dat ze bewaarden in opslagtanks. De taak om het mee te zeulen rustte op de fitste mannen en vrouwen. Akiak en Kaiyuk waren onderweg geweest om water te halen toen Matt die eerste keer vertrok. Akiak was niet ingedeeld op de takenlijst omdat hij nog maar net onverwacht was teruggekeerd, dus het was aardig van hem dat hij zijn vriend hielp.

Maar de dorpsbewoners kookten het water altijd voordat ze ervan dronken.

Het sneeuwde nog steeds. De dode dieren werden langzaam bedolven.

In de aputiak vertelde Matt dat hij foto's had genomen van de muskusossen en de wolven, waarbij hij de precieze locatie steeds had bepaald met zijn satellietzender. Hij had niet lang genoeg verbinding gehad om zijn laptop op de satelliet aan te sluiten, maar hij had in ieder geval de lengte- en breedtegraden. Die had hij met potlood genoteerd. Zijn pen was bevroren.

'Je hebt geen decimaalpunten aangegeven,' zei Yasmin.

'Dit ging sneller. Het leek me makkelijk genoeg om ze later in te vullen.'

Yasmin stelde zich voor hoeveel fysiek en mentaal uithoudingsvermogen het moest vergen om bij dertig graden onder nul in de weer te zijn met camera, satellietzender en potlood.

Ze begreep goed dat Matt slechts het minimum had genoteerd. Hij had moeten schrijven met alleen zijn dunne binnenhandschoenen aan en wilde niet het risico lopen dat zijn vingers blijvende schade zouden oplopen door de vorst, want dan zou hij niet meer met Ruby kunnen praten.

'In plaats van naar de landingsbaan in het oosten te gaan, ben ik in zuidwestelijke richting getrokken. Ik volgde de rivier en de dode dieren die op de oever lagen. Tegen de stroom in, naar de bron toe.'

Yasmin begreep dat Matt het gevoel had dat hij het aan de dorpsbewoners verplicht was om vast te leggen wat er was gebeurd, om de waarheid te achterhalen, maar hij had toch wel naar de landingsbaan kunnen gaan om daar op een taxivliegtuig te wachten? Iemand anders, de politie, had zijn taak dan kunnen overnemen. Hij wist al wat ze wilde vragen zonder dat ze de vraag hardop stelde.

'De sneeuw bedekte alles, de muskusossen en de wolven waren er al bijna onder verdwenen. Nog een flinke sneeuwbui en de dieren zouden voorgoed aan het oog onttrokken zijn. Dan was er geen enkel spoor meer geweest.'

Ze knikte. Hij had natuurlijk gehoopt dat de politie de dode dorpsbewoners zou vinden en hem dan zou komen zoeken. Hij wist niet dat er brand was geweest; dat de politie vanwege die brand had aangenomen dat hij dood was. Hij had nooit kunnen vermoeden dat hij zo lang zo volslagen alleen zou zijn.

De husky's van Kaiyuk waren de enige levende connectie die hij had met Anaktue. Hij had ze boven het geluid van de wind uit telkens een voor een geroepen, bij naam – de namen die Kaiyuk hem had geleerd. Voorop liep Puqik, wat 'slim' betekende; daarna kwam Umialik, ofwel 'koning', gevolgd door

Qaukliq, 'aanvoerder'; Nuturuk, 'stevige sneeuw'; dan Siku, 'ijs'; Koko 'chocolade'; Qannik 'sneeuwvlok' en achteraan liep Pamiuqilavuk, een naam waarvan Kaiyuk had gezegd dat die 'kwispelt met zijn staart' betekende, maar Matt wist niet of hij hem voor de gek had gehouden.

'Puqik, de leider van de roedel, had iets rottends gevonden bij de rivier en had het opgegeten voordat ik haar kon tegenhouden.'

Hij was bij Puqik gebleven tot ze dood was, en voor het eerst in zijn loopbaan had hij gewenst dat hij een pistool had. Zijn vrienden waren een pijnlijke dood gestorven.

Zonder Puqik als leider waren de andere honden lastig geweest en het kostte hem grote moeite om ze de baas te blijven.

De enige verlichting die hij had was afkomstig van een opwindbare zaklamp. Hij liet de lamp steeds bijna volledig leegbranden voordat hij hem weer opwond, want daarvoor moest hij zijn wanten uittrekken.

Soms dacht hij dat hij de rivier uit het oog verloren had, maar dan zag hij weer een donkere vlek op de oever en wist hij dat hij opnieuw een dood dier had gevonden. Hij had ze allemaal gefotografeerd en de coördinaten genoteerd, om dan zijn tocht te vervolgen door het donkere, aangetaste landschap, in het spoor van het gif.

'Is dat ook met je vrienden gebeurd, pap?' vroeg Ruby. 'Zijn zij ook vergiftigd? Zijn ze doodgegaan door dat vergif, niet door de brand?'

Matt knikte. Hij zou willen dat Ruby dit verhaal niet hoefde te horen, maar hij vertelde het haar in gebarentaal omdat ze wilde weten wat er was gebeurd. Yasmin en hij hadden afgesproken dat ze nooit misbruik zouden maken van haar doofheid, zelfs niet om haar te beschermen.

'De tweede avond was de brandstof van mijn primusbrander op,' zei hij. 'Het waaide te hard om de qulliq aan te steken.

Ik had wel voer voor de husky's, maar ik kon geen sneeuw smelten om ze water te geven.'

De volgende twee dagen had hij telkens wanneer de wind even ging liggen de qulliq aangestoken en sneeuw gesmolten voor de honden en voor hemzelf.

'Zondagavond had ik in totaal veertig kilometer afgelegd. Ik heb de husky's buiten voor de tent aan de lijn gelegd. Ze hadden honger. Ik had ze steeds halve porties gegeven om langer met de voorraad te kunnen doen. De volgende morgen waren er twee honden verdwenen.'

'Welke waren dat?' vroeg Ruby.

Hij had haar alle namen verteld na zijn eerste sledetocht met Kaiyuk.

'Pamiuqilavuq end Nuturuk. Ik vond Nuturuk verderop terug met een vergiftigde poolhaas, hij was ziek.'

De hond leek op vaste grond te liggen, maar toen Matt naar hem toe was gelopen, was hij weggezakt.

'Pap? Wat was er gebeurd?'

'Hij bleek op dun ijs te liggen en zakte erdoor. Dat is zijn dood geworden, omdat het water van de rivier ijskoud was.'

'Maar hij heeft een speciale dikke vacht, pap. Dat heb je me zelf verteld. Je zei dat husky's het soms zelfs in de vrieskou nog te warm krijgen.'

'Omdat hij ziek was, kreeg hij het eerder koud.'

Het gedeelte van de rivier waar de hond door het ijs was gezakt was relatief ondiep, maar het water stroomde er snel. Matt had niet geprobeerd de hond te redden en had hem meteen laten wegdrijven; de verdrinkingsdood of onderkoeling was minder wreed.

'En Pamiuqilavuq?' vroeg Ruby, waarbij ze het gebaar voor een kwispelende staart maakte.

'Die kon ik niet vinden. Ik denk dat hij ook in het water gevallen is. Het is vast heel snel gegaan, Puggle.'

'Ja.'

'Daarna hebben we nog een kilometer of zeven afgelegd.'

Zijn voeten en zijn buitenste broek waren nat van het waden door het ijswater. Hij droeg drie lagen over elkaar, net als de Inupiaq-jagers, maar de kou drong er dwars doorheen. Hij voelde de bevriezing knagen aan zijn voeten en schenen, als elektrische schokjes. Zijn benen werden zwakker en zijn voeten bijna gevoelloos, en het viel niet mee om zijn evenwicht te bewaren op de slee. Hij riep aldoor de namen van de honden boven het geluid van de wind uit, maar na verloop van tijd wist hij niet meer hoe ze heetten. Hij besefte dat hij zich te veel blootstelde aan de kou, dat het zijn dood zou worden als hij niet snel de warmte opzocht.

Hij liet de husky's halthouden. Zijn natte kleren onttrokken het laatste beetje warmte aan zijn lichaam en hij kon ze nergens drogen. Er was hier niets om vuur mee te maken, geen bomen, zelfs geen takje. De wind hakte op hem in als een machete, nergens door gehinderd. Als het zo hard waaide kon hij de qulliq niet aansteken, laat staan brandende houden. Hij had geen enkele warmtebron.

Papa wist dat er storm op komst was, vertelt hij, omdat het zo hard ging waaien en het ook steeds kouder werd. Hij probeerde zijn tent op te zetten, maar de grond was te hard om de haringen er stevig genoeg in te slaan. En toen kwam er een harde windvlaag en waaide zijn tent weg, als een kanten zakdoekje dat was vastgezet met een paar spelden, zegt mijn vader. Hij ging er nog achteraan, maar de tent was al snel verdwenen.

Papa probeerde de husky's stevig vast te leggen, vertelt hij, zodat ze niet zouden ontsnappen en niet ook vergiftigd konden worden, maar hij kreeg de pennen niet diep genoeg de harde grond in geslagen.

'Waarom heb je ons niet gemaild?' vraag ik hem. 'Je had moeten zeggen dat jij het was en dat we je moesten komen helpen.'

'Dat wilde ik wel, Puggle, maar Akiaks laptop was bevroren.' Hij glimlacht. 'Niet vastgelopen, maar vastgevroren.'

Ik toon een hol lachje, maar vanbinnen voel ik me treurig.

'Ik kreeg hem niet aan de praat,' zegt mijn vader. 'Mijn oude hoes bood niet genoeg bescherming, ik denk dat de laptop te koud geworden was. Er zaten ook barstjes in het scherm.'

Hij kijkt naar mijn moeder met die nieuwe blik die hij voor haar heeft, en ik kan zien dat hij iets wil zeggen, misschien in gebarentaal omdat dat makkelijker privé te houden is, maar dan komt de politieman ertussen. Mijn moeder vertaalt zijn woorden voor mij.

'Dat moet maandag geweest zijn,' zegt de politieman. 'Toen we naar u op zoek waren in de storm. Maar toen hebt u dus deze sneeuwhut gebouwd.'

'Niet deze, een andere. Een eerste poging,' zegt mijn vader en nu lacht hij echt naar me. 'Ik bakte er niks van, Puggle. Ik had het nog nooit gedaan, ik had alleen gezien hoe Kaiyuk en Corazon een aputiak bouwden. Zij konden het in twintig minuten, ik deed er uren over. En toen was het nog een gammel ding.'

Hij had te veel gedacht als een Londenaar, niet als een Inupiaq. Wilde hij dit overleven, dan moest hij zich afvragen wat de Inupiaq zouden doen. Met het sneeuwmes van Corazon sneed hij blokken uit een berg sneeuw, zijn vingers stijf en onhandig. Een aantal van de sneeuwblokken verkruimelde en was onbruikbaar. Hij moest steeds opnieuw beginnen. Zodra hij dacht dat hij genoeg blokken had, begon hij de aputiak te bouwen.

En al die tijd dat hij aan het bouwen was, bibberend en met steken in zijn door de kou aangetaste voeten, dacht hij aan

Yasmin en Ruby. Hij zag hun gezichten voor zich in het donker, alsof ze zich aan het einde van een tunnel bevonden en hij hen zou kunnen bereiken door de aputiak te bouwen. Hij hoorde in gedachten weer de stem van Kaiyuk, die hem boven het gieren van de wind uit geduldig had uitgelegd: 'Niet rij voor rij, maar in een spiraal; daarna vullen we de kieren op met sneeuw.' Maar Kaiyuks stem was levendiger dan een herinnering, alsof hij daar bij Matt in de sneeuw stond. Matt was bang dat hij hallucineerde door de kou, maar voelde zich evengoed getroost door de aanwezigheid van Kaiyuk.

Toen hij klaar was, kroop hij naar binnen, verkleumd tot op het bot. Het kostte hem vele pogingen om de qulliq aan te steken, maar toen het gelukt was, schrok hij van de warmte. Hij sloot de ingang van de aputiak af met sneeuw en trok zijn natte kleren uit om ze te laten drogen. Toen haalde hij de accu uit Akiaks laptop en legde die samen met de laptop bij de qulliq, in de hoop dat de warmte de computer weer aan de praat zou krijgen. En uiteindelijk viel hij in een soort halfslaap – waken en slapen – terwijl het licht van de qulliq de sneeuwwanden bescheen.

Hoestend werd hij wakker. De aputiak had zich gevuld met de rook uit de qulliq, en hij moest het mes erbij pakken om een gat in het dak te maken en de rook te laten ontsnappen. Maar het hevige bibberen was voorbij.

De volgende morgen zagen zijn door de kou aangetaste voeten vuurrood en zaten ze onder de blaren. Twee husky's, Umialik en Qannik, hadden zich losgerukt en waren ervandoor gegaan. Hij had ze de avond ervoor het laatste beetje van hun magere rantsoen gegeven, en waarschijnlijk waren ze eten gaan zoeken. Nu had hij alleen nog Koko, Qaukliq en Siku. Hij vond het een misselijkmakende gedachte dat hij, nog voordat hij verdriet voelde over het verlies van de honden, opgelucht was omdat hij hun namen weer wist. De volgende aputiak zou hij groter maken, zodat de honden er ook in konden.

Hij stopte de accu weer in Akiaks laptop en de laptop deed het een paar tellen, maar toen liep het toetsenbord vast, en hij zag dat er door de warmte condens in het scherm was gekomen. Hij wikkelde de laptop in een lichtgewicht kampeerhanddoek in de hoop daarmee de condens te absorberen, en hij stopte het geheel in zijn plunjezak.

Hij liet de belabberd gebouwde aputiak achter en liep vijf kilometer langs de rivier op zijn bloedende, zwart aangevreten voeten. De overgebleven drie honden trokken de slee zonder zijn gewicht. Matt had alleen het licht van zijn zaklamp, een minuscuul bundeltje in het immense zwarte landschap, en het voelde alsof hij de enig overgebleven levende mens op aarde was, op een planeet met alleen duisternis en ijs.

De lichtbundel van zijn zaklamp viel op een reflector. Het was het eerste teken in bijna vier dagen dat duidde op de aanwezigheid van mensen, en Matt wist dat hij de bron van het gif naderde. Hij zag nog meer reflectoren, die markeerden waar de rivier als weg werd gebruikt.

Nadat hij de rivier strompelend zo'n tweeënhalve kilometer had gevolgd, hoorde hij een krakend geluid onder de door de husky's voortgetrokken slee.

Bijgelicht door zijn zaklamp zocht hij naar de oorzaak van het gekraak en hij zag een gat in het ijs, met uitwaaierende scheuren eromheen op de plek waar de slee eroverheen gereden was. Hij maakte het gat groter met zijn mes. Eronder was met grote keien een deel van de snelstromende rivier afgescheiden. Zijn zaklamp onthulde onder het ijs een laag dode vissen en kikkers, deels vergaan, van zeker dertig centimeter dik.

Toen hij een paar passen verder liep, voelde hij iets zachts onder zijn voet wat meegaf. Hij scheen er met de zaklamp op en zag een aantal dode rivierotters op het ijs liggen.

Hij nam er een foto van, maar de camera werd steeds moeilijker te hanteren; Matt was bang dat er sneeuw in gekomen was. Hij wilde per se de foto's online zetten, waar ze niet ten prooi konden vallen aan de vorst, maar hij betwijfelde of hij Akiaks laptop nog aan de praat zou krijgen. Achteraf herinnerde hij zich dat het op een of andere vreemde manier makkelijker was geweest om aan de problemen met de camera en de laptop te denken dan zich te concentreren op de rivierotters. Qannik lag naast de dode otters.

Papa vertelt dat hij de rivierotters ook heeft gezien en dat hij er foto's van heeft gemaakt. Hij dacht dat hij nu bijna bij de bron van het gif was.

Ik vertel hem dat ik moest huilen toen ik de otterfamilie zag en hij knikt, want hij begrijpt het. Het is alsof onze verhalen hier bij elkaar komen, dat van mijn vader en dat van mijn moeder en mij; we zitten weer met z'n drieën in één verhaal.

Toen ik de husky bij de otters zag liggen, dacht ik dat die gemene man de hond had laten doodgaan, maar nu weet ik dat mijn vader juist voor hem wilde zorgen. Qannik betekent 'sneeuwvlok', en ook al zag hij er zacht en lief uit, hij was heel sterk en best wel fel.

Papa liep over de rivierweg, waar wij ook gelopen hebben, en toen hij hier aankwam, wist hij dat hij het gif had gevonden. Hij zegt dat hij ook verderop heeft gekeken, maar daar waren geen dode vissen of andere dieren te vinden. Het gif moet hier begonnen zijn.

Iedereen trekt zijn dikke buitenkleding aan en gaat de aputiak uit. Mijn vader zegt tegen mij dat ik binnen moet blijven omdat het hier lekker warm is, maar ik verlies hem geen minuut meer uit het oog, mooi niet.

Het vuur buiten geeft superveel licht, dus kan ik de handen van mijn vader en moeder goed zien. De vlammen zijn net geesten die proberen te ontsnappen in het donker.

'Dat vuur was er al toen ik hier aankwam,' zegt mijn vader tegen de politieman. 'Ik denk dat ze sporen willen uitwissen, ik weet niet precies waarvan. Ik hoopte dat iemand het vuur zou zien vanuit een vliegtuig.'

Dan zegt de politieman iets en mijn moeder vertaalt het voor me: 'Gewone vliegtuigen nemen deze route niet. Wij ook niet als er geen speciale reden voor is.'

Ik weet dat hij bedoelt dat hij op zoek was naar mijn moeder en mij, daarom zag hij onze vuurpijl. En vuurpijlen gaan heel wat hoger dan zo'n vuur. Onze vuurpijl zag eruit als een rode ster aan de hemel.

Naar mijn vader was niemand op zoek, behalve mama en ik.

Papa gooit een plank op het vuur, waardoor er nog veel meer vlammen oplaaien. Het donker kleurt oranje terwijl de geesten ontsnappen.

Dan zie ik een supergroot metalen monster opdoemen tegen de marmeladekleurige hemel.

'Dat is een fracinstallatie,' zegt mijn vader.

Matt was op de rode gloed van het vuur afgelopen, en bij het schijnsel ervan had hij de boortoren zien opdoemen, wel veertig meter hoog, als een middeleeuwse katapult van metaal die de omgeving aanviel. Hij had om zich heen gespeurd met zijn zaklamp, en het dunne lichtbundeltje bescheen een enorme compressor, opslagtanks, boorputten en fracpompen. Er stond ook een gedeeltelijk ontmanteld generatorhuisje en op de grond lagen zoeklichten. In een straal van anderhalve kilometer rond de boortoren had hij tweeëntwintig boorputten aangetroffen. Er waren gaten bij zo groot als maankraters, complete meren, waarvan hij vermoedde dat ze dienstdeden als opslag van afvalstoffen. Zelfs in de hevige kou rook hij het chemische gif, dat beet in zijn neus en keel. Ondanks de strenge vorst lag er geen ijs op de plassen, en de lichtbundel van zijn zaklamp werd niet gereflecteerd maar geabsorbeerd door de smerige, troebele vloeistof.

In een omtrek van duizenden kilometers was de eeuwenoude toendra wit van de sneeuw, het delicate ecosysteem eronder fragiel en ongerept, maar hier was hij aangetast door metaal en kraters. Eronder staken de fracbuizen drie kilometer de grond in, waar ze zich als aderen vertakten en de bodem versplinterden.

De inwoners van Anaktue waren bang geweest dat het fraccen hun grond en water zou vergiftigen en daarmee een einde zou maken aan hun manier van leven. Ze waren bang dat ze er ziek van zouden worden. Matt had samen met Corazon onderzoek gedaan naar de vele potentiële gevaren van het fraccen. Wat een gruwelijke ironie dat niet de geplande fracputten pal naast hun dorp hun dood waren geworden, maar putten die in handen waren van een andere oliemaatschappij, bijna zeventig kilometer verderop.

'Weet u hoe de rivier vergiftigd is geraakt?' vroeg commissaris Grayling.

'Het zou kunnen dat er een scheur is ontstaan in een van de bekledingsbuizen, waardoor er chemicaliën zijn weggelekt uit de fracvloeistof,' zei Matt. 'Of misschien is er bij het hydraulisch kraken van het gesteente een gif vrijgekomen dat daar van nature aanwezig is. Of iemand heeft stomweg zijn chemisch afval daar gedumpt. Het kan van alles zijn.'

De politieman heeft zijn gezichtsmasker weer afgedaan, en ik kan zien dat hij dit ook een akelige plek vindt. Misschien doet hij het masker af omdat hij weet dat ik het een beetje eng vind, of omdat zijn gezicht te warm is geworden zo dicht bij dat grote vuur.

'Heb je toen die heel goeie aputiak gemaakt?' vraag ik aan mijn vader, en ik gebruik ons speciale gebaar ervoor.

'Ja.'

'Met een gat voor de rook en een deurtje van een dierenvel.'

'Precies. Ik heb het met vallen en opstaan moeten leren, Puggle.'

Toen de aputiak af was, stak hij de qulliq aan en zette Akiaks laptop er dichtbij, nog in de kampeerhanddoek gewikkeld. Vier uur later lichtte het scherm op en had Matt het gevoel dat hij niet langer alleen was. Hij was er niet geweest toen de dorpsbewoners de dood vonden, toen ze hem nodig hadden, maar nu kon hij tenminste een getuigenverklaring van de gebeurtenissen afleggen. Hij sloot met een kabeltje zijn camera aan op Akiaks MacBook Air, die automatisch iPhoto opende. Matt klikte op 'alles importeren' en zijn foto's werden naar de laptop geladen.

Nadat hij de eerste foto had geopend, wilde hij de coördinaten van de plek waar die was genomen intypen, maar het scherm begon te flikkeren. Matt was bang dat hij niet veel tijd had voordat de laptop het zou begeven. Hij typte zo snel als hij kon en nam bij iedere foto de cijfers over die hij met potlood had genoteerd. Voor iets anders was geen tijd.

De coördinaten van Anaktue kende hij al, en hij noteerde ze bij de foto van de raaf.

Hij had ook de fracputten en kraters gefotografeerd, schimmig bij het licht van het vuur, en de bijbehorende coördinaten genoteerd, maar op de foto's was niets van het gif te zien. Daarvoor had hij alleen de foto's van de dode dieren.

Hij moest ze op internet zetten, een veilige plek om dit vast te leggen, weg van de grillen van ijs, vocht en extreme kou, maar eerst zou hij Yasmin mailen; hij moest proberen zijn liefde voor haar over te brengen in heldere gedachten en woorden.

Hij typte haar e-mailadres in, maar het scherm begon weer te flikkeren en ging uit. Matt pakte de laptop weer in en zette hem bij de qulliq. Een uur later kwam het scherm opnieuw flauwtjes tot leven. Alleen de ingebouwde muis van de laptop werkte, het toetsenbord reageerde niet. Hij probeerde de ene na de andere letter, maar er gebeurde niets. Het voelde alsof hij monddood gemaakt was. Hij dacht aan Ruby, wanneer mensen niet begrepen dat haar gebaren woorden waren, en hoe dapper ze was.

Misschien kon hij alsnog de foto's en de coördinaten versturen. Hij had Yasmins e-mailadres en de muis werkte. Hij liep naar buiten, de aputiak uit.

'Daarginds heb ik de foto's gemaild,' zegt mijn vader. Hij wijst naar een heuvel, die afsteekt tegen het oranje licht van het vuur alsof hij uit een supergroot vel papier is geknipt. 'Ik moest vrij baan hebben onder een satelliet.'

'Wat zul je zere voeten gehad hebben,' zeg ik. Want ik heb in de aputiak die arme zwarte tenen van hem gezien.

'Wel een beetje, maar het ging best,' zegt hij. 'Bevriezingsverschijnselen zijn niet zo ernstig bij voeten. Het ergste wat er kan gebeuren is dat ik een paar tenen kwijtraak, en die kun je best missen.'

Dat zegt hij met zijn handenstem.

Ik pak zijn handen beet en bekijk aandachtig al zijn vingers. Hij glimlacht en gebaart dat ze nog prima in orde zijn.

Het was een zware klim geweest. Zijn door de vrieskou aangetaste voeten waren gevoelloos, de grond was ongelijk en verraderlijk glad door het ijs. Toen hij de top had bereikt, probeerde hij zijn zaklamp zo neer te zetten dat hij kon zien waar hij het kabeltje tussen de laptop en de satellietzender moest inpluggen, maar de lamp viel steeds om en zakte weg in de sneeuw. Als het scherm van de laptop meer licht had gegeven, zou het gemakkelijker geweest zijn. Maar het scherm was flets en gebarsten en gaf geen licht waar hij wat aan had.

Hij trok zijn wanten uit en tastte met zijn vingertoppen, in de dunne handschoentjes gestoken, naar de ingangen waar de kabel in moest.

Het lukte hem om de laptop aan te sluiten op de satellietzender. De zender zocht naar een satelliet. Met de ingebouwde muis van de laptop opende hij iPhoto en klikte toen de foto van de muskusos aan. Hij koos de optie 'delen' en ging naar zijn e-mailprogramma. Met de muis plaatste hij de coördinaten in de onderwerpregel, zodat ze automatisch met de foto meegestuurd zouden worden. Yasmins e-mailadres had hij al ingetoetst voordat het toetsenbord blokkeerde, dus dat hoefde hij alleen maar aan te klikken en in de juiste balk te plakken. Op de onderwerpregel verscheen automatisch het nummer dat zijn digitale camera aan de foto had toegekend. Voordat hij op 'verzenden' klikte, probeerde hij nog een keer het toetsenbord, in een wanhopige poging Yasmin te kunnen schrijven. Het werkte nog steeds niet.

De satellietzender had verbinding gemaakt en Matt verzond de foto van de muskusos, maar toen hij de volgende probeerde, viel de verbinding weg en moest hij helemaal opnieuw beginnen. Hij wist dat hij slechts een klein gedeelte van zijn foto's zou kunnen versturen. Om de vijf minuten trok hij zijn wanten aan, tot hij weer warme handen had. Na een halfuur begaf het scherm van de laptop het helemaal. Hij moest teruglopen naar de aputiak, wachten tot het scherm weer flakkerend tot leven kwam en dan opnieuw die hele ijzige berg beklimmen. Zijn hersenen werden traag en zijn lijf werd onhandig, en hij verloor alle gevoel van tijd. Hij bleef maar hopen dat het toetsenbord weer zou gaan werken, al was het maar voldoende om zijn initialen te kunnen sturen, zodat Yasmin zou weten dat hij het was.

Hij voelde de naderende storm overal om zich heen aanwakkeren; de wind werd snijdender, het ging harder sneeuwen en Matt werd verblind door de steeds dikkere vlokken. Op zijn laatste tocht vanaf de heuvel terug naar de aputiak moest hij kruipen. De ijskoude, gierende wind ontnam hem al zijn warmte; de gemene kou voelde eindeloos onpersoonlijk en tegelijkertijd wreed intiem aan.

Hij wist niet meer wat voor dag het was, en het kwam bij hem op dat de dagen hier niet bestonden. De aarde draaide hier niet naar de zon toe. Er was niets anders dan die donkere nacht van de ziel, waarin de tijd alleen werd opgedeeld door hevige stormen.

Hij kwam terug bij de aputiak waar, als door een wonder, zo scheen het hem toe, de qulliq nog brandde. Schuilend in zijn sneeuwhut dacht hij aan Kaiyuk en Corazon, die hem hun vaardigheden hadden bijgebracht.

Mijn vader heeft niks gezegd over Qaukliq, Koko en Siku, maar dat waren de enige husky's die hij nog overhad.

'Zaten Qaukliq, Koko en Siku bij jou in de aputiak in die megastorm?' vraag ik.

Hij kijkt me treurig aan, en dan weet ik dat er iets verschrikkelijks is gebeurd. Mijn vader vertelt me dat ze er niet meer waren toen hij na het versturen van de e-mails terugkwam in de aputiak. Nu ze behalve hun echte baasje ook de leider van de roedel kwijt waren en vreselijke honger hadden, waren de honden wild en half gek geworden. Ze waren ervandoor gegaan in de storm en mijn vader kon ze niet meer vinden.

Ik wil niet dat hij treurig is, dat hij aan de honden moet denken.

'En na de storm,' zeg ik, 'heb je toen de sterren gezien?'

'Mooi, hè?' zegt hij.

We praten in gebaren, dus het blijft onder ons.

'Je hebt mama er een foto van gestuurd,' zeg ik.

'Ik wist niet dat ze de sterren op dat moment in het echt kon zien.' Hij lacht naar me. 'Hoe kom jij ineens zo volwassen?' vraagt hij dan. Ik denk dat hij doorheeft dat ik hem wilde opvrolijken.

'Je hebt je handen warm gehouden,' zeg ik tegen hem.

'Ik had mijn superdikke wanten en een qulliq.'

'Dacht je dat je gered zou worden?'

'Moet ik het eerlijk zeggen?'

'Ja.'

'In het begin dacht ik nog van wel, maar naarmate de tijd verstreek had ik weinig hoop meer.'

Ik denk dat hij eigenlijk bedoelt dat hij wel zeker wist dat hij niet gered zou worden.

'Maar je had toch de coördinaten?' zeg ik. Want ook al waren die bedoeld om aan te tonen waar de dode dieren lagen, ze lieten ook zien waar mijn vader was.

'Ze leken me een beetje cryptisch,' zegt hij, en ik weet dat cryptisch net zoiets is als een heel moeilijke kruiswoordpuzzel. 'En niemand wist dat ik het was die ze stuurde,' zegt hij dan.

'Ik wel. Ik wist het bijna de hele tijd zeker.'

Papa pakt mijn hand, zodat ik even niet kan praten.

'Je had geen eten meer,' zeg ik dan.

'Niet veel.'

'Je zei daarstraks dat de qulliq nog maar even zou branden en dat het vuur buiten ook uitgaat.'

'Het zou heel donker geworden zijn,' zegt hij.

Wat moet dat eng zijn, in je eentje hier zitten in het donker en de kou.

'Maar mama had het door, van de coördinaten.'

'Terwijl ze dwars door Alaska heen reed,' zegt mijn vader

met een !!-uitdrukking op zijn gezicht.

'En je had onze vuurpijl gezien.'

'En het gebrul van je moeder gehoord.'

'En toen zette je het zelf ook op een brullen?'

'Nou en of. En ik zag mama en jou op me af komen rennen. Jullie zijn de geweldigste mensen die ik in mijn hele leven ooit heb...'

Mijn armband trilt, en mijn vaders handen vormen niet langer woorden.

Een gillende sirene in het donker. Yasmin volgde het geluid en zag dat het bij de helikopter vandaan kwam, tweehonderd meter achter hen.

'Moet hij geen handboeien om?' vroeg Matt.

'Nee, hij kan toch nergens heen,' zei commissaris Grayling. 'Hij vormt nu geen bedreiging meer, dat moet u van me aannemen. Ik ga even iets aan dat helse lawaai doen.'

In de tijd dat Yasmin naar Matts verhaal had geluisterd, was ze zo in beslag genomen door de gevaren van zijn tocht dat ze niet meer aan haar eigen sores had gedacht, en zo had ze de chauffeur van de tankwagen even kunnen vergeten.

Als ze voor zich uit keek in het donker, zag ze de vaag oplichtende aputiak en niet de helikopter. Nu voelde ze die kerel weer achter zich, benauwend dichtbij. Ze kon hem zich niet voorstellen als een man met een gezicht, ze zag alleen maar twee blauwe koplampen die haar stalkten, met een sirene als stem.

De politieman is naar de helikopter gelopen om het lawaai uit te zetten, dus nu zit ik met alleen mijn vader en moeder bij het grote vuur. Ze zeggen altijd alles in gebarentaal als ik erbij ben, of ze zorgen dat ik kan liplezen, maar ik denk dat ze nu graag even samen zouden willen zijn.

'Ik ga terug naar de aputiak,' zeg ik. 'Ik heb het een beetje koud. En ik heb slaap.'

Het is deels waar. De aputiak geeft een warme gele gloed af, dwars door de sneeuwmuren heen, als een knusse grot.

'Ik loop met je mee,' zegt mijn vader.

'Het is maar een klein stukje, pap. Ik ben heus wel oud genoeg om een paar meter in mijn eentje te lopen.'

'Dat is waar,' zegt hij en hij geeft me zijn zaklamp.

Yasmin zette haar bivakmuts weer op. De warmte van het vuur ebde langzaam weg.

'Die foto van de sterren...' zei ze.

'Het was een soort afscheid,' zei Matt.

Na die verschrikkelijke storm was het prachtig geweest om de sterren aan de heldere hemel te zien staan, en hij had aan Yasmin gedacht en de foto genomen. Hij herinnerde zich hoe hij zich had geconcentreerd op de praktische dingen: fotograferen, met het snoertje zijn camera verbinden met de laptop, en met de ingebouwde muis de coördinaten van de frac-putten invoeren. De kans dat ze zou beseffen dat de sterrenfoto van hem afkomstig was, dat ze zou begrijpen dat het coördinaten waren, was klein, en hij had geweten dat dat niet de reden was waarom hij het deed.

'Een soort afscheid is een tikkeltje pessimistisch,' zei ze, en hij kon zien dat ze lachte, ondanks de bivakmuts.

'Een tikkeltje,' gaf hij toe. 'Dat was niet de eerste keer dat ik dacht dat ik de geest zou geven.'

'Dat je "de geest zou geven"?'

'Ik probeer het luchtig te houden.'

'Dat gaat je uitstekend af. De eerste keer, was dat in die vorige storm?'

'Yep. Toen mijn tent over de toendra rolde, mijn laptop niks meer deed en het nog niet bij me opgekomen was om een aputiak te bouwen. Ik kon niet helder denken.'

'Je was bijna doodgevroren en je was uitgeput. Niet zo gek dat je dan niet helder kunt denken.'

Het lawaai van de sirene hield abrupt op. Commissaris Grayling had de helikopter bereikt.

'Maar ik dacht wel aan jou,' zei hij.

Ze kuste hem.

'Ik moet maar eens gaan kijken wie er in die helikopter zit, vind je niet?' vroeg ze.

'Het hoeft niet.'

'Heb je Ruby daarom naar de aputiak laten gaan?'

'Nee. Maar ik besefte wel dat we het erover moeten hebben.'

Ze kende zijn enorme beschermingsdrang en was hem dankbaar dat hij niet zichzelf vooropstelde; dat hij niet op hoge poten naar de helikopter liep en riep dat hij die kerel zou vermoorden; dat hij haar zenuwen niet overstemde met zijn agressie.

'Ik zal hem toch een keer moeten zien,' zei ze.

'In de rechtszaal. Dan staan er twee potige bewakers naast hem.'

'Ja.'

Maar hij had haar zo lang op de hielen gezeten, haar zo lang gestalkt, dat ze zich nu moest omdraaien en hem in de ogen wilde kijken.

Vlak bij papa's aputiak viel het licht van mijn zaklamp op een stukje bruine vacht in de sneeuw. Ik wist meteen dat het Siku was. Dat is de enige husky met een bruine streep over zijn rug. Ik denk dat hij heeft geprobeerd om terug te gaan naar mijn vader, om daar dood te gaan.

Ik probeer hem op te tillen, maar hij is heel erg zwaar, dus sleep ik hem door de sneeuw. Ik laat hem hier niet achter. Ik weet ook wel dat hij niks meer voelt, maar toch wil ik niet dat hij daar in zijn eentje achterblijft.

Het lukt me om hem in de aputiak te leggen. En dan moet ik een beetje huilen om alles wat papa me heeft verteld.

Vijftig meter van de helikopter stuitten Yasmin en Matt op commissaris Grayling.

'Weet u wie het is?' vroeg Yasmin. 'Is er al iets bekend?'

'Hij heet Jack Deering en is eigenaar-directeur van Am-Fuels. Een hydraulisch fracbedrijf.'

'Dus deze boorputten zijn van hem?' vroeg Matt.

'Ja.'

Yasmin probeerde zich te herinneren waar ze de naam Am-Fuels had gezien. Dat was bij de truckerstop waar Adeeb ziek was geworden; op het parkeerterrein hadden drie trucks van Am-Fuels gestaan, met prefabhuizen als lading. Ze waren allemaal op weg geweest naar Fairbanks, naar huis. En bij Yasmins vertrek uit Fairbanks, vóór de reis begon, had Adeeb de parkeerplaats niet af gekund door de binnenkomende trucks van Am-Fuels.

'Ik wil hem zien,' zei ze.

Ze was er tamelijk zeker van dat ze wist wie het was. Ze liep door naar de helikopter.

De binnenverlichting in de cabine was aan. Toen ze dichterbij kwam, kon ze door het raam zijn gezicht van opzij zien; hij had haar nog niet opgemerkt.

Ze dacht terug aan het vliegveld en aan haar wanhoop om naar Matt toe te gaan; die twee herinneringen vloeiden samen, waardoor haar wanhoop chaotisch en luidruchtig voelde.

Hij had zichzelf Jack Williams genoemd, niet Jack Deering. Hij had gezegd dat de laatste vlucht van die dag al vertrokken was en had haar zijn hulp aangeboden. Het leek haar een aardige man toen, zijn dochter was bij hem. Maar Jack Deering en het meisje dat in de rij stond hadden niet met elkaar gecommuniceerd; hij had gewoon een excuus nodig gehad om daar te zijn. Waarschijnlijk was hij hen al gevolgd vanaf het moment dat hun vlucht uit Engeland was geland.

Ze wist nog dat de meeste mannen in de wachtruimte van de vertrekhal petjes van FBF hadden gedragen, maar een enkeling, onder wie Jack, droeg er een waar Am-Fuels op stond; Silesian Stennet had gezegd dat FBF was overgenomen door Am-Fuels. Niemand had geweten wie Jack was, want hoe vaak trok de baas nu op met de arbeiders? Het was waarschijnlijk de enige vertrekhal waar de mededeling over puin op de landingsbaan in Deadhorse was omgeroepen.

Jacks afkeer van Silesian, de milieuactivist, was oprecht geweest, maar niet omdat hij hen wilde beschermen. En hij was achter hen aan gegaan om te voorkomen dat Silesian nog meer te zien zou krijgen. Omdat Silesian iets op het spoor was. Alleen waren de inwoners van Anaktue niet omgekomen door de giftige dampen van de boorputten van Am-Fuels, ruim zestig kilometer verderop, maar door het gif uit de rivier.

Jack had natuurlijk makkelijk een tankwagen kunnen meenemen, waarschijnlijk bezat hij een hele vloot.

In de helikopter draaide Jack haar kant op. Ze ving zijn blik en hield die vast. Hij was ook maar een mens. Hij verbrak als eerste het oogcontact.

'Die gaat de gevangenis in,' zei Matt. 'In Amerika. Duizenden kilometers bij jou en Ruby vandaan dus.'

'Ja.'

Ze liepen terug naar het vuur, waar ze de warme gloed van de aputiak konden zien, met Ruby veilig daarbinnen. Grayling zat in de cockpit en probeerde te achterhalen hoe lang het zou duren voor er een vervangende helikopter kon komen.

Een paar verdwaalde sneeuwvlokjes dwarrelden naar de grond. Ze namen de tijd in de roerloze stilte.

Ik aai Siku en HAAT degene die hem dit heeft aangedaan. Ik weet zeker dat het de man in de helikopter is. Hij moet weten wat er met Siku en al die andere dieren is gebeurd. Ik wil tegen hem zeggen dat ik NIET BANG VOOR HEM ben en dat we papa toch gevonden hebben, dat hij ons niet heeft kunnen tegenhouden. Ik wil net zo dapper zijn als mijn vader en moeder. Ik neem afscheid van Siku en ga naar buiten, de aputiak uit. Het sneeuwt een beetje. De vlokjes branden als vonkjes op mijn huid en ik moet mijn bivakmuts opzetten. Dan loop ik naar de zijkant van het vuur, waar mijn ouders me niet zien. Ze staan dicht tegen elkaar, als twee gevouwen handen. Mijn moeder heeft haar gezicht helemaal in de capuchon van zijn parka gestoken en ik weet dat ze staan te zoenen, dus het is maar goed dat ik ze alleen gelaten heb.

Ik kom steeds dichter bij de helikopter, mijn vader en moeder en het vuur zijn nu een heel eind achter me. Mijn moeder heeft me verteld dat ze vroeger heel erg bang was in het donker, maar dat ze op een avond van zichzelf de jaloezieën open moest doen en dat donkere gat in moest kijken. En in plaats van alleen maar zwart zag ze ontelbare sterren.

Ik kan door het raam van de helikopter naar binnen kijken. Er brandt licht. Een man draait zich naar me toe en ik doe snel de zaklamp uit.

Ik had gedacht dat het de man met de stinkhanden zou zijn, maar het is de glimlachende gladjanus die zijn superdure horloge zomaar doordeweeks draagt.

Er zit nog een man in de helikopter. Het is de state trooper, de politieman. Als ik nog een beetje dichterbij kom, kan ik in het licht hun gezichten zien en volgens mij zien ze mij niet in het donker. De politieman heeft dat rare masker niet op. De glimlachende gladjanus kijkt boos en zegt: 'Ach, schei toch uit, David...' Dan nog iets wat ik niet kan zien, waarna de glimlachende gladjanus zegt: 'We hebben hem gevonden...' En nog een heleboel andere dingen, maar ik kan het allemaal niet precies liplezen.

De politieman stapt uit de helikopter. Hij kijkt boos en zet zijn gezichtsmasker weer op.

Ik ren naar mijn vader en moeder bij het vuur, maar ik heb mijn zaklamp niet aangedaan en ik struikel. De politieman loopt vlak langs me heen, hij ziet me niet eens.

Nu gaat hij bij mijn vader en moeder bij het vuur staan. Ik kan de vlammen zien in het zwarte rubber voor zijn gezicht.

Ik ga een klein stukje achter hem staan, een beetje schuin opzij, zodat hij me niet kan zien en mijn vader of moeder hopelijk wel.

Mijn moeder ziet me, en ik leg mijn vingers tegen mijn mond: sst. Ze kijkt verbaasd, maar ze zegt niks tegen de politieman. Ik vertel haar in gebarentaal: 'Die boze man noemde de politieman David,' waarbij ik 'David' spel met mijn vingers. 'En toen zei hij: "We hebben hem gevonden."'

Mijn moeder kijkt naar de politieman alsof ze hartstikke geïnteresseerd is in wat hij zegt, zodat hij niet doorheeft dat ze met haar handen op heuphoogte naar me gebaart: 'Ga zo snel als je kunt naar de aputiak.' Ik zou liever bij mijn vader en moeder blijven, maar ik doe wat ze zegt. Ze heeft het gebaar van papa en mij voor aputiak gebruikt, dus nu is het ook haar gebaar.

Matt zag dat Yasmin naar hem gebaarde. Hij dacht dat ze iets persoonlijks wilde zeggen wat commissaris Grayling niet mocht horen, en waarschijnlijk dacht Grayling dat ook, want hij lachte. Een beetje minzaam.

'Heb je geprobeerd mij te bellen?' vroeg ze in gebarentaal. En toen voegde ze er snel aan toe: 'Niet praten, gebaren.'

'Ja, tijdens die eerste storm. Toen mijn tent was weggewaaid en ik niet helder kon denken. Ik moest je stem horen.'

Zijn satelliettelefoon had onder in zijn plunjezak gezeten.

De batterij was al leeg sinds het begin van zijn sledetocht. Daardoor was het toestel nutteloos geweest toen hij de doden had aangetroffen in Anaktue. Maar in die eerste storm, toen Matt bijna doodgevroren was, had hij zich in zijn wanhoop een trucje herinnerd dat hij eerder had afgedaan als onaannemelijk.

'Ik hield de telefoon onder mijn kleren, tegen mijn huid,' gebaarde Matt. 'Ik hoopte dat de batterij zou opleven door mijn lichaamswarmte. Ik ben gaan rennen. Een heuvel op, zo hard als ik kon. En daar heb ik jou gebeld.'

Op dat moment had het hem zinloos geleken. Maar daar in het donker, in de gierende wind, had hij een paar seconden lang contact met haar weten te bewerkstelligen, over hele continenten en oceanen heen.

'De verbinding werd weer verbroken voordat ik je gesproken had.'

Yasmin probeerde haar emoties te verhullen en gebaarde naar Matt: 'Hij zei dat je telefoon was gevonden in het dorp.'

Ze bedacht hoe dicht ze nog niet zo lang geleden bij de waarheid had gezeten en vroeg zich af of het veel uitgemaakt zou hebben, in tijd of anderszins. Maar ze betwijfelde het. In dit onherbergzame gebied was geen ontsnappen, verstoppen of overleven mogelijk.

'Waar is Ruby?' gebaarde Matt.

'In de aputiak.'

Ze was zich ervan bewust dat Grayling naar hen keek, niet langer minzaam. Yasmin was enigszins voor hem teruggedeinsd, misschien had hij het daardoor doorgekregen.

'Het zit anders dan u denkt,' zei de commissaris. 'Ik heb geprobeerd te doen wat het beste was.'

Vlak bij hen was een enorme krater vol chemisch afval; de stank van het gif was te ruiken in de vrieskou.

'Ik heb u nooit in gevaar willen brengen,' vervolgde hij. 'Dat moet u van me aannemen. We wilden alleen de kans krijgen om het uit te leggen, zodat u zou begrijpen waarom het nieuws over dit ongeluk nooit naar buiten gebracht mag worden. Als dat wel gebeurt, mag er straks misschien in heel de VS niet meer hydraulisch gefract worden. Dan komen we nooit los van de oorlogen in het Midden-Oosten. Dat kon ik niet laten gebeuren.'

'Waar kent u Jack Deering van?' vroeg Matt.

'We zijn neven. Hij is bereid u een fikse som geld te betalen.'

'Denkt u dat ik omkoopbaar ben?' vroeg Matt.

'Nee, dat denk ik niet,' antwoordde Grayling.

Yasmin voelde een diepgewortelde woede opwellen. 'U zei dat u naar Matt had gezocht.'

'Dat heb ik ook gedaan,' zei Grayling. 'Toen dacht ik nog dat er alleen een vreselijke brand was geweest waaraan misschien iemand ontkomen was. Ik ben pas gestopt met zoeken toen we vierentwintig lichamen hadden gevonden, één meer dan het aantal inwoners. Volgens de visumgegevens verbleef er een zekere Matthew Alfredson in Anaktue. Ik trof daar een trouwring aan met zijn initialen.'

Yasmin dacht wel dat hij ooit een fatsoenlijk man was geweest; de laatste overblijfselen daarvan waren nog in zijn stem te horen.

'Pas later die avond belde Jack me,' vervolgde Grayling. 'Hij vertelde me dat er een zeldzaam ongeluk was gebeurd bij een hydraulische fracput, en dat hij een van zijn mannen had betaald om het dorp in brand te steken, om de bewijzen te vernietigen.'

In het vuur vatte een stukje gelakt hout vlam, waardoor een vonkenregen ontstond tegen de zwarte hemel. De as die er vanaf kwam belandde op Yasmins bivakmuts.

'De inwoners van Anaktue waren dood,' vervolgde hij. 'Het was een afgrijselijke ramp, maar ik kon er niets meer aan veranderen. Het leek me de juiste beslissing om te proberen een nieuwe tragedie te voorkomen, die als gevolg hiervan zou kunnen plaatsvinden.'

Hij zweeg even. Het enige geluid was het sissen van het vuur waar sneeuwvlokjes in belandden.

'Jack hield me voor dat het een eenmalige samenloop van omstandigheden is geweest, waardoor de voorzorgsmaatregelen niet hebben gewerkt. Ik was het met hem eens dat het nog erger zou zijn als een dergelijk ongeluk, waarop de kans één op een miljoen is, ertoe zou leiden dat het fraccen in het hele land zou worden stilgelegd. Het was goed dat hij aan het grotere geheel dacht.'

Misschien geloofde hij het zelf, dacht Yasmin. Misschien lukte het hem om zichzelf in een fraai daglicht te plaatsen.

'U zei dat u Matts telefoon had gevonden,' zei ze, en ze meende hem ineen te zien krimpen toen hij de woede in haar stem hoorde.

'Ik wist zeker dat hij dood was. Ik dacht dat uw geloof in zijn telefoontje als bewijs dat hij nog leefde de kwelling alleen maar onnodig zou verlengen.'

'Dus u hebt gelogen uit goedheid?'

'De telefoon leidde af, het was maar een ding, u moest het loslaten.'

Ze meende iets akeligs te voelen, vlak bij haar in het donker.

'U was medeplichtig aan het vernietigen van bewijsmateriaal, dus hebt u gelogen uit zelfbescherming,' zei ze.

'Nee. Ik wist niet wie u had gebeld, maar hij kon het niet zijn.'

'Hebt u enig idee wat u hebt aangericht?' Ze wilde een einde maken aan dat redelijke toontje van hem; hij moest klinken als de man die hij was.

'Daar zal ík de verantwoordelijkheid voor moeten nemen,' zei Jack.

Hij kwam op hen af gelopen in zijn zwarte poolkleding, die hem vrijwel onzichtbaar maakte in het donker; alleen de oranje gloed van het vuur op zijn skibril markeerde zijn aanwezigheid terwijl hij dichterbij kwam.

Hij kwam vlak bij Yasmin staan en zei heel zacht: 'Jij had hem de stuipen op het lijf gejaagd met het verhaal dat je man je had gebeld. Hij nam onmiddellijk contact met me op.'

Jack klonk anders; waarschijnlijk had hij op het vliegveld en over de CB zijn stem verdraaid.

'Ik heb hem toen wijsgemaakt dat de arbeider die ik had betaald om de boel in brand te steken een blanke, westerse man had gezien tussen de doden,' vervolgde Jack. 'Als ik dat niet had gedaan, zou hij al zijn politievriendjes en hulptroepen hebben opgetrommeld om jouw mannetje te gaan zoeken. Alle speeltjes uit de kast, sirenes en zwaailichten, met hem als middelpunt. Dan zou hij het grotere geheel uit het oog verloren hebben.'

Ze zei in gebarentaal tegen Matt dat Grayling hen misschien zou willen helpen, dat hij wellicht de kwaadste niet was. Maar Jack pakte haar handen beet, stevig tussen de zijne, en legde haar het zwijgen op.

'En toen begon je via de CB te klagen dat je werd gevolgd door een tankwagen,' zei hij. 'Davey hoorde dat. Hij legde tamelijk snel de link. Hij belde me op mijn satelliettelefoon en kreeg me zover dat ik toegaf dat ik niet helemaal eerlijk tegen hem was geweest. Daar was hij niet blij mee, hè Davey? Jij dacht dat we nog kleine jochies waren zodat je mij op m'n kop kon geven.'

Yasmin rukte haar handen los, maar er was nauwelijks genoeg licht van het vuur om iets te kunnen zien; naar Matt gebaren zat er niet in.

'Toen ik hem voldoende had gekalmeerd en hij naar me wilde luisteren,' vervolgde Jack, 'kon ik hem uitleggen dat ik het niet op jullie gemunt had, maar dat ik jou gewoon volgde. Ik wees hem erop dat Matthew Alfredson waarschijnlijk op de hoogte was van het ongeluk. En dat er een grote kans was dat hij opnieuw zijn vrouw zou bellen. Jij zou ons naar hem toe brengen en dan konden we met jullie allebei praten, uitleggen wat er op het spel stond zonder dat de hele politiemacht ons voor de voeten liep.'

Yasmin kreeg de indruk dat Jack hiervan genoot. Niet van de macht die hij over hén had, maar over Grayling.

'Maar als Matt me nog een keer had gebeld,' zei ze tegen Grayling, 'dan zou ik geweten hebben dat je tegen me had gelogen.'

'Nee, Davey niet,' zei Jack. 'De state troopers. De politie. Je zou niet hebben geweten wie je kon vertrouwen. Ik dacht dat dat wel in ons voordeel zou werken. En het is niet eens zo ver bezijden de waarheid. De fracbusiness heeft zeer hooggeplaatste voorstanders.'

'Waarom heb jij hier in godsnaam mee ingestemd?' vroeg Matt aan Grayling. Hij voelde dat de ander wel degelijk fatsoen had, gezien de manier waarop hij zich tot nu toe tegenover hen had opgesteld; dat was voor hem moeilijk te verenigen met de man die nu zo'n dertig centimeter van hem af stond.

'Ik moest de kans krijgen om het een en ander uit te leggen,' zei Grayling. 'Ik vond het belangrijk dat u naar het grotere geheel zou kijken. Er stond hier een groter goed op het spel en daar moest ik voor strijden.'

'Er was storm op komst,' zei Yasmin. 'Wij zijn in die storm terechtgekomen omdat we door zijn toedoen de truck niet konden keren.'

'Ik heb tegen hem gezegd dat ik op jullie zou letten onderweg,' zei Jack. 'Zodat jullie niks zou overkomen.'

Yasmin dacht niet dat hij Graylings gedrag probeerde goed

te praten, maar dat hij opnieuw zijn macht etaleerde.

'Geloofde u hem?' vroeg ze aan Grayling.

Grayling zweeg.

'Omdat het in uw straatje paste. Omdat u anders in diskrediet zou raken?'

'Ik heb naar jullie gezocht,' zei Grayling. 'Ik ben blijven zoeken tot de heli de lucht niet meer in kon. Zodra de storm het toestond, heb ik de zoektocht hervat. Het was niet de bedoeling dat er gewonden zouden vallen. Echt niet. En nu zal ook niemand jullie kwaad doen.'

'Is die helikopter echt stuk?' vroeg Matt.

Grayling wachtte even met antwoorden. 'Zoals ik al zei: ik had tijd nodig om met u te praten, uit te leggen hoe het...'

Matt onderbrak hem: 'Heb je versterking opgeroepen? Zijn ze onderweg?'

Grayling antwoordde niet. De wind blies as op uit het vuur, die tegen de vallende sneeuwvlokjes in omhoogdwarrelde.

'Ik ga naar onze dochter,' zei Matt, en hij liep bij Grayling en Jack vandaan naar de aputiak. Yasmin dacht dat ze hem lieten gaan omdat hij toch niet zou kunnen vluchten; ze konden hier nergens hulp halen.

'Op welke locatie denkt de politie dat we ons bevinden?' vroeg Yasmin aan Grayling.

Hij gaf geen antwoord.

'De locatie die Jack heeft opgegeven, ten zuiden van de Atigun-pas?'

Hij gaf weer geen antwoord. Yasmin walgde van hem.

'Ik was er niet op uit om jullie te grazen te nemen,' zei Jack tegen Yasmin, zijn stem zacht in het donker. 'Ik had je alleen nodig om me naar je man te leiden.'

Maar ze had al geraden waarom hij haar niet had laten keren. Toen ze eenmaal de rivierweg had bereikt die hierheen voerde, had hij geweten waar ze naartoe ging. Pas toen had hij op Ruby en haar geschoten.

Ze wendde zich van de mannen af en ging achter Matt aan.

Terwijl ze daar door het zwarte ijslandschap liep, dacht ze niet aan Jack of aan Grayling of wat er nu speelde, maar aan de foto van de sterren die Matt haar had gestuurd, aan Matt die op zijn door de vorst aangevreten voeten de berg op was gerend met de telefoon tegen zijn huid gedrukt, alleen om haar stem te kunnen horen.

Matt kwam de aputiak uit. Aan de manier waarop hij daar stond, en daarna aan zijn gezicht, zag ze dat er iets vreselijk mis was.

Ik heb mijn laptop opengeklapt en ik gebruik het licht van het scherm om te zien waar ik loop, want ik heb de zaklamp achtergelaten voor mijn vader en moeder. Het computerscherm kleurt de sneeuw en het ijs groenig; ik kijk naar de groenige sneeuw en niet naar het donker. Ik heb papa's rugzak omgedaan met de satellietzender erin, veilig en droog, en mijn laptop zit in papa's speciale hoes, met doorzichtig plastic voor het scherm. Het sneeuwt, maar niet zo hard. Er landde net een dikke vlok midden op het scherm, maar ik heb hem er gewoon afgeveegd met mijn want.

Ik ben al best wel hoog, want als ik naar beneden kijk dan kan ik nog net het vuur zien, als een oranje stip. En daar vlakbij staat de aputiak, met zijn gele gloed. Als ik de oranje stip en de gele gloed achter me laat en omhoogklim in plaats van omlaag, dan ga ik de goede kant op. Naar de top.

Ze waren omringd door die uitgestrekte duisternis en daar ergens liep Ruby. Een meisje van tien. Dertig graden vorst. Ze had de laptop en de satellietzender meegenomen. God mocht weten wat Jack en Grayling haar zouden aandoen als ze erachter kwamen. Ze waren sprakeloos van angst, verbonden door iets wat de liefde oversteeg.

Als ze haar gingen zoeken, zouden Jack en Grayling weten dat ze weg was – maar hoe konden ze níét gaan zoeken?

Yasmin kokhalsde, haar angst was fysiek. Ruby liep gevaar voor bevriezing en onderkoeling. Stel dat ze haar niet konden vinden... Ze zou moederziel alleen doodgaan.

Ze zag in het donker gedaanten op hen af komen. Jack trok bij aankomst zijn gezichtsmasker af. Hij had een pistool in zijn hand. Achter hem stond Grayling.

Matt dacht aan Siku in de aputiak. Alleen een kind zou zoiets doen, dacht hij; alleen een kind zou een dode hond redden en hem mee naar binnen nemen om voor hem te zorgen. En alleen een kind zou er een slaapzak overheen leggen, zodat het leek of zij daar zelf lag. Alsof dat zou werken. Haar onschuld was een verschrikking tegenover deze kerels.

'Waar is je laptop met de foto's erop?' vroeg Jack aan Yasmin.

'Die lag in de truck die door het ijs gezakt is.'

'Je kunt slecht liegen.' Jack wendde zich nu tot Matt. 'Je satellietzender? Ligt die in de iglo?'

'Hij werkte niet meer door de kou,' zei Matt. 'Dus heb ik hem achtergelaten.'

Jack wilde naar de aputiak lopen, maar Yasmin ging voor hem staan en versperde hem de weg.

'Onze dochter moet slapen,' zei ze. 'Ze heeft doodsangsten uitgestaan en ze is op van de slaap.'

Misschien moest ze hem de waarheid vertellen, dan konden ze haar gaan zoeken. Wat vormde Ruby nu helemaal voor bedreiging voor hen? Ze was tien, een tenger klein meisje. Zelfs al zou Ruby de satellietzender en de laptop aan de praat krijgen... Dat zou beslist niet lukken, in het donker bij min dertig, in haar eentje. Maar stel dat het zou lukken, wie moest ze dan mailen? Wie kon ze om hulp vragen? Kende ze eigenlijk wel e-mailadressen uit haar hoofd?

'Ik wil horen wat je te zeggen hebt,' zei Matt tegen Grayling.

'Je wilde toch van alles uitleggen? Nou, kom maar op.'

De enige manier om ervoor te zorgen dat Ruby dit overleefde was door te verhinderen dat deze mannen achter haar aan zouden gaan, door ze aan de praat te houden, dacht Matt. Yasmin wist dat hij gelijk had. Zelfs als Ruby geen bedreiging voor hen vormde, konden ze haar nog als een potentieel risico beschouwen en achter haar aan gaan.

'Oké,' zei Grayling. 'Laten we naar het vuur gaan, dan kan dat kind slapen.' Alsof hij hun een kleine gunst verleende in ruil voor zijn grotere wreedheden.

Hij wendde zich tot Jack. 'Dat is steeds ons plan geweest,' zei hij. 'We zouden het uitleggen.'

Ze liepen naar het vuur, waar nu de laatste restjes hout brandden.

'Wat is hier nou precies gebeurd?' vroeg Matt.

'Een scheur in een bekledingsbuis,' zei Jack. 'Er is gif in de uitstoot gekomen. Waarschijnlijk arsenicum. Het is in een wolk de rivier af gestroomd.' Zijn toon was niet beladen, bijna nonchalant. 'Voordat ik het wist, liep mijn voorman hysterisch te doen. Al die dooie vissen en andere dieren. Op zich is het routine, dode beesten bij een fraclocatie, maar dit was wat anders. Ik wist dat er verderop Eskimo's woonden, dus ik heb een van mijn mannen erheen gestuurd om te gaan kijken. En hem gezegd hoe hij moest handelen.'

Matt meende een gedaante te zien in het donker en zijn oogspieren spanden zich, maar de gedaante was een schaduw van de laatste vlammen, meer niet.

'De inwoners van Anaktue kookten hun water voordat ze het dronken,' zei Matt.

'Koken maakt het arsenicumgehalte alleen maar hoger,' zei Jack. Zijn toon was nog altijd neutraal.

'Zijn er nog meer mensen...'

Jack onderbrak hem. 'Slechts één ander Eskimodorpje,

waar niemand ooit van heeft gehoord.'

'Dus jullie hebben de bewijzen vernietigd?'

'Ik heb iemand betaald om brand te stichten. De sneeuw heeft de rest gedaan.'

'En hier?'

'Mijn voorman raakte in paniek, de idioot, en heeft de hele boel ontmanteld. Hij heeft dat grote vuur gemaakt.'

'Maar het was allemaal niet nodig geweest?' vroeg Matt.

'Niets wees erop dat hier iets misgegaan is. Het is een snelstromende rivier, acht tot wel vijftien kilometer per uur. De arsenicumwolk zou in de Noordelijke IJszee terechtgekomen zijn en dan was de rivier weer schoon geweest. Maar zoals ik al zei: die kerel raakte in paniek, stuurde iedereen weg en heeft verdomme zelfs de weg vernield.'

Yasmin speurde de duisternis af op zoek naar Ruby, en ze wist dat het Matt grote moeite kostte om niet hetzelfde te doen, dat hij zichzelf moest dwingen om naar Jack te blijven kijken.

'Al die putten met afvalstoffen zitten vol,' zei Matt tegen Jack. 'Was dat al zo vóór het arsenicumlek?'

'Mensen zijn niet altijd zo met hun veiligheid bezig als ze zouden moeten zijn.'

'En dus hebben jullie het gif gewoon in de rivier gedumpt?'

'Zoals ik daarnet al zei: mensen zijn niet altijd bezig met hun veiligheid. Sommigen zijn ronduit laks.'

'Als de rivier stroomde met een snelheid van zo'n tien kilometer per uur,' zei Matt, 'dan heeft het maar vier uur geduurd voordat de arsenicumwolk het dorp bereikt had.'

'Niemand had het op tijd in de gaten om de inwoners te waarschuwen,' zei Grayling, en Yasmin meende oprechte treurnis in zijn stem te horen. Ze probeerde zijn ogen te zien, in de hoop daar enige barmhartigheid aan te treffen, maar het licht van de langzaam dovende vlammen werd weerspiegeld door zijn bril.

'Ons probleem,' zei Jack, 'is dat dit lek geen boorput heeft vergiftigd, zoals meestal het geval is bij fracongelukken. Die lui die ons energiebeleid bepalen, halen zelf hun water ook allang niet meer met een emmer uit de dorpsput, hoor.'

Het vuur doofde; de boortoren en de brokstukken van de fraclocatie waren niet langer zichtbaar in het donker. Yasmin was bang dat er straks niets meer zou zijn wat Ruby kon helpen hen terug te vinden. Maar het zou nog erger zijn als deze kerels achter haar aan gingen.

'Jij zei dat je een goede reden had om dit verhaal geheim te houden,' zei Matt tegen Grayling. 'Ik heb nog geen goede reden gehoord.'

'Een rivier is wat anders dan een boorput,' zei Grayling. 'Een rivier is in beweging. In geval van een ongeluk kan iedereen die zich stroomafwaarts bevindt vergiftigd worden. Een groot percentage van ons drinkwater is afkomstig uit rivieren en beekjes. Straks worden de mensen bang dat er gif uit hun kraan komt. Die lui die over ons energiebeleid gaan, zouden ook wel eens nerveus kunnen worden. Degenen die nu al hun twijfels hebben over het fraccen, zullen het in de toekomst nooit toestaan. En de echte tegenstanders zullen dit ongeluk aangrijpen om het te verbieden. Straks wordt het hydraulisch kraken nog definitief stopgezet.'

'En vind je niet dat hun angst terecht is?' vroeg Matt.

'Nee,' antwoordde Grayling. 'Wat hier is gebeurd was een tragisch, eenmalig ongeluk. Er is een reeks dingen misgegaan, en het was pure pech dat de juiste voorzorgsmaatregelen niet hebben gewerkt.'

Terwijl ze Graylings verhaal aanhoorde, hoopte Yasmin dat er een klein kansje was dat hij niet had gelogen, dat hij hen inderdaad zou laten gaan nadat hij had uitgelegd wat de grote belangen waren. Dan konden ze Ruby gaan zoeken.

'Aan iedere vorm van energie hangt een kostenplaatje,' ging

Grayling verder. 'We moeten kiezen voor de energiebron met de laagste kosten. Hydraulisch kraken levert brandstof op uit eigen bodem. Niemand kan ons ermee chanteren en we hoeven er geen oorlog voor te voeren.'

'Je moet één ding goed begrijpen,' zei Jack. 'Alaska beschermt de rest van de VS. Dat is altijd zo geweest. Eerst tegen de communisten en nu tegen de Arabieren. Wij leveren Amerika brandstof, vroeger uit reguliere oliebronnen en nu door het fraccen. Het binnenland van Alaska heeft gigantische reserves, die daar maar gewoon liggen, onder land dat verder waardeloos is. Twee miljard vaten olie die we zouden kunnen winnen, miljarden kuub aan aardgas. Dat laten we godverdomme niet verpesten door zo'n zootje Eskimo's.'

Matt hoorde Jacks agressie; het was een vechtersbaas. Hij zou niet terugdeinzen voor ruzie of een vuistgevecht. Misschien kon Matt daar gebruik van maken om hem bij Ruby vandaan te houden.

Jack liep in de richting van de aputiak.

'En met "we" bedoel je de VS?' vroeg Matt.

'Andere landen zijn niet mijn probleem,' zei Jack.

'Jij vindt jezelf vaderlandslievend?'

Jack bleef staan. 'Dat staat buiten kijf. Het fraccen heeft ons land uit de recessie getrokken. Onafhankelijk gemaakt. Sterk. We kunnen niet de leider van de vrije wereld zijn als we voor onze energievoorraad afhankelijk zijn van buitenlanders.' Hij liep verder.

'Toen de eerste astronauten de ruimte in gingen,' zei Yasmin, 'hebben ze foto's genomen van de aarde. Toen kon iedereen zien dat de planeet één geheel is. Een prachtige blauwe planeet in het donkere heelal.'

'Vogels en andere dieren weten niets van landsgrenzen,' zei Matt. 'Er zijn erbij die duizenden kilometers afleggen, de hele wereld over. Ook voor die dieren is het gewoon één planeet.'

'Gaan we nou de bomenknuffelaars uithangen?' vroeg Jack, maar hij liep niet door naar de aputiak.

'Ik zeg alleen dat wij het breder zien dan jij,' zei Matt, en hij wendde zich tot Grayling. 'En je hebt me nog steeds niet overtuigd.'

'De waarheid, de realiteit, is dat we allemaal onze eigen territoria hebben,' zei Grayling. 'En dat mensen elkaar bevechten om olie. Wij sturen onze jongens naar het front, waar ze vervolgens sneuvelen.'

'Denk je dat het fraccen een einde kan maken aan de oorlogen?' vroeg Matt.

Hij hoorde een geluid achter zich en draaide zich om om Ruby beet te pakken, zijn lijf tussen haar en deze kerels te werpen, maar het was slechts de aantrekkende wind die een berg afvalcontainers beroerde.

Ik ben nu helemaal bovenaan, want een stukje verderop schoven mijn voeten omlaag, dus toen ben ik teruggelopen.

De wind slaat in mijn gezicht: *klatsj! klatsj!*

Ik zie geen sterren, alleen het donker en de sneeuw die maar blijft vallen, als pluizige, koude, witte bloesem.

Helemaal daarboven, waar de bloesemsneeuw vandaan komt, zijn de satellieten.

Ik denk aan Schotland, waar mijn vader me heeft uitgelegd hoe de satellietzender werkt. Ik haal het apparaatje uit de rugzak en zet de verlichting van mijn laptopscherm op de hoogste stand, maar dan nog kan ik moeilijk zien waar het kabeltje van de satellietzender in moet. Met mijn handschoenen aan tast ik naar de gaten, maar het is zo'n gepriegel. Dan trek ik mijn buitenste handschoenen uit.

Ik maak verbinding zoals mijn vader me heeft voorgedaan. Het toetsenbord loopt niet vast, want ik heb de speciale hoes eromheen gedaan.

De zender zoekt naar een satelliet in de ruimte. 'Zoeken' staat er op het scherm.

Ik open het blog van mijn vader en mij, met de foto's en de coördinaten van de plek waar alle dieren dood langs de rivier lagen. Als de zender dadelijk een satelliet heeft gevonden, ga ik het blog plaatsen, ook de stomme stukjes waarin ik tegen mijn vader praat, want ik heb geen tijd om die te deleten. Ik hoop dat papa het niet erg vindt dat ik dit doe, want het is een noodgeval.

Ik krijg nu heel koude vingers.

Er staat nog steeds 'zoeken...'

Volgens mijn moeder heet een groep satellieten 'constellatie', net als een groep sterren. Maar volgens mij staan er hier maar een of twee satellieten boven me.

Het vuur gaf geen vlammen meer, de as gloeide nog wat na, met vlekkerige rode deeltjes. Yasmin had buikpijn van het verlangen naar Ruby, de behoefte om bij haar te zijn. Ze voelde haar vingers tasten naar een kind dat er niet was.

Matt zocht ruzie met Grayling en Jack, om hun aandacht op hem gericht te houden: hij zei nu dat de volgende oorlogen om schoon water zouden draaien. Yasmin vond Jacks vaderlandsliefde flinterdun; hij werd gedreven door gespierde hebzucht en het gevoel ergens recht op te hebben. Hij kon de discussie nu ieder moment afkappen en naar de aputiak lopen, waar hij zou ontdekken dat Ruby verdwenen was. Jack zou hen zonder enige wroeging of scrupules vermoorden, dat wist ze, maar er was een kansje dat Grayling hem zou tegenhouden.

'Weet je wel dat er miljoenen liters water nodig zijn om één boorput te fraccen?' vroeg Matt. 'Water dat legaal wordt verontreinigd met giftige chemicaliën om er fracvloeistof van te maken. Niemand weet waar dat moet blijven. Als het al niet naar het grondwater, de waterhoudende grondlagen en de rivieren lekt.'

Hij zei het vol overtuiging – zijn kennis van het fraccen was afkomstig van de campagne die de inwoners van Anaktue hadden gevoerd – maar zijn aandacht was gericht op de donkere vlakte, alsof hij vanzelf een glimp van Ruby zou opvangen als hij er maar lang genoeg naar staarde.

'Er komt een tijd dat schoon water net zo kostbaar zal zijn als brandstof,' vervolgde Matt. 'Kostbaarder nog, want je energiebehoefte kun je nog wel terugdringen. In geval van echte nood kunnen we eventueel terugkeren naar de tijd dat er geen elektriciteit was, de tijd dat de auto zelfs niet was uitgevonden. Leven als de Inupiaq. Maar water is onmisbaar voor het leven zelf, en dat geldt wereldwijd. Een oorlog om water zal niet om macht draaien, zoals de huidige oorlogen, maar om overleven.'

'Ik heb dit lang genoeg aangehoord,' zei Jack. Hij wendde zich tot Grayling. 'Ik start de heli. Haal jij de satellietzender en de laptop.'

Grayling verroerde zich niet. Jack zou dadelijk wegvliegen met de helikopter, dacht Yasmin, maar ze wist niet of Grayling zijn passagier zou zijn.

'We kunnen hen hier niet achterlaten,' zei Grayling. 'Ze kunnen nergens schuilen. Ze hebben niets om zich warm te houden.'

'En toch laat jij ze hier achter, Davey. Net zoals je voor je vriendjes van de politie hebt verzwegen waar ze waren in die storm.'

'Ik dacht dat ik ze zelf wel zou vinden en dan...'

'Je hebt je vrienden nog steeds niet verteld waar ze zijn, hè?' Jack liep naar de aputiak. Grayling gaf geen antwoord.

'Davey is de oudste,' zei Jack. 'Elf neven en nichten en hij staat bovenaan. Hij vindt het fijn als mensen tegen hem opkijken, dat heeft hij altijd fijn gevonden. Als kind al had hij bewondering nodig. Het brave jochie, de brave jongeman, de state trooper. Zelfs zijn zoon is als held voor het vaderland gestorven – dat is toch het plaatje, Davey?'

Grayling zweeg. Ze waren aangekomen bij de aputiak, die vanbinnen werd verlicht door de qulliq. De vage gele gloed werd gereflecteerd door hun brillen, waarin kleine aputiaks te zien waren.

Matt zag een glinstering van licht op metaal. Jack richtte zijn pistool op de aputiak. Grayling en hij dachten dat Ruby daarbinnen was.

'Dit is nooit mijn bedoeling geweest,' zei Jack. Er klonk woede door in zijn stem. 'Jij laat me verdomme geen andere optie.'

Een knal in de dwarrelende sneeuw; de wanden van de aputiak werden doorboord met metaal. Yasmin gilde.

'Het is barmhartiger om het snel te doen,' zei Jack, en Matt besefte dat de man van mening was dat zijn daad minder erg zou zijn naarmate de tijd die het kostte om te sterven werd bekort.

Jack vuurde nogmaals op de aputiak en Yasmin wenste dat de geluidsgolven vibrerend een weg door het donker naar Ruby toe zouden vinden en dat ze zou weten dat de man gewapend was, dat ze zich schuil moest houden.

Hij schoot nog een keer en ze dacht aan de vallende boom, het geluid dat niet méér was dan een trilling van het mos, een blaadje dat langs Ruby's wang streek. Ze probeerde rustige gedachten op Ruby over te brengen, alsof ze daar wat aan zou hebben.

Binnen in de aputiak doofde de qulliq, nat geworden door sneeuw en ijs.

Jack knipte zijn zaklamp aan. Hij bescheen eerst het politielogo op Graylings arm en toen zijn gezicht. Hij reageerde nauwelijks.

Jack liep naar de half ingestorte aputiak en trof daar geen kind aan, alleen een dode husky, uiteengereten door kogels. Matt zag dat de aanblik van de hond hem woest maakte.

Het duurt zo lang. Ik denk aan de paarse hei in Schotland, waar het leek alsof er verf was geknoeid, aan mijn vaders gekke Superman-T-shirt en aan warmte, maar het is pikdonker en heel, heel koud. Ik denk aan papa die hier helemaal alleen was, en ik moet nu ook dapper zijn.

Dan verschijnt er een knipperend satellietje op het computerscherm!

Ons blog staat nu op internet. De foto's en de coördinaten en alles!

Maar we hebben nog geen volgers. Niet een. Niemand weet nog dat het blog bestaat. Dus zal niemand het lezen en ons komen helpen.

Ik zie de gele gloed van de aputiak en het oranje stipje van het vuur niet meer. Ik weet niet hoe ik terug moet komen bij mijn vader en moeder.

Jack dwong Matt en Yasmin om hun jassen uit te trekken en hun bivakmutsen en brillen af te zetten. Terwijl hij hun beschermende kleding achter slot en grendel in de helikopter legde, renden ze bij hem vandaan in de richting van de heuvel, want daar was Ruby vast naartoe gegaan, naar de plek waar Matt zijn e-mail had verstuurd. Zonder beschermende kleding verloren ze snel lichaamswarmte; hun spieren werden zwakker en ze konden geen snelheid maken.

Een zoeklicht van de helikopter scheen de duisternis in. Jack zocht naar Ruby. Hij zwaaide de lichtbundel in de richting van de heuvel. Op de top verscheen een kind, in silhouet tegen de vallende sneeuw.

Er komt fel licht van beneden, heel, heel fel licht. Ik wil graag geloven dat het mijn vader of mijn moeder is die me komt zoeken, maar dat denk ik niet.

Ik open Twitter. Ik moet supervoorzichtig typen, want één foutje in het adres van het blog en niemand zal ons kunnen helpen. Mijn vingers doen ontzettend zeer, alsof ik ze losruk uit prikkeldraad, maar met handschoenen aan kan ik niet typen. Ik denk aan de woorden van mijn moeder.

> @Words_No_Sounds
> 653 followers
> Help ons. Ga naar eenweekinalaskablog.com. Inwoners Anaktue dood door brand. Lengte- & breedtegraden zonder komma en min. Vlug!

Ik weet niet of het dag of nacht is, hier of thuis, maar ergens op de wereld moet het nu dag zijn, in het gedeelte dat om het touwtje naar de zon toe is gedraaid. En daar is altijd wel iemand wakker die mijn tweet leest, een volwassene die weet wat hij moet doen.

Het felle licht gaat uit en het wordt weer pikdonker.

Yasmin hield de zaklamp vast, Matt stond naast haar. Ze hoorde Grayling roepen, maar ze liep door, strompelend over het ijs en door de sneeuw. Jack rende langs haar heen met een pistool en een zaklamp. De kou schakelde haar lichaamsfuncties uit en ze voelde haar hersenen troebel worden rondom één scherpe splinter: de behoefte om Ruby te beschermen.

Toen werd ze beetgepakt door Grayling; hij gaf haar hun jassen, bivakmutsen en skibrillen terug. Snel trokken ze alles aan. Grayling vervolgde zijn spurt vóór hen.

Mijn vingers voelen heel raar, alsof ze tegelijkertijd gevoelloos zijn en pijn doen.

In ons blog is niet te vinden waar we nu zijn, want dat stond in mijn vaders laatste e-mail met de sterren en die heb ik er niet op gezet. Ik ga naar mijn moeders mail en kopieer de cijfers onder de foto van de sterren. Mijn vader weet vast hoeveel ze van de sterren houdt. Dan open ik Twitter weer en plak de nummers in een tweet. Ik zet de min en de komma erbij, zoals mijn moeder ook heeft gedaan. Maar het gaat steeds fout omdat mijn vingers niet meewerken.

Grayling liep nu een heel eind voor de ouders uit; hij had al die tijd zijn beschermende kleding gedragen. Hij had het zoeklicht van de heli uitgedaan in een poging Jack af te remmen bij zijn jacht op het kind. Nu zag hij in het schijnsel van zijn zaklamp dat Jack zo'n honderd meter voor hem liep. Hij sprintte door de sneeuw en over het ijs, en zijn longen brandden van de ijzige lucht die diep zijn longen in werd gezogen.

Toen Yasmin had gezegd dat hun dochtertje lag te slapen in de aputiak had hij geweten dat ze loog. Hij had de dodelijke angst op de gezichten van de ouders gezien en die herkend. Hij had zich precies zo gevoeld toen Timothy in Irak vocht en hij niet iedere dag, ieder uur, wist of zijn zoon nog leefde. Grayling had al die tijd geweten dat het kind niet in de sneeuwhut zat, dat ze niet wisten waar ze was. Hij was een goede rechercheur, het was voor hem niet moeilijk geweest om vast te stellen dat de ouders probeerden een discussie uit te lokken met Jack en hem, alleen om te voorkomen dat ze achter hun dochter aan zouden gaan.

Hij haalde Jack langzaamaan in. Nog twintig meter.

Aan het begin van deze hele toestand had het hem ontbroken aan integriteit en had hij ervoor gekozen te geloven dat Jack hen geen kwaad zou doen. Niet omdat hij vertrouwde op

Jacks goede karakter, maar omdat hij anders zelf deel zou uitmaken van iets kwaadaardigs.

Toen had Jack de aputiak beschoten, met de gedachte dat hij op een klein meisje schoot, en vanaf dat moment was er geen ontkomen meer geweest aan Jacks wreedheid of Graylings eigen verwerpelijkheid. Toen hij de kogels door de sneeuwwanden van de aputiak had zien vliegen, had hij ingezien dat er helemaal geen groter belang op het spel stond; er was geen groter kwaad denkbaar dan dit, en daarmee ook geen groter belang om het goed te praten.

Het was alsof er iets in zijn binnenste was ontwaakt.

Een paar passen vóór hem bleef Jack staan. Hij bescheen met zijn zaklamp het kind, tweehonderd meter verderop, en richtte zijn pistool. Grayling dook voor hem om haar te beschermen tegen zijn kogel.

Mijn armband trilt en ik wil hem afdoen. Ik wil stilte horen. Ik ga op mijn hurken zitten, dan kan die gemene man me niet zo makkelijk zien. Mijn vingers doen het niet meer, maar ik heb de tweet getypt.

> @Words_No_Sounds
> 653 followers
> 96.02132, -147.680371 we zijn op heuvel bij fracbronnen / help ik denk dat hij n pistool heeft

Grayling lag in de sneeuw, en in plaats van pijn te voelen kreeg hij het merkwaardig warm. De vlokken vielen in zijn gezicht en hij voelde de grond onder zijn lichaam en overal om zich heen. Yasmin had gelijk gehad toen ze hem ervan beschuldigde te handelen uit zelfbescherming en eigenbelang. Want hij had op een of andere vreemde manier geloofd dat als hij maar hard genoeg zijn best deed om een oorlog over olie te voorkomen, als hij alle regels en wetten aan zijn laars lapte, dat dan iemand tien jaar terug, een vader zoals hij, zich ook iets van die andere oorlog aangetrokken zou hebben en dat er eerder een einde aan gekomen zou zijn en Timothy nog zou leven, zijn hele gezicht glimlachend om iets wat hij zijn vader straks zou uitleggen; niet onherkenbaar begraven in een doodskist. Natuurlijk werkte het zo niet, dat wist hij best; de wetten van de realiteit pasten zich niet aan ten behoeve van zijn irrationele emotionele waarheid. Misschien had hij simpelweg niet gewild dat een andere ouder vermijdbaar verdriet zou hebben, verdriet dat als bijtend accuzuur brandde in je keel, je buik en je oogleden wanneer je probeerde te slapen; had hij niet gewild dat ook maar iemand die pijn ooit zou kennen. *And thou no breath at all.* Dus had hij ervoor gekozen om Jack te geloven, ervoor gekozen om te kijken naar het grote geheel en niet naar de gruwelijke voorwaarden om dat te bereiken. Timothy's mooie gezicht. Jack had misbruik gemaakt van zijn liefde voor zijn zoon en van zijn vaderlandsliefde; de twee liefdes die hem maakten tot wie hij was. En zijn liefde was nu verminkt tot iets anders. Hij voelde het aangetaste landschap om hem heen, waar het gif doorheen sijpelde.

Ik wacht een eeuwigheid tot mijn tweet wordt geplaatst. Maar ergens boven mijn hoofd in de ruimte is een satelliet en het kastje van mijn vader is net zo'n wonder als dat adembenemende Tudor-weekdier, en de verbinding komt er wel en dan loopt het allemaal goed af. Want internet is net de magnetosfeer die de hele wereld omhult.

Matt en Yasmin zagen het licht van Jacks zaklamp de steile helling op gaan. Ze konden niets doen om vóór hem bij Ruby te zijn. Yasmin wist dat niemand hen zou komen helpen. Er zou niemand komen en niemand zou ervan weten. Er konden jaren, tientallen of zelfs honderden jaren voorbijgaan zonder dat hier iemand kwam.

Mijn tweets zijn geplaatst!! Ik probeer het gebaar voor 'Hoera!!' te maken, maar mijn handen zijn helemaal gevoelloos. Ze doen niet eens pijn. Deden ze maar pijn.

Er komt een zaklamp mijn kant op in het donker. Ik hoop dat het mijn vader en moeder zijn, maar ik denk het niet.

Er zit een dier voor het scherm van mijn laptop, heel dichtbij – een poolhaas. Zijn ogen glimmen, alsof hij geïnteresseerd is in mijn laptop.

Er heeft al iemand een tweet teruggestuurd! En nog iemand! En weer een! BRUUT-WREED KICKEN snel! Dat is supercoolio geweldig! Het zijn liervogelkuikens en jonge drielelklokvogeltjes!

De haas blijft stokstijf zitten en ik weet dat hij bang is. Misschien maakt Twitter wel geluid, een PING of zo, en schrikt hij daarvan. Maar mijn vader had het geluid van mijn laptop uitgeschakeld.

De zaklamp is nu heel dichtbij.

Ik kan geen kant op.

Hij is hier. Ik draai het scherm van mijn laptop naar hem toe, zodat ik hem kan zien. Hij heeft een pistool. Hij pakt mijn laptop af.

Hij heeft zijn pistool in de ene hand en mijn laptop in de andere. Hij leest de tweets, het licht van het scherm wordt weerspiegeld in zijn grote bril. Ik hoop dat er nog veel meer tweets binnenkomen, want dan blijft hij lezen en richt hij zijn pistool niet op mij en misschien komen mijn vader en moeder me dan wel halen.

Hij gooit mijn laptop in de sneeuw. Ik wil de tweets lezen, maar hij schiet een heleboel keren achter elkaar op mijn laptop en mijn armband trilt en trilt maar, tot mijn arm ervan schokt alsof hij moet overgeven. Mijn laptop ligt in duizenden stukjes in de sneeuw.

Ik denk dat hij me nu gaat doodschieten.

Dan draait hij zich om, van me weg.

Het licht van zijn zaklamp wordt steeds kleiner. Eerst is het nog maar een speldenknopje en dan verdwijnt het helemaal.

Hij is weg!

Ik denk dat hij heeft ingezien dat het met tweets net zoiets is als met de roddelveertjes: je kunt ze nooit meer allemaal terugstoppen.

Nu heb ik het licht van mijn laptop niet meer. Helemaal geen licht.

Donker, donker, donker.

Ik denk aan de nacht die alle dagen opslokt en dat vind ik een fijne gedachte, want die doet me weer denken aan de walvis die Raaf opslokte, en binnen in de donkere walvis waren zijn hart en ziel een dansend meisje.

Er komt een lichtje mijn kant op. Het gaat op en neer, want degene die het vasthoudt rent, en ik zie mijn vader en moeder.

Papa bukt en slaat zijn armen om me heen en mijn moeder doet haar grote wanten uit en schuift mijn handen erin. Er zitten bevroren tranen in haar skibril. Ze blaast haar adem op mijn handen in de wanten.

Ik wil hun vertellen dat mijn woorden sterker waren dan zijn kogels.

En ik wil vertellen dat de liervogelkuikens en de jonge drielelklokvogeltjes nu iedereen berichten over die arme inwoners van Anaktue en de dieren, en dat ze hulp voor ons gaan halen.

In het licht van mijn vaders zaklamp dansen de witte sneeuwvlokken uit de hemel omlaag en ik bedenk dat de getypte woorden voor mij helemaal niet op veertjes lijken, maar op sneeuwvlokjes. Ze bereiken ons helemaal hier en dwarrelen om ons heen.

Vallende sneeuw maakt geen geluid.

We wachten een eeuwigheid, met z'n drieën, heel dicht op elkaar. Er staan sterren boven ons en ik denk aan de babyvogeltjes die de nachtelijke hemel onthouden om altijd de weg naar huis te kennen.

Dan zie ik een nieuw lichtje aan de hemel, als een heel langzaam vallende ster, en het komt onze kant op. Maar ik weet dat vallende sterren niet bestaan.

Mijn moeder blaast nog steeds in mijn wanten. Haar adem is lekker warm.

Er begint een sneeuwbal te bewegen, en nog een en nog een. De poolhazen komen overeind uit de sneeuw. Ze lopen op hun gemak weg in het donker.

Ik voel mijn vingers weer en ik heb een stem.

It is here, in this bad, that we reach
The last purity of the knowledge of good.

Wallace Stevens

Dankwoord

Ik wil de volgende mensen bedanken dat ze zo gul hun kennis met me wilden delen. Eventuele fouten komen geheel voor mijn rekening.

Jacob Tompkins, expert in hydrologie en directeur van Waterwise, en tevens een gedreven en fantastisch voorvechter van het belang en de waarde van schoon water.

Jimmy Stotts, hoofd van de Inuit Circumpolar Council in Alaska.

Dr. Sebastian Hendricks, specialist in pediatrische audiovestibulaire gezondheidszorg (gericht op gehoor- en evenwichtsstoornissen bij kinderen).

Dr. Amir Sam, hoofddocent aan Imperial College en consulterend endocrinoloog.

Dr. Rob Scott, fysicus die momenteel samenwerkt met het UK Space Agency en de Earth and Atmospheric Science Division van het Rutherford Appleton-laboratorium.

Gerry Gillespie, de luchtvaartingenieur die mij fantastische verhalen vertelde over motoren en machines.

Jean Straus, journalist en recensent bij *Action on Hearing Loss.*

De Farnham Astronomical Society.

Ik wil de volgende mensen bedanken voor hun creatieve hulp bij deze roman.

Allereerst Felicity Blunt van Curtis Brown, die dit boek al voor zich zag toen het begon als een plaatje in mijn hoofd en sindsdien een drijvende kracht voor me is geweest. Zonder haar intelligentie, haar fantasierijke kritiek en inzicht had ik dit verhaal nooit kunnen schrijven.

Verder wil ik graag Emma Beswetherick en David Shelley van Little, Brown bedanken voor hun toewijding en de creatieve respons op dit boek; het is een genot om met hen samen te werken. Bedankt Lindsay Sagnette van Crown Publishing voor je mooie redactiewerk. Mijn speciale dank gaat uit naar de bijzondere, fantastische Alice Lutyens, mijn audio-agent en meelezer van het eerste uur.

Bedankt Susan de Soissons van Little, Brown voor alles wat je hebt gedaan om dit boek de wereld in te sturen, Ceara Elliot voor je bezielde omslagontwerp en dank aan Kate Doran, Felice Howden, Joanna Kramer, Clara Diaz en Poppy Stimpson; aan Sandra Ferguson, Amber Burlinson en Rebecca Lee.

Mijn welgemeende dank gaat uit naar Deborah Schneider van Gelfman Schneider Literary Agents Inc., Vivienne Schuster en Kate Cooper van Curtis Brown, niet alleen omdat ze zulke goede literair agenten zijn maar ook voor het lezen van een prille versie en hun waardevolle reactie daarop. En dank je wel Emma Herdman dat je zo snel reageerde op de vele verzoeken; bedankt voor je input.

Dank aan Jennifer Wilson, Sara Talbot, Fabia Ma, Rachael Hum, Jenni McCann en hun voltallige team voor hun inzet en enthousiasme. Bijzondere dank gaat uit naar Ben Goddard and Sarah Shrubb.

Bedankt ook Grace Menary-Winefield, Dominic Wakeford, Alex Silcox, Eva Papastratis en Ugonna Hosten.

Bedankt Nina Calabresi en Bob Oldshue, dat jullie me lieten kennismaken met de gedichten van Wallace Stevens in de prachtige omgeving van Maine.

Last but not least: Karin Lewiston, Anne-Marie Casey, Lynne Gagliano, Claire Merryweather, Clare Fuller en mijn ouders Kit en Jane Orde-Powlett: bedankt voor jullie steun.

En graag bedank ik Joe, Cosmo en Martin die onder het eten over mijn verhaal wilden praten en me af en toe mijn werkkamer uit stuurden voor een gesprekje en wat frisse lucht.

Ik heb veel gehad aan talloze boeken, artikelen, foto's, video's en websites, in het bijzonder de onderstaande.

William L. Iggiagruk Hensley, *Fifty Miles from Tomorrow: A Memoir of Alaska and the Real People* (New York: Sarah Crichton Books, 2009)

Debby Dahl Edwardson, *My Name Is Not Easy* (Skyscape, 2012)

Dan O'Neill, *The Firecracker Boys: H-bombs, Inupiat Eskimos and the Roots of the Environmental Movement* (New York: BasicBooks; London: Perseus Running [distributor], 2008)

Nick Jans, *The Last Light Breaking: Living Among Alaska's Inupiat Eskimos* (Oregon: Alaska Northwest Books, 1993)

Bernd Heinrich, *The Homing Instinct: Meaning and Mystery in Animal Migration* (London: HarperCollins, 2014)

Sara Wheeler, *The Magnetic North: Notes from the Arctic Circle* (London: Jonathan Cape, 2009)

Pat Forgey, '"Fracking" for oil likely to grow in Alaska' (JuneauEmpire.com, 2012)

Margaret Kriz Hobson, 'Shale Oil: Geologist's Alaska Gamble Could Turn into America's Next Big Shale Play', *Energy Wire* (Washington: E & E Publishing, 2013)

Maureen Clark, 'State considers checkpoints, restrictions on Dalton Highway traffic in response to attacks' (*Peninsula Clarion*, 2001)

Kyle Hopkins, 'Frozen Landslide Threatens to Devour Dalton Highway' (*Alaska Dispatch News*, 2012)

Doug O'Harra, 'On the Dalton Highway – Just How Bad Can It Get?' (*Anchorage Daily News*, 2001)

'Compendium of Scientific, Medical and Media Findings Demonstrating Risks and Harms of Fracking (unconventional gas and oil extraction)' (Concerned Health Professionals of NY, 2014)

'Alaska Native Villages Annual Report 2012' (United States Environmental Protection Agency)

Verder heb ik veel gehad aan de volgende websites:
www.inupiatheritage.org
www.iccalaska.org
www.alaskacenters.gov
www.inuitcircumpolar.com
www.adfg.alaska.gov
dec.alaska.gov
www.nationalgeographic.com
www.worldwildlife.org/
www.ecowatch.com
www.handspeak.com
www.british-sign.co.uk
www.actiononhearingloss.org.uk
www.ndcs.org.uk: *De National Deaf Children's Society is van mening dat ieder doof kind door de samenleving opgenomen en*

op waarde geschat dient te worden en dezelfde kansen zou moeten krijgen als ieder ander kind. Bezoekt u vooral de website voor meer informatie en advies.

De eerste documentaire die ik heb gezien over hydraulisch kraken of fraccen was *Gasland* van Josh Fox. Sindsdien heb ik vele artikelen, verslagen, lezingen en blogs gelezen, bekeken en beluisterd, maar *Gasland* steekt er voor mij met kop en schouders bovenuit. *The Sky is Pink* door Josh Fox en het team van *Gasland* zijn te bekijken op Vimeo en YouTube.

Foto- en videobeelden van vrijwel iedere kilometer van de Dalton Highway zijn te bekijken via Google Earth en YouTube. Er zijn blogs van chauffeurs, toeristen en motorrijders die hun tocht over de Dalton Highway hebben beschreven in fotoverslagen. Al deze mensen ben ik dankbaar dat ze me letterlijk hun kijk op dit gebied hebben gegeven.

Ook aan de volgende apps heb ik veel gehad:

De app British Sign Language Reference Dictionary (Britse gebarentaal) en de app Sign Language finger-spelling (vingerspellen in gebarentaal).

De Engelstalige app van het Inupiat-woordenboek. De vele woorden voor 'sneeuw' zijn typerend voor het gebied waar deze taal wordt gesproken. Het eerste woord voor sneeuw is *apiqammiaq* (verse sneeuw) en vervolgens gaan de benamingen voor verschillende soorten sneeuw het hele alphabet langs tot aan *uupkaagnaq*. Deze app geeft ook het Inupiat-woord van de dag. Vanavond, terwijl ik dit schrijf, is dat *qailliaqsruk* – rimpeling op water.

Lees ook

BN 978-90-225-6533-9 (paperback)
BN 978-90-225-7457-7 (gebonden)

ISBN 978-90-225-7191-0 (paperback)